Destino oscuro

Christine Feehan

Destino oscuro

Titania Editores

ARGENTINA - CHILE - COLOMBIA - ESPAÑA
ESTADOS UNIDOS - MÉXICO - URUGUAY - VENEZUELA

Título original: *Dark Destiny*
Editor original: Dorchester Publishing Co., Inc., Nueva York
Traducción: Victoria E. Horrillo Ledesma

© Copyright 2004 *by* Christine Feehan
All Rights Reserved
Los derechos de publicación de la presente obra fueron negociados
a través de The Axelrod Agency, New York
y Ute Körner Literary Agent, S.L., Barcelona
© 2009 de la traducción *by* Victoria E. Horrillo Ledesma
© 2009 *by* Ediciones Urano, S.A.
Aribau, 142, pral. - 08036 Barcelona
www.titania.org
atencion@titania.org

ISBN: 978-84-96711-54-9
Depósito legal: B - 1.798 - 2009

Fotocomposición: Ediciones Urano, S.A.
Impreso por Romanyà Valls, S.A. - Verdaguer, 1 - 08786 Capellades
(Barcelona)

Impreso en España - *Printed in Spain*

Este libro se escribió para mucha gente. En primer lugar, para dos hombres que se han consagrado a un modo de vida: George Chadwick y Roberto Macías, cinturón negro sexto Dan y cinturón negro cuarto Dan de *tangsudo* coreano, respectivamente.

Para Gayle Fillman, quinto Godan de la Federación Mundial de Aikido, por su infatigable dedicación a la creación de un área de entrenamiento en técnicas de autodefensa y una casa de acogida para mujeres necesitadas.

Estas personas, maravillosas y entregadas, siempre han tendido la mano a mujeres en circunstancias difíciles. Sin su consejo y su apoyo constante, yo no habría aprendido lo necesario para ayudar a las mujeres cuyas vidas he rozado. Gracias por vuestra generosidad y cariño en nombre de tantas a las que habéis ayudado y que posiblemente ni siquiera eran conscientes de lo que hacíais por ellas.

Para Anita, Billie Jo y todas las demás que resurgieron de sus cenizas y se convirtieron en alguien especial, entregando su tiempo a tantas personas en apuros.

Y gracias especialmente a Judy Albert y a mi hermana, Ruth Powell, por quedarse levantadas hasta las tantas, hablando del trabajo y limando asperezas.

Mi agradecimiento a todos ellos.

Capítulo 1

Despertó con la certeza de que era una asesina y volvería a matar. Era la única razón por la que seguía viviendo. Para eso vivía. Para matar. Un ansia y un dolor eternos recorrían su cuerpo implacablemente. Yacía muy quieta, rodeada de tierra, mirando el cielo tachonado de estrellas. Hacía mucho frío. Estaba helada, la sangre fluía por sus venas como agua escarchada, como ácido que quemaba, de tan frío.

Llámame. Yo te daré calor.

Cerró los ojos cuando aquella voz penetró en su cabeza. Ahora, él la llamaba en cada despertar. La voz de un ángel. El corazón de un demonio. Su salvador. Su enemigo mortal. Muy lentamente, Destiny dejó que el aire se filtrara en sus pulmones, que su corazón empezara a latir rítmicamente. Otra noche interminable. Había habido muchas, y lo único que quería era descansar.

Salió flotando de la tierra, vistiéndose con la facilidad que daba la experiencia, con el cuerpo limpio aunque su alma estuviera condenada. Los sonidos y los olores de la noche la rodeaban por completo: susurros y aromas que inundaban sus sentidos de información. Tenía hambre. Necesitaba adentrarse en la ciudad. Por más que lo intentaba, no podía vencer la necesidad de sangre densa y caliente. La sangre la llamaba, la atraía como ninguna otra cosa.

Se hallaba en una zona de la ciudad que conocía. Su cuerpo recorrió el camino acostumbrado sin que ella se diera cuenta de lo que hacía. La pequeña iglesia encajada entre edificios altos y el laberinto de calles estrechas y callejones parecían hacerle señas para que se acercara. Conocía aquel barrio, aquella pequeña ciudad dentro de una ciudad más grande. Los edificios se amontonaban, algunos tocándose, otros separados por pasadizos angostos. Estaba familiarizada con todos y cada uno de los edificios de oficinas y apartamentos. Conocía a sus ocupantes y los secretos de éstos. Cuidaba de ellos, velaba por sus vidas y, sin embargo, siempre estaba sola, siempre aparte.

Subió con desgana los escalones de la iglesia y se detuvo ante la puerta, como había hecho tantas veces. Supo gracias a su fino oído que había alguien en el edificio, que el párroco estaba acabando sus quehaceres y pronto se marcharía. Estaba tardando mucho más que de costumbre.

Destiny oía el susurro de su hábito mientras se movía por la iglesia camino de las puertas dobles. El sacerdote las cerraría con llave (siempre las cerraba antes de marcharse), pero poco importaba: ella las abriría sin esfuerzo. Aguardaba en la oscuridad, entre las sombras a las que pertenecía, observando al sacerdote en silencio, casi conteniendo el aliento. Sentía dentro de sí un ansia, una desesperación. Regresaba una y otra vez a aquella iglesia pequeña y bella. Algo la atraía, tiraba de ella con una llamada casi tan fuerte como la de la sangre. A veces creía que era allí donde se suponía que debía morir; otras, pensaba que quizá bastara con que se arrepintiera. Siempre iba a la iglesia cuando sabía que no le quedaba más remedio que alimentarse.

El párroco se paró un momento junto a las puertas y miró a su alrededor mientras sus ojos se acostumbraban a la oscuridad. Fijó la mirada en Destiny, pero ella sabía que no podía verla. Hizo amago de hablar, vaciló y finalmente hizo la señal de la cruz señalando hacia ella. Destiny contuvo el aliento, esperó a que un rayo la fulminara.

—Que la paz sea contigo, hija mía —murmuró suavemente el sacerdote, y bajó la escalinata con su paso medido y parsimonioso.

Destiny se quedó entre las sombras, tan quieta como las montañas que se alzaban sobre la ciudad. ¿Cómo había advertido el párroco su presencia? Esperó hasta mucho después de que él bajara por la calle y tomara el estrecho callejón que llevaba al jardín de detrás de la rectoría. Sólo entonces se permitió soltar lentamente el aire, respirar otra vez.

Se acercó a las puertas ornamentadas, pero esta vez no estaban cerradas. Miró hacia atrás, hacia la calle por cuya esquina había desaparecido el sacerdote. Así pues, él lo sabía. Sabía que ella necesitaba su iglesia, y le había dado en silencio su permiso para que entrara en aquel lugar sagrado y purificado. No sabía qué era ella, pero era un buen hombre y creía en la salvación de todas las almas. Destiny abrió las puertas con mano temblorosa.

Se quedó parada en el umbral de la iglesia vacía, envuelta en la oscuridad, su única aliada. Temblaba, no por el aire frío que la rodeaba, sino por el hielo alojado en el fondo de su alma. A pesar de que el interior del templo estaba oscuro como boca de lobo, veía sin esfuerzo, con todo detalle, la bella iglesia. Estuvo mirando largo rato el crucifijo que había sobre el altar, con la mente sumida en un torbellino. El dolor la embargaba, como cada segundo de su existencia. El ansia aguda y voraz. La vergüenza, su eterna compañera. Había ido a aquel lugar sagrado a confesar sus pecados. Era una asesina y mataría una y otra vez. Aquél sería su modo de vida hasta que reuniera valor suficiente para destruir al demonio en que se había convertido. No se atrevía a entrar, no osaba pedir refugio.

Permaneció en silencio largo rato, con una quemazón extraña y terrible detrás de los ojos. Tardó unos instantes en darse cuenta de que lo que sentía eran lágrimas. Tenía ganas de llorar, pero ¿de qué serviría? Había descubierto que las lágrimas arrastraban consigo el eco de una risa horrenda y demoníaca, y había aprendido a no llorar. A no llorar jamás.

¿Por qué te empeñas en sufrir? Aquella voz era engañosamente hermosa. Masculina. Tierna. Una mezcla sedante de exasperación y encanto viril. *Siento tu dolor; es intenso y terrible, y atraviesa mi corazón como una flecha. Llámame a tu lado. Acudiré enseguida. Tú sabes que no puedo hacer otra cosa. Llámame.* Había bajo aquellas palabras un susurro imperioso, cargado de autoridad. *Me conoces. Me conoces desde siempre.*

Aquella voz rozaba los muros de su mente como el aleteo de una mariposa. Acariciaba su piel como un susurro, se filtraba por sus poros y envolvía su corazón. Destiny la respiraba, la introducía en sus pulmones hasta que sentía la necesidad de responder, de oírla de nuevo. De llamarla. De obedecer. Necesitaba aquella voz. Una voz que la mantenía con vida. Que la mantenía cuerda. Que le había enseñado cosas: cosas horrendas y mortíferas, pero necesarias.

Siento tu necesidad. ¿Por qué te empeñas en guardar silencio? Me oyes, igual que yo te siento cuando tu dolor se hace insoportable.

Destiny negó con la cabeza, resistiendo firmemente la tentación de aquella voz. El gesto hizo que su densa cabellera, oscura y suntuosa, volara en todas direcciones. Quería liberar su mente de la engañosa pureza de aquella voz. Nada podía inducirla a contestar. Nunca volvería a verse atrapada por una voz seductora. Había aprendido aquella lección del peor modo posible, sentenciada a vivir un infierno en el que no se atrevía a pensar.

Se obligó a respirar, dominando sus emociones; sabía que posiblemente el cazador podría encontrar su rastro a través de la intensidad de su desesperación. Un movimiento cerca de allí, entre las sombras, la hizo girarse y agazaparse: un peligroso depredador listo para atacar.

Hubo un silencio y luego otro movimiento. Una mujer subió lentamente los escalones de la iglesia, entrando en el campo de visión de Destiny. Era alta y elegante, con una piel impecable de color café con leche y el cabello como chocolate amargo. Su pelo, que se rizaba hacia todos lados, era un tumulto de lustrosas espirales que caían sobre su cuello y enmarcaban su rostro ovalado. Sus grandes ojos marrones escudriñaban las sombras más oscuras, buscando algún indicio de que no estaba sola.

Destiny aprovechó su sigilo y su velocidad preternatural para escabullirse entre los recovecos del rincón, lejos de las puertas. Se quedó inmóvil, sin atreverse apenas a respirar.

La mujer se acercó a las puertas y se detuvo allí un momento, la mano apoyada sobre el borde de la puerta abierta. Suspiró suavemente.

—He venido a buscarte. Me llamo Mary Ann Delaney. Sé que sabes quién soy. Sé que vienes aquí a veces. Te he visto. Te vi anoche y sé que estás aquí. —Esperó un segundo. Dos—. En alguna parte —murmuró como si hablara para sí misma.

Destiny apretó tanto el cuerpo contra el muro de la iglesia que le dolió la piel. Corrían las dos un terrible peligro, pero sólo una de ellas lo sabía.

—Sé que estás aquí. Por favor, no vuelvas a huir —dijo Mary Ann en voz baja. A pesar de su gruesa chaqueta, se frotó los brazos para ahuyentar el frío—. Háblame. Tengo tantas cosas que decirte, tantas cosas que agradecerte… —Hablaba despacio, suavemente, como si intentara convencer a una fiera de que confiara en ella.

Destiny sentía una espantosa opresión en el pecho. Se estaba ahogando, se asfixiaba, a duras penas podía respirar. Esperó un instante. Dos. Se hundió más aún entre las sombras. Oía el latido de su propio corazón. Oía el corazón de Mary Ann, siguiendo el ritmo del suyo. Oía la llamada tentadora del vaivén de la sangre atravesando sus venas. Llamándola. Intensificando su ansia terrible. Tocó con la lengua el filo cortante de sus incisivos, cada vez más largos. El esfuerzo por dominarse, por impedir lo inevitable, la hacía temblar.

Aquella mujer era todo lo que ella no era. Mary Ann Delaney. Destiny la conocía bien. Era compasiva y valiente, había dedicado su vida a ayudar a los demás. De su alma parecía irradiar una luz. Destiny la escuchaba a menudo: en sus conferencias, en sus grupos de discusión, hasta en sus sesiones privadas de terapia. Destiny se había erigido en su guardiana oficiosa.

—Me salvaste la vida. Hace un par de semanas, cuando ese hombre entró en mi casa y me atacó, llegaste tú y me salvaste. Sé que estabas herida. Tenías sangre en la ropa. Pero cuando llegó la ambulancia te habías ido.

Mary Ann cerró los ojos un momento mientras revivía el horror de despertarse y ver a un hombre furioso cerniéndose sobre su cama. Aquel hombre la había sacado a rastras de debajo de las mantas, tirándole del pelo; la había golpeado tan fuerte y tan deprisa que no había tenido tiempo de defenderse. Era el marido de una mujer a la que ella había ayudado a escapar a un hogar de acogida, y estaba decidido a arrancarle la dirección a golpes. La había golpeado y pateado en el suelo, hasta dejarla convertida en un ovillo ensangrentado, y después la había apuñalado con un cuchillo de grandes dimensiones. Mary Ann tenía aún frescas las heridas de los brazos, que él le había hecho cuando había intentado defenderse.

—No le dije a nadie que estuviste allí. No le hablé a la policía de ti. Pensaron que se había tropezado con los muebles volcados, que cayó mal y se rompió el cuello. No te delaté. No tienes por qué preocuparte; la policía no está buscándote. No saben nada de ti.

Destiny se mordió el labio con fuerza y guardó un terco silencio. Por suerte, sus incisivos habían retrocedido. Ya tenía suficientes pecados en el alma sin necesidad de añadir a Mary Ann a la lista de sus víctimas.

—Por favor, contéstame. —Mary Ann abrió los brazos de par en par—. No entiendo por qué no me hablas. ¿Qué daño puede hacerte decirme si te hirieron aquella noche? Estabas toda manchada de sangre, y la sangre no era mía, ni de ese hombre.

Destiny sintió las lágrimas arderle en los ojos, constreñirle la garganta. Cerró los puños con fuerza.

—La sangre tampoco era mía. No me debes nada. —Sus palabras sonaron estranguladas, a duras penas consiguieron superar el nudo de su garganta. Aquello era cierto en parte. El agresor de Mary Ann no le había hecho un solo rasguño—. Sólo lamento no haber llegado antes de que te hiciera daño.

—Me habría matado. Las dos lo sabemos. Y no es la vida lo único que te debo. Eres tú quien me deja el dinero para nuestra casa de acogida, ¿verdad? —continuó Mary Ann—. Y para nuestros programas de ayuda para mujeres.

Destiny se apoyó en la pared, cansada del dolor, cansada de estar tan sola. Había algo maravillosamente cálido y tranquilizador en Mary Ann.

—No es nada, sólo es dinero. Tú haces todo el trabajo. Me alegra ayudar, aunque sea poco.

—Ven a casa conmigo —dijo Mary Ann—. Haré té y podremos charlar. —Al ver que Destiny guardaba silencio, suspiró suavemente—. Dime al menos cómo te llamas. Siento tu presencia a menudo y te considero una amiga. ¿Qué daño puede hacerte decirme tu nombre?

—No quiero que la fealdad de mi vida te toque —reconoció Destiny en voz baja.

La noche iba abrazándola, como hacía siempre; le susurraba suavemente para que viera su belleza, a pesar de la determinación de Destiny de no ver nada bueno en ella.

—No me asusta la fealdad —insistió Mary Ann—. La he visto otras veces y volveré a verla. Nadie debe estar solo en este mundo. Todos necesitamos a alguien, incluso tú.

—No me lo estás poniendo fácil. —Aquellas palabras salieron de Destiny con esfuerzo, casi como un sollozo—. No sabes lo malvada que soy. Para mí no hay salvación. No debí permitir que nuestras vidas se cruzaran, ni siquiera un momento.

—Yo me alegro mucho de que lo hicieras. Si no, no estaría aquí, y tengo muchas cosas por las que vivir.

Destiny se apretó la boca con la palma y vio avergonzada que le temblaba la mano.

—Tú y yo somos distintas. Tú eres buena, ayudas a mucha gente.

Mary Ann asintió con la cabeza.

—Sí, es cierto, y sin ti no habría podido ayudar a muchos de esos niños y mujeres. Eso lo has hecho tú, no yo. Yo no podría haberme salvado; ahora estaría muerta.

—Ésa es una lógica muy retorcida —dijo Destiny, pero sintió que una leve sonrisa revoloteaba en sus labios, a pesar del dolor que la atravesaba como un cuchillo. Había oído a Mary Ann hablar con otras mujeres muchas veces, con voz siempre suave y comprensiva. Mary Ann siempre sabía qué decir para tranquilizar a las mujeres que acudían a ella. Estaba usando con Destiny aquel mismo don—. Me llamo Destiny.

Su propio nombre le sonó extraño: hacía tanto tiempo que no lo oía… Casi le daba miedo decirlo en voz alta.

Mary Ann sonrió; tenía los dientes muy bonitos y una sonrisa contagiosa.

—Es un placer conocerte. Yo soy Mary Ann.

Dio un paso adelante y le tendió la mano.

Antes de que le diera tiempo a refrenarse, Destiny tomó la mano que le tendía. Era la primera vez en mucho tiempo que tocaba a un ser humano. El corazón le golpeaba dolorosamente el pecho y se apartó, sobresaltada, deslizándose entre las sombras.

—No puedo —susurró.

Era demasiado doloroso mirar aquellos ojos claros, sentir el calor de Mary Ann. Era más fácil estar sola, esconderse entre las sombras, ser por siempre una criatura nocturna.

Mary Ann permaneció quieta, impresionada por la extraordinaria belleza de la joven que se ocultaba en la oscuridad. Destiny era más menuda de lo que había pensado en un principio: no era baja, pero tampoco alta. Era voluptuosa, pero su cuerpo estaba esculpido por la musculatura. Su cabello era abundante, salvaje, una masa de seda oscura. Su cara era llamativa, sus ojos enormes, atormentados, hipnóticos y de largas pestañas. De un verde azulado, vívido y brillante, contenían sombras y secretos y un dolor inimaginable. Incluso su boca parecía esculpida y tentadora. Pero había en ella mucho más que belleza física. Poseía un atractivo sutil que Mary Ann no había visto nunca antes en una mujer. Su voz era musical, misteriosa, irresistible. Mística. Todo en Destiny era diferente. Inusitado.

—Claro que puedes. Sólo estamos hablando, Destiny. ¿Qué hay de malo en hablar? Me sentía un poco sola esta noche y sabía que tenía que verte. —Mary Ann dio un paso hacia las sombras que envolvían a Destiny. Deseaba aliviar la terrible desesperación de aquel bello rostro. Había visto muchas veces el dolor, pero aquellos enormes ojos de color aguamarina parecían presas de un tormento desconocido para ella. Aquellos ojos habían visto cosas que nadie debería haber visto. Cosas monstruosas.

Destiny dejó que el aliento abandonara sus pulmones con suave urgencia.

—¿Sabes cuántas veces te he visto obrar tu magia con una mujer en apuros? Tienes un don para dar esperanza a quien ha dejado de creer que la haya. Si crees que me debes algo, estás equivocada. Me has salvado la vida muchas veces, sólo que no eras consciente de ello.

Te escucho a menudo, y tus palabras son ya lo único en este mundo que tiene sentido para mí.

—Eso me alegra, entonces. —Mary Ann sacó unos guantes del bolsillo de su chaqueta y se cubrió con ellos sus delicadas manos para protegerlas del frío—. ¿Sabes?, todo el mundo se siente a veces solo y sin esperanzas. Hasta yo. Todos necesitamos amigos. Si te sientes incómoda yendo a mi casa, tal vez podamos tomar una copa en el Midnight Marathon. Pero siempre hay mucho ruido. ¿Tan terrible sería que vinieras a tomar una taza de té a mi casa? No vamos a comprometernos en una relación a largo plazo. —Había un filo de humor en su voz, una invitación a compartir su regocijo.

—¿Té? Hace años que no tomo una taza de té.

Destiny se llevó la mano al estómago. Ansiaba con todo su ser disfrutar de la compañía de Mary Ann, pero le asqueaba la idea de obligarse a parecer normal. Podía imaginar el horror y la repulsión que vería en los ojos de Mary Ann si ésta descubría la verdad.

—Entonces creo que ya va siendo hora de que te tomes una. Ven a casa conmigo —insistió Mary Ann con suavidad, visiblemente complacida.

El viento sopló sobre la escalinata, hacia las puertas de la iglesia, levantando hojas y ramas. Por encima de sus cabezas, las nubes empezaban a tejer oscuros hilos. Había algo más, algo en el viento que tiraba suavemente de sus ropas y su pelo y que susurraba turbadoramente entre los árboles y los arbustos. Algo fuera de su alcance que parecía llamarla con un murmullo. Mary Ann aguzó el oído y volvió la cabeza de un lado a otro para captar aquel sonido.

Destiny saltó hacia ella. Exhaló con un lento siseo de advertencia. Cogió la gruesa chaqueta de Mary Ann por la solapa y al mismo tiempo abrió de un empujón la puerta de la iglesia. Metió dentro a Mary Ann.

—Escúchame. —La miró fijamente a los ojos—. No saldrás de esta iglesia hasta que se haga de día. Oigas lo que oigas, veas lo que veas, no saldrás de esta iglesia. —Hablaba con firmeza, hundiendo en el subconsciente de la otra mujer el impulso de obedecer.

Sintió el peligro tras ella y al girarse se agachó, intentando apartar el hombro. Había empleado unos segundos preciosos en asegurarse de que Mary Ann estaba a salvo, y a pesar de su increíble velocidad, unas uñas largas y afiladas como cuchillas desgarraron su brazo del hombro al codo. Pero Destiny ya había empezado a moverse. Lanzó las piernas y golpeó con fuerza.

Desde lejos le llegó aquella voz suave y familiar que tan a menudo la llamaba en una lengua antigua. *¡Llámame ahora!* Era ni más ni menos que una orden, como si él hubiera sentido su dolor físico y supiera que estaba en peligro.

Destiny cerró firmemente su mente a todo lo que no fuera la inminente batalla. Se concentró por completo y observó al no muerto con una mirada fija y feroz. Estaba quieta, de puntillas, en equilibrio; el aire salía y entraba rítmicamente de sus pulmones. Era un vampiro. Una criatura de la noche. Un monstruo horrendo. Un enemigo mortal.

Su asaltante era alto y delgado; tenía la piel grisácea y el cabello negro. La miraba de frente y sus dientes relucían.

—Dile a la mujer que venga.

Su voz era baja, suave, musical, una sutil invitación.

Destiny se fue hacia él como una flecha. Sacó un puñal de la funda que llevaba entre los omóplatos y se lanzó directa a su corazón. Fue un movimiento totalmente inesperado. Él creyó que su voz la había hechizado, pensó que obedecería. Además, era una mujer. Y lo último que se esperaba de una mujer era que atacara. Pero aquél solía ser el elemento sorpresa que permitía a Destiny salir victoriosa.

La hoja del puñal se hundió en el pecho del vampiro, pero él logró clavar sus garras en el hombro herido de Destiny y al saltar hacia atrás abrió profundos surcos en su carne. Se disolvió al instante en un vapor verdoso y cruzó la noche a toda velocidad, alejándose de la ciudad. Unas gotas rojas se mezclaron con el verde, dejando un rastro tóxico y venenoso que Destiny podría seguir. Ella aspiró premeditadamente aquel olor nocivo para poder reconocerlo en cualquier parte.

Oyó el eco de aquella voz profunda y viril dentro de su cabeza, de su alma, un grito de negación seguido inmediatamente por un extraño calor. Le ardían las heridas del brazo, pero estaba acostumbrada al dolor y logró olvidarse de él. Una extraña y melodiosa cantinela en una lengua antigua se agitaba en su cabeza, dándole algún consuelo. Aun así, no podía ignorar la sangre que manaba de su cuerpo. Hacía varios días que no se alimentaba y necesitaba sustento. Mezcló la rica tierra del jardín del sacerdote con su saliva, capaz de sanar, y untó con aquella mezcla las heridas abiertas. Con mucho cuidado, premeditadamente, se trenzó el pelo, preparándose para la batalla. Antes de seguir al no muerto hasta su guarida, necesitaba alimentarse. La ciudad estaba llena de indigentes, de infelices que no podrían escapar de ella a pesar de lo débil que estaba.

Nicolae von Shrieder se agazapó en lo alto del enorme precipicio que daba a la ciudad. Esta vez estaba más cerca que nunca. Estaba seguro de ello. Ella estaba allí, en alguna parte, cansada, herida y vulnerable, librando sola su guerra. Mientras estaba despierto, él sentía su dolor constantemente. Cuando cerraba los ojos al levantarse el sol, notaba cómo una congoja sobrecogedora se apoderaba del cuerpo de ella y del suyo.

Paciencia. Había aprendido por las malas a tener paciencia. Sus siglos de existencia le habían enseñado, por encima de todo, a ser paciente y disciplinado. Era antiguo y poderoso, y sin embargo no podía doblegarla a su antojo. No podía obligarla a acudir a él. Le había enseñado bien. Demasiado bien.

A lo lejos se oyó el grito de un ave de rapiña, un chillido penetrante que le advertía, y Nicolae levantó la cara hacia las estrellas. Se irguió muy lentamente, alzándose en toda su estatura.

—Te doy las gracias, hermano mío —murmuró suavemente. El viento atrapó su voz y se la llevó bruscamente, transportando su leve sonido a través de las copas tupidas de los árboles y más allá, sobre la ciudad—. Nuestra caza comienza.

Nunca olvidaría el momento sobrecogedor en que la sintió por primera vez. Una niña aterrorizada. Su dolor y su angustia eran tan afilados, tan agudos y arrolladores que su mente inmadura había traspasado el tiempo y el espacio para fundirse con él. Mente con mente. Incluso de niña ella tenía poderosas facultades psíquicas. Las imágenes que Nicolae recibía de ella eran tan vívidas y detalladas que él había vivido aquella pesadilla con ella, a través de ella. El asesinato brutal de sus padres, el monstruo desangrándolos delante de la chiquilla.

Cerró los ojos para no recordar, pero los recuerdos inundaron su cabeza, como le ocurría a menudo a ella. Había estado separado de ella por continentes, sin modo de seguir su rastro, de encontrarla. Y, sin embargo, había vivido con ella las atrocidades repetidas, las palizas, las incontables violaciones y asesinatos que se había visto forzada a presenciar. Ella se había introducido en su mente buscando refugio y allí había encontrado a Nicolae. Él le susurraba, la distraía, compartía con ella su saber. Una simple muchacha aleccionada para matar. No tenía otro don que ofrecerle. Ningún otro modo de salvarla.

Habían sido años espantosos, años de búsqueda desesperada. El mundo era un lugar muy grande cuando se buscaba a una niña pequeña. Él era antiguo, había jurado proteger a mortales e inmortales por igual. Un ser poderoso, un cazador y aniquilador de vampiros, enviado hacía siglos por su príncipe bajo juramento de librar al mundo de aquella plaga. Había intentando convencerla de que había una diferencia entre vampiro y cazador, pero ella veía en la mente de él sus batallas, sus matanzas. Veía la oscuridad que había en su interior, una oscuridad que se extendía como una mancha sobre su alma. Y le daba miedo confiar en él.

Nicolae permanecía completamente inmóvil; su musculosa figura irradiaba un poder descarnado cuando le ofreció el brazo enfundado en cuero a su compañero de viaje. El gran búho voló en círculo una vez, describiendo una lenta espiral, y se lanzó luego en picado con las garras extendidas. Se posó en el brazo de Nicolae, y éste agachó la cabeza hacia su peligroso pico.

—Has encontrado el olor de nuestra presa.

Los ojos redondos y vidriosos que le miraban estaban llenos de inteligencia. El pájaro batió sus alas una, dos veces, como si respondiera, y luego volvió a lanzarse al aire. Lo siguió con la mirada y una leve sonrisa que en modo alguno suavizaba el duro perfil de su boca. Ella estaba herida. Iba a la caza de un vampiro y estaba herida.

No cabía negar el vínculo que los unía y, sin embargo, ella se negaba a admitirlo, a responderle. Él ignoraba cómo podía mantenerse tan fuerte viviendo con un dolor tan constante, pero no podía hacer otra cosa que encontrarla. Nunca la había visto, ni ella le había hablado, ni mentalmente ni de otro modo, pero sentía que la reconocería en cuanto pusiera sus ojos en ella.

Se volvió lentamente; su figura alta y musculosa era una mezcla de elegancia y fibra nerviosa. El viento agitaba su pelo largo, negro como ala de cuervo, y Nicolae se lo recogió en la nuca y lo ató con una tira de cuero. Cuando se estiró y levantó la nariz para olfatear el aire, había en sus movimientos una fluidez animal.

Habían pasado largos siglos desde que Vladimer Dubrinsky, el príncipe de su pueblo, enviara a sus guerreros al mundo a cazar vampiros. Nicolae, como muchos otros, había sido enviado muy lejos de su hogar, sin el consuelo de su suelo natal, ni sus semejantes. Había aceptado que no cabía para él la esperanza de encontrar una compañera, pero su deber para con su pueblo en aquellos días de tribulaciones estaba claro. Aquellos tiempos sombríos habían estado llenos de batallas y muerte. La oscuridad se había extendido lentamente y Nicolae se había enfrentado a ella en cada palmo del camino. Un nuevo príncipe había ocupado el lugar de Vladimer y Nicolae había seguido luchando. Solo. Resistiendo. En el fondo de su ser la oscuridad se había extendido inevitablemente, consumiéndolo hasta que comprendió que no podía esperar más. Tendría que buscar el amanecer, poner fin a su propia existencia, o se convertiría en aquello que cazaba. Y entonces ella entró en su vida. En aquella época, no era más que una chiquilla aterrorizada que necesitaba ayuda desesperadamente. Ahora era una máquina de matar.

Nicolae se cernía sobre la ciudad y contemplaba las luces que titilaban como otras tantas estrellas.

—¿Dónde estás? —dijo en voz alta—. Estoy cerca de ti. Esta vez te siento cerca de mí. Por fin estoy cerca de tu guarida. Lo sé.

Ella había entrado en su vida hacía muchos años. Habían vivido el uno en la mente del otro mientras un monstruo depravado torturaba a una niña indefensa. Se había obligado a sentir lo que ella sentía, negándose a dejarla sola en el infierno que habitaba. Había tomado la decisión de adiestrarla, a pesar de que no encontraba el modo de conseguir que ella le hablara. Y había tenido éxito, quizás en exceso, enseñándola a matar. Antes, la violencia era su vida; ahora, toda su existencia estaba consagrada a encontrarla. En cierto modo, ella había sido su salvación.

Se lanzó desde el borde del precipicio. Fácilmente. Con calma. Disolviéndose en niebla al hacerlo. Atravesó el cielo como una centella, en busca del vampiro, siguiendo al búho que surcaba velozmente la noche.

Había ideado difusamente un plan de acción. Cuando encontrara a la joven, la llevaría a su patria, la conduciría ante el príncipe Mikhail Dubrinsky, el hijo de Vladimer. Sin duda los sanadores encontrarían un modo de ayudarla. Un vampiro la había convertido, había hecho de ella una criatura de la noche, y la sangre contaminada que fluía por sus venas era un ácido que la quemaba día y noche. La niña se había convertido en una mujer curtida en los fuegos del infierno, repleta de la experiencia en la batalla de un antiguo. Nicolae le había impartido aquel conocimiento, le había enseñado técnicas que sólo sus semejantes conocían. Había ayudado a crearla; necesitaba encontrar un modo de sanarla.

El olor del no muerto era para Nicolae un hedor repugnante, a pesar de que el vampiro intentaba desesperadamente ocultar su presencia a los cazadores. El rastro llevaba a través de la ciudad, a sus mismas entrañas, donde no había farolas ni casas bonitas. Los perros ladraban cuando Nicolae pasaba sobre ellos, pero nadie lo notaba. Y entonces captó el otro olor. Gotas de sangre mezcladas con el rastro del vampiro.

Era la mujer, estaba seguro de ello. Su mujer. Había llegado a pensar que le pertenecía y, con el paso de los años, había descubierto que era posesivo con ella. Como otros machos de su especie, se había acostumbrado hacía mucho tiempo a no sentir emociones, y, sin embargo, a veces, inesperadamente, experimentaba pequeños arrebatos de celos y de temor por ella. Se preguntaba si sentía las emociones de ella del mismo modo que percibía su psique, aunque no tenía respuestas. Y, en realidad, no le importaba.

Lo único que le importaba era encontrarla. No tenía elección. Mientras se esforzaba por salvarla, ella se había convertido en su salvadora.

Descubrió el lugar en el que la cazadora había abandonado el rastro del vampiro y se había adentrado en la ciudad. Nicolae comprendió inmediatamente que buscaba sangre. Estaba herida y probablemente llevaba varios días sin alimentarse.

Encontró a su presa en un callejón, entre dos edificios. Era un hombre joven y fornido; estaba sentado a medias contra la pared, con una leve sonrisa en la cara. Su cabeza osciló ligeramente cuando Nicolae se inclinó para examinarlo; sus párpados se movieron. Estaba vivo.

Nicolae sabía que debía alegrarse al ver que ella no había matado a su presa; sólo había tomado lo que necesitaba, como él le había inculcado machaconamente. Pero, a decir verdad, sintió deseos de estrangular a aquel hombre. Al introducirse en su mente, supo que ella lo había atraído prometiéndole el paraíso, con una sonrisa sexy y seductora, y que su víctima la había seguido de buena gana.

El búho le llamaba, impaciente, desde el tejado de un edificio, a su izquierda. Estaban cazando, le recordó. Nicolae se alarmó al reparar en su propia falta de disciplina. Al principio, cuando habían conectado de manera tan intensa, se había preguntado si la niña podía ser su compañera eterna, pero con los años, mientras ella seguía negándose tercamente a hablar con él, llegó a la conclusión de que no debía serlo. Ahora, no obstante, al pensar en su extraña reacción al ver al hombre al que ella había elegido como presa, volvió a dudar.

Los machos carpatianos perdían sus emociones y la capacidad de ver en color al cumplir doscientos años, y así había sido en su caso. La suya era una existencia sombría, una existencia en la que debían confiar en la propia integridad para vivir honorablemente hasta que encontraban a su compañera. Sólo una verdadera compañera, la otra mitad del alma de cada macho, podía devolverles el color y las emociones. Entre tanto, la insidiosa tentación de sentir, aunque sólo fuera por un instante, les atraía. Si sucumbían a ella y elegían matar para alimentarse, se convertían en aquello mismo que perseguían: en vampiros.

Nicolae saltó al aire, apartándose de la tentación. Del joven que tan cerca había estado de ella. Del joven que había sentido el contacto de su cuerpo; el calor de su aliento en la garganta; el roce sensual de sus labios sobre la piel; aquel mordisco entre doloroso y placentero, erótico y ardiente. Una neblina rojiza, traicionera y furiosa, se coló en su cabeza, haciéndole casi imposible pensar con claridad. Sintió el súbito impulso de volver y desgarrarle la garganta a aquel hombre. El deseo ardía, luminoso e incandescente, sus entrañas se encogían y un extraño rugido llenaba su mente y sus oídos. Se giró en pleno vuelo.

El búho cambió de rumbo, voló hacia su cara, impidiéndole seguir en esa dirección, con el pico abierto de par en par y los ojos fijos en los de Nicolae.

Dijiste que estaba prohibido matar, excepto al vampiro. Aquella voz femenina sonaba asustada: era una suave negativa, casi una súplica. *Dijiste que nunca matara para alimentarme y que nunca me alimentara cuando matara.*

Al oír el sonido de aquella voz, que tanto tiempo llevaba esperando, el mundo de Nicolae pareció volverse del revés. Empezó a dar tumbos por el cielo mientras el gris y el negro de la noche se convertían en colores brillantes y en el brillo cegador y titilante de la plata. Era como un despliegue de fuegos artificiales que estallaban a su alrededor, despojándole de la capacidad de respirar, incluso de ver. Cerró los ojos para eludir aquel asalto a sus sentidos y luchó por dominarse.

El búho le golpeó con fuerza al tiempo que ella le llamaba una segunda vez. *Sube, estás cayendo. ¡Sube ya!* Había terror en su voz.

El calor se difundió, calmándole, y Nicolae se enderezó. Ella había vuelto a darle la vida. Le había salvado de la oscuridad eterna. Su compañera eterna. La única mujer capaz de impedir que se convirtiera en vampiro.

Ella le había hablado al fin. Años de silencio le habían llevado a creer que nunca le hablaría voluntariamente, pero cuando se había hallado en peligro de sucumbir a la bestia furiosa que llevaba dentro, ella se había apresurado a salvarlo, a pesar de su determinación de no hacerlo. Había llenado de vida y colores su existencia lúgubre y gris.

¿Dónde estás? ¿Son graves tus heridas?, preguntó Nicolae, rezando por que ella siguiera comunicándose con él.

Vete de aquí. Juré que si venías alguna vez, si me encontrabas, no te cazaría porque me salvaste la vida. Márchate. No quiero tener que matarte, pero lo haré, si me obligas.

Yo no soy un vampiro. Soy carpatiano. Es distinto.

El suspiro que exhaló ella sonó suavemente en su cabeza.

Eso dices tú, pero yo no sé nada de carpatianos. Sólo conozco a los no muertos, con su voz dulce y seductora. Una voz como la tuya.

¿Por qué iba a enseñarte a no matar a tu presa si fuera un vampiro?

Nicolae era paciente. Podía permitírselo. Ahora, ella era su mundo, lo único que le importaba. La había encontrado, y encontraría un modo de hacerle ver la diferencia entre una criatura peligrosa que había escogido perder su alma y un guerrero que luchaba por conservar su honor.

No volveré a advertírtelo. Si quieres seguir viviendo, márchate de aquí y no vuelvas nunca.

Nicolae volvió a percibir la nota suave y suplicante de su voz, la sintió en su psique. Ella no sabía, posiblemente, que estaba allí, pero él la oía y le llenaba de alegría. Nicolae creía que ella intentaría destruirle. Era fuerte y disciplinada. Él la había enseñado bien, y ella era una alumna rápida y capaz.

Estaban conectados, mente con mente, y él sintió su súbita quietud. Supo instintivamente que había llegado a la guarida del vampiro. El no muerto estaba herido, era doblemente peligroso, y en su guarida habría numerosas trampas y salvaguardas.

Sal de ahí. Estoy cerca. Yo aniquilaré al vampiro. No es necesario que arriesgues tu vida.

Ésta es mi ciudad, mi hogar. Mi gente, bajo mi protección. Y no la comparto con los no muertos. Márchate. Ella se cerró sobre sí misma, bloqueó su mente con una fuerte barrera que él no se molestó en intentar traspasar.

Nicolae surcaba velozmente el cielo, con el búho a su lado. Sus ojos buscaban indicios; sus sentidos rastreaban en el aire el nocivo hedor del vampiro. Ni siquiera se molestó en buscar el rastro de

Destiny; la había aleccionado demasiado bien. Su rastro era casi inexistente. De no ser por la herida, él no habría podido captar su olor, y ella ya se había ocupado de curarla, de modo que no había indicio alguno que él pudiera seguir.

Miró a su compañero de viaje, el gran búho que volaba poderosamente a su lado desde hacía años. Eran compañeros de viaje. Cazadores. Hermanos. Se vigilaban las espaldas. *Voy a entrar en la guarida del vampiro y a destruirle. Es mejor que tú no entres, pero, si algo me ocurriera, te pido que lleves a esa mujer ante el príncipe.* Su hermano ya no podía luchar contra el vampiro. Estaba demasiado próximo a la bestia para resistir la llamada de la sangre.

Se hizo el silencio un segundo. Dos. Nicolae sentía el azote del viento mientras surcaban juntos el cielo. Por un momento pensó que el otro iba a hablar. Hablaba muy raramente desde hacía tiempo; prefería mantenerse en la forma de un animal. *Me confías una tarea que no sé si podré cumplir.*

No te queda más remedio que asegurarte de que llega sana y salva a nuestra patria. Es mi compañera eterna, aunque aún no se haya liberado.

De nuevo se sintió sólo el silencio de la noche. *Nicolae, soy varios siglos más viejo que tú. Mi tiempo se agota. Tú sientes la bestia agazapada. Yo soy la bestia. ¿Cómo puedes confiar en mi palabra?*

Por un momento, Nicolae notó un vuelco en el corazón. Vikirnoff llevaba mucho tiempo luchando contra la oscuridad de una existencia carente de color. Cazaba vampiros desde hacía cientos de años y había aniquilado a viejos amigos. Cada vez que mataba le resultaba más y más difícil resistirse al deseo de sentir algo. Si mataba al alimentarse, se perdería para siempre. Nicolae cerró su mente a tal posibilidad. Vikirnoff era fuerte y aguantaría mientras hiciera falta.

Confío en ti, Vikirnoff, porque te conozco. Eres un guerrero sin igual y el honor lo es todo para ti. Eres mi hermano, el que vino a cubrirme las espaldas en mis días más oscuros, como yo he hecho por ti. Dame tu palabra de que harás lo que te pido si fracaso. Tú nunca dejarías de cumplir tu palabra. Ni siquiera la bestia es más fuerte que tu palabra. Ella es de los nuestros, aunque la convirtiera un vampiro. Una hembra capaz de producir hembras para nuestra raza. Tie-

nes que cumplir esta última tarea y luego podrás enterrarte, sólo para despertar si sientes la llamada de tu compañera. Nicolae hablaba con firmeza, de guerrero a guerrero.

No tenían elección. Se habían enfrentado a los vampiros durante siglos, solos en sus territorios, hasta que ambos se habían aproximado al fin. Hasta que Nicolae había contactado con una niña maltratada física y emocionalmente. Su hermano Vikirnoff, siglos mayor que él, había corrido a su lado para asegurarse de que él no se rendía a la desesperación al ver que no podía impedir las agresiones continuas.

Capítulo 2

Destiny recorrió cuidadosamente con la mirada la cueva hasta la que había seguido al vampiro. Su guarida estaba cerca. Había encontrado ya dos de sus trampas y las había desactivado lenta y meticulosamente. Sentía una tirantez inexplicable en el pecho, sus pulmones absorbían el aire con esfuerzo. Había en ella una ansiedad que nunca antes había sentido cuando cazaba. Él estaba allí al fin. Nicolae. Susurró su nombre mentalmente, con suavidad. Él se lo había dicho a menudo: el sonido de aquel nombre se mezclaba con su acento para formar algo bello, pero ella nunca se había atrevido a repetirlo. Ahora, ese extraño nombre pulsaba las cuerdas de su corazón. Sabía desde siempre que llegaría el día en que él la encontrara. Nicolae se había ido acercando mes a mes, día a día. La había buscado implacablemente y ella había sabido desde el principio que algún día tendría que enfrentarse a él. Creía estar lista, pero en realidad estaba aterrorizada. Dependía de él, de su preocupación por ella, de su compañerismo, por extraño que pudiera ser.

Nicolae había acudido a ella en su hora más oscura, había compartido su calvario, las depravadas torturas de una mente perversa. Su voz había sido magia pura, la había transportado a países lejanos, a lugares donde su captor no podía seguirla. Dejaba su cuerpo atrás, pero su corazón y su alma volaban libres. Nicolae, desde tan lejos, había sido su salvación. Le había salvado la vida y la cordura.

Pero Destiny había aprendido del peor modo posible a no confiar en una voz seductora. Una vez respondió a una, y aquel monstruo mató a su familia. Desde entonces, hacía mucho tiempo, había oído voces dulces una y otra vez, y todas ellas pertenecían a monstruos depravados, a mentirosos que prosperaban con el dolor de otros. Pensaba en Nicolae como en su única familia y, sin embargo, sabía que no debía confiar en él. Él la había salvado con su bella voz, pero también le había enseñado otras cosas. Le había enseñado a matar a sus captores, a matar a los monstruos que se cebaban en otras familias, en otros niños. Le había enseñado a ser como él, un maestro en el asesinato.

Destiny fue pasando cuidadosamente la mano por la pared de roca; sabía que había una entrada, sabía que el vampiro tenía que estar escondido en alguna parte detrás de lo que parecía un muro de piedra maciza. El agua goteaba rítmicamente, su eco resonaba en los estrechos confines de la caverna. Ladeó la cabeza mientras examinaba la pesada roca que había sobre su cabeza. Parecía bastante sólida, pero Destiny sentía nítidamente una especie de inquietud en el estómago: una advertencia a la que sabía por su vasta experiencia que debía prestar atención.

La cueva parecía una trampa. Inspeccionó el suelo sin prisa. Era desigual, húmedo en algunas partes por el agua que rezumaba constantemente de las paredes. Al pasar levemente la mano por la roca, casi le pasó inadvertido un sutil movimiento bajo la palma. Parpadeó intentando enfocar lo que no veía y apartó rápidamente la mano de la superficie de la roca. Allí había algo, esperando una víctima desprevenida. Algo microscópico, pero mortal.

Destiny se apartó cautelosamente de la pared. Al instante sintió que el suelo se hundía bajo ella, como si hubiera pisado una esponja. O una ciénaga. Se hundió hasta el tobillo en aquel extraño légamo. El barro se pegó a su tobillo, se adhirió a su zapato. Se cerró sobre su piel como un tornillo de banco. Su corazón dio un vuelco, el aire abandonó sus pulmones con un leve estallido. Forzó a su mente a permanecer quieta, manteniendo el miedo a raya.

En lugar de luchar contra el lodo negro que lamía su pie, decidió disolverse. Brilló un instante en la oscuridad de la cueva; luego se vio únicamente una neblina colorida que refulgía en medio de la caverna y se movía cautelosamente por encima del suelo. Los colores giraron, brillantes gotas de agua se entrelazaron justo encima del charco más grande al que el agua caía sin cesar. De pronto, aquella neblina se introdujo en el corazón del charco, penetró el suelo mojado y desapareció por completo de la cueva.

Destiny se halló en una caverna mucho más grande, profundamente enterrada bajo la montaña. El olor a azufre era casi insoportable; el aire, espeso y caliente. Un gas tóxico se desprendía en volutas de los charcos verdes esparcidos por la tierra. Un vaho amarillo y denso permanecía suspendido en el aire. Examinó con cuidado el suelo antes de materializarse y posar los pies sobre tierra sólida, con las rodillas ligeramente flexionadas y el cuerpo relajado, lista para entrar en acción si era necesario. Tenía la sensación de que sería muy necesario, y pronto. Muy pronto.

Observó la cámara sin moverse, sin apenas respirar. No quería perturbar el flujo del aire, disparar alguna trampa peligrosa. Había dos aberturas que conducían hacia lo hondo de la montaña. Destiny vislumbró pasadizos subterráneos que probablemente se prolongaban kilómetros y kilómetros. Del techo de la cueva pendían afiladas lanzas naturales, grandes columnas de mineral constituidas de tal modo que formaban una legión armada y suspendida sobre su cabeza. Las estalactitas la ponían nerviosa. El enemigo estaba cerca, y en su guarida él tenía ventaja.

Escudriñó cuidadosamente la cueva, usando no sólo su visión física. El hedor de la maldad impregnaba aquella zona; hacía que los ojos le picaran y se le llenaran de lágrimas. Tuvo cuidado de no frotárselos. Era probable que el denso vapor que llenaba la cámara fuera peligroso.

Un cazador debe dar por sentado que todo en la guarida del vampiro es una trampa mortal. No puedes pasar por alto el menor detalle, sobre todo si parece natural. Eso se lo había enseñado Nicolae. Su salvador. Su enemigo mortal. Él la había preparado con minucioso esmero para sus batallas con los no muertos. Destiny vivía por él, y, sin embargo, tendría que enfrentarse a él en la batalla.

Exasperada por el curso que seguían sus pensamientos, sacudió la cabeza. No podía distraerse. Ahuyentó decididamente el recuerdo de Nicolae y fijó toda su atención en el problema que se le presentaba. Siguió inspeccionando la cámara, fijándose en la posición de cada piedra, de los charcos oscuros y refulgentes, de los chorros de vapor que se alzaban de ellos. Prestó atención a los agujeros del suelo, a la tierra desigual y procuró grabarlo todo en su memoria antes de dar un paso.

Se movió con mucho cuidado hacia la izquierda y deseó atreverse a salir al raso, a alejarse de las paredes, pero el riesgo era demasiado grande. Algo se movía más allá de su línea de visión. Sentía el estremecimiento del aire, el sutil cambio en las volutas de vapor que se alzaban del charco. Un jirón de bruma amarillenta se desgajó de las emanaciones de vaho y flotó lentamente hacia ella.

Algo rozó su pierna, tiró del tejido tupido de sus mallas. Destiny se resistió al impulso de mirar. Saltó hacia arriba soltando al mismo tiempo una patada con el canto del pie. Dos estalactitas se hicieron añicos y sus restos fueron a parar a los charcos burbujeantes. Entonces aterrizó levemente, agazapada, al otro lado de la caverna. Levantó las manos, lista para defenderse, y observó el resultado de su obra.

Por encima de su cabeza, el techo pareció cobrar vida un momento: las formaciones, naturales en apariencia, oscilaban ligeramente, movidas por la vibración del impacto. Una se resquebrajó a lo largo, dejando a la vista por un instante su negro interior, y se oyó el susurro de un movimiento antes de que la grieta se disolviera en una lisa formación de mineral.

Destiny atacó sin vacilar, recorriendo las paredes de la cámara con pasos largos y ligeros. Las plantas de sus pies apenas tocaban la superficie de las paredes mientras corría siguiendo el contorno de la circunferencia, trepando más arriba con cada paso, hasta que alcanzó de nuevo el techo. Allí, en un estallido de movimiento, atacó con ambos pies la única estalactita que había permanecido perfectamente quieta. Con el puñal en la mano, embistió en el instante en que la fuerza de su golpe abría la vaina de mineral, dejando al descubierto al vampiro. La fuerza del impulso la llevó más allá de la criatura, pero se giró en el aire y hundió profundamente la hoja afilada en el pecho del no muerto.

El vampiro cayó a tierra y su horrendo chillido resonó a lo largo y ancho de la cámara. Sus gritos eran una orden; al instante, las estalactitas del techo se mecieron y de ellas surgieron grandes depredadores alados. Pterosaurios en miniatura salieron de los capullos de mineral, extendieron sus alas y las agitaron ferozmente, los grandes picos abiertos de par en par. El vapor giraba y se extendía a medida que las alas agitaban el aire.

Aquellos dinosaurios-pájaro tenían cuerpos del tamaño de águilas, pero la envergadura de sus alas era más corta que la del águila o la del extinto pterodáctilo. Creadas por el vampiro, aquellas aves carnívoras estaban pensadas para guardar la cámara y mantener alejados a los enemigos. Volaban hacia la cara de Destiny, cuyo cuerpo atacaban con sus picos feroces.

Ella había aterrizado junto a un charco burbujeante. Se mantuvo cuidadosamente pegada a las paredes de la caverna, consciente de que, si se apartaba de ellas, sería presa fácil para los pájaros que chillaban sin cesar. Aquel ruido agredía sus oídos, pero Destiny no intentó controlar su volumen empleando sus sentidos preternaturales. Necesitaba oír el más leve susurro que hubiera en la cueva. Golpeó con fuerza en el pescuezo a uno de los pájaros, haciéndolo caer al tiempo que saltaba sobre el charco para alcanzar al vampiro, que se alejaba de ella reptando por el suelo.

Cayó de pie, pero algo golpeó con fuerza su pierna izquierda y la hizo ceder. Destiny se tambaleó a un lado y a otro. En ese instante, el vampiro cambió de dirección y se abalanzó sobre ella. Su cara era una repulsiva máscara de odio, su aliento, fétido, y su mano sostenía el puñal ensangrentado que se había arrancado del pecho.

Destiny se volvió para enfrentarse a él y lanzó la mano hacia su muñeca. Estaba herido, había perdido mucha sangre y ella confiaba en ser la más fuerte de los dos. Agarró su muñeca y empujó su mano hacia él. Agachó la cabeza para esquivar las garras que se lanzaban hacia ella desde arriba y hundió el cuchillo en el pecho del vampiro por segunda vez.

El vampiro rugió, lleno de odio, tirando de la daga. Destiny se giró para encarar un segundo ataque desde atrás. Un lagarto monstruoso salió trepando del charco burbujeante. De sus formidables mandíbulas chorreaba saliva. Su larga cola, con la que ya le había golpeado la pierna, haciéndola tambalearse, se agitaba amenazadoramente. Parecía un dragón de Komodo, con esas garras y un bamboleo peculiar al moverse. Corrió hacia ella con increíble velocidad, por lo que no tuvo tiempo de arrancarle el corazón del vampiro, teniendo que disolverse y esparcir sus moléculas entre el vapor tóxico para salvarse.

Dentro de la cámara, el vaho era denso y contenía una trampa desconocida para Destiny. Pareció adherirse inmediatamente a las moléculas de niebla, absorbiéndolas como una esponja seca. El pánico se apoderó de ella: de pronto comprendió que se había descuidado y había caído en una trampa.

Transfórmate en uno de esos pájaros. La voz mágica de Nicolae sonaba serena y firme. Muy cerca.

Ella obedeció al instante, tomando la imagen del pájaro de la mente de Nicolae, más que de la suya, sin darse cuenta de que había recurrido a él automáticamente, de que había compartido con él el peligro, dejándole «ver» la trampa y la cámara a través suyo. Agitó las alas y chilló en medio de aquellas extrañas criaturas sin dejar de observar al vampiro, bajo ella.

Vio con horror que el gigantesco reptil cobraba forma humana y se convertía en un hombre alto y delgado, de nariz picuda y cabello gris. Aquel hombre tendió tranquilamente la mano al otro vampiro, ayudándole a levantarse. En la mente de Destiny, Nicolae se quedó muy quieto. Los vampiros viajaban juntos a veces, pero se utilizaban mutuamente, sacrificándose los unos a los otros. En los muchos siglos que llevaba batallando, Nicolae nunca había visto a un vampiro ayudar a otro.

—Ven, querido mío, estoy harto de esta farsa —dijo el más alto de los dos. Dio una palmada y los pájaros cayeron del aire, hundiéndose en los charcos burbujeantes y desapareciendo bajo su superficie entre chillidos—. Vernon necesita sangre. Creo que convendría que se la proporcionaras, dado que has sido tú quien le ha lastimado.

Destiny se posó en tierra, recuperando al mismo tiempo su verdadera forma.

—Vaya, vaya, veo que ésta debe de ser la semana del reencuentro con los viejos amigos —dijo, sonriendo fríamente a los dos vampiros. Mantenía los ojos fijos en el más alto. Era fuerte, no tenía un solo rasguño y era muy, muy peligroso—. Me sorprende que un vampiro tan grande y perverso como tú tenga por compañero a un polluelo como Vernon. Desmerece un poco. Le he herido tres veces. Demasiadas, ¿no crees? —Había en su voz una nota burlona. Su cara era una máscara agradable, confiada y serena, aunque en su fuero interno su cerebro buscaba un modo de escapar. La cazadora era ahora la presa, pero no permitiría que aquellos monstruos la atraparan viva.

Vernon le mostró los largos colmillos.

—No te reirás cuando extraiga la sangre de tus venas.

Le chorreaba baba por un lado de la boca y tosió, tapándose las heridas con las manos.

—Bueno, Vernon, tiene razón. Una simple mujer y te apuñala como a un cerdo. —El vampiro más alto sonrió, dejando al descubierto sus incisivos afilados—. No hace falta que pagues con ella tu incompetencia.

Busca algo más. Otro, quizás. Es ilógico que estén en la misma guarida, pero tiene que haber algún motivo para que haya atraído tu atención. Te tienen miedo. Has hundido dos veces una daga en el pecho de un no muerto y eres una mujer. Están desconcertados. Mira con algo más que con los ojos, pero no les des la espalda. Destiny sintió a Nicolae en la entrada de la cueva y su corazón empezó a latir mucho más aprisa.

No demuestres miedo, aunque sea de mí. Creerán que eres débil, y te conviene que estén preocupados. Es la primera vez que se encuentran con una mujer cazadora.

Tenía que confiar en Nicolae; no le quedaba otro remedio. Él la había seguido durante años; la quería para sí, o por algún motivo que ella aún no había logrado adivinar. Destiny no podía imaginar que, después de tanto tiempo, la traicionara dejándola a merced de otros vampiros. Y sabía por experiencia que él tenía razón. Los vampiros no compartían sus madrigueras. Aquella situación era extraña y sumamente peligrosa. Entonces escudriñó la cámara utilizando todos sus sentidos. Olió al instante al tercer adversario. No podía localizarlo, pero sabía que estaba allí. Compartió la información con Nicolae.

Se rió suavemente, fingiendo despreocupación mientras Vernon rugía de odio hacia ella. Se volvió hacia el vampiro más poderoso.

—No lo entiendo. Normalmente, cuando uno tan poderoso como tú entra en mi territorio, oigo rumores.

Lo había halagado deliberadamente, ingeniándoselas para parecer sin aliento y levemente coqueta.

El vampiro alto hizo una reverencia.

—Me llaman Pater. ¿Y tú eres…?

—Yo no me dejo engañar.

Destiny se giró bruscamente y, agazapándose, sacó un puñal de su bota y lo hundió en el blando vientre del tercer vampiro. Mientras éste chillaba, traspasó con el puño hueso y músculo, directa al corazón. Cerró los dedos alrededor del órgano y tiró con fuerza al tiempo que saltaba hacia atrás para esquivar en lo posible su sangre venenosa.

Mientras el vampiro se desplomaba, lanzó su corazón lo más lejos que pudo, encendió una chispa con un golpe en la pared de roca, la avivó al tiempo que subía corriendo por la pared, y arrojó luego las llamas sobre el órgano ennegrecido y palpitante, que al instante se carbonizó, convertido en finas cenizas.

Vernon agitó los brazos frenéticamente, olvidando por un momento sus terribles heridas. Destiny había aniquilado al tercer vampiro que con tanta paciencia había esperado para atacarla por la espalda mientras Pater la distraía. Se dejó caer al suelo, atenta a los charcos y a las densas volutas de vapor amarillo.

—Espero que no fuera amigo tuyo, Pater —dijo con una leve sonrisa. La pierna que había recibido el fuerte impacto de la cola del reptil empezaba a dolerle y a quemar—. Y espero también que no te hagas llamar padre de verdad. Eres demasiado joven, ¿sabes? —Se concentró en el vampiro alto, consciente de que Vernon no suponía ningún peligro, a menos que se acercara a él. Su fuerza se iba extinguiendo rápidamente a causa de la pérdida de sangre y de las espantosas heridas que Destiny le había infligido.

El vampiro alto se limitó a sonreír. Inhaló profundamente y sus ojos se agrandaron cuando percibió su olor.

—Eres de los nuestros. La sangre de nuestro pueblo fluye por tus venas. —Parecía levemente desconcertado—. ¿No has oído hablar del movimiento? Estamos uniéndonos, uno a uno, fortaleciendo nuestras filas. Una brizna de paja se la lleva el viento, pero una gavilla es fuerte y sólida. Nuestro poder ha permanecido oculto demasiado tiempo. Nos han obligado a tener miedo mientras criaturas inferiores, seres que para nosotros no son más que ganado, dominaban la tierra. ¿Por qué? Porque nunca hemos unido nuestras fuerzas. Juntos podemos derrotar a los cazadores. Son pocos, y la mayoría están a punto de unirse a nuestras filas. Tenemos espías en el bando de los cazadores y nuestro dominio sobre el ganado es cada vez mayor. Estamos infiltrándonos en posiciones de influencia y poder. Únete a nosotros.

Destiny empezaba a sentir un extraño cosquilleo en el gemelo, un cosquilleo alarmante porque le subía por la pierna, hacia el muslo, e irradiaba también hacia el pie. Levantó la barbilla. De pronto temía lo que Pater iba a decir. ¿Era aquél el motivo por el que Nicolae la había seguido durante tanto tiempo? ¿Para convencerla de que se uniera a las filas de los no muertos en una nueva intentona de hacerse con el poder? La idea resultaba escalofriante. ¿Podría detener ella sola aquel movimiento? ¿Quién la creería? Si le decía a alguien lo que era, la destruirían.

—Tu sitio está con nosotros.

Destiny dio un respingo al oír a Pater. No pudo evitar que un escalofrío recorriera su cuerpo. Los recuerdos que la habían asaltado súbitamente la ponían enferma. Les cerró la puerta con fuerza, aterrorizada ante lo que podían hacerle.

Sintiendo su debilidad, Pater dio un paso hacia ella sin apenas rozar el suelo. Destiny se hizo a un lado. No quería quedar atrapada de espaldas a la pared de la cámara. Estaba segura de que allí había algo. De pronto, su pierna cedió. Destiny cayó bruscamente, con una mirada perpleja. Aquel extraño cosquilleo era una parálisis que subía desde la magulladura de su gemelo hacia su muslo. Tenía el pie rígido; no podía moverlo.

Vernon rugió, triunfante, empujó a un lado a Pater y se lanzó hacia ella, ávido de sangre. Tropezó con las prisas y se precipitó hacia delante. Destiny vio que le lanzaba una patada y rodó por el suelo torpemente. El golpe le dio en la frente, pero había perdido su fuerza original. Como represalia, ella arrojó una piedra a una de las heridas del pecho de Vernon. Vio que Pater se deslizaba hacia ella sin prisa, con aquella misma sonrisa en la cara.

La pesada piedra golpeó con fuerza el pecho desgarrado de Vernon. El vampiro soltó un aullido, escupió y un chorro de sangre manó de su boca. Estaba a punto de derrumbarse.

—La mataré —prometió, tan rabioso que apenas podía articular palabra. Su odio se manifestaba en la cámara. El vapor amarillo iba acercándose a Destiny, rodeándola, al tiempo que Vernon se aproximaba.

Ella esperó, atenta a cada uno de sus gestos. Vernon estaba malherido, había perdido mucha sangre. A pesar de que no podía mover la pierna, Destiny estaba segura de que seguía siendo la más fuerte de los dos. Podría arrancarle el corazón si él se acercaba lo suficiente. Tendría que matar al menos a uno de los dos antes de encontrar un modo de destruirse. No quería que ninguno de ellos la cogiera con vida.

Algo en su quietud hizo detenerse al vampiro. Incluso Pater dejó de moverse y la miró, inquieto. Vernon entornó sus ojos llenos de odio y se lanzó hacia ella.

La caverna estalló de pronto en fuegos de artificio, en explosiones de fuego y una lluvia de chispas. Un hombre alto y fornido aterrizó pesadamente en medio de aquel despliegue pirotécnico. Era demasiado tarde para que Vernon se apartara. Las manos del recién llegado asieron su cabeza en forma de bala y la apretaron con fuerza, quebrando los huesos. Aquel hombre se movía tan deprisa que era una imagen borrosa. Su puño se hundió profundamente en la cavidad torácica del no muerto y extrajo el corazón entre los chillidos del vampiro. Mientras Vernon caía, Destiny vislumbró el brillo de una daga. El cuchillo cayó de los dedos inermes del vampiro y fue a parar muy cerca de ella.

Destiny levantó la mirada hacia el recién llegado. Le conocía. Le habría reconocido en cualquier parte. Poseía un poder descarnado, una elegancia purísima, con su pelo largo, su rostro fuerte y sus ojos penetrantes. Unos ojos mortíferos. Un torbellino de muerte. Destiny se quedó sin aliento. Sólo podía pensar en él como en su enemigo mortal. Un vampiro peligroso que había matado una y otra vez.

—¿Estás malherida? —le preguntó Nicolae lacónicamente mientras su mirada brillante hendía el denso vapor amarillo que iba cercándolos—. Toda esta caverna es una trampa mortal. Tenemos que salir de aquí.

Dio un paso hacia ella, se inclinó y se estiró para cobijarla entre sus brazos. Pater había desaparecido y en la cámara se dejaba sentir algo inquietante. El aire mismo vibraba, lleno de tensión y de algo mucho más siniestro.

Destiny se lanzó hacia él con un puñal oculto a lo largo de la cara interior de la muñeca. Sólo tendría una oportunidad de salvarse. Mientras Nicolae se cernía sobre ella, todo él músculo, nervio y fluida elegancia, su corazón se revolvió de manera alarmante y su determinación flaqueó un momento. Entonces vio sus ojos. Oscuros. Peligrosos. En sus profundidades brillaba una llama. Lanzó el cuchillo hacia su corazón.

Unas manos asieron sus muñecas como tenazas, clavando la parte plana de la hoja en su piel. Alguien la sujetó desde atrás y la empujó contra un pecho duro. Su captor era tremendamente fuerte; su garra resultaba inquebrantable. Destiny echó la cabeza hacia atrás, intentando golpear a su captor con la esperanza de aplastarle la nariz. Pero su cabeza chocó contra un pecho tan duro que sintió un estallido de dolor detrás de los párpados y en las sienes. Sólo pudo mirar, indefensa, mientras Nicolae se inclinaba hacia ella. Levantó una pierna, intentando darle una patada.

—Tenemos que salir de aquí —dijo una voz tras ella. Baja. Musical. Irresistible—. Te has descuidado, Nicolae. Ha estado a punto de matarte.

Su captor, todavía invisible, le quitó el puñal de la mano y con la misma rapidez le hizo un corte en la muñeca.

Fue un movimiento veloz e inesperado. El corte era profundo y extremadamente doloroso. La sangre comenzó a manar de su muñeca. Destiny frunció el ceño, incapaz de entender por qué hacían aquello. Los vampiros ansiaban la sangre y el poder que les proporcionaba sentir morir a su presa. Necesitaban el torrente de adrenalina de la sangre de sus víctimas tanto como la sangre misma.

—Maldita sea, Vikirnoff, no hacía falta que le hicieras daño.

Mientras Destiny caía, el poder combinado de los dos hombres pareció fundirse en el suave murmullo de aquella voz, que se hundía profundamente dentro de ella y la paralizaba.

Completamente indefensa, incapaz de moverse o de negarles nada, sólo pudo mirar, horrorizada, mientras Nicolae la atraía hacia él y se abría el pecho de una sola cuchillada. La apretó contra sí, ofreciéndole su sangre antigua, una sangre que ella sabía los uniría para toda la eternidad. Luchó en su fuero interno, oyó el grito de miedo y angustia que se arrancaba de su alma, un grito que no llegó a pasar de su garganta. Pero bebió porque no tenía elección. Juntos eran demasiado poderosos.

Es necesario eliminar la sangre contaminada de tu organismo. Relájate. Tenemos que hacerlo deprisa. Hay que marcharse de aquí, y el vampiro ha envenenado tu sangre con algo que no conocemos. Concéntrate, analiza el compuesto, descomponlo y arrójalo fuera de tu cuerpo. Como siempre, la voz de Nicolae era suave y firme.

Ella oyó cantar a su captor. Nicolae entonaba palabras que ya había usado antes en el interior de su psique, un ritmo suave, una música tranquilizadora que de algún modo alivió el dolor de su pierna y su muñeca. De su hombro y su brazo, donde el vampiro había logrado herirla. Cosa extraña, mientras la sangre de Nicolae penetraba en ella, la terrible quemazón que la acompañaba día y noche pareció disiparse. Cobró conciencia de la mano de él apoyada sobre su nuca, meciendo su cabeza, masajeando su cuello. Suavemente.

Cerró los ojos para no ver lo que le estaba sucediendo, para olvidar la sensación de impotencia de hallarse completamente a su merced. Bajo ella el suelo tembló: una advertencia. No podían disolverse en niebla envueltos en aquel vapor ponzoñoso, y ella no podía correr, paralizada por el veneno. Ignoraba por qué dejaban caer su sangre al suelo en un torrente constante y la llenaban con la sangre poderosa de un antiguo, pero pensó que estaban arriesgando sus vidas al quedarse en la cámara con ella.

Una parte de su cerebro funcionaba frenéticamente, sopesando alternativas, probando sus fuerzas, decidida a encontrar un modo de escapar. Otra parte de ella se relajaba entre los brazos de Nicolae e iba hundiéndose cada vez más, dominada por él, aceptando el extraño vínculo que los unía.

—Tendrás que hacerlo por ella, Nicolae. —La voz se elevó flotando detrás de ella. Sonaba muy lejana—. Ella no puede. Tendremos que sacarla de aquí. La trampa se está cerrando y el que ha escapado confía en dejarnos encerrados aquí.

Aquello picó el orgullo de Destiny. Ella podía hacer todo lo que hicieran ellos. Era fuerte y Nicolae le había enseñado bien, quizá mucho mejor de lo que él creía. Buscó en su interior, más allá del miedo y el dolor, más allá de la certeza de lo que era. Sencillamente se dejó caer y encontró una energía pura, un reducto de poder y sanación. Su sangre era fascinante. Destiny veía claramente la diferencia entre la sangre que caía al suelo y la que penetraba por la fuerza en su cuerpo. Veía la sangre antigua luchando con la suya, arrojándola de su cuerpo: en sus venas se libraba una batalla por su corazón y su alma. Manchas oscuras y densas se extendían desde su pantorrilla, invadiendo sus músculos y multiplicándose velozmente.

Fijó su atención en aquellas manchas, en las bacterias oscuras que habían invadido su corriente sanguínea para cumplir los designios del vampiro.

Aprisa. Tenemos que irnos. Te llevaré lo más cerca de la superficie que pueda, pero tendrás que cambiar de forma para salir de aquí sana y salva. Como siempre, la voz melodiosa sonaba despreocupada y lenta. Pero Destiny era consciente de lo desesperado de su situación. Sabía que Pater, el vampiro, había escapado. Su guarida era una trampa peligrosa, diseñada para aprisionarlos. Los corrimientos de tierra eran la única advertencia que necesitaban. Destiny se concentró en las manchas de bacterias, las descompuso, arrojó la mayoría fuera de sus poros y empujó los hilillos que corrían hacia su corazón de vuelta a la enorme saja de su muñeca.

Aquella espantosa parálisis desapareció junto con las bacterias. La fuerza penetraba en su cuerpo con el torrente de la sangre antigua. Nicolae acercó la muñeca de Destiny al calor de su boca. El corazón de Destiny se detuvo un instante, dio un vuelco, empezó a latir con fuerza. El furioso dolor de la herida se disipó y un curioso latido ocupó su lugar al tiempo que un súbito calor invadía su torrente sanguíneo. Los dos cazadores aflojaron la garra con la que atenazaban su mente y liberaron su psique y su cuerpo. Ella apartó la mano que Nicolae le sostenía y se la llevó al corazón. Cobró conciencia de que se hallaba en brazos de Nicolae y de que él corría a través del laberinto de cámaras subterráneas. Entonces le pasó la lengua por el desgarrón de su pecho en un gesto automático para restañar la herida.

Se mantuvo deliberadamente inerme en sus brazos, reuniendo fuerzas, a la espera de su oportunidad. Fijó su atención en el hombre de rostro severo que corría junto a Nicolae. Era unos centímetros más alto que él y tenía su misma melena negra y sus ojos penetrantes. La miró, volviendo hacia ella aquellos ojos duros e inexpresivos, y un escalofrío recorrió su columna vertebral. Destiny reconocía la muerte cuando la veía.

La cámara de la que habían huido estalló y, al derrumbarse las paredes y el techo, su estruendo reverberó en el laberinto subterráneo. A pesar de que avanzaban con velocidad preternatural, un solo paso los separaba del denso vapor amarillento.

—Me siento mucho más fuerte —dijo Destiny—. Bájame y tardaremos menos en salir de aquí.

Nicolae la cambió de postura en sus brazos sin aflojar el paso, dejando que sus pies cayeran al suelo hasta que ella comenzó a correr. Inmediatamente, se colocó detrás suyo, protegiéndole la espalda, mientras su hermano corría a velocidad de vértigo delante de ellos.

Destiny no tuvo más remedio que admirar la fluida elegancia de su enemigo mientras Nicolae corría y cambiaba de formaba al aparecer ante ellos la abertura, una estrecha grieta por la que ninguno cabía. Ella no se imaginaba que alguien pudiera metamorfosearse tan rápido; que aquella figura alta y elegante pudiera transformarse tan velozmente en un murciélago.

¡Ahora! ¡Deprisa! ¡Transfórmate! Era la primera vez que sentía nerviosismo en la voz de Nicolae. No perdió el tiempo mirando atrás para ver qué les seguía; la urgencia de su orden era suficiente advertencia. Mantuvo la imagen del murciélago en primer plano de su mente y sintió cómo la metamorfosis se apoderaba de ella, la recorría, consumiéndola. Sus huesos se retorcieron y acortaron, cambiaron de forma y se estrecharon. Al pasar por la estrecha abertura, casi perdió la punta de una de sus alas. Sentía a Nicolae tras ella, muy cerca.

Un muro de fuego se cerró a su espalda, se estiró hacia ellos; se movía casi a su misma velocidad y empujaba aquel temible vapor amarillo delante de las llamas anaranjadas y voraces. Aquella nueva cámara era más pequeña, pero tenía una chimenea. Destiny siguió al murciélago que iba delante a través del estrecho conducto, encogiendo el cuerpecillo para escapar del chorro de calor.

Más deprisa. Destiny susurró aquellas palabras mentalmente, angustiada porque Nicolae pudiera quedar atrapado en aquel infierno. No se dio cuenta de que también se las había transmitido a él. De que había revelado la angustia que sentía por él. De que tras ella, incluso transformado en murciélago y mientras huía de una tormenta de fuego, él sonreía.

Lo conseguiremos, dijo Nicolae tranquilamente, con calma.

Aquello irritó a Destiny. Oyó mentalmente el eco suave y exasperante de su regocijo mientras atravesaba la chimenea y entraba en la siguiente cámara. Era ésta pequeña y oscura, y el aire tenía una densidad inquietante. El calor era sofocante. Nicolae masculló una maldición, pero sus palabras sonaron de nuevo como una advertencia en la mente de Destiny. Ella recobró de inmediato su forma y examinó las gruesas paredes, las formas ondulantes de los estratos rocosos. En otro tiempo, aquella cueva pequeña y extraña había formado parte de un flujo de lava, pero ahora era una trampa mortal ideada por un monstruo lleno de astucia. El vapor amarillo comenzó a inundar la reducida estancia, llenando rápidamente todas sus hendiduras.

Nicolae y su hermano también palpaban las paredes de la caverna, abarcando toda la superficie que podían, evaluando el calor con las palmas de las manos.

—Por aquí, Vikirnoff.

Destiny vio que Nicolae retrocedía para dejar que su hermano pasara las manos por el mismo lugar. Se acercó, preguntándose qué habrían encontrado. Nicolae la agarró del brazo y protegió con su cuerpo el de ella, más pequeño, al tiempo que Vikirnoff traspasaba la roca con la palma de la mano.

El suelo se estremeció, y las paredes oscilaron y comenzaron a derrumbarse. Grandes trozos de roca comenzaron a caer por encima de sus cabezas. Nicolae se volvió, cobijó a Destiny entre sus brazos, se inclinó sobre ella y la acercó cuanto pudo al agujero que había abierto Vikirnoff. Éste golpeó la roca por segunda vez para agrandar el hueco. El vapor amarillo, que se había enredado alrededor de sus cuellos como una soga, comenzó a tensarse. El suelo volvió a temblar y luego, bruscamente, se combó, lanzándolos contra la roca incandescente. Destiny sofocó un grito de dolor. El miedo la ahogaba. No se atrevía a abrir la boca, ni a respirar la terrible niebla venenosa que los envolvía.

Vikirnoff saltó a través del agujero desigual mientras otro temblor sacudía la tierra. Nicolae la agarró por la cintura y la lanzó detrás de su hermano. Ella aterrizó bruscamente al otro lado y automáticamente comenzó a inspeccionar lo que la rodeaba. Tras ella, la pared se derrumbó, el polvo y los cascotes se mezclaron con el vapor amarillo que, intentando mantenerlos en la cueva más pequeña, se había filtrado por el agujero.

Destiny saltó hacia la pared y comenzó a escarbar entre las rocas, apartándolas de cualquier modo.

—¡Está atrapado! —gritó, arañando las piedras. Estaban calientes y casi pegajosas. *¿Estás bien?*, le gritó a Nicolae, incapaz de dominarse. Su corazón casi se había detenido. Él no podía estar muerto. Su único compañero. Su salvador. *Háblame. Di algo.*

Vikirnoff la apartó por la fuerza de la pared.

—Vete —ordenó hoscamente—. No dejes que ese veneno penetre en tu cuerpo. Vete mientras puedas. Yo le sacaré de ahí.

Destiny vaciló. Vio que Vikirnoff se ponía manos a la obra a ritmo frenético, moviéndose contrarreloj mientras la tierra se combaba y cedía.

Vete. La voz era tan firme como siempre. Despreocupada. Serena. Destiny se giró, se metió de un salto por una grieta y corrió hacia las cámaras superiores. Cada paso que daba, alejándola de él, aumentaba el terrible peso que, como una losa, sentía sobre el pecho. No lo entendía; no quería entenderlo. Sólo sabía que apenas podía respirar, tan fuerte era su deseo de dar media vuelta e ir en su ayuda.

Se alejó corriendo de los últimos jirones de vapor, metamorfoseándose al mismo tiempo, y cruzó a toda velocidad las cuevas y cámaras, ascendiendo a ritmo constante hacia la superficie. Era un cometa de niebla; se mantenía muy por delante del veneno que la seguía, pero algo de ella había quedado atrás. Su alma parecía haberse quedado con Nicolae en la cámara derruida.

Salió bruscamente a la intemperie, al aire limpio y refrescante. Se transformó en búho y surcó volando el cielo. Normalmente disfrutaba de aquella sensación; la capacidad de adoptar aquella forma era una de las ventajas de su condición. Ahora, sin embargo, su mente parecía consumida por el deseo de saber que Nicolae estaba vivo y se encontraba bien. No podía pensar en otra cosa, era lo único que le importaba.

Me alegra saber que te importo. Había de nuevo en su voz aquella inevitable sorna viril que le hacía rechinar los dientes. Pero esta vez ella sólo sintió alivio. *Hemos salido de la cámara y estamos intentando alejarnos del vapor. Pronto nos reuniremos contigo.*

Destiny interrumpió bruscamente el contacto. No se reunirían con ella. Necesitaba el consuelo de la tierra. Sus heridas ardían y palpitaban, recordándole que podía sentir dolor cuando no hacía un esfuerzo constante por bloquearlo. Cansada, hizo un último esfuerzo por borrar su rastro. Conocía a Nicolae, sabía que era un cazador muy hábil. Él le había dado acceso a sus recuerdos, y batallando siglo tras siglo había acumulado una vastísima experiencia. Por lo tanto, no estaba en condiciones de enfrentarse a él, y menos aún teniendo en cuenta que llevaba un compañero de viaje.

Volvió premeditadamente sobre sus pasos varias veces, vigilando su rastro. Estaba decidida a elegir el momento y el lugar de la batalla, a asegurarse de que toda la ventaja estuviera de su parte. No permitiría que volvieran a atraparla.

Agotada, se posó en una pequeña arboleda, en medio de una ladera de un monte, en un parque nacional. El viento, que soplaba con fuerza, intensificaba el frío que traspasaba su cuerpo hasta los huesos. Temblando, tejió sus salvaguardas, un laberinto de trampas que detendrían a humanos y vampiros lentos, y que la alertarían de su presencia.

Al abrir la tierra sintió que el suelo rejuvenecedor la llamaba y pensó en lo que Nicolae había hecho. Le había salvado la vida apartándola de la pared que se derrumbaba. Había actuado como su salvador una y otra vez. ¿Era eso obra de un vampiro auténtico? Todo lo que Destiny sabía de los vampiros indicaba que Nicolae no era uno de ellos. Cierto, sus voces eran bellas y dulces y atraían incluso a los más recelosos. Podían parecer apuestos y sensuales. Pero no podían disfrazar la perversidad de su naturaleza; eran malvados y egoístas, y se regodeaban en el dolor de sus víctimas. Jamás ayudaban o salvaban voluntariamente a nadie.

Y, sin embargo, allí estaba Pater y su plan de unir a los vampiros en un grandioso ardid para apoderarse del mundo. Por rocambolesca que fuera, la idea la aterrorizaba. Los vampiros tenían poderes increíbles, una influencia tremenda sobre los humanos, eran capaces de crear marionetas que cumplían sus designios, perversos esbirros que cumplían sus órdenes mientras sus amos descansaban bajo tierra, lejos del sol.

Nicolae nunca había mostrado aquellos rasgos, ni siquiera cuando batallaba. Durante sus batallas, ella había sentido agitarse su salvajismo, un demonio agazapado y listo para destruir, pero siempre sujeto, siempre bajo control. Suspiró suavemente. Tenía que averiguar mucho más sobre él antes de destruir a su único compañero.

Ante sí misma podía reconocer que echaría de menos a Nicolae si sus almas no volvían a fundirse. Contaba con él. Muchas veces, mientras aprendía a matar al vampiro que la había torturado, había recurrido a los recuerdos de Nicolae. Más aún: había recurrido a él en busca de apoyo emocional. Nicolae había estado con ella incluso en los momentos más degradantes y aterradores de su vida. Protegiéndola. Distrayéndola. Manteniéndola con vida.

Entonces se hundió cómodamente en los brazos tranquilizadores de la tierra. Nicolae le había contado a menudo cuentos de hadas sobre una raza de seres. Los carpatianos. Decía que era uno de ellos, que cazaba a quienes, entre sus congéneres, traicionaban a su raza convirtiéndose en la más perversa de las criaturas. Al principio, ella había creído que se inventaba aquellas historias para distraerla del terror de su existencia. Más tarde, pensó que intentaba atraerla hacia él, hacerle creer que no era un vampiro, sino otra cosa. De hecho, desde que cazaba a los no muertos, nunca se había cruzado con un ser como los que describía Nicolae. Cuando cerró los ojos y la tierra se cerró sobre ella, mientras el aliento dejaba su cuerpo y su corazón dejaba de latir, lo último que pensó fue que debía averiguar algo más sobre aquella especie. Rezaba por que existieran de verdad.

Capítulo 3

Destiny abrió los ojos y esperó a que la terrible oleada de dolor recorriera su cuerpo. La angustia del despertar siempre la dejaba sin aliento, con la mente vacía, hasta que encontraba un modo de volver a respirar, a ponerse en funcionamiento. Siempre era en ese momento cuando Nicolae se fundía con ella. El dolor le atraía hacia ella, le permitía encontrarla en la inmensidad del universo. Pero aquel despertar fue distinto. El dolor estaba ahí, en su sangre y en sus huesos, un ácido ardiente que latía y vibraba, pero desprovisto del terrible tormento que la había atenazado durante los últimos años. La sangre antigua de Nicolae le había proporcionado algún alivio.

Aunque hoy sea menor, sigo sintiendo tu dolor. Ven a mí. Mi sangre corre por tus venas, te será fácil encontrarme. Ven a mí y haré todo lo que pueda por curarte. Era un susurro suavísimo, una dulce seducción.

Destiny se quedó mirando el cielo nocturno, cautivada por su belleza. Por encima de su cabeza, las ramas de los árboles se mecían suavemente y las hojas titilaban con un extraño destello plateado. La voz bella y musical de Nicolae la había hechizado. No era simplemente que deseara escucharla: necesitaba oír cómo le hablaba. No podía contar las veces que había buscado refugio en su mente huyendo de las atrocidades de su existencia y había encontrado a Nicolae allí, esperándola donde ella pudiera escuchar la magia de su portentosa voz. Su necesidad de él parecía crecer a medida que envejecía, en lugar de disminuir.

Mientras intentas encontrar motivos para temerme, recuerda que podría haber tomado tu sangre, haberte atado a mí para siempre y no lo hice. ¿Para qué querría una mujer que no está dispuesta a acompañarme por propia voluntad? Si quisiera hacerte prisionera, habría tomado tu sangre, no te habría dado la mía. Ahora tienes poder sobre mí. Sabes que lo que digo es cierto.

Destiny levantó la barbilla en una suerte de rebelión. No necesitaba que Nicolae le explicara lo obvio.

Resolveré las cosas yo sola, Nicolae. No necesito ni quiero tu consejo, ni te lo he pedido.

Él se rió suavemente, y la sonoridad alegre y pura de su risa se deslizó en la mente de ella y envolvió inesperadamente su corazón. Entonces inhaló bruscamente y sus ojos se agrandaron, llenos de sorpresa, al darse cuenta de algo. Una parte de su ser quería tener a Nicolae cerca. Se había despertado expectante, ansiosa por oír su voz, por sentir de nuevo el vínculo que los unía.

El rubor se extendió por su cuello y su cara mientras salía flotando de su lugar de descanso. Se consideraba disciplinada, se enorgullecía hasta cierto punto de ello y, sin embargo, sentía un aleteo de mariposas en el estómago y un calor que se difundía traicioneramente por su cuerpo ante el simple sonido de su voz. Ante la certeza de su cercanía.

No te quiero aquí. Lo dijo con cierta vehemencia. Horrorizada consigo misma. Horrorizada por sus sentimientos hacia Nicolae.

Él respondió con una risa viril y pura que, llena de regocijo, se coló en su mente, bajo su piel, y se disolvió en sus huesos. Llevaba demasiado tiempo en su mente como para no reconocer su confusión por lo que era. Destiny exhaló lentamente, con un siseo.

Las emociones le traicionan a uno, Nicolae. Esa lección la aprendí de un maestro. Es una verdad que acepto.

Las emociones le habían permitido a Nicolae encontrarla. Si ella no hubiera oído a Mary Ann hablando con una de sus clientas, si sus palabras no hubieran sido las que ansiaba oír, habría seguido con su existencia nómada y Nicolae no la hubiera encontrado.

Te habría encontrado. Su voz, bella y exasperante, mostraba una perfecta confianza en sí mismo. *Tú sabes que te habría encontrado.*

Entonces habrá una batalla entre nosotros.

Su risa adquirió de pronto una cualidad brumosa.

Nunca ha habido una guerra que librar entre nosotros, ni nunca la habrá. Somos dos mitades de un todo.

Se estremeció al oír sus palabras. Para ella, eran una acusación. Había visto sus masacres. Había estado en contacto con la oscura bestia que yacía agazapada en su interior. Por más que deseara creer lo contrario, seguía siendo lo que un monstruo había hecho de ella. Se apretó un momento las sienes con los dedos, cerrando los ojos a la belleza de la noche, a la belleza de la voz de Nicolae, a la magia de las cosas de las que había cobrado conciencia.

Cambió de forma, se elevó de un salto y echó a correr a cuatro patas, como una máquina bien engrasada, mientras las estrellas brillaban como una lluvia de diamantes en el cielo: el poder puro de lo que era. Le resultaba imposible odiar su existencia. Siempre había tenido alternativa, y había elegido vivir. Había elegido cazar y aniquilar monstruos. Había elegido quedarse junto a Mary Ann Delaney. Y había elegido escuchar a un monstruo depravado. Un monstruo que había asesinado a su familia y convertido su infancia en un infierno.

¡Basta!, dijo Nicolae enérgicamente: una orden de un antiguo acostumbrado a la obediencia inmediata. *Eras una cría, una niña pequeña, no sabías nada de esas criaturas perversas. No podías haber impedido lo que ese vampiro le hizo a tu familia, ni fue culpa tuya. Tienes facultades extrañas. Hay en el mundo otros como tú, otras mujeres jóvenes y posiblemente también algunos chicos, que sin darse cuenta atraen al monstruo a través de sus dones increíbles, y que no son en modo alguno responsables de lo que hace el vampiro. El vampiro elige su modo de vida. Hubo un tiempo en que caminaba en la luz y tenía honor y respeto. En algún momento de su vida, supo que arriesgaba su alma si seguía por ese camino. Sabía lo que debía hacer, pero eligió convertirse en un no muerto. Busca en mis recuerdos; te los ofrezco libremente. No puedes seguir creyendo que eres culpable.*

Destiny guardó silencio un momento. Deseaba creerle. Deseaba ser absuelta. Deseaba que el hechizo de su voz la envolviera y la apartara de todo lo que le había ocurrido. *Tu voz es un arma.* Le susurró aquellas palabras en voz alta, además de mentalmente. Necesitaba oír el sonido de su propia voz para creerlas.

Tienes miedo. Es natural temer lo que no se comprende, pequeña. La voz de Nicolae era tan tierna que ella sintió ganas de echarse a llorar. Deseaba tenderle los brazos y dejarse estrechar por él. Su respuesta fue tan intensa, tan ajena a su naturaleza, que la dejó desconcertada. Y la asustó más aún. Se sentía indecisa y aturdida, y no le gustaba. Hacía mucho tiempo que Nicolae no la llamaba «pequeña». Intentó convencerse de que era aquella expresión de cariño lo que la había perturbado, pero sabía que no era así.

Quizá tuviera miedo, pero no era una cobarde. Al menos podía ser sincera consigo misma… y con él. Levantó la barbilla y cuadró los hombros.

Sí, tengo miedo. No sé confiar en los demás. No sé siquiera si confío en mí misma. Confié en la belleza de una voz y me engañaron.

Eras una niña. Su ternura la atenazaba, la volvía del revés.

¿Me excusa eso?

No hiciste nada malo. Y aun así te culpas por haber sobrevivido. Estabas destinada a sobrevivir. Déjame ayudarte.

Destiny se pasó la mano por el pelo y su melena cayó como una nube oscura alrededor de su cara. El hambre la quemaba, recorría su cuerpo lentamente, corroyéndola. Intentaba ignorarla, intentaba ignorar la certeza de que alimentarse ya no le repugnaba tanto como debía. Lo mismo que intentaba ignorar lo fácil que le resultaba controlar a su presa. Dio un respingo.

Presa. ¿Me has oído? Pienso en ellos como en presas, no como personas. En eso me he convertido. Eso es lo que ese vampiro hizo de mí. ¿Cómo vas a ayudarme? ¿Cómo voy a confiar en ti? Sé lo que eres. Tú me ayudaste a matarle. Me enseñaste a ser lo que soy. Veo la oscuridad que hay en ti. ¿Acaso vas a negarlo?

Claro que no. La bestia forma parte de mí. Es mi fuerza y mi debilidad. Pero soy mucho más que una bestia irracional entregada a la muerte, a la tortura y el dolor de los demás. Del mismo modo que tú eres mucho más que lo que ese vampiro intentó hacer de ti.

También hay oscuridad en mí. Destiny no quería mentir. A él no. Ni a sí misma. Ya no.

Amor mío. Nicolae pronunció aquellas dos palabras suavemente, envolviéndola en su magia. *Su sangre fluye por tus venas, te persigue, te atormenta y te susurra, pero es su oscuridad la que sientes, no la tuya. Los carpatianos son grandes sanadores. Esta tierra es buena, pero la sangre de nuestra patria es como ninguna otra. Su sangre contaminada puede desaparecer. Nuestros sanadores y la tierra de nuestra patria pueden ocuparse de la sombra.*

¿Cómo puedo confiar en nada de lo que me dices? Destiny repitió su pregunta casi desesperadamente. Deseaba de él algo que Nicolae nunca podría darle. Consuelo. Quería consuelo y, sin embargo, no se atrevía a creer de nuevo.

Eso es algo para lo que sólo tú tienes respuesta. No había impaciencia en su voz, ni enfado, sólo una suave ternura que amenazaba con hacerle a ella el corazón añicos. *Tienes que encontrar la respuesta por ti misma. Si de veras no ves la diferencia entre yo y ese monstruo maldito que te arrancó de la seguridad de tu hogar y te sometió (nos sometió a los dos) a sus repugnantes torturas, entonces no tengo nada con lo que defenderme. Y nunca lo tendré. Tienes que buscar en mi corazón y mi alma. Mirar más allá de la bestia y ver al hombre. Ver lo que eres para mí. Mi corazón y mi alma. Todo lo que existe. Si me ves por completo y no sólo por fragmentos, tendrás tus respuestas.*

Destiny le odió por introducir aquellas palabras en su mente con un susurro. Por tentarla. Su contacto era leve como una pluma, sus palabras rozaban sus espantosos recuerdos con la suavidad del pincel de un pintor. Nicolae intentaba embaucarla para que se adentrara más aún en su telaraña. Destiny se sentía hipnotizada por él. Por todo lo que decía. Por la fuerza y el poder que poseía. Por su saber. Por cómo había cobijado a una niña indefensa. Incluso por cómo le había dado su sangre sin tomar un solo trago de la suya. La sangre era poder. Creaba un vínculo. Nicolae la había acunado como nadie lo había hecho. La había abrazado como si le importara. Le había dicho cosas que traspasaban su armadura como flechas. Cosas hermosas que ella necesitaba, que ansiaba incluso. Cosas hermosas que la aterrorizaban.

Cosa extraña, mientras rellenaba el agujero en el que había descansado, devolviendo la tierra a su estado original, un leve temblor en sus piernas captó su atención. Alarmada, levantó la mano delante de su cara. Estaba temblando. *Maldito seas, no te quiero aquí.* ¿Y si tenía que matarle? ¿Y si él no le daba elección? Nicolae la debilitaba tanto que su cuerpo temblaba. Y ella no podía permitirse aquello. No podía tenerle en su territorio.

Merece la pena arriesgar mi vida por ti; siempre ha merecido la pena. Nicolae hablaba con sinceridad, como si creyera cada palabra que decía.

Destiny negó con la cabeza. Él no iba a marcharse y, por más que lo intentaba, ella no podía creer que fuera malvado. Nicolae no iba a facilitarle las cosas desapareciendo. Pero ¿de veras quería ella que se marchara? Aquella idea surgió de improviso, espontáneamente. Se coló en su conciencia y tiró de ella.

—Me siento dividida. —Lo dijo en voz alta mientras miraba el cielo. Deseó que Mary Ann fuera de veras su amiga y ella pudiera hablarle de Nicolae—. Una parte de mí se sentiría defraudada si él no se quedara. Si no me quisiera.

Ya estaba, ya lo había reconocido ante sí misma y sin usar la palabra «destrozada». Aquella palabra podía haber flotado un segundo en su cerebro, pero no la había pronunciado en voz alta. No le había dado vida.

¿Cómo podría sobrevivir sin él? Hacía años que vivía con él. Compartía sus pensamientos en cada despertar. Escuchaba la magia de su voz. No sabía, no se había dado cuenta de cuándo había empezado Nicolae a invadir su corazón. Sabía que le necesitaba para sus constantes batallas con los no muertos. No se había dado cuenta de que le necesitaba para vivir.

Ahora podía encontrarle en cualquier momento, en cualquier lugar. Entre ellos había un vínculo de sangre. Podía vigilarle a voluntad, podía introducirse en su mente y ver lo que hacía. Aquello le daba ventaja sobre él. Cuando él fuera a cazarla, ella lo sabría. Y también sabría si mataba a alguien.

Se volvió resueltamente hacia la ciudad rebosante de vida. Había pospuesto demasiado tiempo su asunto con Mary Ann. Prefería acabar cuanto antes con él. Dio tres pasos y se lanzó al aire, desplegando los brazos al tiempo que brotaban las plumas. El viento la impulsó hacia arriba. La tierra se alejó, llevándose sus miedos con ella. Bloqueó el recuerdo de Nicolae y Vikirnoff y se permitió disfrutar del placer puro del vuelo. Nunca se cansaba de tomar la forma de un búho y solía usarla cuando viajaba.

El mundo le parecía muy bello cuando surcaba el cielo, cuando el aire bañaba su cuerpo, limpiándolo, y se sentía completa, pura y viva. Traspasó las nubes sin detenerse a jugar. Tenía cosas que hacer. Inspeccionó lugares conocidos, buscando el rastro de Mary Ann. Su olor. El sonido de su voz. Su risa suave. Encontró lo que andaba buscando en un pequeño bar en el que la gente del barrio se reunía para intercambiar los últimos cotilleos.

Se posó en el tejado de la tienda del otro lado de la calle, enfrente del bar, y escudriñó la calle. A pesar de lo tarde que era, Velda Hantz y su hermana Inez estaban sentadas en sus sillas, en la acera, delante de su edificio, viendo pasar el mundo. Tenían ambas más de setenta años y formaban parte del mobiliario permanente de la calle; saludaban a los transeúntes por su nombre y ofrecían a voces amigables consejos o reproches maternales cuando la situación lo requería. Era imposible no verlas, vestidas como iban con sus colores favoritos: el rosa fluorescente y el verde limón. Velda llevaba el pelo gris, con las puntas pintadas de rosa, peinado con su artístico estilo de siempre, como agitado por el viento, mientras que Inez se había recogido su melena, de un vivo color púrpura, sobre la coronilla. Ambas lucían zapatillas deportivas último modelo, que arrastraban cuidadosamente por el suelo mientras permanecían sentadas en sus sillas. A Destiny, las dos hermanas le parecían singularmente entrañables. Más de una vez había dejado que la vieran, y siempre la saludaban amigablemente, levantando la voz, y le hacían señas para que se acercara y se sometiera a un rápido interrogatorio.

Con las rodillas levantadas y la barbilla apoyada en la mano, Destiny observaba a las dos mujeres sin darse cuenta de que tenía una sonrisa en la cara. Se había mudado a menudo de ciudad, yendo de estado en estado, siempre a la caza de los no muertos. Siempre por delante de Nicolae y de su persecución implacable. Sabía cómo funcionaba la mente de Nicolae. Él le había dado acceso a sus batallas, a sus estrategias, a sus procesos mentales. Destiny había absorbido sus conocimientos, consciente de que su vida dependía de ello, y no sólo la suya, sino también la de otros. Eso le había permitido ir siempre por delante de él. Hasta que oyó hablar a Mary Ann Delaney mientras aconsejaba a una joven cuya vida era un desastre. Aquella voz suave y clara, las cosas que Mary Ann había dicho, la habían encadenado a Seattle. A aquellas calles. Con el tiempo, había llegado a sentirse íntimamente responsable de toda la gente del vecindario.

Suspiró y se incorporó muy lentamente. Había tomado la decisión consciente de dejar de huir y de permitir que aquella ciudad se convirtiera en su hogar, de preocuparse por sus habitantes. Ello le procuraba una apariencia de normalidad que necesitaba desesperadamente, un propósito para seguir viviendo a pesar de conocer su propia maldad.

Tú no eres mala. Eres carpatiana. Llevas la sangre contaminada del vampiro, pero no eres un vampiro. Te lo he explicado más de una vez. Había una nota de paciencia en la voz aterciopelada de Nicolae. *¿Qué te preocupa?*

Destiny suspiró suavemente, apartándose un mechón de pelo que le caía sobre la cara.

¿No tienes otra cosa mejor que hacer que acosarme? ¿Todos los hombres son tan pesados como tú?

Hubo un breve silencio. Destiny sintió que Nicolae se esforzaba por no echarse a reír. Nadie le hablaba como ella, y estaba perplejo, además de contento. Aquello hacía que ella se sintiera más cerca de él. Conectada con él.

Santo cielo. Vas a darme más problemas de los que imaginaba.
No sabes cuántos.

Tener la última palabra le procuraba cierta satisfacción femenina. Respondió con agudeza e interrumpió la conexión rápidamente, con decisión. Aquella breve comunicación entre los dos le había dado el valor necesario para hacer lo que debía. Se obligó a abandonar el cobijo de los tejados.

El ruido de la música y de las conversaciones parecía irradiar como un estallido desde las paredes de La Taberna. Destiny se quedó fuera del bar, como había hecho muchas veces antes. Sus pequeños dientes tiraban con nerviosismo de su labio inferior. Nunca entraba; prefería quedarse encaramada al tejado, escuchando las conversaciones. Siempre le parecía reconfortante, como si de verdad formara parte del vecindario.

Esa noche Mary Ann estaba en el bar. Destiny estaba segura de ello. Y Mary Ann tendría preguntas. Montones de preguntas. Por lo tanto, tendría que borrar sus recuerdos, a pesar de que se resistía a hacerlo. Le caía bien Mary Ann, la respetaba, y la idea de borrar deliberadamente su memoria la perturbaba. Llevaba dos días eludiendo la cuestión; había preferido permanecer oculta al abrigo de la tierra, sanando de sus heridas y escondiéndose del guerrero antiguo que la buscaba. Escondiendo su alma negra de Mary Ann. Pero ahora no le quedaba más remedio que enfrentarse a ella.

La puerta del bar se abrió y por ella salieron dos hombres que pasaron junto a ella sin verla, riendo y charlando. Destiny los conocía. Eran Tim Salvadore y Martin Wright. Susurró sus nombres en voz baja, como si los saludara. Vivían en un pequeño apartamento sobre la tienda de comestibles de la esquina. Por motivos profesionales intentaban ocultar que eran pareja, pero todo el mundo en el barrio sabía que eran algo más que compañeros de piso. A nadie le importaba; a la mayoría de la gente le caían bien. Pero de todos modos, por respeto y cortesía, nadie aludía a su relación de pareja.

Destiny se mordió el labio con más fuerza mientras los veía bajar por la calle. Le gustaba ver desplegarse sus vidas. Eran personas corrientes y amables que parecían quererse sinceramente. Formaban parte de la pequeña comunidad a la que ella protegía. Mantuvo la mirada fija en los dos hombres hasta que doblaron la esquina y se perdieron de vista. Luego volvió a mirar La Taberna con el ceño fruncido.

Tendría que entrar y enfrentarse a Mary Ann. Estaba segura de que, después de que hablaran, vería miedo y repulsión en sus ojos marrón claro. Saber lo que ella era sustituiría a la compasión y la amistad. Destiny sabía que podría borrar aquel conocimiento de la mente de Mary Ann si ésta no pudiera aceptarla tal como era, pero entre ellas siempre habría una barrera. Nada volvería a ser igual.

Ni siquiera podría fingir que eran amigas, y eso, la amistad de Mary Ann, era importante para ella. Quería que Mary Ann la aceptara, pero ¿cómo iba a aceptarla nadie si ni ella misma se aceptaba?

Se quedó un momento frente a La Taberna, con los hombros caídos y el corazón lleno de temor. De pronto le sintió. Nicolae. Él se agitó en su mente. La profunda pena de Destiny había atraído su contacto suave e inquisitivo. Su ternura la reconfortó. Pero la asustaba ansiar su contacto. Le cerró su mente con un portazo. No podía arriesgarse a que él supiera de Mary Ann. Nicolae no permitiría que un humano que conocía la existencia de los vampiros siguiera viviendo. Entonces levantó la barbilla, cuadró los hombros y abrió la puerta con decisión.

El ruido y los olores la asaltaron de inmediato, mezclándose con estridencia hasta que logró bajar el volumen de su mente. Nada podía impedir que su estómago se anudara y se revolviera, protestando por lo que estaba a punto de hacer. Su mirada se fijó infaliblemente en Mary Ann.

Estaba sentada en un taburete de la barra, vuelta a medias hacia la puerta. Se reía de algo que estaba diciendo la mujer que se encontraba a su lado. Destiny la conocía tan bien que percibía el tono forzado de su risa. No miró a la mujer que hablaba con ella, ni intentó identificar a las otras personas que había en el bar. Se concentró en Mary Ann y deseó que levantara la mirada al tiempo que se preparaba para afrontar el horror y el conocimiento que vería en lo hondo de aquellos ojos castaños.

Mary Ann volvió la cabeza lentamente hasta que su mirada oscura se encontró con la de Destiny. La alegría iluminó su cara, disipando la preocupación de su mirada. Saltó del taburete, dejando a su acompañante en mitad de una frase, y corrió hacia ella. El tiempo pareció detenerse mientras la veía cruzar el local como un pequeño cohete.

—¡Estás viva! ¡Gracias a Dios! Estaba muy preocupada. No sabía con quién contactar. Llamé a los hospitales, hasta al depósito de cadáveres. —Mary Ann estuvo a punto de echarle los brazos al cuello, pero se contuvo al ver lo incómoda que se sentía aquella mujer más joven que ella.

Destiny la miraba fijamente, aturdida, con la mente en blanco. La disculpa que con tanto cuidado había preparado se esfumó de su mente; sólo podía mirar, desconcertada. Dos veces se aclaró la garganta.

—Vamos, alejémonos de toda esta gente —sugirió Mary Ann en voz baja, y, tirando de ella, la alejó unos pocos pasos del gentío.

—No tienes ni una pizca de instinto de supervivencia —le dijo Destiny en tono de reproche—. ¿Por qué nunca intentas protegerte?

—No lo sé. Lo único que oía era su voz. Era tan melodiosa… Casi hipnótica. No podía verle claramente hasta que tú me hablaste. Luego su voz me sonó horrible y rasposa y él parecía… —Su voz dejó de oírse mientras buscaba la palabra adecuada—. Un monstruo. Sus dientes, tan aserrados y puntiagudos. Sus uñas parecían sacadas de una película de terror. Pero al principio me pareció guapo. Me habría ido con él, si no me hubieras empujado dentro de la iglesia. Gracias, Destiny.

Destiny sólo podía mirarla con una especie de horrorizada perplejidad.

—No me refiero a él. Con él no habrías tenido una sola oportunidad, de todos modos. Era un vampiro. No son fáciles de derrotar, y tú no tienes las habilidades, ni los conocimientos necesarios. Estoy hablando de mí. Te alegras de verme…

—¡Claro que me alegro de verte! —la interrumpió Mary Ann—. Estaba muy preocupada, Destiny. Te he buscado todos los días, en todos los sitios a los que podrías haber ido y no te he encontrado en ninguna parte. No vuelvas a darme un susto así. Deberías haber ido a mi casa. ¿No pensaste que estaría preocupada?

—Sí, pensé que te preocuparía que te matara extrayéndote hasta la última gota de sangre —contestó Destiny.

Apenas podía soportar aquella conversación. Mary Ann era sincera; Destiny notaba su ansiedad. Pero aquello era absurdo, y la temeridad de Mary Ann, su imprudencia, la enfurecían.

—Eso es una tontería. Vi tus heridas. Quería cuidar de ti.

Destiny se miró las manos.

—¿Cómo puedes decir eso? Tienes que saber lo que soy.

—¿Qué crees que eres? —le preguntó Mary Ann suavemente, con una voz tan dulce como siempre. Sin atisbo de reproche. Ni de burla. En su voz sólo había una serena aceptación. Una aceptación incondicional.

—Tú me viste. Y le viste a él. Al vampiro. Tienes que saber que soy uno de ellos. —Destiny no podía mirarla. No soportaba ver la repulsión que le devolvían aquellos ojos confiados—. Lo siento. No debí permitir que nuestras vidas se cruzaran. Tú no te acordarás, pero quiero que sepas que te doy mi palabra de honor de que nunca te haré daño.

Hubo un breve silencio, y su estómago ardió y se encogió. Sintió el contacto de Mary Ann. Un contacto ligero. Sus dedos se habían posado en su brazo.

—¿Por qué crees que eres un vampiro?

Destiny se puso rígida, como si la hubieran golpeado.

—Él tomó mi sangre. Me obligó a beber la suya. Creo que ése es el modo aceptado de convertir a un humano en vampiro.

Mary Ann asintió con la cabeza.

—Bueno, sí, por supuesto, por lo que he visto en las películas. ¿De ahí es de donde sacas tú también la información? ¿De las películas?

—No tienes por qué creerme. —Destiny se apartó de ella. Oía palpitar corazones. Oía el flujo y el reflujo de la sangre. El susurro de conversaciones íntimas—. No estoy loca. —Lo dijo con firmeza, más para sí misma que para Mary Ann.

—Eso ya lo sé. No pude salir de la iglesia, aunque sabía que estabas en peligro y quería ayudarte. Me quedé allí hasta que se hizo de día, aunque recé por tener fuerzas para marcharme. Pero no pude. Le vi, Destiny. Vi y oí todo lo que dijo. —Mary Ann se estremeció delicadamente—. Quería que me llamaras, que me hicieras salir de la iglesia.

Destiny asintió con la cabeza.

—Sí… para compartir tu sangre. —Habló con brusquedad, ansiosa por zanjar la conversación. Había olvidado que las emociones podían convertirse en un nudo doloroso. Prefería el dolor físico.

—Hablemos de por qué crees ser un monstruo. ¿Qué te hace pensar eso, Destiny? ¿El hecho de que ese loco, ese vampiro y tú intercambiarais vuestra sangre? —preguntó Mary Ann—. Sólo puedo basarme en lo que he leído en los libros o visto en las películas. Sé poco de vampiros y no creía ni por un momento que existieran hasta que vi a ese hombre odioso. Ahora estoy abierta a esa posibilidad, pero sigo sin creer que tú seas una de ellos. El ajo, por ejemplo…

Destiny se estremeció.

—Nunca me acerco a los ajos. No sé si me haría daño, pero no me atrevo a probar. —Se pasó una mano por el pelo con nerviosismo—. Hace años que no me miro en un espejo. No creo que tenga reflejo, pero no estoy del todo segura. Tengo muchas ganas de entrar en la iglesia, pero no puedo arriesgarme.

—Cariño… —Mary Ann la agarró con firmeza y le dio la vuelta—. Tu reflejo está tan claro como el mío en ese espejo. Y da la casualidad de que estás justo debajo de una ristra de ajos. No te has dado ni cuenta.

La mirada brillante de Destiny se buscó en el extenso espejo que había sobre la barra. Estaba pálida. Perpleja. Asustada. ¿De veras era aquella su cara? La última vez que se había visto, tenía ocho años. ¿Cuánto tiempo hacía de eso? No lo sabía. No reconocía a la mujer que le devolvía la mirada. Encima de la barra, donde se anunciaban bocadillos de fiambres, había diversos alimentos; entre ellos, varias ristras de ajos envueltas en mallas.

Temiendo que, si apartaba la vista de ella, su imagen desapareciera, Destiny se miró mientras negaba con la cabeza.

—Nunca había mirado. Me daba miedo lo que podía ver, o no ver.

—Cielo —continuó Mary Ann con gran ternura—, cuando me empujaste dentro de la iglesia, entraste conmigo. Yo seguía luchando por acercarme a ese hombre. No pude dominarme hasta que hablaste.

Se hizo un corto silencio mientras ambas le daban vueltas a aquellas palabras.

—¿Entré en la iglesia?

—Y luego me controlaste —dijo Mary Ann, pensativa—. Destiny, seas lo que seas, no eres mala. No eres un monstruo, en absoluto.

Se estremeció al recordar los colmillos, los dientes aserrados y manchados de sangre. Recorrió el bar con la mirada, vio una mesita vacía en un rincón del bar y condujo a Destiny hacia ella. Empezaba a comprender por qué la joven tenía aquella mirada de angustia. ¿Cuánto tiempo llevaba viviendo con la certeza de que tales monstruos poblaban el mundo?

—Siéntate, Destiny. —Mary Ann utilizó un tono autoritario. Ella estaba tan pálida, tan impresionada, que parecía a punto de desmayarse. Cuando se sentó, Mary Ann ocupó la silla de enfrente—. ¿De veras te chupó la sangre ese hombre y te obligó a beber la suya? —Parecía una pregunta tonta, sacada de una película de terror de Hollywood, pero Mary Ann había visto a aquella criatura y había comprendido que era inhumana y malvada. Había visto con sus propios ojos la velocidad vertiginosa con que Destiny había atacado a aquella cosa.

—No fue él. —Destiny habló en voz tan baja que Mary Ann tuvo que esforzarse por oírla. Parecía hallarse muy lejos—. Fue otro. Hace mucho tiempo. Él... —Destiny se calló, llevándose una mano a la garganta con gesto defensivo. Tapó con la mano la vena de su cuello, apretando la palma contra la piel como si cubriera una desgarradura. Por un momento pareció tan vulnerable, tan joven y frágil, que Mary Ann tuvo que obligarse a guardar silencio—. No puedo pensar en eso. No me atrevo a pensar en eso.

—¿Qué crees que pasaría si lo hicieras, Destiny? —Su voz sonó neutra—. Enterrar las cosas malas sólo sirve para que afloren cuando menos lo espera uno.

—A veces es el único modo de sobrevivir. ¿A quién podría contárselo? ¿A la policía? Me encerrarían en un psiquiátrico. —Miró a los ojos a Mary Ann—. ¿Cómo crees que vivo ahora? Me pediste que fuera a tu casa a tomar una taza de té. Para ti, eso es perfectamente normal. Yo nunca volveré a tomar una taza de té. Nunca. —Se llevó los dedos a las sienes—. Mi madre bebía té. Ahora me acuerdo. Lo había olvidado. Cada mañana, hacía té en una pequeña tetera y la tapaba con un cobertor para dejarlo reposar. A mí me lo preparaba con leche, más leche que té, en realidad, pero yo me sentía muy mayor y muy cerca de ella cuando lo tomábamos juntas. —Cerró los ojos. Quería conservar para siempre en su memoria el recuerdo del rostro de su madre, su olor y el modo en que sonreía cuando le daba la taza de té.

Miró a Mary Ann por encima de la mesa.

—Gracias. Hacía años que no pensaba en eso. Los últimos recuerdos que tengo de mi familia son… malos. Me asustan. Me obligué a olvidarlo todo para poder olvidar eso también. Mi madre era una mujer muy guapa.

Mary Ann sonrió.

—Seguro que te pareces mucho a ella. Qué recuerdo tan bonito. ¿Tienes hermanos o hermanas?

Destiny negó con la cabeza.

—Era hija única.

—¿Y más familia?

Nicolae apareció al instante en su cabeza cuando se disponía a decir que no. Su voz, su presencia. Le sentía intensamente. ¿Qué era para ella? Un enemigo mortal. No, eso nunca. Destiny se pasó la mano por el pelo, turbada por la hondura del cariño que sentía por él.

Mary Ann estaba esperando una respuesta, pero su silencio no parecía incomodarla. La vida de Destiny era silencio. Hacía años que no hablaba tanto con alguien. Aparte de Nicolae.

—¿Cómo sabes cuándo puedes confiar en alguien? —preguntó en voz baja—. ¿Cómo sabes que no van a traicionarte?

—Creo que a veces es instintivo —contestó Mary Ann cuidadosamente—, aunque siempre cabe la posibilidad de que te equivoques. Normalmente, uno se reserva el juicio hasta que ha pasado algún tiempo con esa persona, hasta que ha visto su verdadero carácter.

—¿Es eso lo que estás haciendo ahora? —Destiny levantó la barbilla.

—¿Contigo? —Mary Ann contestó con suavidad—. Quieres algo de mí que no puedo darte. Quieres que te condene. Me has salvado la vida al menos dos veces. Me gustas como persona. Sé que sufres, pero eso no te convierte en el monstruo que quieres que yo piense que eres.

Destiny oyó crecer el murmullo de las conversaciones en el bar, el estruendo de la música. De una mesa, a unos pocos pasos de allí, surgió un estallido de risas. Agitó la mano.

—Esto no es real. Creéis vivir en la realidad, pero esto no es real.

—Claro que lo es. Es tan real como lo ha sido tu vida, sólo que completamente distinto. No puedes volver atrás; yo tampoco puedo, pero podemos seguir adelante.

—Eso no es cierto —dijo Destiny suavemente, levantando sus ojos vívidos para mirar los de Mary Ann—. No es cierto que no pueda volverse atrás.

Por primera vez, Mary Ann pareció incómoda. Frotó con el dedo la mesa mientras ordenaba sus pensamientos. Mientras sopesaba sus palabras y reflexionaba sobre todo aquello antes de hablar.

—Imagino que eso significa que puedes hacerle algo a mi mente para alterar mi percepción de la realidad.

Destiny asintió lentamente con un gesto y oyó cómo se aceleraba súbitamente el ritmo cardíaco de Mary Ann.

—Puedo borrar tus recuerdos sobre mí. O todo lo que sabes de los vampiros. No te acordarás de nada, ni tendrás pesadillas. No estarás en peligro por culpa de… nadie.

—¿Puedes hacer eso?

Destiny sonrió bruscamente. No había alegría en el fondo de sus ojos.

—Te sorprendería lo que puedo hacer. Sí, es muy fácil. Soy uno de ellos, Mary Ann. Soy uno de ellos, y he llegado a sentirme a gusto siéndolo.

Mary Ann sacudió la cabeza.

—Tú eres otra cosa, Destiny. No sé qué, pero no te pareces a esa criatura que quería mi sangre.

Destiny se inclinó sobre la mesa.

—¿De qué crees que me alimento? —Puso las palmas de las manos sobre la mesa y se inclinó más aún hacia ella. Su voz era un suave siseo de advertencia—. Oigo cómo late tu corazón. Oigo la sangre corriendo por tus venas. —Se pasó la lengua por los dientes pequeños y perfectos—. Tengo que esforzarme por impedir que mis incisivos se alarguen. Hace dos días que no me alimento. Pienso en el hambre que tengo en cuanto me despierto. Es un ansia que se apodera de mí lentamente, una adicción que no puedo superar. No cometas el error que cometí yo. No ignores el hecho de que algo bello, algo atrayente, puede ser lo más peligroso que te has encontrado nunca.

El ceño de Mary Ann desapareció lentamente. Se inclinó hacia Destiny.

—No va a darte resultado, ¿sabes? Sé lo que intentas. Claro que me da miedo la idea de que existan los vampiros. No sabía que esas cosas existieran fuera de las películas y los libros. Pero he tenido dos días para pensar en ello. Ese hombre me pareció malvado. Tú no me das miedo, pero intentas asustarme deliberadamente. Quieres apartarme de ti. En cierto modo soy una amenaza para ti, ¿verdad? ¿Por qué me tienes tanto miedo?

Destiny se retiró como si Mary Ann la hubiera abofeteado. Se forzó a respirar, obligó al rugido que sentía en la cabeza a aquietarse, aparentemente.

—Aquí me falta el aire. ¿Cómo podéis respirar en un sitio así? Tengo que salir de aquí.

—No, Destiny. No quiero que borres mis recuerdos, ni quiero que intentes apartarme de ti. Sólo quiero ser tu amiga. ¿Tan difícil es? ¿Tantos amigos tienes que no te hace falta uno más?

—No puedo respirar —repitió Destiny.

Estaba tan acongojada que no se dio cuenta de que alguien se acercaba a la mesa. Se movía en silencio, como un depredador al acecho, y apareció a su lado antes de que tuviera la oportunidad de olerle. Nicolae posó la mano sobre su hombro y sus dedos se cerraron en un gesto casi posesivo alrededor de su nuca. *Sí puedes, pequeña. Estoy aquí; inhala y el aire estará ahí. Si no, yo respiraré por los dos. Yo seré tu aire.* Aquellas palabras penetraron como un susurro en su mente. Suaves. Sensuales. Despojándola de la capacidad de hablar.

Nicolae levantó la mirada hacia la mujer sentada frente a Destiny. Sus ojos eran fríos y planos cuando fijó la mirada en Mary Ann.

—¿Qué le estás haciendo? Te lo advierto, está bajo mi protección y, si le has hecho daño, tendrás que responder ante mí.

Capítulo **4**

El miedo atenazó como una garra la boca del estómago de Destiny. Su reacción instintiva fue dar media vuelta y huir, pero la presión de los dedos de Nicolae sobre su nuca era una clara advertencia que le impedía moverse. Sin apartar de Mary Ann su mirada de reproche, Nicolae se inclinó hacia Destiny, hasta que su aliento cálido rozó el oído de ella y sus labios acariciaron el lóbulo de su oreja, una caricia fugaz que hizo latir con más fuerza su corazón e inundó de calor el flujo de sus venas.

—No puedes atraer la atención de la gente sobre los de tu especie en este lugar, Destiny. No nos conviene.

Su cabello rozó la piel de Destiny como seda cruda, y ella sintió que un estremecimiento la recorría de la cabeza a los pies. Su olor masculino la envolvía. La atraía. La tentaba. Su brazo, que con tanta despreocupación él había apoyado sobre su hombro, era duro, musculoso y nervudo, y su calor traspasaba su fina blusa. Destiny sentía hasta tal punto la virilidad de Nicolae que no podía pensar con claridad. Su mundo pareció estrecharse hasta que en él sólo cupieron los dos. Un extraño rugido palpitaba en sus oídos. Su cuerpo parecía pesado y sin embargo vivo, cada una de sus terminaciones nerviosas le gritaba, aunque Destiny no estaba segura de si era por miedo o por necesidad. Pero no le importaba.

Había pasado casi toda su vida sola. Sin tocar nunca a otra persona, a menos que estuviera alimentándose. Rara vez hablaba con alguien. Sin embargo allí, en aquel lugar, estaba rodeada de gente, abrumada por el olor de la sangre, por el pálpito de los corazones. La música retumbaba con un ritmo primitivo. El olor a perfume, a alcohol, la sofocaba. El ruido era ensordecedor, los olores mareantes. Era demasiado. Todo aquello. No debería haber permitido que la puerta de su pasado se abriera, aunque fuera sólo el ancho de una rendija, ni siquiera un momento. Y allí estaba Nicolae. Acudiendo a ella cuando estaba perdida en medio del infierno. No estaba preparada para el extraño efecto físico que surtía sobre ella.

—¿Por qué crees que le estoy haciendo daño a Destiny? —Mary Ann parecía más sorprendida que intimidada—. Yo nunca haría eso. Destiny lo está pasando mal, y con razón, pero no por mi culpa. ¿Eres amigo suyo?

Destiny soltó el aliento lentamente, se obligó a intentar relajarse bajo aquellos dedos fuertes que masajeaban su hombro. La voz de Mary Ann la devolvió bruscamente al presente. *Fingir*. Era una maestra del engaño, cuando era preciso. La yema del pulgar de Nicolae se detuvo sobre la vena que palpitaba frenéticamente en su garganta y se deslizó sobre ella en una caricia suave y tranquilizadora. Nicolae sentía temblar su cuerpo. ¿Cómo no iba a sentirlo? Podía oír alto y claro el latido de su corazón, y el pálpito delator de su vena le revelaba muchas más cosas de las que ella quería que supiera. Pero no podía dejar de temblar. Ella, que siempre era tan comedida, no podía dominar su pulso bajo el movimiento del pulgar de Nicolae.

—Puede que haya malinterpretado la situación. He sentido la angustia de Destiny desde el otro lado del local y he pensado que estabas molestándola.

Nicolae le sonrió a la mujer, una muestra de elegante encanto. Se inclinó levemente. Sus dientes eran blancos y perfectos y su cara sensual carecía de astucia. Parecía un señor de antaño, a gusto en su palacio. Se inclinó para besar largamente la coronilla de la cabeza morena de Destiny. Unos mechones de pelo quedaron prendidos por un instante en la barba que empezaba a crecer en su mandíbula, conectándolos.

—No soporto que sufra. Perdóname si te he asustado. Soy Nicolae von Shrieder.

—Mary Ann Delaney.

Mary Ann no podía apartar los ojos de la cara pálida de Destiny. Por un momento, le pareció que había salpicaduras de sangre en su frente, pero Nicolae se inclinó sobre ella, tapándole la visión con la cabeza y los hombros, y pareció depositar un suave beso sobre aquel lugar. Cuando se incorporó, las levísimas salpicaduras ya no estaban allí, y Mary Ann se convenció de que se las había imaginado.

Destiny no podía soportar el roce de la lengua de Nicolae. Un minuto más y perdería por completo el control. No sabía de qué sería capaz si se ponía histérica, aunque el dominio sobre sí misma lo era todo para ella. Estaba decidida a no perderlo. Apoyó las palmas sobre la mesa, empujó deliberadamente su silla hacia él y se levantó, convencida de que le pillaría por sorpresa.

Como si él mismo hubiera coreografiado sus movimientos, Nicolae la hizo volverse limpiamente en sus brazos y la apretó contra el refugio de su cuerpo.

—Discúlpanos —le dijo a Mary Ann, y sin perder un momento la condujo hacia la pista de baile.

—¿Qué haces?

Destiny notó con horror que le temblaba la voz. El hambre era ahora un ansia, un ansia terrible e inevitable que no podía ignorar. Tenía la cara apretada contra el cálido hueco del hombro de Nicolae. Recordaba su sabor. Con su sangre en la lengua, el hambre insaciable se había aplacado por una vez y su tormento íntimo y constante había disminuido. Nunca se había sentido tan saciada.

—Voy a bailar contigo —contestó tranquilamente, acercándola a él.

Sus cuerpos estaban unidos, la ropa era la única barrera que los separaba. Con cada paso, los pechos de Destiny se apretaban contra el torso de Nicolae. Sus pezones comenzaron a erizarse, excitada por el roce con la camisa de él. Él la llevaba velozmente por la pista, y sus músculos parecían tensos y definidos. Ella era consciente, más que de cualquier otra cosa, de la parte de él que se apretaba, dura, contra su vientre mientras se movían juntos. Mientras flotaban. Aquello la asustaba y al mismo tiempo la fascinaba. Su sangre parecía agolparse, lenta y densa, y ella palpitaba y ardía, presa de un extraño deseo.

Sus pies apenas tocaban el suelo. No había bailado nunca y sin embargo su cuerpo seguía impecablemente cada movimiento de Nicolae. Como si hubiera nacido para ser su pareja de baile.

—Cierra los ojos, entrégate a la música.

A mí. Nicolae susurró aquella tentación a su oído mientras deslizaba la mano por su espalda, siguiendo el contorno de su columna. *No te has alimentado, Destiny. ¿Por qué has venido hambrienta a un sitio así? ¿Quieres fustigarte?*

Aquello estaba muy cerca de la verdad. Destiny había ido allí con la intención de borrar los recuerdos de Mary Ann, de violar la confianza de una mujer que era intrínsecamente buena.

Tú no eres mala, susurró Nicolae sobre su piel al tiempo que aquellas palabras acariciaban su mente. Rozó la vena de su cuello con un movimiento circular de la lengua. La saboreó. Se demoró en ella. El cuerpo de Destiny se contrajo por entero. *Eres carpatiana, perteneces a una raza en armonía con la naturaleza. Eres una protectora de la humanidad. No matas por capricho, ni a la ligera.*

Estaba matándola. Con esperanza. Con sueños. Con cosas que ella no se atrevía a ambicionar. Jamás podría confiar en uno de su especie. Nicolae le hacía sentir cosas que no quería sentir. Le hacía anhelar cosas que nunca tendría. Su instinto de supervivencia le gritaba con todas sus fuerzas que se desasiera de sus brazos y huyera para salvar la vida. Pero se apretó, indefensa, contra él y buscó con la boca su pulso tentador.

Podría matarte, susurró. *Drenar la sangre de tu cuerpo aquí mismo.* Quería que él supiera que estaba indecisa. Que el destino de Nicolae no estaba decidido. Que el hecho de que los dedos de ella se cerraran sobre la seda de su camisa no significaba nada. Que no importaba que su cuerpo se amoldara a él. Que podía controlarse. Que tenía poder. La voz de Nicolae era pura magia. La inundaba, la invadía, envolvía su corazón y su alma, pero nada de eso importaba. Nunca importaría.

Sí, podrías matarme. Aquellas palabras sonaron como un ronroneo en la mente de Destiny, con una mezcla de calor y humo. *Toma lo que necesites, te lo ofrezco libremente.* Nicolae frotó de nuevo la nariz contra su pelo, y su aliento cálido rozó la mejilla de ella cuando empezó a hablar en voz baja y suave.

—En cada despertar siento tu dolor atravesándome el cuerpo. Me despierto con tu tristeza en la mente. —Sus manos le tocaron el pelo, cerrándose sobre sus mechones sedosos—. Estoy en mi derecho de preocuparme por ti, de ser tu consuelo. Si buscas mi muerte, pequeña, si eso es lo que necesitas para sobrevivir, que así sea. Daría mi vida por ti sin pensarlo dos veces.

Estoy dispuesto a darte mi vida.

En su voz había intimidad. Había ternura. Había honestidad.

A Destiny le ardían los ojos por el esfuerzo de no verle. De no oírle. De no confiar en él. De no necesitarle. Su calor la llamaba. La seducía. Lamió la vena que palpitaba en su cuello. Notó su reacción. No era miedo. Era hambre. Intensa y terrible. Un ansia erótica tan fuerte que su cuerpo musculoso se estremeció. Se puso rígido. Ardió. El aliento abandonó sus pulmones bruscamente, en una exhalación llena de impaciencia.

La condujo hacia las sombras más densas, lejos de miradas curiosas, emborronando sus figuras de modo que pareciera haber un velo de niebla entre ellos y el resto de la gente que ocupaba el local. Destiny estaba al fin en sus brazos, y encajaba en ellos perfectamente. Aquél era su lugar. Deseó que ella también lo sintiera, que cobrara conciencia de la profunda necesidad que sentían el uno por el otro, al tiempo que reconocía la terrible lucha que estaba librando. Ella había sobrevivido a los horrores de su infancia escogiendo la soledad. El no confiar en nadie. Nicolae sabía lo que le estaba pidiendo. Y ni siquiera se lo estaba pidiendo. Se lo exigía.

Confianza. Una palabra tan sencilla. Una cualidad tan imposible. ¿Cómo podía pedirle o exigirle tal cosa? Ella había aprendido a no confiar nunca en nadie. De ello había dependido su vida. Incluso su alma.

Entonces dejó que sus párpados se entornaran y apoyó la cabeza sobre la de ella. Su corazón se resquebrajaba. Conocía su propio poder, su enorme fortaleza. Pero no podía ni quería obligar a Destiny a obedecerle. Si llegaban a estar juntos, sería con su pleno consentimiento. No podía ser de otro modo. Un monstruo perverso la había humillado y degradado, la había sometido a años de horror y dolor inefables. Y ahora no podía obligarla a unirse a él. ¿Cómo iba a hacer algo que pudiera parecerse a los actos de aquella criatura depravada que le había arrebatado su niñez, su familia y su inocencia?

Destiny se movía inquieta entre sus brazos. *No deberías tentarme, Nicolae.* No había pretendido usar su bello nombre. No quería que hubiera intimidad alguna entre ellos, y su nombre le parecía musical. Sonaba como no debía. Aterciopelado. Íntimo. Anhelante. Volvió a susurrarlo contra el pulso de Nicolae mientras su cuerpo ardía, palpitaba y se estremecía. Mientras alas de mariposa rozaban la boca de su estómago. Tocó, indefensa, la piel de Nicolae con su boca. Atormentándose. Atormentándole a él.

—Destiny… —Había un ansia dolorosa en su voz.

Ella dejó escapar un gemido horrorizado, se apartó de él con esfuerzo. Nicolae vio sus ojos, la confusión y el terror del fondo de su mirada.

—Apártate de mí ahora mismo —exigió ella, retrocediendo. Le tenía miedo. Miedo por él.

Un movimiento al otro lado de la sala captó la atención de Nicolae. Mary Ann se había levantado, ceñuda. Dio varios pasos hacia Destiny, pero se detuvo cuando la joven levantó una mano en señal de advertencia y, entonces, desapareció; se había movido tan deprisa que su imagen se convirtió en un borrón. Nicolae se quedó solo en la pista de baile, con el cuerpo duro como una roca y el corazón apesadumbrado por haber perdido a su compañera.

Mary Ann se abrió paso hasta él.

—Dime qué puedo hacer para ayudarla. —Tocó su brazo para que le prestara atención—. Veo la tristeza de su mirada, y me rompe el corazón. Sé que puedo ayudarla.

Nicolae bajó la mirada hacia la mujer y vio la compasión y la determinación escritas en su cara. Llevaba años entrando y saliendo de la mente de Destiny, aunque nunca hubiera tomado su sangre para sellar el vínculo entre ellos. Sólo el horrendo dolor que sentía, junto con sus extraordinarias facultades psíquicas, es lo que le había permitido conectar tan completamente con él. Nicolae había vislumbrado muchas veces a la mujer que tenía ante sí a través de la mente de Destiny, a pesar de que ella había intentado protegerla de él. Aquella mujer sabía más de lo que convenía que supiera un humano. Sabía cosas por las que podía morir.

—No soy una amenaza para vosotros —dijo Mary Ann suavemente. La cara de Nicolae era una máscara. Ilegible. Bella y atrayente. Peligrosa. Ella sabía instintivamente que era igual que Destiny: no del todo humano—. Quiero ayudarla. Me ha salvado la vida dos veces.

—Ha sobrevivido a cosas tan atroces que ni siquiera puedes concebirlas. ¿Por qué crees que puedes ayudarla? —Aunque hablaba con un timbre bajo y bello, algo en aquel tono perfecto hizo que Mary Ann se estremeciera de aprensión. Estaba conversando con un ser poderoso, un ser del que no sabía nada. Alguien que decidía sobre la vida y la muerte de otros cada día de su vida. Mary Ann sintió el impacto de cada una de sus palabras. Levantó la barbilla.

—Porque ella me eligió.

Nicolae estudió su cara un rato. Mary Ann tuvo la sensación de que estaba examinando mucho más que sus facciones. Por un momento sintió, horrorizada, que se movía dentro de su mente. Él no se molestó en disimularlo; quería mostrarle deliberadamente su poder, como una amenaza apenas velada. Una advertencia. Lo que quiera que encontrara pareció satisfacerle, porque se retiró de su mente dejando sus recuerdos intactos.

—¿Tienes idea de lo que estás pidiendo? —dijo en voz baja e irresistible—. Tienes que estar segura de que es eso lo que quieres. Ya sabes lo que soy. Sabes lo que es ella. Y tienes una ligera idea de los demonios que cazamos. Hay uno en esta ciudad. Uno, al menos; quizá más. Está ahí fuera ahora mismo, matando a gente inocente. Puede que asesinando a una niña pequeña con los poderes asombrosos que también tiene Destiny. El conocimiento de nuestra existencia que tienes en estos momentos constituye un peligro para todos los inmortales, sean vampiros o cazadores. Sólo se permite en raras ocasiones.

Mary Ann siguió a Nicolae por el local, hasta una mesa aislada de la multitud, consciente de que lo que le dijera decidiría su destino. Pensó en la mirada de Destiny. Angustiada. Llena de sombras y tristeza.

—No puedo dejar que sufra. No encontrará el camino de regreso, Nicolae. Sé que no lo encontrará. Tú crees que podrás alcanzarla, y puede que en cierto modo así sea, pero no bastará con eso. Destiny ha sufrido un trauma terrible. Eso no se borra simplemente con desearlo.

—Estás arriesgando tu vida. —Nicolae quería que supiera la verdad—. Destiny no querría que pusieras tu vida en peligro por ella. —Apartó una silla y esperó cortésmente mientras Mary Ann se sentaba—. Piénsalo despacio antes de hablar. Puedo borrar tus recuerdos acerca de todo esto. El recuerdo de Destiny. El mío. El de la criatura que quiso matarte. Todos. No volverás a preocuparte por ella, porque no te acordarás de que existe.

—No quiero eso. —Mary Ann sacudió la cabeza con decisión—. Destiny es importante para mí, y creo que yo lo soy para ella. — Se inclinó sobre la mesa, hacia él—. Puedo enfrentarme a esto. De veras. Tengo miedo. Sería idiota si no lo tuviera, pero tú no sabes lo que Destiny hizo por mí. Dos veces. Me salvó la vida dos veces. Y ha dado mucho dinero al albergue, dinero que necesitábamos desesperadamente para expandirnos y asegurarnos de que las mujeres tuvieran asesoramiento y oportunidades laborales. Eso lo ha hecho Destiny. Ella también se merece una oportunidad.

—Mary Ann… —La voz de Nicolae la inundó. Suave. Irresistible—. Yo cuidaré de Destiny. Te doy mi palabra de honor.

—Sinceramente, no creo que vaya a mejorar. Creo que lo intentará, pero tú no podrás ayudarla a superar lo que le ha ocurrido.

—Yo lo viví con ella.

—Lo sé —dijo Mary Ann con serenidad—. Veo en tus ojos las mismas cosas que en los suyos.

—Yo la entiendo, entiendo lo que necesita. Y estamos hechos el uno para el otro. Somos dos mitades de un todo.

—Ella no está completa, Nicolae. Está rota y perdida. No puede meterse así en una relación de pareja y conseguir que funcione. Creo que tú lo sabes o no estarías hablando conmigo. Ya habrías borrado mis recuerdos.

—Si te dejo sabiendo lo que sabes, tendré que vigilarte a voluntad. Soy responsable de la seguridad de mi pueblo. Tengo que asegurarme de que eres capaz de guardar nuestro secreto en todo momento, y tendré que cerciorarme de que los no muertos no te utilicen para llegar hasta Destiny.

Mary Ann se tragó su miedo.

—Me parece justo.

—Eso significa que tendré que probar tu sangre, Mary Ann. No convertirte; sólo tomar una pequeña cantidad de tu sangre para poder introducirme en tu mente en cualquier momento. No te dolerá ni correrás peligro, pero la idea suele resultar incómoda para los humanos.

Mary Ann se quedó callada, con la barbilla apoyada en la mano mientras estudiaba su rostro.

—A Destiny no le dieron elección, ¿verdad?

Nicolae negó con la cabeza.

—La convirtió la más vil de las criaturas. El no muerto. Un vampiro vive para el dolor de los otros. La hizo sufrir durante años. La sometió a las vejaciones más humillantes que pudo concebir. Asesinó a hombres, mujeres y niños delante de ella y la obligó a beber su sangre. Utilizó su cuerpo durante años de las maneras más dolorosas posibles, a pesar de que sólo era una chiquilla inocente.

Mary Ann se frotó la cara con el arranque de la mano.

—¿Y tú quieres que la abandone porque quizá me sienta incómoda un segundo o dos? Le debo mucho más que eso. Toma mi sangre, si crees que es necesario, Nicolae, y busquemos un modo de ayudarla.

Destiny salió corriendo a la oscuridad, respirando grandes bocanadas de aire. Era humillante temblar como una niña sólo por estar al lado de tanta gente. No quería reconocer que la razón de su angustia era otra. ¿Cómo iba a desear tocar la piel de un hombre? ¿Que la tomara entre sus brazos? ¿Que respirara dentro de su cuerpo?

Conocía a los hombres, lo que hacían, lo que querían de una mujer... de una chica... de una niña. Un grito surgió de su alma, el terror de una niña prisionera de un monstruo. Lo contuvo con la mano, como si quisiera empujarlo de nuevo hacia su garganta y enterrar el terror donde nunca tuviera que volver a mirarlo. A verlo. A pensar en él.

La noche es tan hermosa, Destiny... Clara, fresca y vigorosa. Mira las estrellas encima de ti. Su voz llegó como un ensalmo. Tranquilizadora. Suave. Surgida de la nada; sencillamente apareció en su cabeza, ahuyentando el recuerdo de unas manos duras y dañinas, de ríos de sangre, del rostro de los condenados. *No hay nada tan bello como la noche. Hasta las hojas brillan, plateadas. No me acordaba de eso. ¿Te has fijado en los colores? Esta noche son de oro y plata. El viento nos susurra. ¿Lo oyes? Escúchalo, pequeña. Nos cuenta los secretos de la tierra.*

Destiny cerró los ojos, escuchó la voz de Nicolae, prestó atención al latido de su corazón, supo que estaba viva y completa. Que podría aguantar un minuto más. Una hora más. Incluso otra noche. Entonces comprendió la verdad, aceptó la verdad. Si quería sobrevivir, Nicolae también tendría que sobrevivir. Las pesadillas que la torturaban eran demasiado poderosas para que las dominara ella sola. Podía librar y ganar cualquier otra batalla, pero no la batalla por su cordura. No la batalla por su alma. Ésa era la batalla de Nicolae.

Respiró hondo y miró el cielo, las estrellas que brillaban como gemas sobre su cabeza. La tensión iba abandonando lentamente su cuerpo, pero el deseo seguía allí, la atravesaba despacio, con insistencia. Un anhelo del que nunca podría escapar.

Lo que anhelas es natural, Destiny, como respirar. Somos parte de la tierra. No comemos la carne de los seres vivos. ¿Tan terrible es nuestro sustento? No hacemos daño a nadie. Velamos por los humanos. Vivimos entre ellos, hacemos negocios con ellos. Del mismo modo que has aprendido a preocuparte por la gente que vive en estas calles, te preocuparás por nuestro pueblo.

Al principio, Destiny reaccionó con una negativa. ¿Más como ellos? ¿Vampiros? Sacudió la cabeza, obligándose a sopesar lo que Nicolae le había dicho. Carpatianos. Una raza de seres a la que ella pertenecía ahora. Seres con poderes especiales. Seres que podían entrar en las iglesias y permanecer bajo ristras de ajos. De pronto se echó a reír, y el sonido de su risa fluyó calle abajo, como música. Podía reflejarse en un espejo. Sabía el aspecto que tenía.

La tensión empezó a desaparecer. Destiny inhaló profundamente, contenta de estar sola. Un movimiento más abajo, en la calle, captó su atención y dirigió la mirada hacia allí.

—¡Ven aquí, muchacha!

Velda le hacía señas imperiosamente, llamándola desde el fondo de la calle.

Destiny había olvidado hacerse invisible para el ojo humano. Velda volvió a gritar. Agitaba la mano con tanto entusiasmo que casi se cayó de la silla, al lado de Inez. Consciente de que no tenía valor para contrariarla, Destiny corrió por la acera hasta que estuvo a unos pocos pasos de las dos hermanas. Le sonreían abiertamente, dándole la bienvenida, sin astucia, sin ocultar nada.

—¡Por fin! Te he visto varias veces —dijo Velda con satisfacción—, ¿verdad, hermana? ¿No te he dicho que una chica tan guapa no debería andar sola por la calle a estas horas de la noche? Lo que te hace falta es un chico. Pero no te preocupes, Inez y yo hemos estado dándole vueltas, pensando con qué hombre deberías estar.

Destiny levantó las cejas y parpadeó rápidamente, intentando asimilar lo que decía Velda. ¿Aquellas dos mujeres intentaban emparejarla con alguien?

—Ni siquiera me conocen. Podría ser una mala persona. No querrán emparejarme con algún pobre hombre desprevenido, ¿verdad?

Velda e Inez se miraron y le sonrieron.

—Vamos, querida, eres un sol. Necesitas un hombre y un lugar en el que quedarte. Hemos estado pensando en ese pisito que hay allí, al otro lado de la calle. Creemos que te vendría muy bien. Yo soy Velda, y ésta es mi hermana Inez. Pregúntale a quien quieras… Tenemos fama de casamenteras.

Destiny nunca había pensado que pudiera ser «un sol», y una sonrisa reticente afloró un instante a sus ojos.

—Ahí lo tienes, querida, estás mucho más guapa cuando sonríes. —Velda asintió con la cabeza y su pelo pintado de rosa se agitó suavemente—. Soy vidente, ¿sabes? Y veo un joven para ti. Muy guapo, y con muy buenos modales.

—Y rico, querida —añadió Inez—. Velda me ha dicho que es rico y muy guapo. —Sonrió, radiante. Su cabello morado relucía en la oscuridad—. Eso debería hacerte feliz. Sienta la cabeza, querida, ten dos o tres hijos. Serás feliz. Yo quería tener diez, pero Velda me robó el novio delante de mis mismísimas narices.

Destiny miraba boquiabierta a las dos ancianas mientras daban palmaditas insistentemente a una tumbona vacía. Saltaba a la vista que esperaban que se uniera a ellas. No supo cómo declinar el ofrecimiento sin ofenderlas, y se deslizó en la silla cautelosamente. Era consciente de que el incómodo apuro en el que se hallaba divertía a Nicolae. Era consciente del calor de su risa al rozar su mente. Fijó su atención en las dos hermanas, ignorando a Nicolae con decisión, y se preguntó fugazmente cómo era posible que su conexión fuera tan intensa. ¿Cómo podía él introducirse en su mente si no había probado su sangre?

Velda soltó un bufido y le dio unas palmaditas en el brazo. No pareció notar que Destiny daba un respingo y se apartaba.

—Inez era toda una belleza. Todos los hombres la querían. Pero ella no se decidía, ¿sabes? Le gustaba que todos anduviesen tras ella. Eso de que le robé el novio se lo ha inventado. Soy una auténtica solterona. Nunca he querido que hubiera un hombre en mi vida, y desde luego ella tampoco quería tener diez hijos. ¿Verdad, Inez? Tú lo que querías era cantar en un bar.

—Canté en un bar —contestó Inez altivamente. Dio unas palmaditas en la rodilla de Destiny, sin darse cuenta de que la joven intentaba apartarse discretamente—. Era una belleza arrebatadora, cielo, igual que tú. Y tenía una figura de verdad. No era un palillo, como las chicas de ahora. Tenía la voz de un ángel. ¿Verdad, hermana?

—De un ángel —contestó Velda solemnemente. Se inclinó hacia Destiny—. No me mires a mí, tesoro. Finge que te interesa el apartamento que hay encima de la tienda de ropa. —Agitó la mano enérgicamente y Destiny siguió la dirección hacia la que apuntaba su dedo. Velda bajó enseguida la voz y dijo con un susurro cómplice—: Estamos pensando en contratar a un detective privado. Lo hemos estado hablando. Creo que necesitamos uno bien curtido, como Mike Hammer, pero Inez cree que nos convendría uno más intelectual, como Perry Mason. ¿Tú qué crees?

Destiny la miraba boquiabierta. No tenía ni idea de qué o a quién se referían las hermanas.

—¿Por qué creen que necesitan un detective privado?

Fue lo único que se le ocurrió decir. Ignoraba cómo había acabado sentada entre aquellas dos excéntricas. La idea de que dos mujeres de setenta y tantos años necesitaran un detective «bien curtido» daba risa. Destiny llevaba varios meses observándolas. Eran abiertas y sinceras y formaban parte del barrio hasta tal punto que ya no se imaginaba sus calles sin ellas.

Velda miró a su alrededor. Inez hizo lo mismo. Luego se acercaron a Destiny al mismo tiempo.

—Están sucediendo cosas raras por aquí.

Inez asintió solemnemente con la cabeza.

—Tienes mucha razón, hermana, díselo. Escúchala, querida. Es magia. Magia negra.

La risa le afloró como un borboteo a la garganta, pero parpadeó rápidamente, luchando por mantenerse muy seria. Las dos mujeres se merecían respeto. Eran unas cotillas, pero inteligentes e ingeniosas. Entonces se recostó en su silla y les dijo:

—Me llamo Destiny, por cierto.

Le pareció que debía decirles su nombre, porque la habían visto en la calle tan a menudo que la reconocían. Si podían verla cuando se movía velozmente por las calles de noche, tenían unos ojos tan agudos como sus mentes. Y, además, le habían devuelto cierta sensación de equilibrio.

—Cuéntenmelo, por favor.

—Nadie nos cree, hermana —advirtió Inez—. Creen que tenemos murciélagos en la azotea. —Se tocó el pelo reluciente y Destiny notó que llevaba las uñas a juego con aquel asombroso tono de púrpura. Y también las zapatillas de tenis. Los cordones, enrollados, eran de color morado metalizado.

—Lo dudo —contestó Destiny con decisión—. Todo el mundo las respeta. Si ustedes dicen que pasa algo, seguramente es cierto.

Pero tendría que conocer algunos detalles antes de decidir qué clase de detective necesitan.

Las hermanas intercambiaron una mirada larga y satisfecha. Fue Velda quien recogió el desafío.

—Empezó hará cosa de un mes. Empezamos a notar cosas pequeñas, pero al principio no las relacionamos.

Inez asintió sagazmente.

—Cosas pequeñas, ¿sabes? —repitió con solemnidad mientras su cabeza refulgía, morada y roja, a la extraña luz de la farola.

Velda la mandó callar.

—Deja que se lo cuente, hermana.

—Sólo estaba corroborando lo que has dicho. Una historia hay que corroborarla o nadie la toma en serio. ¿No es cierto, querida? ¿No quieres verificarlo? Dos testigos son mejor que uno, ¿a que sí?

Destiny no sabía si le había tendido los brazos o si Nicolae era ya una sombra en su mente. O quizá fuera ella una sombra en la suya. Sólo sabía con toda certeza que quería compartir con alguien la extraordinaria relación que tenían aquellas mujeres maravillosas. Eran todo lo que había querido tener en una abuela. La hacían sonreír y aliviaban la carga que siempre llevaba consigo.

La reacción de Nicolae la satisfizo. Se sintió embargada por una risa cálida, pero no burlona. Él veía a las hermanas como las veía ella. Era la primera vez que Destiny recordaba haber compartido algo divertido y alegre, una comunicación llena de calidez, en lugar de dolor y degradación. Sabía que aquel momento quedaría grabado para siempre en su memoria.

Entonces se fijó con todo detalle en las dos mujeres: en sus caras abiertas y francas, en sus excéntricos peinados y su atuendo. Hasta en las sillas de jardín de rayas verdes y blancas. En el modo en que el viento agitaba las hojas de los arbustos y arrastraba montoncillos de polvo y suciedad por la calle. Aquello era lo más parecido a la felicidad que había conocido nunca.

—Destiny... —insistió Inez—. Velda tiene razón. Es vidente, ¿sabes?

—¿Sí, Velda? —preguntó Destiny con curiosidad. Nunca se había encontrado con otra persona con poderes especiales.

Velda asintió sagazmente.

—Sé cosas de las personas —susurró—. Así es como emparejo a la gente. Y por eso sé que pasa algo malo.

Su susurro era dramático, su voz teatral. Destiny escudriñó automáticamente las mentes de las dos hermanas, aunque sabía que era invadir su intimidad. Velda estaba preocupada, y también su hermana. Creían que algo se había infiltrado en su vecindario, pero nadie les hacía caso. Esperaban que ella se riera de lo que le estaban contando.

—Yo también sé cosas sobre las personas —reconoció, intentando tranquilizarlas—. A veces asusta tener información y no saber cómo expresarla para que los demás te hagan caso. Por favor, cuénteme qué ha observado, Velda.

Ésta le dio unas palmaditas en el brazo. Inez se las dio en la rodilla. Ninguna pareció notar que se removía, incómoda. Pero Destiny ya las conocía. Ambas sabían juzgar a la gente, y estaban decididas a traspasar la barrera defensiva que ella erigía a su alrededor.

—Eres una buena chica, querida —dijo Velda con aprobación—. Tenías razón, hermana… Ella nos escuchará.

Destiny quiso gritar de exasperación. ¿No podían acabar de una vez? Aquella cercanía con los demás la perturbaba. La cabeza empezaba a dolerle, y temía que le estallara.

Una risa masculina resonó suavemente en su cabeza. Tierna. Provocativa. Aquello era típico de Nicolae: le hacía gracia el apuro en que ella misma se había metido, pero no había malicia en él. ¿Por qué se estaba ablandando? ¿Por qué empezaba a notar pequeñas cosas que amar en su carácter? Los vampiros eran traicioneros, embaucadores, astutos y zalameros.

No me gusta que pienses que soy un no muerto. Mi corazón está muy vivo, y en tus manos. Haz lo que puedas por no destruirlo.

Tienes suerte de que no esté en mis manos, le respondió ella de inmediato. Respondió a aquellas palabras, que volvían su corazón del revés y la dejaban indefensa y vulnerable. *Lo único que sé hacer con los corazones es incinerarlos.*

¡Uf! La risa de Nicolae recorrió su mente, atravesó su cuerpo con el calor de su sangre. La convirtió en gelatina allí mismo, en

aquella absurda silla de jardín. Su risa debía estar prohibida. Destiny lo había pensado más de una vez a lo largo de los años.

—Todo empezó con Helena —le confesó Velda, bajando la voz y atrayendo de inmediato la atención de Destiny—. ¿Has visto a la pequeña Helena? Una chica muy simpática, con una figura como es debido, no como esos cuerpos medio muertos de hambre que ahora se ven tanto.

Inez asintió con la cabeza.

—Tiene cuerpo de mujer, con carne en los huesos para que un hombre se agarre bien a ella. Y sabe que es un buen partido.

—Tienes razón, hermana, Helena lo sabe. Tiene la seguridad en sí misma de una mujer que sabe que puede esperar al hombre adecuado —confirmó Velda.

—Al hombre adecuado —repitió Inez, moviendo arriba y abajo su cabeza púrpura.

Destiny conocía a la «chica» de la que hablaban. Tenía treinta y tantos o cuarenta y pocos años y era como un rayo de luz cuando caminaba apresuradamente por la acera, saludando a todo el mundo. Tenía la piel de color caoba y el pelo liso, negro como el ala de un cuervo. Sus ojos eran como el chocolate oscuro, y casi siempre iba riendo. Pisaba, en efecto, con paso firme y tenía un modo peculiar de atraer a los hombres.

—Sé quién es —reconoció ella.

—Tiene un novio, un chico muy dulce, John Paul. Grande como un oso.

Destiny los había visto juntos: Helena, una mujer bajita, de figura madura y voluptuosa, y John Paul, un hombre alto y fuerte que la miraba como si fuera el sol y la luna y todo lo que había en medio. Iban cogidos de la mano a todas partes, y John Paul siempre estaba tocándola: una leve caricia en el pelo, en el hombro, en el brazo. Parecía un gigante tierno, feliz de haber conseguido que Helena le hiciera caso.

—Llevan años juntos —dijo Velda—. Siempre en armonía, una pareja ideal. Helena es una coqueta —añadió.

—Una terrible coqueta —afirmó Inez.

—Pero nunca se va a casa con otros hombres. Habla y ríe, pero siempre está con John Paul. Adora a John Paul, le adora de veras. Y él está loco por ella.

Destiny sabía que tenían razón. Llevaba meses observando a los vecinos del barrio, vigilando en silencio sus vidas. John Paul vivía para Helena. Nada más despertarse pensaba en ella.

—Hace un par de semanas, vimos a Helena llorando, vagando por ahí de noche. Se acercó a nosotras, y tenía la cara hinchada y amoratada. John Paul la había pegado varias veces. Dijo que no era propio de él. Que llegó a casa del trabajo y estaba «distinto».

La nuca de Destiny se erizó con una sensación de alarma. Una sombra salió de entre la oscuridad y se deslizó por la calle, hacia ellas. En el cielo, una súbita ráfaga de aire arrastró un torbellino de nubes negras que ocultó las estrellas.

—John Paul es incapaz de hacerle daño a Helena —afirmó. Conocía los pensamientos de John Paul, su carácter tierno. Sabía cuánto quería a Helena. Jamás pondría en peligro su relación con ella. Helena no era mujer que soportara que un hombre le pegara—. ¿Están seguras?

Velda asintió con la cabeza.

—Helena cree que está enfermo. Pensaba pedirle que fuera a ver a un médico. Creía que tal vez tuviera un tumor cerebral o algo así. Es tan impropio de él… Al día siguiente, cuando le pidió explicaciones, John Paul no parecía recordar lo que había hecho.

—No recordaba nada —afirmó Inez—. Le horrorizaron las heridas de Helena. No recordaba haberle gritado, ni pegado, ni… —Se calló, mirando a su hermana.

Ni violado. Aquella fea palabra no fue pronunciada, pero se agitó en la mente de las tres. A Destiny se le encogió el estómago. Helena amaba a John Paul. Y John Paul era incapaz de actos semejantes. *¿Qué puede haber causado un comportamiento tan extraño?* Destiny contuvo el aliento, esperando la respuesta, esperando a que Nicolae confirmara sus peores sospechas.

No saques conclusiones precipitadas. Siempre estamos pensando en los no muertos, pero no todos los crímenes los cometen vampiros. Los humanos son capaces de las mayores atrocidades.

Destiny no quería que le recordaran aquello. Quería pensar que el responsable era un vampiro. ¿Cómo iba a ser un humano culpable de cambiar por completo la personalidad de John Paul? Aquello no tenía sentido para ella.

—¿Cómo está Helena?

—No sale mucho de casa y, cuando sale, está muy callada y deprimida. Ha cambiado. Y John Paul está disgustado y tiene miedo de perderla. Me dijo sinceramente que no recordaba nada de ese día. Es muy triste —dijo Velda—. Y, naturalmente, hay otras cosas.

La puerta del bar se abrió, arrojando a la calle luz, música estruendosa y risas. Las tres mujeres se giraron y vieron salir a Mary Ann con un hombre a su lado. Él la agarraba del codo. Sin mirar a las mujeres, torcieron hacia el pequeño callejón que llevaba a la parte de atrás de la taberna.

El corazón de Destiny casi dejó de latir un instante. Luego, comenzó a palpitar con fuerza, lleno de miedo.

Capítulo 5

Velda, Inez, sé que esto es importante y os creo. Quiero que me contéis todo lo que está pasando, pero por desgracia ahora mismo tengo que irme.

El aire entraba como un torrente en sus pulmones. ¡No la toques! No había súplica en aquella orden áspera y enérgica, sino una amenaza palpable. Destiny se levantó de un salto y echó a correr hacia el callejón, emborronando su figura para salir disparada y evitar que las hermanas pudieran verla. El viento se alzó, corrió por la calle en un vendaval, arrastrando delante de sí papeles, ramitas y hojas, y levantando remolinos de polvo que se cernían como torres de turbulencia.

Su cuerpo se movía con elegancia, poderosamente, una máquina mortífera que corría para impedir lo inevitable. Intentó usar el vínculo de sangre que había entre ellos, llegar a Nicolae, inmovilizarle. Debería haber sabido que Nicolae nunca le habría ofrecido su sangre si ésta le diera un completo dominio sobre él. Era un verdadero antiguo y tenía más poder y fuerza, más astucia en la batalla de las que ella podía haber reunido en sus cortos años como cazadora. Era demasiado tarde para detenerle; Destiny sintió el momento preciso en que clavó los dientes profundamente en el frágil cuello de Mary Ann.

Siseó suavemente, una promesa de revancha, con el regusto amargo de la traición en la boca. ¿Por qué había permitido que su

voz la indujera a creer que era distinto? Dobló la esquina velozmente y se detuvo en seco al verlos. Mary Ann estaba vuelta hacia
ella con el ceño un poco fruncido. Nicolae la rodeaba con los brazos, la sujetaba delante de él como un escudo. Levantó la cabeza
lentamente, casi con pereza, y su mirada voló hacia Destiny con
una especie de desafío.

Destiny se había detenido a unos pocos pasos de ellos. Mary
Ann corría un peligro terrible. Nicolae podía matarla con toda facilidad. Y ella era consciente de que un mal paso por su parte podía ser el factor decisivo.

—¿Qué quieres? —Le daría casi cualquier cosa por Mary Ann.
Rezaba por no tener que matarla para impedir que cayera en sus
manos—. Dime lo que quieres.

Se movía en círculos, lentamente, a su alrededor, acechándolo.
El aire entre ellos vibraba, cargado de tensión. En el cielo las nubes
oscuras empezaban a bullir. Relámpagos como pequeñas venas saltaban de nube en nube. El viento comenzó a gemir fantasmagóri-
camente, alzándose de vez en cuando para soltar un grito airado.

Nicolae sonrió, dejando al descubierto sus dientes blancos e in-
maculados. Parecía el depredador que era.

—No soy un principiante al que puedas engañar, Destiny. Re-
tírate y atiende a razones.

—Ella está bajo mi protección.

—Y bajo la mía —repuso él suavemente, sin apartar los ojos de
su persona.

La boca suave de Destiny se endureció, formó una línea recta.
Se acercó muy despacio, dirigiéndose hacia la izquierda de la pareja. Avanzaba de puntillas, esperando un error de Nicolae, una sola
oportunidad de abalanzarse sobre él.

Sin previo aviso, una sombra cayó del cielo. Sigilosa. Mortal.
Un pico de aspecto perverso y unas garras afiladas como cuchillas
volaron derechos hacia la cara de Mary Ann. Destiny saltó para
ponerse en medio, pero el búho ya empezaba a elevarse y Mary
Ann parecía horrorizada. El pico había ido directo a sus ojos.

—No te muevas —le advirtió Destiny a Mary Ann—. Dile que
se marche, Nicolae. Dile que se marche ahora mismo.

—Sólo está protegiéndome —le explicó Nicolae con voz suave—. Sabe lo que intentas y sabe también que no te haré daño. Te está advirtiendo. Si me haces daño, la matará. No puedo detenerle, y tú lo sabes, Destiny. Es mi hermano y sólo quiere protegerme. Piensa antes de actuar.

Nicolae mantenía a Mary Ann firmemente entre ellos.

Mary Ann frunció el ceño.

—Destiny, ¿estás enfadada con Nicolae? Yo le pedí que hiciera esto. Quería que tomara mi sangre.

Destiny se estremeció visiblemente.

—Tú no tienes ni idea de lo que eso significa. No podías quererlo. Es ilógico pensar que querías. Su voz es un arma. Puede engañarte, obligarte a hacer cualquier cosa. Su voz tiene autoridad. ¿Sabes lo que significa eso? Significa que harás todo lo que te pida, todo lo que te ordene, todo lo que desee. Crees que te ha dado a escoger, pero no es cierto. Nunca ha habido elección. Habrías aceptado hasta ponerte una pistola en la cabeza y apretar el gatillo.

Los relámpagos que laceraban el cielo casi golpearon al búho que volaba en círculos sobre ellos, pero el ave rapaz se disolvió en el aire, dejando tras de sí un rastro de vapor. Una lluvia de chispas se dispersó, como un montón de piedras preciosas, buscando un objetivo, pero con la misma rapidez una fina neblina cubrió la noche, sofocando los puntos de luz caliente.

—No vuelvas a hacer eso, Destiny.

Aquella advertencia sonó como un gruñido bajo. Por primera vez una amenaza clara y precisa emanaba de Nicolae.

—¡Esperad! ¡Parad ahora mismo! —Mary Ann sacudió la cabeza enérgicamente—. Esto fue idea mía, razonada de principio a fin. Nicolae quería borrar mis recuerdos para protegerte a ti, a su pueblo, incluso a mí misma. Dijo que lo que sabía me hacía más vulnerable a los vampiros.

Aquella revelación penetró la roja neblina de la ira de Destiny. El terrible dolor de la traición. Lo que Mary Ann había dicho era cierto. Un vampiro podía escudriñar fácilmente sus pensamientos y descubrir que sabía cosas que no debía saber. Destiny inhaló, soltó el aire lentamente y procuró calmarse mientras el viento la azotaba y los rayos hendían el cielo. El retumbar de los truenos reverberó con estruendo, haciendo temblar el suelo y los edificios.

El búho se había posado en el tejado, por encima de sus cabezas, con los ojos oscuros fijos en la cara de Destiny. Se mantenía en silencio, vigilándola con la atención reconcentrada de un depredador.

Las heridas del corazón de Destiny parecían frescas y desgarradas. Había dejado que Nicolae se acercara demasiado a ella. Le había dejado entrar dentro de sí.

No te he traicionado, Destiny. He hecho lo que tenía que hacer, lo que sabía que tú no podías hacer. Mary Ann está ilesa, y ahora también protegida. Fue decisión suya, de nadie más. Te doy mi palabra de honor.

Su voz era siempre la misma. Tan perfecta. Destiny bajó las pestañas, indecisa de nuevo. Había ido al callejón a matarle, pero la esperanza se agitaba en su estómago y aplastaba su corazón al mismo tiempo. Adoraba la voz de Nicolae, y odiaba adorarla.

—Destiny... —Mary Ann veía diminutas gotas de sudor en la frente de la joven. Sólo que no era sudor: eran gotas de sangre—. Mírame. Por favor, mírame. Si puedes hacer lo que dices, entra en mi mente y busca lo que ha pasado entre nosotros. Yo he querido esto. No quiero olvidarte. Soy tu amiga. Y eso es importante para mí.

Los dedos de Destiny se cerraron con fuerza en un puño.

—Yo no tengo amigos.

—Sí que los tienes. Puede que te asuste tenerlos, pero están ahí. Tú sabes lo que siento; sabes que es real. Me importa lo que te pase.

—No quiero que te importe —le espetó Destiny con aspereza. Sus ojos vívidos brillaban, reflejando las venas de los relámpagos. Parecía peligrosa—. No quiero nada de esto.

Movió la mano para abarcarlos a todos. Al vecindario. A Mary Ann. Al sigiloso centinela del tejado. A Nicolae. Sobre todo a Nicolae. No quería tener nada que ver con él. Le odiaba, odiaba cómo sus manos se curvaban sobre los hombros de Mary Ann.

Nicolae dejó caer sus brazos a los lados. Estaba seguro de que, si Destiny se abalanzaba hacia él, era lo bastante rápido como para escapar al peligro. Pero no podría controlar lo que haría Vikirnoff si ella le atacaba. *No le hagas daño.* No pudo evitar advertir a su hermano.

Soy plenamente consciente de que, si ataco, te verás obligado a defenderla de mí. Vikirnoff permanecía impasible. *No le permitiré que te haga daño. Si lo intenta, la distraeré atacando a la mujer humana.*

Nicolae suspiró suavemente.

—Destiny, ven conmigo. —Le tendió la mano—. Esta situación es peligrosa y tenemos que resolverla tú y yo, nadie más. Ven conmigo ahora, antes de que ocurra algo que ninguno de nosotros pueda controlar.

Destiny palideció. Se mordió el labio inferior. Miró al búho, miró a Mary Ann. Dio hacia Nicolae un paso lleno de reticencia. Otro. Nicolae sintió que volvía a respirar. Al decidir tomar la sangre de Mary Ann, sabía lo que pensaría Destiny, cómo reaccionaría, pero no contaba con que su aparente traición fuera tan dolorosa para ella. Verla sufrir le afectó más de lo que había imaginado nunca.

Destiny miró su mano tendida y se limpió la palma en el muslo, como si temiera quedarse a solas con él.

—Mary Ann, ¿podrás volver a casa sola? —Hablaba como si le suplicara a Mary Ann que la salvara.

—Claro que sí —dijo ésta con firmeza—. Ve con Nicolae y aclarad las cosas. Estoy segura de que ese pájaro tan interesante me acompañará sana y salva a casa. —Le sonrió a Nicolae y saludó al búho con atrevimiento.

Nicolae no pudo evitar responderle con una sonrisa. Mary Ann le caía bien. ¿Cómo iba a ser de otro modo? Había algo especial en ella. Su valentía y su lealtad la distinguían de los demás. Ahora comprendía por qué Destiny se había instalado en aquel barrio, atraída por aquella mujer, que con tanta diligencia trabajaba para los demás. Mary Ann era una mujer llena de compasión.

Nicolae cogió de la mano a Destiny. No podía decir que ella se la hubiera tendido, ni que hubiera salido siquiera a su encuentro. Tuvo que alargar el brazo, asir su muñeca y tirar de ella. Entrelazar los dedos de ambos. Pero Destiny no se apartó. Una pequeña victoria, pero una victoria que él guardaría como un tesoro. Destiny tenía los dedos helados. Y estaba temblando.

Nicolae no cometió el error de atraerla hacia sí. Se acercó a ella y se quedó tan cerca que su cuerpo, más grande que el de ella, la cobijó del viento. Para que Destiny sintiera su calor. Para que entre ellos parecieran saltar chispas eléctricas, vibrantes y llenas de vida.

El búho agitó las alas, echó a volar. Su movimiento pareció calmar el viento salvaje. Hasta los blancos látigos del relámpago se disiparon entre las nubes negras mientras Destiny empezaba a relajarse.

Mary Ann alargó el brazo y, para su horror, la abrazó un momento antes de alejarse con paso decidido. Se quedó paralizada, quieta como una estatua, sin darse cuenta de que su mano se aferraba a la de Nicolae con tanta fuerza que él temía que le pulverizara los huesos. Vio a Mary Ann salir del callejón, con el búho volando justo encima de ella, como si la guardara. O la acechara.

—No le hará daño —dijo Nicolae.

Destiny estaba pensando en atacar de nuevo al búho. En derribarlo para asegurarse de que Mary Ann estaba a salvo.

—Sólo la ha amenazado para impedir que me atacaras. —Nicolae se acercó a ella—. No te has alimentado.

Era una invitación.

—Todavía no me fío de mí misma. —Ella le miró entonces. Estudió su cara, con su oscura sensualidad y sus facciones angulosas. Aquellos ojos habían conocido demasiados siglos. Habían afrontado demasiadas batallas. Nicolae llevaba solo demasiado tiempo—. No puedo ser lo que quieres que sea.

Destiny se había introducido en su mente a menudo. Conocía sus pensamientos. *Compañera*. Entendía lo que implicaba aquella palabra. Todo lo que implicaba. *Compañera*. Algo que ella nunca podría ser.

La mano de Nicolae enmarcó su cara. Sus dedos, exquisitamente suaves, se deslizaron sobre sus pómulos demorándose con ternura.

—Eres todo lo que quiero que seas. No hace falta preocuparse por esas cosas. No me conoces. ¿Cómo puedes decidir?

Su contacto le alteraba a destiny todas las células del cuerpo, causando una pequeña rebelión en sus sentidos. Un motón de sangre, huesos y terminaciones nerviosas. Nicolae la confundía. Cada vez que se acercaba a ella, se sentía distinta. Inquieta. Dependiente. Su voz penetraba en su cuerpo, se enroscaba fuertemente en torno a su corazón y sus pulmones, de modo que cada vez que él hablaba le quitaba el aliento. La vida. La capacidad de odiar. De odiarle a él. A sí misma. Lo que era.

—Era más fácil sin ti.

—Nunca has estado sin mí —repuso él.

Cerró los dedos en torno a los de ella, se llevó sus nudillos a la boca.

A Destiny le dio un vuelco el corazón al sentir el contacto de sus labios en la piel. Un susurro de terciopelo. Un golpe de calor. Nicolae estaba tan bello ahí, de noche. Era alto, fuerte y estaba lleno de vida. Era demasiado real. Demasiado masculino. Demasiado fuerte. Entonces sintió un nudo en la garganta que le impedía hablar.

—Eres demasiado fuerte para mí, ¿sabes? —La voz le salió ronca, estrangulada, distinta.

El pulgar de Nicolae rozó su mejilla, trazó el sendero de una lágrima imaginaria. Su palma se posó sobre la frente de ella y borró todo rastro de aquellas diminutas gotas de sangre.

—Te forjaron en el fuego del infierno, Destiny. Nadie será nunca tan fuerte como tú. Sé que temes perderte si estás conmigo, pero eso es imposible. No te estoy pidiendo que te unas a mí. Sólo te pido que te acostumbres a mi presencia. He compartido tu mente muchos años, tus miedos y toda esa inefable maldad a la que te sometieron. He compartido tus batallas y conozco todos tus secretos. Es mi presencia física la que te perturba. —Se inclinó hacia ella, tanto que rozó con los labios la comisura de su boca. La sangre de Destiny ardió y su estómago se contrajo—. Te necesito. Para vivir. Para salvar mi alma. Estoy dispuesto a esperar todo el tiempo que haga falta.

Ella le miró a los ojos. Y se apartó, sobresaltada, de la oscura sensualidad que vio en ellos. De su tremenda intensidad.

—Sé que estás dispuesto a esperar. Pero en realidad no puedes, ¿verdad? Te he leído la mente. Sé que eso que tú llamas tu compañera es esencial para que no te conviertas en un vampiro.

Aquel reproche ni siquiera hizo parpadear a Nicolae. Asintió con la cabeza mientras su mirada se deslizaba posesivamente sobre el rostro de ella.

—Puedo esperar, Destiny. Si es difícil, no es culpa tuya, sino mía. Deja que sea yo quien se preocupe de cómo voy a conseguirlo.

—No puedo intimar contigo. —Ella levantó la barbilla levemente. Su boca suave tembló—. Nunca podré, y eso es en gran parte lo que quieres de mí.

—Ya somos íntimos, Destiny. El sexo no significa necesariamente intimidad. Hemos compartido mucho más que otras parejas, hemos compartido detalles íntimos de nuestras vidas. —Levantó la barbilla, estudió sus ojos brillantes—. Ven conmigo. Deja que te enseñe lo que eres, no lo que imaginas ser.

—¿Por qué todo lo que dices suena a tentación? —Una leve sonrisa brilló un instante en lo profundo de sus ojos—. ¿No puedes ser simplemente soso y aburrido?

Nicolae se rió suavemente y se llevó de nuevo la mano de Destiny a su asombrosa boca. Sus dientes rozaron provocativamente las yemas de sus dedos.

—Al menos es un comienzo. Prefiero ser una tentación que ser soso y aburrido.

—¿Adónde vamos? —Destiny retrocedió en una sutil retirada—. No he pasado mucho tiempo en compañía de otras personas en toda mi vida. Es… —Buscó la palabra precisa— incómodo.

Al menos estaba dispuesta a ir con él. Nicolae no podía pedirle más que eso. Cuando estaba a su lado, se le aceleraba el pulso y le estallaba la cabeza. Su cuerpo la ansiaba, se ponía duro y rígido. Las palabras rituales latían en su mente, y la bestia agazapada en el fondo de su ser levantó la cabeza y rugió, pidiendo ser liberada. No se inmutó al ver el conocimiento que reflejaban los ojos de Destiny. Le había dado ventaja premeditadamente. Ella necesitaba poder introducirse en su mente a voluntad. Sentir que podía conocer sus verdaderas intenciones. Él no tenía intención de ocultarle sus dificultades. Era el modo de vida de los carpatianos, la lucha de los hombres por mantener la oscuridad a raya. Era un hecho, y haber encontrado a su compañera le creaba nuevas complicaciones.

Nicolae se disolvió sin decir una palabra más, traspasó las nubes oscuras a toda velocidad, como una bruma densa que se mezclaba con la niebla y se movía con determinación sobre la ciudad. No vaciló; de nuevo le había permitido escoger. Ella tenía que desear dar el paso, darles una oportunidad.

No es eso lo que estoy haciendo, dijo ella, respondiendo a lo último que había pensado Nicolae. Era imposible que fueran pareja. Que estuvieran juntos. Que fueran compañeros de por vida. Destiny saltó al aire, irrumpió en el cielo como un cohete. Su cuerpo se disolvió en un prisma de moléculas de colores, de gotas diminutas que se dispersaron, ligeras, entre el velo de la niebla.

Sabía cuál sería la respuesta de Nicolae y se preparó para escucharla. La risa de él se coló en su mente. Nada era capaz de dejarla sin respiración como el sonido de aquella risa. Había algo increíblemente sensual en ella. Entonces siguió la estela del cometa a través del cielo, lejos de la ciudad, hacia las montañas y el bosque que había a cierta distancia.

Dejó que el gozo de volar la absorbiera por completo, que bloqueara todas sus preocupaciones. Había unos pocos placeres innegables que aquel turbio don le había dado.

Más que unos pocos, dijo Nicolae. *Cada especie tiene sus defectos y sus maravillas. Creo que no aprecias suficientemente lo que eres.*

Destiny intentó no sentir rechazo al oír aquello. Sabía lo que era, en lo que se había convertido gracias a su esfuerzo. Cazaba a los no muertos y empezaba a dársele muy bien aniquilarlos. *¿Cómo es que puedes leerme la mente cuando mi sangre no te llama? No estoy sufriendo; no he conectado contigo.*

Hemos creado un sendero con los años. Es mi mejor respuesta. Somos las dos mitades de un todo. Creo que podríamos encontrarnos por muy lejos que estuviéramos el uno del otro, sean cuales sean las circunstancias.

Aquella respuesta la alegró y al mismo tiempo la asustó. Incluso sin las palabras rituales que estaban siempre en la cabeza de Nicolae, ya estaban unidos el uno al otro. Ella no podía imaginarse su existencia sin él. No habría cordura. Ni realidad. Su mente se haría añicos y se desmoronaría hasta quedar sin sustancia, sin pensamiento. Esa idea la aterrorizaba. Pero más aún la asustaba que su cordura dependiera de él.

A Nicolae se le encogió el corazón al leer sus pensamientos. Permanecía como una sombra en la mente de Destiny, lo mismo que ella en la suya. Destiny se aferraba a él sin darse cuenta. Él, en cambio, era muy consciente de que se aferraba a ella.

Entonces él encontró lo que buscaba: un lugar pequeño y aislado en el corazón del bosque. La frondosidad de los árboles y el follaje parecía llamarles. Se posó en tierra, adoptando su verdadera forma: la de un hombre alto, de hombros anchos y abundante melena negra, boca peligrosa y ojos atrayentes. Se recostó perezosamente contra el ancho tronco de un árbol y miró con atención mientras las moléculas coloreadas empezaban a fundirse para formar la figura curvilínea de Destiny.

Ella se quedó algo apartada, con expresión confusa y recelosa. Su boca vulnerable contrastaba con la advertencia que brillaba en sus ojos. Se paseaba adelante y atrás con pasos rápidos y nerviosos.

—¿Qué hago aquí?

Nicolae la observaba con su mirada fría y serena. Sentía la necesidad de estar sola que palpitaba en ella.

—¿Has inspeccionado este lugar?

Ella le miró, y la impaciencia giraba como un torbellino en sus ojos turbulentos y verdeazulados.

—Claro que sí. ¿Crees que iba a permitir que me condujeras a una trampa?

Nicolae notaba que estaba alerta, expectante, con el cuerpo en una buena postura defensiva. Le había enseñado bien.

—¿Qué ves aquí?

Destiny le miró con enojo. Mientras la niebla se movía en largos torrentes blanquecinos, nubes más oscuras pasaban por delante de la luna y oscurecían su fulgor. En los ojos de Destiny brillaban el fuego y el ardor con un reflejo rojo y anaranjado. Diminutas llamas parecían arder allí. Ella parpadeó y aquella ilusión desapareció. Sin apartar su mirada recelosa de él, inhaló despacio. Profundamente. Haciendo entrar el aire limpio y fresco en sus pulmones. El viento corría entre los árboles, agitaba las hojas y le hablaba en susurros.

—¿Qué oyes?

—Muchas cosas. Ya lo sabes. Oigo a los animales y la historia de sus vidas. No hay humanos cerca, ni siquiera en las zonas de acampada.

—A esta zona del bosque viene poca gente —repuso él—. Los carpatianos somos una especie en armonía con la tierra. La tierra aquí es rica, y cuando te abraza sus propiedades curativas te rejuvenecen. La tierra curativa de nuestra patria supera todo lo que puedas imaginar. Es como ésta, pero mil veces más rica. La echo de menos. —Sus dientes blancos brillaron un instante en la oscuridad—. Sobre todo, después de una batalla especialmente larga.

—¿Qué intentas decirme?

Destiny pasó la mano por la corteza de una ramita. Oía la savia correr por el árbol. Los insectos pululaban por encima de su cabeza, en el dosel de los árboles. De vez en cuando un búho se posaba revoloteando en las ramas que había cerca de ellos por simple curiosidad. Unos kilómetros más allá, un puma cazaba, y sus tripas sonaban de hambre.

—Quiero que conozcas nuestro mundo. No es el mundo depravado del vampiro. Nosotros no somos más malvados que los humanos. Tenemos dones maravillosos y muchos problemas que superar. Somos longevos, sí. Parecemos inmortales, pero se nos puede matar. No es fácil; una herida mortal puede curarse con nuestra saliva y tierra buena y rica. La sangre de los antiguos tiene propiedades curativas. Usamos las hierbas y plantas que abundan en nuestro mundo. Podemos dominar los elementos, si es necesario. Pero debemos descansar durante las horas de sol. Tenemos limitaciones.

Destiny le miraba con cautela.

—Cuéntame más.

—Te he dicho estas cosas a menudo, Destiny. ¿Por fin estás dispuesta a escuchar?

—Creía que eran cuentos de hadas. Necesitaba algo por lo que vivir y tú me lo dabas. Tú me convertiste en una cazadora de los no muertos.

Por primera vez, él pareció entristecido. Se pasó una mano por la oscura seda de su pelo de modo que se desplegó a su alrededor como un halo.

—Sé que así es, Destiny. No se me ocurría otro modo de acabar con las cosas que te estaba haciendo el vampiro. No conseguía encontrarte. Tú no me hablabas. Tuve que usarte a ti para matarle.

Ella levantó la barbilla. Sus ojos tenían una expresión tormentosa.

—No te atrevas a lamentarte por eso. Es la única cosa de la que no me arrepiento, ni quiero arrepentirme. Hizo cosas… cosas a las que todavía no puedo enfrentarme. Con tu ayuda encontré fuerzas para derrotarle. No me quites eso. Le engañé y conseguí librar a este mundo de su maldad. Sólo tenía catorce años cuando lo hice.

Apartó la cara, pero Nicolae vio un atisbo del infierno que había en su mente.

—No quería que la muerte te rozara. Nunca quise eso para ti.

—Me rozó el día que oí por primera vez su voz. —Destiny se volvió hacia él. Su mirada se movió, malhumorada, por la cara de Nicolae. Estudiándole. Intentaba ver más allá de la máscara que llevaba—. Una voz como la tuya. Increíblemente bella, pero muy peligrosa. Atractiva, intensa y llena de promesas. En ti hay el mismo peligro. El poder de aplastar a los demás con tu voz. De atraer a alguien hacia ti y obligarle a hacer tu voluntad.

Él asintió lentamente con la cabeza.

—Así es. Es un don de doble filo que puede usarse para el bien o para el mal. Ahora, tú también tienes ese poder. Lo has empleado, Destiny. —Se le encogieron las tripas—. Con el joven al que usaste para alimentarte. Hiciste que se acercara a ti y le tranquilizaste prometiéndole el paraíso.

Destiny no podía negar su acusación. Sabía que su voz podía esclavizar. Era fácil atraer a los hombres, mantener su docilidad mientras se alimentaba de ellos. Era fácil dejarles con recuerdos agradables, y en cierto modo eso aliviaba los remordimientos que sentía.

Nicolae se movió: una tensión de sus músculos, una amenaza, y al instante ella volvió a fijar toda su atención en él. Nicolae luchaba por mantener al demonio atado y bajo control. Los celos eran un sentimiento espantoso. No había sitio para ellos en su vida, en su relación con Destiny. Ella temía la intimidad física, compartir su cuerpo, y él sabía por qué. Conocía sus secretos más oscuros. Los celos le degradaban, y se negaba a permitir que crecieran hasta convertirse en un cáncer, teniendo ya tantos obstáculos que superar.

—Gracias —dijo ella con sencillez, observándolo con cautela.

Nicolae esbozó una sonrisa avergonzada.

—Es cosa de hombres.

Ella levantó las cejas.

—Creía que los celos eran universales. No me gustó ver que abrazabas a Mary Ann, pero pensé que era porque temía por ella.

Destiny se encogió de hombros y su movimiento resultó extrañamente elegante.

A Nicolae todo en ella le parecía misterioso y tentador. Destiny le conmovía a muchos niveles; y entre los sentimientos que suscitaba en él, el instinto de protección no era el menor. Ella no quería un protector, no creía necesitarlo. Pero él veía la vulnerabilidad que reflejaba su boca, veía con toda claridad el tormento que había en sus ojos. Veía la lucha terrible por conservar la cordura que sufría con cada despertar. Todas las células de su cuerpo le gritaban que le diera cobijo entre sus brazos, que la protegiera con su cuerpo de todo dolor. Ella estaba allí, tan valiente, reconociendo ante él que le había molestado verle abrazando a Mary Ann. Y había hecho aquella confesión para que él se sintiera mejor.

La sonrisa de Nicolae se agrandó tontamente antes de que pudiera adoptar su máscara de costumbre. Una especie de calor se difundió por su cuerpo y pulsó las cuerdas de su corazón.

—Mary Ann es una gran mujer. Ella también tiene uno o dos dones especiales.

Eligió con cuidado sus palabras.

Destiny asintió.

—Creo que eso fue lo que me atrajo de ella. Mary Ann ni siquiera es consciente de sus facultades psíquicas. Yo sentía una pequeña efusión de energía cada vez que ella conectaba con una mujer para aconsejarla. Me he pasado muchas horas en el balcón de su oficina, escuchándola. Hasta sus sesiones en grupo me conmovían.

Estaba confesándole algo que esperaba que él comprendiera. Se daba cuenta de que no podía llevar una vida normal y de que había intentado hallar un modo de curarse.

—Tú no eres un monstruo, Destiny. Nuestro pueblo afronta muchos problemas. Nuestros hombres pierden la capacidad de ver en color, de sentir emociones, pasados doscientos años. Todo se difumina. Antiguamente, cuando éramos muchos y nuestras compañeras estaban cerca, las cosas no eran así. Ahora sentimos agudamente la escasez de compañeras. Sin mujeres que nos den hijos, no había esperanza para nuestra raza moribunda. Muchos de nuestros hombres han preferido el arrebato momentáneo de poder, la exaltación del asesinato a una existencia honorable, pero estéril. Eso nos obliga a cazarlos, a pesar de que a menudo son familiares y amigos nuestros. Cada muerte que perpetramos extiende la oscuridad hasta que nos consume. No es fácil vivir atormentado por el recuerdo difuso del color y la risa y de cómo era tener emociones auténticas.

Destiny se frotó las sienes. No le gustaba pensar en la vida de Nicolae, ni tocar sus recuerdos. Una vida yerma, gris y blanca, un desierto infinito se extendía ante él. Hasta que había contactado con ella. Ahora entendía perfectamente por qué se preocupaba tanto por Vikirnoff. Veía claramente que la necesitaba.

—Algunas mujeres humanas con facultades psíquicas pueden convertirse a nuestra especie. Está claro que tú eres una de ellas. Necesitamos hijos. Nuestras mujeres, nuestros niños, son preciosos para nosotros, verdaderos tesoros. Los protegemos con todo nuestro ser. Nuestras mujeres e hijos son nuestra única esperanza.

—Eso es lo que me hizo el vampiro, ¿verdad? Me convirtió. Pero ¿cómo?

—Son necesarios tres intercambios de sangre, pero con tu compañero no es doloroso ni terrible, como lo fue para ti. Cuando hacemos el amor, es natural compartir la esencia del otro. Querer que la sangre del otro fluya por tus venas. Es casi una compulsión. Cuando estamos con nuestras compañeras, besándolas, piel con piel, intercambiar sangre es una hermosa necesidad.

Su voz parecía susurrar sobre ella: una suave tentación en la que Destiny no podía pensar.

—Entiendo lo que intentas decirme. Miro en tu mente y en tu corazón y veo que eres sincero en lo que dices. Sólo desearía que todo eso fuera cierto, Nicolae, pero para mí no puede serlo. Creo que lo que dices sobre los carpatianos es verdad. Siento en ti bondad, además de una bestia agazapada. Pero tú y yo sabemos que no me convertiste tú. Ni un carpatiano. Puedo oler la sangre contaminada desde kilómetros de distancia. Es un hedor repugnante. ¿Crees que no lo huelo en mí misma? En la cueva, me pidieron que me uniera a ellos. Tú les oíste. Hasta los no muertos se dan cuenta de lo que soy. Quizá, si me hubiera convertido uno de tu especie, sería todo lo que dices, pero fue un vampiro, y su sangre corre por mis venas.

—Eso puede curarse.

—¿Puedes curar mis recuerdos? ¿Puedes borrar las cosas que me han hecho? Tú crees que me convertiste en una asesina, Nicolae, pero no fuiste tú. Nunca fuiste tú.

—Yo te enseñé a matar, Destiny. No importa que lo considerara necesario. Matar era algo ajeno a tu naturaleza. Y no a la mía. —No iba a permitir que se sintiera como si hubiera nacido siendo un monstruo—. Toqué tu mente con la mía. Todavía la toco. Las sombras que hay en ella son obra de un vampiro, no tuya. Mi sangre ya ha reducido la quemazón de tus venas. Con el tiempo, podemos superar lo que te hizo.

Destiny sacudió la cabeza.

—Siempre he vivido así. Si hubiera un modo de arreglarlo, ya lo habría hecho. Puede que en parte pertenezca a tu mundo, pero también pertenezco al de los no muertos. Estoy mancillada. Lo sé antes de abrir los ojos, antes de respirar por primera vez al despertarme. He matado tantas veces que no puedo quitarme la sangre de las manos.

Le miró sin darse cuenta de la terrible tristeza que reflejaba su expresión.

Nicolae vio aquella tristeza y se le encogió el alma.

—He examinado tus recuerdos, Nicolae. He tenido muchos años para estudiar tu mente, las batallas y las técnicas que usabas para matar. No sientes nada cuando atacas. No conoces el odio. Ni la rabia. No conoces la satisfacción ni el gozo de matar. Yo sí. ¿Así es como quieres que sea la madre de tus hijos? —Se apartó de él. Le odiaba por obligarla a confesar en voz alta sus faltas. Por obligarla a verse tan claramente—. Tú nunca has sentido; yo he sentido demasiado. Yo quería matar. Tú no tenías elección.

Nicolae se acercó, con el corazón roto por ella.

—Tú tampoco tenías elección, Destiny —le recordó—. Él no te dio alternativa.

—Siempre hay alternativa. Tú mismo has dicho que los carpatianos pueden renunciar a la vida en lugar de convertirse en vampiros. Veo en tu mente la férrea determinación de hacerlo si se hace necesario… y sin embargo yo no elegí ese camino.

La mano de Nicolae se deslizó por su pelo, se posó en su nuca y la sujetó.

—No te convirtieron en vampiro, Destiny. Eres una carpatiana.

—Entonces, ¿por qué siento odio y el deseo de matar? ¿Por qué soy como él y no como tú, Nicolae? ¿Crees que para mí es más fácil tenerte cerca, sabiendo lo que soy, en lo que me he convertido?

Destiny puso la mano sobre el muro del pecho de Nicolae, con los dedos abiertos, e intentó apartarle de ella.

Nicolae, sólido como una roca, no se movió pese a su insistencia.

—Tú no eres como el monstruo que arrebató a una niña del refugio de su hogar. No eres como la criatura que destruyó el derecho de una jovencita a un mundo de inocencia. No te pareces al depravado que disfrutaba torturando y matando a otros. Yo veo en tu mente tan claramente como tú en la mía. Sé lo que eres, Destiny. Siempre lo he sabido.

—Intimidad… —murmuró ella con lágrimas en los ojos—. Miras en mi mente y a eso lo llamas intimidad. Yo lo llamo infierno.

Nicolae la abrazó.

—Tu ansia me golpea. La siento dentro de mí, muy profundamente, un anhelo infinito y vacío. —Cerró los dedos entre el pelo de Destiny, y le hizo volver la cara hacia el hueco de su garganta para que su pulso palpitara con fuerza bajo los labios de ella—. Siento cómo tu sangre arde como ácido en tus venas. Déjame cambiarla por la mía. Deja que te haga ese pequeño regalo. Ésa es la verdadera intimidad, Destiny: saber lo que necesitas y ofrecértelo.

—¿Y qué necesitas tú?

Casi indefensa, Destiny apoyó la cabeza contra su garganta. Su boca se movía ya sobre la piel de Nicolae. La tentación era demasiado grande como para resistirse a ella. Recordaba con toda precisión su sabor. El tacto de sus brazos, de su piel. La energía que entraba fluyendo en su cuerpo.

—¿Y si nunca puedo darte lo que necesitas? La idea de que un hombre me toque… —Se interrumpió, inhaló su olor y llenó con él sus pulmones. Aquello era imposible. Era demasiado tarde para las cosas que Nicolae tenía en mente.

Destiny no quería que un hombre la tocara y sin embargo Nicolae hacía arder todas sus terminaciones nerviosas. Una extraña pesadez se había apoderado de su cuerpo. Notaba los pechos hinchados y deseosos del contacto de él. No del contacto de un hombre cualquiera, sino del suyo. Sólo de sus caricias. Las lágrimas ardían, amenazaban con consumirla. Si se echaba a llorar, quizá no parara nunca. Tal vez ahogara el mundo con su llanto.

—No necesito piedad. Nunca la he pedido. —Dijo esto notando en los labios el sabor de la piel de Nicolae, de su ardor. Absorbiéndole. Sintió cómo se endurecía su cuerpo, cómo sus músculos se tensaban contra su carne suave, cómo su miembro erecto y pesado se apretaba contra ella.

—Yo no te ofrezco piedad, Destiny. Esto es amor. —Lo dijo con ternura. Intentando persuadirla—. Es todo tuyo. Es amor incondicional. Ni más, ni menos.

Sus brazos eran fuertes y cálidos; el cuerpo de Destiny se amoldaba perfectamente al suyo.

—Tu cuerpo desea mi cuerpo —susurró ella mientras aquella terrible tristeza afloraba en su interior como un manantial. Su voz era ronca y arañaba. Estaba dañada de por vida, era una cosa rota, contaminada por el mal para toda la eternidad.

La mano de Nicolae agarró su pelo, lo apartó para dejar al descubierto su nuca vulnerable. Nicolae sufría por ella. Por sí mismo.

—Claro que mi cuerpo te desea. Es lo correcto y natural, Destiny. Tú eres mi verdadera compañera. No hay otra para mí, ni la habrá nunca. Tienes que mirar más allá de mi cuerpo para ver mi corazón y mi alma. Para verte como te veo yo. Valiente y hermosa. Tú lo eres todo. Mira en mi mente y verás que sólo quiero ser lo que necesitas.

Destiny no podía mirar en el interior de su mente. Ni en su corazón. Ni en su alma. Temía encontrar allí lo que le había dicho Nicolae. Felicidad y esperanza. Un atisbo de lo que podía haber sido. Ella sabía exactamente lo que era. Convivía en cada despertar con su cuerpo, con su mente y su alma llena de cicatrices. En su mundo no había lugar para sueños. Cerró los ojos y dejó que sus incisivos se alargaran. Necesitaba alimentarse. Eso era todo. Era lo único que podía haber entre ellos. Nicolae era una presa, como cualquier otro hombre. Nada más. Nunca más que eso. Ella pensaba hundir los dientes profundamente, confiando en hacerle daño, en apartarlo de ella.

Pero era imposible hacerle daño. No podía. Su lengua se deslizó sobre la vena de Nicolae. Su aliento era cálido y acariciador. Su cuerpo se movía por voluntad propia, inquieto y ansioso, apretándose contra él. Sus manos se movían sobre su pecho, sobre su espalda, trazando la forma definida de los músculos mientras la piel de él se acaloraba y su aliento empezaba a entrecortarse.

Nicolae susurró su nombre suavemente, con voz ronca, suplicó piedad mientras su cuerpo ardía. Destiny se apartó de sus brazos. Estaba temblando. Su expresión era una mezcla de miedo y cólera.

—Apártate de mí —dijo—. No te acerques a mí. Me da miedo lo que puedo hacer si te quedas. —Retrocedió, alejándose de él—. Por favor, si de veras te importo, vete a otro país, donde yo sepa que estás a salvo.

Nicolae la vio marcharse, pero no hizo amago de seguirla. El caos que reinaba en la mente de Destiny era demasiado turbulento. Una masa burbujeante de violencia y rabia, de dolor y miedo. Entonces se quedó donde estaba largo rato, con la cabeza baja, respirando profundamente para disipar su tristeza. Para traspasar el dolor de ella. Y cuando se tocó la cara, le sorprendió ver que estaba llorando lágrimas de sangre.

Capítulo 6

En el instante en que pisó los escalones de la iglesia, Destiny sintió las vibraciones de la violencia. Había intentado dejar Seattle, volver a ser una nómada y vagar por el mundo, pero tras varios despertares había vuelto de mala gana. Se había mantenido deliberadamente alejada del barrio, decidida a pasar página. Decidida a no preocuparse por ninguno de ellos. Ni por las señoras de cabello púrpura y rosa, ni por Mary Ann, ni por Nicolae. Ninguno de ellos le importaba. Ni uno solo.

Pero era una mujer honorable. Tenía un asunto pendiente con Velda e Inez; había dado su palabra, de modo que no tenía más remedio que regresar. Se decía que su único motivo era el honor, pero era mentira, y esa mentira le apesadumbraba el corazón.

Se quedó mirando fijamente las puertas de la iglesia. Había vuelto a aquel lugar, su único anclaje, su último refugio, su santuario. Pero algo malvado la había seguido hasta aquel lugar sagrado. Subió con cautela los escalones, con paso silencioso, casi deslizándose sobre el suelo. Se movía con el sigilo de un cazador. Su mano no temblaba cuando empujó las puertas de la iglesia. Enseguida olió a sangre. El olor era casi abrumador, de una densidad oscura que la atraía y al mismo tiempo le parecía una advertencia. Sintió que su corazón se aceleraba y que su pulso daba un brinco. Le sudaban las palmas de las manos; abrió un poco más la puerta. Su estómago se contrajo y el hambre se convirtió en un ansia espantosa.

Escudriñó la iglesia y no encontró a nadie escondido, a pesar de que las reverberaciones de la violencia seguían siendo fuertes. Levantó el pie y vaciló. Su alma estaba llena de inquietud.

—¿Padre Mulligan? —llamó suavemente, y cruzó con decisión el umbral.

No ocurrió nada. Ningún rayo cayó del cielo para aniquilarla por semejante sacrilegio. Se sintió más segura y su corazón comenzó a latir a un ritmo constante. Veía fácilmente el interior en penumbra de la iglesia. Las velas encendidas en una capillita, a su izquierda, eran tenues alfileres de luz titilante. Vio al párroco tendido en el suelo, cerca del altar. Con su hábito marrón, parecía un montón de trapos oscuros arrojados sobre las escaleras que llevaban al altar. Se arrodilló a su lado.

—Padre... usted no —susurró—. ¿Quién le ha hecho daño?

El sacerdote permaneció inmóvil varios segundos. Destiny se inclinó hacia él. Oía su respiración entrecortada. Estaba vivo, pero temía tocarle. Aquel hombre santo parecía tan frágil que tenía miedo de caer muerta en el acto si lo hacía. El sacerdote dejó escapar un gruñido y levantó los dedos para tocarse la cabeza ensangrentada. Sus párpados se movieron y un instante después la miró.

—¿Padre? ¿Quién le ha hecho esto?

Destiny retrocedió, buscando automáticamente las sombras.

—Hija, me temo que voy a necesitar tu ayuda para sentarme. Estoy bastante mareado. —Su acento irlandés era todavía fuerte, a pesar de los muchos años que llevaba en Estados Unidos.

—¿Tocarle, padre? —Ella parecía horrorizada—. ¿Y si le hago daño?

Él logró sonreír.

—No creo que vayas a hacerle más daño del que ya le han hecho a esta cabeza tan dura. Échame una mano.

Destiny respiró hondo y puso con cuidado el brazo alrededor de sus hombros. Al ver que no ocurría nada, le agarró con más fuerza. Con mucho cuidado le ayudó a sentarse. Parecía mucho más delgado de lo que aparentaba vestido con su hábito. Sus huesos sobresalían, frágiles. Su cuerpo temblaba y se tambaleaba. No era capaz de sostenerse solo, así que siguió rodeándole con el brazo. Se dio cuenta de que era más mayor de lo que le había parecido en un principio.

—Cuando me di cuenta de que iba a golpearme, pensé en ti y en tus visitas nocturnas. Sabía que Dios iba a enviarte a mí. —Intentó guiñar un ojo, pero le salió una mueca—. Para tener alguna probabilidad a mi favor, elevé una pequeña plegaria pidiéndole que te mandara un mensaje.

—Pues me lo envió un poco tarde. —Destiny no era ninguna heroína. Le enfurecía que alguien hubiera lastimado a un hombre tan generoso y compasivo—. Debía de estar durmiendo cuando le mandó usted el mensaje. Pues acaba de entregármelo.

Ignoraba por qué había ido a la iglesia, pero por algún motivo se había sentido impulsada a visitarla.

—Estás aquí. Eso es lo que importa.

—¿Puede levantarse? —Su palidez le preocupaba—. Quizá convendría que llamara a una ambulancia.

—No, no, no hagas eso. Deja que me quede aquí sentado un rato y descanse. —El sacerdote le dio unas palmaditas en la mano suavemente, como si quisiera tranquilizarla—. Si llamas a una ambulancia, tendremos que explicarlo todo y lo mejor sería que llegáramos nosotros mismos al fondo de lo que ha pasado.

Destiny le miró con el ceño fruncido.

—No le entiendo, padre. Tiene que llamar a la policía. Quien le haya hecho esto merece un castigo.

El sacerdote se acercó un poco más, apoyándose contra ella.

—No, por eso te necesitaba. —Su voz sonaba más débil—. No puedes acudir a la policía. Ha sido uno de mis parroquianos. Pero él no es así. No sé qué le ha pasado. No necesitaba el dinero, y no había mucho que llevarse. Pero no ha habido manera de razonar con él. —Cerró los ojos y se apoyó completamente en ella—. Cuento contigo.

—Está usted malherido, padre —dijo Destiny—. Necesita que le atienda un médico.

—¿Cómo te llamas?

—Destiny —dijo ella, enojada. Sentía ganas de matar al agresor del párroco. *Nicolae. Necesito que vengas a la iglesia.* Odiaba recurrir a él. Sabía que se reiría como un simio cuando recibiera su llamada. Destiny miró con rabia al padre Mulligan—. No tiene usted ni idea de lo que me está obligando a hacer.

—Sí, me temo que sí la tengo, hija. Sé que no deseas estar en contacto con otros, pero tengo la sensación de que sólo tú puedes resolver esto en mi lugar. No quiero implicar a la policía. Prométeme que te ocuparás de esto tú misma.

—No puedo creerlo. —Destiny levantó las manos, exasperada, y luego cogió rápidamente al sacerdote para que no se golpeara la cabeza contra el escalón de mármol—. Primero las hermanas y ahora usted.

Parece que estás impaciente por verme. En la voz de Nicolae había un ronroneo de satisfacción.

Destiny apretó los labios para no chillar de rabia. El mundo se había vuelto loco de repente. *No te hagas ilusiones. ¿Sabes curar a humanos?*

Hubo un breve silencio. Destiny no pudo evitar que una sonrisilla cruzara fugazmente su cara y aflorara a su mente. Y a la de él.

¿Quieres que cure a un humano por ti?

¿Creías que quería tu compañía?

La risa de Nicolae sonó como siempre. La envolvió en una oleada cálida y pulsó su corazón. *Así es mi mujer, siempre tan cariñosa y acogedora. ¿Ese humano es un hombre?* Destiny notó el leve atisbo de amenaza que emanaba de él.

Pues sí, y es muy importante para mí, así que deja de hablar y muévete.

Me asombras. Sabes que te ayudaré y sin embargo sigues escondiéndote de mí.

Ella hizo girar los ojos y agarró con más fuerza al sacerdote. *Te estoy salvando la vida, colega. En realidad tengo ganas de hacerte algo violento. Estás en mi territorio.* Una súbita sospecha asaltó a Destiny. *Pero estás a cierta distancia, ¿no? Has estado cazando al vampiro.* La furia acompañó aquella certeza. *No necesito un cazador de segunda fila aquí, enredándolo todo.*

—¿Destiny? —La voz delgada del sacerdote atrajo su atención—. Quizá puedas soltarme un poco. Me estás aplastando los huesos.

Ella obedeció enseguida, ruborizándose.

—Lo siento, padre. Le dije que podía hacerle daño si le tocaba. No se me dan muy bien estas cosas, pero creo que debería tumbarse.

Si te ríes, Nicolae, te mataré aquí mismo, en esta iglesia.

La risa de Nicolae sonó de todos modos como un suave susurro acariciador; obviamente, aquella amenaza no le intimidaba lo más mínimo. Aquél fue un instante de camaradería y ambos lo reconocieron como tal.

—Si no te importa, prefiero no moverme —dijo el padre Mulligan—. Me duele mucho la cabeza y temo marearme.

¡Nicolae! ¡Creo que tiene una conmoción cerebral! Había miedo en su voz.

De pronto, el tono de Nicolae se volvió tranquilizador. De él había desaparecido todo rastro de risa. Destiny podía enfrentarse a un vampiro sin pestañear, pero aquella situación escapaba a su experiencia. *Voy para allá. Te enseñaré lo que hay que hacer. Intenta que no se mueva.* Nicolae no pudo evitar que un pequeño dardo de placer le atravesara al pensar que Destiny había acudido a él en un momento de necesidad. Que contaba con él. Que aceptaba que siempre estaría allí, para ella.

—Tiene que estarse quieto —dijo Destiny, confiando en que pareciera que sabía lo que hacía y estaba segura de sí misma. Acarició el pelo ralo del párroco y procuró ignorar el modo en que el olor a sangre agudizaba su hambre terrible.

—¿Conoces a Martin Wright? Un buen chico. Marty. Yo le conozco desde que era pequeño. Siempre fue un niño sensible, y muy cariñoso y amable con los demás.

Destiny le conocía. Era el novio de Tim Salvadore. Wright era siempre el más callado de los dos. Destiny le había visto muchas veces ayudando a las señoras mayores del barrio a llevar bolsas pesadas. Era él quien a menudo dejaba dinero a la pareja joven que vivía en la casita contigua a la de Velda e Inez.

—Sí, conozco a Martin —reconoció ella.

—Ha sido él. —Había una profunda tristeza en la voz del sacerdote—. Le dije que si necesitaba el dinero yo se lo daría, como un préstamo, pero no hacía caso de nada de lo que le decía. Me pareció todo tan absurdo. Lo único que le importaba era llevarse la caja en la que guardo el dinero para los pobres. Y casi estaba vacía.

—Eso no es propio de él —pensó Destiny en voz alta—. Y no tiene sentido. Tim y Martin tienen bastante dinero. Son muy cuidadosos, no juegan, ni son derrochadores. No se drogan, y Martin ni siquiera bebe. Cuesta creer que haya hecho esto.

Sabía que Martin Wright y el padre Mulligan eran buenos amigos. Jugaban al ajedrez todos los sábados, y Martin trabajaba a menudo con el párroco en su jardín. Cada vez que el padre Mulligan pedía voluntarios para algo, siempre era Martin quien dirigía el proyecto.

—Es completamente impropio de él —repitió Destiny con el ceño fruncido. Aquel incidente se parecía demasiado a la historia que le había contado Velda sobre Helena y John Paul.

—Ha estado viniendo de noche para trabajar en el proyecto de una comunidad cerrada para ancianos. Ha pensado en todo lo que necesitan los mayores: asistencia médica, acceso a personal de mantenimiento, tiendas económicas… Pero esta noche, cuando llegó… En fin, era Martin, pero no era Martin —añadió el padre Mulligan—. Ya ves por qué no puedo acudir a la policía. —Le dio unas palmaditas en la mano con dedos temblorosos—. Averigua qué le ha pasado. Sé que tú podrás hacerlo.

—Me encargaré de ello —contestó ella sin poder evitarlo. Otra promesa. Otro hilo que la ataba a aquel lugar. A aquella gente.

—Gracias, Destiny. Sabía que este asunto era para ti. Después de trabajar tantos años como sacerdote, percibo cosas en la gente. —Volvió a tocarle el brazo—. Sé que sufres mucho.

Ella se apartó. De pronto tenía la boca seca.

—¿No sufre todo el mundo?

Él sonrió con los ojos cerrados y la cabeza apoyada en su hombro.

—Cuéntamelo.

Ella respiró hondo, exhaló y empezó a hablar.

—Miré en el corazón de alguien y pensé que era un monstruo porque mataba sin emociones. Sentía la oscuridad que había en él, y sin embargo él no experimentaba ningún sentimiento cuando mataba. Lo hacía por sentido del deber, por proteger a otros de un ser monstruoso. Dice que no soy el monstruo que creo ser, que yo también mato para proteger a otros, pero en mi interior hay odio. Él mata porque cree que es su deber. —Destiny esperó hasta que el sacerdote abrió los ojos y fijó la mirada en ella—. Yo mato porque tengo que matar.

El padre Mulligan escudriñó su cara un rato en silencio.

—¿A quién matas, Destiny? —le preguntó en voz baja, sin miedo.

Destiny apartó la mirada de él un momento. El padre Mulligan vio brillar las lágrimas en sus ojos.

—Hay cosas en este mundo de las que usted no sabe nada, padre. Seres monstruosos. Inhumanos. Uno de ellos me arrancó de mi familia cuando era una niña.

Notó en la boca el sabor de la muerte, la esencia amarga y repugnante del mal. No tenía esperanzas de poder explicarle al sacerdote lo que le sucedía, ningún modo de hacerle comprender. Había momentos en los que ella misma pensaba que estaba loca, que vivía en un mundo de ilusiones.

El padre Mulligan le apretó la mano. La comprensión pareció filtrarse en el fondo de sus ojos. Una expresión de perplejidad se extendió por su semblante.

—Eres uno de ellos. He oído rumores sobre vosotros, pero dudaba que existierais. Eres una cazadora, ¿verdad? ¿De los montes Cárpatos?

Destiny percibió enseguida la quietud de Nicolae, su recelo, su alarma. Era una sombra oscura y amenazadora cuya existencia ignoraba el sacerdote. Destiny intentó cortar de inmediato su conexión con el cazador antiguo. Pero de pronto parecía imposible. Sintió que Nicolae se fundía con ella, que esperaba una respuesta.

—¿Dónde ha oído eso? —preguntó con cautela, consciente de que tal vez tuviera que borrar los recuerdos del párroco. *No está bien, Nicolae. Es un hombre santo. No debemos tocarle.*

—No debería haber dicho nada, pero me ha sorprendido tanto… Hace unos años, tuve el honor de ser asignado al servicio de cierto cardenal. Era un gran hombre, muy querido en la Iglesia, y por sus compañeros y su gente. Estaba muy enfermo y murió poco después. Al empaquetar sus libros y sus preciosos papeles, sus diarios y cartas, encontré una vieja carta escrita por un sacerdote rumano. Ese sacerdote también ha muerto, pero en la carta escribía acerca de un amigo suyo, un hombre llamado Mikhail que vivía en los montes Cárpatos. Era un hombre extraordinario, de una especie completamente distinta. Al parecer, el sacerdote y el cardenal habían mantenido una discusión teológica acerca del lugar que ocupaba esa especie en el orden del universo. El cardenal juró guardar el secreto y quemó metódicamente las cartas del sacerdote. Lo sé porque se sabe que con frecuencia quemaba la correspondencia que le llegaba de Rumanía. Se especulaba sobre por qué quemaba las cartas de ese sacerdote en particular. Yo llegué algún tiempo después y nunca le vi quemar ninguna carta, pero encontré la única que quedaba.

—¿Todavía existe esa carta?

Destiny le miró fijamente a los ojos. *No te atrevas a hacerle daño.*

Tu confianza en mí es conmovedora. Había aquel mismo suave regocijo, sin enojo ni exasperación, sólo una espera paciente. Destiny intentó impedir que la voz de Nicolae invadiera su mente, se enroscara alrededor de su corazón.

El padre Mulligan trató de negar con la cabeza y profirió un gruñido.

—Quemé esa carta, aunque quería conservarla, como había hecho el cardenal. Su contenido era interesante y tenía importancia histórica, pero me di cuenta de que el sacerdote tenía reticencias a la hora de revelar lo que sabía al mismo tiempo que intentaba resolver una cuestión teológica.

—No hable más, padre, está usted herido. Aclararemos esto más tarde.

¡Se le traba la lengua! Destiny estaba ya levantándole en vilo, acunándole en sus brazos como si el párroco no pesara más que un niño. *Nos vemos en la rectoría. ¡Y date prisa!*, exigió ella mientras corría, usando su velocidad preternatural, hacia la casa del párroco.

Estoy justo detrás de ti. La voz de Nicolae sonó fuerte y tranquilizadora, completamente segura de sí misma, y Destiny sintió que parte de su tensión de disipaba.

Depositó suavemente al padre Mulligan sobre su cama, haciendo caso omiso de los otros sacerdotes que había en el pasillo. Había entrado como una exhalación, de modo que ninguno de ellos la había visto. Tampoco vieron a Nicolae cuando cerró cuidadosamente la puerta y ordenó mentalmente a los ocupantes de la casita que se alejaran de la habitación del padre Mulligan. Nicolae fingió no notar que Destiny exhalaba un suspiro de alivio.

—Padre Mulligan, tiene usted una buena brecha en la cabeza. —La voz de Nicolae era suave, pero Destiny reconoció la autoridad que ocultaba—. Abra los ojos un momento y míreme. —Era una orden y, a pesar de estar malherido, el párroco se esforzó por obedecer.

Nicolae sonrió tranquilizadoramente, pero Destiny siguió revoloteando alrededor del sacerdote, sólo para demostrarle que vigilaba cada uno de sus movimientos. Su exasperante sonrisa se convirtió en una mueca de satisfacción. Ella no podía mirar su cara llena de confianza en sí mismo. Se derretía por dentro. Era así de sencillo, y de repugnante. Un hombre santo yacía allí, ensangrentado y magullado por una agresión que no había provocado, y ella, mientras tanto, miraba el rostro amado de Nicolae sin poder evitarlo.

Se le encogió el estómago. Se llevó una mano al abdomen, alarmada por sus propios pensamientos. ¿Amado? Era guapo. Sensual. Viril. Pero no amado. ¿De dónde había salido aquello?

—Me sacas de quicio —siseó, indignada.

Nicolae alargó los brazos, tomó su cara entre las manos y la miró un momento. Fue sólo un instante, pero bastó para despojarla de la razón.

—Vas a oír en tu cabeza el antiguo cántico de curación. Escúchalo, Destiny, y repítelo conmigo. Déjate ir, abandona tu cuerpo. Es difícil al principio; siempre somos muy conscientes de nosotros mismos. Pero tú puedes hacerlo. Conviértete en luz y energía y viaja conmigo. Mantén la fusión de nuestras mentes con firmeza y usa mis imágenes como guía.

Las yemas de sus dedos se deslizaron por los pómulos de Destiny, dejando tras ellas una estela de fuego. Destiny se estremeció, confusa.

El padre Mulligan se removió débilmente hasta que ella buscó su mano con reticencia, cuidadosamente.

—Creo que conoces las respuestas que estás buscando, hija. Ten valor.

Ella le miró con admiración. Aquel hombre se había entregado voluntariamente a un cazador de los no muertos para que le curara. Le había dado su confianza a un perfecto desconocido de una especie distinta. Era capaz de pensar en reconfortarla a pesar de hallarse malherido. Su generosidad, su falta de egoísmo hicieron que se avergonzara de sí misma.

—Relájese, padre —dijo Nicolae en voz baja, con voz musical e irresistible—. No debería sentir dolor, sólo calor. Creo que tiene una conmoción cerebral, señor, pero me parece que puedo ayudarle, si me permite hacerlo.

El párroco siguió apretando la mano de Destiny, pero cerró los ojos de nuevo y asintió levemente con la cabeza.

Destiny sintió primero un cambio en la mente de Nicolae. Una liberación de su espíritu, desgajado de su cuerpo. Sabía cómo hacer aquello; él se lo había enseñado para curar su propio cuerpo cuando sufría heridas en una batalla. Pero nunca había curado a otra persona. Acompañó a Nicolae, siguiendo su estela como había hecho tantos años. Fundiéndose con él, formando parte de él.

Parecía que siempre había sido parte de él. En realidad, su vida había empezado cuando se introdujo en la mente de Nicolae y le encontró allí, con su voz suave y cautivadora y su paciencia indefectible. Destiny había cerrado la puerta a su vida humana para intentar conservar su cordura; sólo Nicolae había podido penetrar en su mundo. Él lo sabía todo sobre ella: lo bueno y lo malo, cada sueño, cada pesadilla. Su infierno íntimo. La conocía y sin embargo se había quedado a su lado.

Al echar la vista atrás, se preguntó si siempre había creído que Nicolae era un vampiro. Había oscuridad en él. Cazaba y mataba. Pero le ofrecía absolutamente sus conocimientos y a sí mismo.

¿Haría eso un vampiro? Durante todo aquel tiempo, ella había tenido miedo de lo que vería él cuando la encontrara. Una mujer rota. Dañada. *Sin salvación.* Entonces susurró aquellas palabras entre los dos.

Quédate conmigo, Destiny. La voz de Nicolae sonaba firme. *No te distraigas. Debes concentrarte en el sacerdote, no en ti misma.*

Destiny vaciló un momento más, indecisa. Nicolae estaba arrastrándola aún más al interior de su mundo. Al interior de su vida. Al interior de su alma. Así que se liberó del último vestigio de su ser y le acompañó voluntariamente. Al dejar que su cuerpo se alejara, experimentó la sensación de libertad de convertirse en luz y energía. Aquél era un bálsamo curativo el doble de fuerte que cualquier otra cosa que hubiera experimentado.

La fractura estaba ahí, en el cráneo del párroco: una grieta desigual, una oscura violación de su ser. Destiny oyó el suave cántico en la voz melodiosa de Nicolae y añadió su voz a la de él de modo que se fundieron en perfecta armonía. Palabras de curación. Palabras ancestrales que ella no comprendía pero que eran hermosas y certeras. Sentía la paz y la bondad que había en ellas, la energía que fluía entre ellos, hacia el párroco. Observó con atención a Nicolae mientras juntaba los bordes de manera que el cráneo quedara liso de nuevo. Él prestaba atención al más pequeño detalle, quitó coágulos de sangre y redujo la hinchazón hasta que la herida pareció no haber existido nunca.

No se detuvo ahí, a pesar de que ella notaba su cansancio. Recorrió a su paciente, examinó su corazón y sus pulmones, cada órgano vital, hasta que estuvo completamente seguro de que el párroco se despertaría sano y fuerte.

Emergieron al mismo tiempo, regresando a sus cuerpos respectivos, y se sonrieron como viejos amigos.

—Gracias, Nicolae. Le has salvado la vida.

Valía la pena gastar hasta la última gota de energía por ver aquella expresión en el rostro de ella. Suave. Serena. Feliz. Destiny le miraba con estrellas en los ojos. Nicolae había creído que nunca le miraría así. Tuvo cuidado de no mostrar emoción alguna que pudiera traicionarle. Su ascendiente sobre ella era frágil. No cometió el error de estrecharla entre sus brazos y atraerla hacia sí, a pesar de que era lo único que deseaba. Estaba pálida, y él sentía el latido de su hambre; aun así no podía ofrecerle nada.

—Es un buen hombre, Destiny. ¿Has tenido tiempo de examinar sus recuerdos para ver qué ha ocurrido?

Destiny asintió con la cabeza.

—Ha sido como me ha dicho. Martin Wright vino y se enfrentó con él. El padre Mulligan le ofreció dinero, le pidió que se sentara y hablaran, intentó razonar con él, pero Martin le atacó.

Nicolae se sentó en el suelo, junto a la cama del sacerdote.

—Eso no tiene sentido.

—No, no lo tiene. Velda e Inez me contaron una historia parecida sobre John Paul, que llegó a casa y atacó a Helena.

—No les conozco bien. He visto a Wright en el bar, pero a esa otra pareja, no.

—John Paul adora a Helena. Nunca le pegaría. —Destiny comenzó a tamborilear con la uña sobre el marco de la cama—. Algo va mal, está claro.

Nicolae estaba pálido y agotado, parecía grisáceo en medio de la oscuridad mientras se frotaba pensativamente la mandíbula sombreada.

—No te preocupes tanto, Destiny. Aclararemos esto. ¿Estás segura de que el padre Mulligan destruyó esa carta? Mikhail Dubrinsky es el príncipe de nuestro pueblo. No podemos permitirnos que nada ni nadie le ponga en peligro en estos tiempos tan tensos. Nuestra existencia misma como pueblo está amenazada.

Destiny se inclinó hacia él. Necesitaba examinar sus rasgos más de cerca. Las yemas de sus dedos se movieron sobre sus facciones, rozaron las arrugas de las comisuras de su boca.

—Necesitas alimentarte.

No había pretendido que fuera una invitación, pero así sonó. Suave. Seductora. Inesperada. Y les sorprendió a ambos.

El cuerpo de Nicolae respondió a la tentación de su voz, a su invitación; un deseo implacable, salvaje se apoderó de él. El ardor le recorrió como una oleada. Un relámpago atravesó sus venas con intensidad incandescente. Sus ojos se encontraron. Él se perdió inmediatamente, se ahogó en las profundidades de los ojos aguamarina de Destiny. Ella volvió un poco la cabeza, dejando al descubierto su cuello suave y delicado, una extensión de piel tersa y perfumada.

Nicolae le tendió los brazos, la atrajo hacia sí. Destiny se amoldó a su abrazo. Su cuerpo era suave, voluptuoso y flexible. Era como seda ardiente y satén que aumentaba la fiebre de Nicolae. Él inclinó lentamente la cabeza hacia su piel perfecta.

¡No! Era una orden, nada menos. La voz de su hermano sonó aguda y afilada, cargada de advertencias. Nicolae aspiró el olor de Destiny, sintió su pulso vibrar bajo sus labios. La llamada de su sangre sonaba, potente, en su corazón y en su mente. *Está contaminada. ¡Todavía no estáis unidos! Detente, Nicolae, estás poniéndote en peligro, y también a ella.*

Nicolae cerró los ojos. Quería bloquear la razón y el pensamiento. *Estás poniéndote en peligro, y también a ella.* Era cierto. Se apartó de mala gana, alejándose de la tentación. Sus incisivos remitieron. No podía poner en peligro a Destiny. No lo haría.

Destiny se quedó muy quieta. Aquella advertencia resonaba todavía en su mente. *Está contaminada. Está contaminada.* Se repetía como un terrible estribillo en su cabeza. La golpeaba con la fuerza de una espantosa verdad. Apartó a Nicolae de un empujón y se levantó de un salto.

—Destiny… —Su nombre le salió del corazón—. Quédate conmigo.

La soledad dolorida de su voz era turbadora, capaz de destruir su alma. Por primera vez, ella pudo ver cuánto la necesitaba. No era sólo deseo; Nicolae la necesitaba. Todo lo femenino, todo lo humano que había en ella luchaba por ser lo que él necesitaba. *Está contaminada.* Aquel feo estribillo reverberaba estruendosamente en su cabeza.

Sacudió la cabeza mientras se apartaba de él.

—¿Qué crees que pasará si me quedo contigo, Nicolae? ¿Crees en los milagros? Yo rezaba pidiendo un milagro noche tras noche, cuando le oía venir por mí, cuando me acurrucaba en el rincón de una cueva sucia. —Apretó los puños con fuerza, hasta que las uñas se le clavaron en las palmas—. Tu sitio está aquí, con el padre Mulligan.

Con esta gente. —Señaló al párroco con el puño cerrado—. El mío no, ni nunca lo estará. Por favor, dale las gracias a Vikirnoff por su advertencia. No quisiera infectarte.

—Destiny... —Su voz, descarnada y dolorida, expresaba una tristeza mucho más intensa que la de ella.

—No. —Alguien debía conservar el sentido común—. Te habría infectado, si hubieras probado mi sangre, ¿no es cierto?

Sus ojos relucían como extrañas piedras preciosas, brillaban llenos de lágrimas. Se los enjugó pasándose el brazo por ellos con gesto impaciente. Nicolae pensó que era la mujer más extraordinaria que había visto nunca. La más valiente. Se negaba a ser menos que ella. La miró directamente a los ojos y asintió con la cabeza.

—Sí, Destiny. Y, como no tengo nada que me ancle a la luz, sería muy peligroso.

Ella levantó la barbilla con orgullo.

—Eso soy yo. Tu ancla. ¿Qué te pasará si no puedo ser lo que necesitas?

—No es necesarios que te lo diga, Destiny. Eres todo lo que necesito. Todo lo que quiero.

—Contéstame, Nicolae. ¿Qué te pasará? —Su voz era muy suave, pero firme. Su mirada no vaciló.

Un destello de dolor cruzó el semblante de Nicolae antes de que su rostro volviera a adoptar una máscara estoica.

—Soy un carpatiano, un cazador antiguo que se acerca a su fin. Si no puedo unirme a mi compañera, tendré que buscar el amanecer o convertirme en vampiro. Mi elección está clara.

Ella reaccionó apretándose los ojos con los dedos un momento.

—¿No hay otra compañera para ti? Tiene que haber otra.

Nicolae negó con la cabeza.

—Sólo hay una. Tú eres la otra mitad de mi alma.

Destiny se apartó de él, disolviéndose en una fina niebla, pasó bajo la puerta y recorrió el pasillo hasta salir al aire nocturno. Se alzó rápidamente y ascendió hasta que estuvo muy por encima de la ciudad. Entonces empezó a gritar mentalmente, para que la onda expansiva no molestara a la gente de abajo. *¿Sabías desde el principio que yo era tu compañera?* Era un reproche, nada menos.

¡No! Si lo hubiera sabido, te lo habría dicho. Vuelve conmigo, Destiny. Tienes que alimentarte pronto. Me necesitas.

Tenía razón. Sus fuerzas iban disipándose rápidamente. Hacía varios días que no se alimentaba, y prestar su energía a Nicolae para que curara al párroco había agotado las pocas reservas que le quedaban. Tocó tierra, volviendo a su forma natural. Sabía exactamente dónde encontrar lo que necesitaba. Y no era Nicolae.

Estaba furiosa. Su vida había vuelto a resquebrajarse por completo. El mundo parecía estar descontrolándose. Mientras bajaba por la estrecha calle, cerró el puño y apretó los labios con fuerza. Iba buscando pelea. Con cualquiera. Una buena pelea al viejo estilo le serviría. ¿Dónde estaban los criminales de la ciudad? ¿Se habían ido todos a la cama temprano? ¿Dónde se metían los vampiros cuando se los necesitaba?

Buscó en todos los callejones que se le ocurrieron, merodeó por las calles esforzándose por parecer una víctima. Una pobre chica solitaria sorprendida en la oscuridad. Sus ojos brillaban peligrosamente mientras escudriñaba la noche, buscando a alguien que la atacara.

Resopló, indignada. Iba paseándose por una calle sucia en la que se sabía que a uno podían apuñarle por un par de zapatillas, y nadie intentó nada. Los edificios se elevaban a ambos lados de ella como enormes y feos ejemplos de abandono y decadencia. Los grafitis se amontonaban en las paredes, junto con otras cosas que prefería no identificar. Abundaban las escaleras y los rincones, escondites perfectos para alguien que planeara un robo. Destiny estaba segura de que era el blanco perfecto. Una mujer sola, indefensa. No había farolas para iluminar el delito. Era la oportunidad perfecta para cometer un crimen, pero nadie aceptaba la invitación. Los delincuentes de aquella ciudad le asqueaban.

Pareció pasar una eternidad antes de que viera a tres hombres apoyados en la pared, mirándola avanzar mientras murmuraban entre sí. Los oía claramente discutir sobre cómo podían pasar el resto de la noche con ella. Su conversación la animó considerablemente. Al fin, una oportunidad para descargar su frustración y su violencia. Aminoró el paso deliberadamente, dándoles tiempo para decidirse. Se había mantenido alejada del barrio tres días y no se había alimentado. El hambre era un ser vivo que respiraba y se movía lentamente a través de su cuerpo, implacable en sus exigencias. La atracción que el barrio ejercía sobre ella era increíblemente poderosa. La voz suave de Mary Ann, la iglesia, Velda e Inez... Evitó pensar en la palabra «hogar». Era una nómada. Una solitaria. ¿Por qué no podía quitarse a Nicolae de la cabeza?

No había motivo para que se preocupara por él o se sintiera culpable. Seguramente Nicolae se lo estaba inventando todo. Aunque ella nunca le había pillado en una mentira. Se había pasado la vida intentando sorprenderle en una para demostrarse a sí misma que era un vampiro. Miró un momento a los hombres y luego fijó la vista en el suelo y siguió andando con paso firme. Necesitaba acción.

Uno de los tres hombres se irguió y dio dos pasos hacia ella como si se dispusiera a interponerse en su camino. Destiny soltó el aliento en un siseo de expectación; el ansia atravesaba su cuerpo como adrenalina cuando se volvió hacia él, a la espera. A la espera. Hasta el viento pareció contener el aliento con ella. Dos ratas que correteaban junto a los cubos de basura se alzaron sobre sus patas traseras y se quedaron inmóviles y expectantes.

Entonces, le sintió. Nicolae. Real, no imaginado. Cerca. No hubo una bella voz, ni palabras suaves que la apartaran del camino que pensaba seguir. Pero cuando giró la cabeza y miró a su futuro agresor, él se detuvo en seco.

Destiny comprendió enseguida que la llama voraz que ardía dentro de su estómago la había traicionado y brillaba, roja e incandescente, en el fondo de sus ojos.

—¿Qué clase de idiota eres tú? —le espetó, y miró luego a los otros, desafiándoles a atacarla.

Entonces oyó la risa suave de Nicolae. *Deberías haberlos atraído usando el sexo.* Algo en su voz la hizo estremecerse: una amenaza soterrada que la convenció de que no habría sido buena idea. *Llámame.*

El aliento de Destiny escapó entre sus dientes, un siseo colérico. Antes de nada, debería haberle preguntado a Mary Ann si todos los hombres eran tan pelmazos. No iba a llamarle. No se dejaría embaucar, atraer, tentar. Se habría marchado de Seattle definitivamente para escapar de él, pero tenía asuntos pendientes en la ciudad. Les había prometido a Velda e Inez que se ocuparía de los problemas del vecindario.

—Cobardes —bufó con desprecio, y dio la espalda a los tres hombres, que la miraban alarmados.

¿Había habido una pequeña efusión de energía en el aire? ¿Había interferido Nicolae de algún modo, avivando el fuego que ardía dentro de ella, dejando que aquellos tres hombres vieran el peligro que les amenazaba? Se dio media vuelta y escudriñó cada rincón de la calle. Las ratas se habían agazapado junto a los cubos de basura, empequeñeciéndose para intentar pasar desapercibidas. Destiny las miró con rabia hasta que se escondieron en medio de la basura. *¿Me estás siguiendo? ¡No te atrevas a seguirme!* Nicolae no se atrevería. Entonces se detuvo a la entrada de la estrecha calle y comenzó a tamborilear con los dedos en la pared. Claro que se atrevería. Era un cazador.

Su ira empezaba a disiparse. Sólo podía pensar en el deseo doloroso de la voz de Nicolae, en el hambre voraz de sus ojos. La desesperación era un cuchillo afilado que le atravesaba el corazón cada vez que se acordaba del destello de dolor que había cruzado el rostro de Nicolae. Se apoyó contra la pared y miró las estrellas. El viento, que soplaba más fuerte, arrastraba un manto de niebla gris que iba cubriendo la noche, que ocultaba las estrellas y sofocaba el sonido. Una fina llovizna comenzó a caer sobre ella.

Miró a las ratas que corrían a cobijarse. Algo en el modo de moverse de una de ellas llamó su atención: su forma de mirarla con aquellos ojillos redondos como cuentas que brillaban con demasiada inteligencia. De pronto un escalofrío le recorrió la columna vertebral. Se quedó paralizada por dentro y sus sentidos se aguzaron para descubrir a los otros. Y había otros. Esta vez, había caído de veras en una emboscada.

Capítulo 7

Destiny se movió lentamente, eligiendo con cuidado su posición mientras examinaba los alrededores palmo a palmo. El viento levantaba papeles y pequeñas hojas y arremolinaba los desperdicios calle abajo. Su mirada recelosa se deslizaba sobre los edificios, se fijaba en cada detalle, en cada sombra. Había ido buscando pelea, e iba a encontrarse con una guerra abierta.

Necesitaba espacio para maniobrar. Sonrió dulcemente a la ratita y se deslizó a toda velocidad hacia el centro de la calle, entre los altos edificios.

—Veo que has adoptado tu verdadera forma, Pater. Una rata asquerosa. Y esta vez has traído a tus amiguitos, y corretean por ahí en grupo, como suelen hacer los roedores. ¿Qué es esto? ¿Un reencuentro? ¿La semana de la vuelta al hogar? ¿Una convención de vampiros y no he sido invitada? Me siento desplazada. —Hablaba con su voz más atrayente, para que quienes la escuchaban se mostraran, aunque fuera sólo un momento.

De pronto los vio en su verdadera forma. Figuras altas y flacas, con dientes aserrados y sucios y la piel gris y tirante sobre el cráneo. La ilusión de belleza física era una proyección de sus mentes; en realidad, sus cuerpos se habían degradado a la par que sus espíritus putrefactos. Había dos junto a los cubos de basura. Uno en el tejado del edificio más próximo. Uno entre las sombras del callejón. Y otro agarrado al lateral del edificio, por encima de ella, oculto como una mancha negra: una araña que aguardaba en el centro de su tela para atacar cuando ésta se tensara.

El corazón de Destiny latió con violencia; luego, recuperó su ritmo normal. Se movió con calma, despreocupadamente, y saludó a la macabra figura que reptaba por la pared del edificio. Él le enseñó los dientes, su aliento fétido apestó el aire fresco, y ella se alegró de que la llovizna disipara el olor a podredumbre.

Pater cruzó los brazos y recuperó tranquilamente su ilusión de belleza.

—En efecto, querida mía, tenemos una invitación para ti. Hemos venido a pedirte que te unas a nosotros. ¿Qué sentido tiene pelear entre nosotros? —Su voz era suave y persuasiva. En el fondo de su corazón, Destiny se encogió al recordar otra voz que la llamaba y la atraía. Y ella la había seguido. Su mayor pecado. ¿Por qué no se había confesado con el párroco? ¿Por qué no le había dicho la verdad cuando había tenido ocasión?

Sacudió la cabeza para librarse de los remordimientos. Necesitaba absoluta concentración si quería tener alguna oportunidad de derrotar a los no muertos.

—¿Por qué iba a servirte a ti cuando puedo elegir mi camino?

El vampiro del tejado comenzó a entonar lentamente un cántico, golpeando rítmicamente el suelo con los pies. El que estaba junto a los cubos de basura, a la derecha de Pater, continuó aquella cantinela; el destello de sus pies al moverse entre los hilos plateados de la lluvia producía un efecto hipnótico. Destiny apretó los dientes y apartó resueltamente la mirada al tiempo que bloqueaba el sonido de los cánticos. Era un truco viejo, pero que a menudo funcionaba con los incautos.

—¿Me crees tan ingenua como para dejarme atrapar tan fácilmente?

Miró a Pater con ojos centelleantes, con una mirada que parecía prometer venganza.

Él hizo una profunda reverencia, imperturbable. Un simple ademán suyo detuvo los cánticos y el baile. Los vampiros volvieron a quedarse quietos y expectantes. Esperando su oportunidad. Esperando una flaqueza, un error por su parte. Un solo instante de despiste.

—Eres muy rara. Sabes mucho para ser tan joven. Eres una mujer, pero consigues derrotarnos. Compartes nuestra sangre, pero eres una cazadora. ¿Cómo es que no has oído las noticias que corren por el mundo? Somos emisarios del fuerte. Yo soy uno de sus comandantes de más confianza. Estamos en guerra con los cazadores y tú no lo sabes. Hemos entrado en una nueva era, vamos a unirnos y a combatir a nuestros enemigos.

Algo se movió entre la niebla. Destiny lo sintió, más que verlo. Nicolae. Naturalmente, había ido. Y su hermano estaría cubriéndole las espaldas. Destiny sintió que se relajaba un poco.

—¿Combatir para quién? ¿Para qué? Eso que dices es absurdo, anciano. ¿Por qué iba a combatir para dar poder a un demonio? Mi muerte no significa nada para él. Ni las vuestras. Somos carne de cañón mientras él se esconde y se regodea y espera a que pongamos a los cazadores a sus pies. No le veo sentido a morir por otro.

—Pero derrotaremos a los cazadores, atacaremos en grupo. Es sabio, nuestro líder. Hará que el mundo sea nuestro. —Su voz era imperiosa. Destiny la notaba obrar en su mente, minando su confianza, tirando de ella hacia la red de los proscritos. Pero había algo distinto en su mandato, algo esquivo que ella no lograba evaluar. Su cadencia debería haber sido reconocible, pero no lo era; era casi como si su voz se sintonizara con la suya, como si buscara el tono que más le agradaba.

Destiny levantó las manos con las palmas hacia fuera, rechazando el sonido seductor de la voz de Pater. Ladeó la cabeza, sonrió de nuevo con una sonrisa lenta y provocativa, y sus dientes pequeños, blancos y perfectos brillaron.

—¿Por qué alguien tan poderoso como tú sigue a otro? —Su tono era coqueto, lisonjero, admirativo. Sus manos se movían con elegancia mientras hablaba. Notó que el pecho de Pater se hinchaba visiblemente. Como todos los vampiros, era susceptible a los halagos.

—A mí me pareces un líder. El otro día sobreviviste a tres cazadores. ¿Cuántos logran esa hazaña? ¿Podría haberlo hecho tu líder? Se está ocultando detrás de ti como un cobarde asustado mientras tú te enfrentas a los cazadores.

—Él tiene visión —le dijo Pater.

—¿Le has visto siquiera? ¿Se ha atrevido a mostrarse a ti?

Parecía curiosa, femenina. Llena de admiración. Mientras hablaba, sus manos se deslizaban con un gracioso contoneo que acompañaba el bello encanto de su voz. Sonrió, con una sonrisa de conspiradora, y bajó el tono. Su voz era aterciopelada. Sexy. Tentadora.

—Únete tú a mí. No necesitamos alianzas con los otros. Éste es mi territorio. Todo él. Compártelo conmigo. Podemos derrotar a los otros.

De pronto se empezaron a oír gruñidos y rugidos; los vampiros se movían, tensos, enseñando los colmillos, curvando sus garras, llenos de cólera. No costaba mucho crear tensiones entre aliados impíos. Eran traicioneros, engañosos, se cebaban los unos con los otros, además de con sus víctimas humanas.

Pater volvió a ordenarles silencio con un gesto, una señal de su liderazgo entre la peor de las abominaciones. Le tendió la mano a Destiny.

—Ven conmigo, únete a nosotros. Estás débil por el hambre. No puedes derrotarnos a todos. Deja que te dé mi sangre como sustento. Únete a nuestra familia.

Sus palabras entreabrieron una puerta en la mente de Destiny y dejaron salir un recuerdo. Una niña pequeña, de cabello oscuro, gateando entre la basura, arrastrándose por el suelo húmedo de una cueva, llorando inútilmente mientras intentaba ahogar el sonido de las súplicas, de los ruegos. Los gritos espantosos, el río de sangre. El monstruo dejando caer a su última víctima y volviéndose a cámara lenta para mirarla. Siempre se volvía despacio, con los dientes todavía ennegrecidos por la sangre de su víctima. Una sombra oscura que se cernía sobre ella. Una risa de maníaco. *Toma mi sangre para sostener tu vida.* Unas manos que apretaban toscamente su cuerpecillo, toqueteándola. Las bofetadas, el olor fétido, los dientes que desgarraban su piel tierna. Un salvaje que la penetraba brutalmente, partiendo su cuerpo en dos mientras un ácido ardiente, con sabor a cobre, bajaba por su garganta.

Ahora no podía pensar. No podía respirar. Su garganta se cerró, sus pulmones se paralizaron. Comenzó a ahogarse. La violación de aquella niña le resultaba insoportable. Rompió a sudar, un terrible temblor se apoderó de su cuerpo, un temblor incontrolable. Ya no estaba en las calles de Seattle, ni era una mujer adulta, una cazadora poderosa; estaba de nuevo atrapada en aquella cueva y arrastraba ciegamente su cuerpecillo desgarrado por el suelo húmedo y cubierto de sangre.

Estoy aquí, contigo. La voz surgió de la nada, sencillamente estaba allí, en su cabeza. Serena. Firme. Una roca que siempre la anclaba. Cuando no le quedaba nada, cuando no había ni cordura ni razón, siempre estaba aquella voz. *Siempre estaré contigo. Te están cazando, Destiny. Se están acercando a ti desde arriba y desde abajo. Vuelve a este tiempo y este lugar. Ven conmigo ahora mismo.*

Le siguió fuera del laberinto de sus pesadillas. Fuera de los recuerdos que nunca se borrarían. *Nicolae.* Su cordura. Su vida. ¿Cuándo había sucedido? ¿Por qué no se había dado cuenta? El viento golpeó su cara. La lluvia clara empapaba su ropa y su pelo. Cobró al instante conciencia de su entorno, de los vampiros que la miraban, moviéndose velozmente hacia ella.

Consciente de lo débil que estaba, se disolvió en niebla, abandonando sus intentos de embaucar a Pater. Estaba segura de que él era el más fuerte de la banda. Orquestaría la batalla. Era él a quien debía derrotar si quería librar a su barrio de los no muertos. De pronto se convirtió en parte de la atmósfera, mezclándose con la niebla grisácea.

Pater rugió al lanzar un zarpazo y encontrarse con el aire vacío. Sus garras arañaron la neblina a su alrededor. De pronto, comenzó a entonar un hechizo para atraer víctimas humanas. Su voz era poderosa, una llamada de sangre. Sus seguidores continuaron el cántico, difundiendo su llamada por los edificios y las calles estrechas. Una venganza por haber perdido a la hembra que tan seguros estaban de poder hacer suya.

No te asustes, Destiny. El consejo de Nicolae sonó tierno y sereno. *Es una treta para hacerte salir. Parece que te ha estudiado. Sabe que protegerás a la gente de aquí.*

No voy a cambiar sus vidas por la mía.

Vikirnoff irá primero. Los dos de las sombras son míos. Tú ocúpate del vampiro de la pared del edificio. No te preocupes por Pater.

Es humo. No vamos a atraparle, a no ser que tengamos mucha suerte. Si es posible, intenta que Vikirnoff no tenga que matar a las bestias. Ha alcanzado su límite y sólo debe matar para salvarnos la vida.

Destiny vio con espanto que las puertas empezaban a abrirse: las presas humanas respondían a la llamada colectiva del vampiro. Veía las llamas rojas que brillaban en los ojos hundidos de los no muertos, sus muecas de alegría ante la perspectiva de un festín de sangre. La sangre cargada de adrenalina de los humanos les procuraría un torrente de energía, una euforia inmensa. Las criaturas se abalanzaron sobre sus víctimas, decididas a matar a tantos como fuera posible y a reunir fuerzas para la batalla inminente.

En el cielo, las nubes de tormenta se enturbiaron, devanando negros hilos en su caldero de bruja. Relámpagos como venas brillaban en los bordes del brebaje, iluminando momentáneamente la horrenda escena que tenía lugar en el suelo.

Bajo ella, Vikirnoff aisló a uno de los no muertos, un monstruo grande y corpulento que gruñía sin cesar. Se movía con tal gracia y elegancia que el vampiro parecía torpe y rígido a su lado. Ambos se pusieron en acción súbitamente; estaban ejecutando un baile ritual de pasos acechantes, y un instante después rompieron en un estallido de violencia espantosa y letal.

Nicolae agitó la mano para calmar los gritos de las víctimas cuando éstas cobraron conciencia del peligro inminente, arrebatando de ese modo a los vampiros la oportunidad de una falsa euforia. Quizá consiguieran la sangre que buscaban, pero no la efusión de adrenalina. Dos vampiros se abalanzaron hacia una pareja que estaba en el portal de un edificio de apartamentos. Nicolae llegó antes que ellos, empujó a la pareja al interior del portal para apartarla del peligro y se volvió para enfrentarse a los no muertos, que gruñían, amenazadores. Los dos monstruos se acercaron a él, ansiosos por eliminar al cazador y apoderarse de sus presas. Nicolae se puso en acción con un estallido: de pronto se convirtió en un borrón que se movía tan deprisa que Destiny no podía seguirle. Era fluido, fuerte y extraordinariamente poderoso.

Ella vio a Pater deslizarse entre las sombras, retirándose para que sus esbirros combatieran a los cazadores mientras él esperaba la ocasión de atacar sin peligro. Era la táctica de un vampiro astuto y experimentado. Destiny le habría seguido, pero había movimiento en el segundo piso. Una joven salió a la escalera de incendios, justo encima del lugar en que un vampiro se aferraba a la pared lateral del edificio. En respuesta a la llamada de la criatura, llevaba la cara iluminada por el éxtasis y los brazos extendidos como si quisiera abrazar a la muerte.

Destiny vio la avidez en el rostro del vampiro, su expresión de triunfo mientras reptaba velozmente por el edificio, una araña oscura y henchida de poder y de ansia de infligir dolor. Lo atacó de inmediato: salió de la niebla como una flecha, dejándose caer desde arriba cuando el vampiro alcanzó la escalera de incendios, seguro de su captura. La criatura se volvió en el último momento para mirarla. Su cara era horrenda; tenía los dientes desnudos y sus ojos enrojecidos llameaban, llenos de odio. Saltó hacia ella y clavó las garras en su piel al tiempo que pegaba su cuerpo de reptil al suyo. La arañó y hundió los dientes en su garganta.

Cayeron al vacío entre zarpazos. El vampiro hundía más y más sus dientes y desgarraba el cuerpo de Destiny con sus uñas. Era mucho más fuerte de lo que parecía y rasgaba su carne para debilitarla. Ella actuó sin vacilar; hundió el puño atravesando músculo y hueso y agarró el órgano ennegrecido que daba vida a la criatura. El chillido del vampiro fue horrible, incluso sofocado por la carne de Destiny, de cuya garganta arrancó un gran trozo. Cayeron juntos, rebotaron en un saliente del edificio y se estrellaron contra el pavimento. Ella seguía aferrando con fuerza a su presa.

¡*Nicolae!* Arrojó el corazón a la calle para que el rayo de luz que Nicolae lanzó sobre él lo carbonizara, dejándolo reducido a cenizas malolientes. La criatura que la agarraba quedó inerme, con las garras aún clavadas profundamente en su costado y su brazo. Con los dientes todavía hundidos en su garganta. Entonces apartó al vampiro y con las fuerzas que le quedaban salió tambaleándose del callejón hacia la calle abierta. Sus piernas cedieron y se sentó bruscamente sobre el asfalto.

Levantó la cabeza para mirar el cielo, los blancos relámpagos y las nubes que giraban frenéticamente sobre ella. Era realmente hermoso. Pero frío. Curiosamente sentía mucho frío. Por alguna razón no conseguía regular su temperatura corporal y estaba temblando. Intentó concentrarse en Nicolae, ver si necesitaba ayuda, pero le costaba demasiado volver la cabeza. Se sorprendió al encontrarse de pronto tendida de espaldas; el cuerpo le pesaba y se sentía rara. Debería haber tenido miedo, pero sólo sentía una tibia curiosidad. Sobre todo le preocupaba Nicolae.

Desde muy lejos, o quizá dentro de su cabeza, oyó su voz. *No te sueltes, Destiny. ¡No te sueltes!* Ella no entendió qué quería decir. No se estaba agarrando a nada, pero había desesperación en su voz, un tono que nunca le había oído usar, de modo que intentó concentrarse en él.

Pater se cernía sobre ella. Sus facciones grises estaban contraídas en una mueca agria y su furia espantosa asomaba en sus ojos enrojecidos.

—Deberías haberte unido a nosotros. Vas a tener una muerte horrenda —le siseó, y la baba arruinó su apariencia civilizada.

—No me sorprende. He tenido una vida horrenda.

Destiny intentó decirle aquello, pero tenía la garganta desgarrada y en carne viva, y ninguna palabra salió de ella. Cuando parpadeó para aclarar la neblina de sus ojos, Pater había desaparecido. Quizá nunca había estado allí.

Nicolae y Vikirnoff se materializaron a ambos lados de ella. Nicolae tenía una mancha roja en el lado izquierdo de la cara y una herida espantosa en el pecho. La levantó en brazos mientras Vikirnoff le cubría las espaldas. Ella deseó poder borrar la angustia que veía en su rostro, pero ningún sonido salió de su garganta, ni encontró fuerzas para levantar la mano y alisar sus arrugas de preocupación. Suspiró suavemente. Era consciente de que algo iba mal, pero no le importaba. Simplemente cerró los ojos y dejó que Nicolae se la llevara, como había hecho siempre, elevándose muy por encima de la ciudad, hacia un mundo de sueños en el que no había monstruos.

Nicolae mantenía la mente embotada, en blanco, mientras atravesaba velozmente el cielo camino de su guarida. Si los no muertos iban tras ellos, Vikirnoff les defendería y cubriría su retirada mientras ellos corrían a refugiarse. Debería haber sabido que Destiny haría algo así. Debería haber sabido que ella no podría asumir la idea de ser responsable de la vida de él... o de su muerte.

No es eso lo que ha pensado. Vikirnoff era la voz de la razón.

La ira inundó físicamente a Nicolae, apoderándose de su corazón y su cabeza.

¿Cómo lo sabes? ¿Por qué crees conocerla mejor que yo?

Porque yo no pienso en ella día y noche, cada minuto que paso despierto. La he visto defender a los humanos. Estaba cazando porque creía que debía hacerlo. Nada más. Y nada menos. El estallido de Nicolae no afectó lo más mínimo a Vikirnoff. Nada parecía perturbarle últimamente. *No le quites eso.*

Nicolae se avergonzó inmediatamente por haber pagado su miedo con su hermano. *Siento haberme puesto desagradable.*

¿Te has puesto desagradable? No lo he notado.

Nicolae miró el rostro impasible de su hermano cuando se posaron en lo profundo de la tierra. No había humor, ni asomo de reproche en su expresión. Era cierto que Vikirnoff no había notado su cólera. Y aquello le preocupaba. Untó las heridas de Destiny con su saliva y con la tierra curativa, cantando suavemente mientras realizaba aquella tarea.

—Ha perdido demasiada sangre.

Examinó las heridas, los horrendos desgarrones, las marcas de mordiscos, los boquetes abiertos. El vampiro había intentado aniquilarla lo más dolorosamente posible.

—Eso es bueno para nosotros, Nicolae —dijo Vikirnoff—. En lugar de matarla, han intentando prolongar su muerte, atormentarla.

Estaba cogiendo hierbas de un montoncillo que tenía guardado en la cámara subterránea. Sólo tardó unos segundos en encender las velas aromáticas.

—Sus enemigos no la conocen. —La voz de Nicolae era suave, llena de una emoción que refrenaba con denuedo—. Destiny ha sufrido cada instante de su vida. Esto no es nada para ella. —Contuvo lágrimas inesperadas mientras le limpiaba cuidadosamente la cara. Las heridas de su cuello y hombros eran una visión espantosa—. Esto no es nada para ella —repitió. Sus manos tocaron suavemente las heridas abiertas de su garganta. Se inclinó hacia ella, acercó los labios a su oído—. Quédate conmigo, Destiny. Esta vez, te seguiré donde vayas. Que sea aquí, en este tiempo y este lugar. Quédate en este mundo.

Dejó que su cuerpo se alejara de él y se transformó en un instrumento inmaterial de luz y energía. Eso le resultaba mucho más fácil que despojarse del vendaval de emociones que giraba dentro de él. Necesitaba estar tranquilo y firme para salvarla. Para curar sus heridas. Aquélla era la tarea más importante de su vida. La carne desgarrada e inflamada de Destiny tenía un aspecto catastrófico y, como siempre, el vampiro había dejado un veneno que destruía rápidamente las células alrededor de la zona de los mordiscos. La putrefacción se extendía velozmente.

Pero Nicolae era meticuloso en su trabajo, rápido y eficiente, y no dejó de reparar el daño infligido en sus arterias, músculos y tejidos. Prestando atención al menor detalle, eliminó hasta la última gota del veneno del vampiro. No fue tarea fácil. La sangre contaminada de Destiny le dificultaba el trabajo, debido a los daños que ya había sufrido el interior de su cuerpo, daños que la atormentaban constantemente.

Dos veces pensó que algo se movía en su flujo sanguíneo, algo microscópico, una sombra que se alejaba de su energía curativa, pero cuando fue a inspeccionar no encontró bacteria alguna.

Volvió en sí tambaleándose ligeramente; tenía la cara pálida por el esfuerzo y el desgaste de energía. Por el conocimiento de lo que ella soportaba cada noche. Sus ojos se encontraron con los de Vikirnoff.

—No sé cómo ha sobrevivido —dijo con voz suave.

Vikirnoff le tendió su muñeca.

—Somos carpatianos. Resistimos. Ella es carpatiana y tiene un sentido del honor y unos instintos tan antiguos como el tiempo. Poco importa que la convirtiera un vampiro. Ese monstruo no podría haberlo hecho tan bien si ella no fuera de la luz. Tú piensas con el corazón, Nicolae.

—Y se me está rompiendo.

Nicolae inclinó la cabeza hacia la muñeca de su hermano y bebió largamente para recobrar fuerzas, para poder pasar su don a su compañera.

Vikirnoff sacudió la cabeza.

—Uno de vosotros debe estar completo. Ella busca un camino para llegar hasta ti. No cometas el error de fallarle porque tu compasión es demasiado grande.

Nicolae dejó que el torrente de sangre antigua llenara su ser. ¿Qué podía decirle a Vikirnoff? Sus palabras eran una espada de doble filo. Dolorosas, pero lógicas. Llenas de sabiduría. Le había oído decir eas cosas desde que tenía uso de razón. Después de cerrar cuidadosamente la herida de la muñeca de su hermano usando su saliva curativa, tomó a Destiny entre sus brazos.

Acunándola sobre su regazo, se abrió la camisa y le apretó la boca contra su piel. *Tomarás lo que se te ofrece libremente, para que los dos podamos vivir*, le ordenó, usando la fuerza de un antiguo, de un compañero de vida. Y ella obedeció. Sus labios le rozaron. Suavemente. Casi con sensualidad. Nicolae cerró los ojos cuando un dolor incandescente lanzó un rayo que atravesó su torrente sanguíneo y tensó cada músculo de su cuerpo. Instintivamente la apretó contra sí, protegiéndola con sus brazos.

Levantó la mirada hacia su hermano.

—¿Cómo quitamos la ponzoña del vampiro? ¿Alguna vez, en toda tu vida, te has encontrado con este problema?

Vikirnoff negó con la cabeza lentamente.

—Destiny no es un vampiro, así que debe de haber algún modo. Sólo se me ocurre diluir la sangre, como estás haciendo. Ha perdido más de la que puede permitirse. Le daremos los dos sangre antigua y llamaremos a los sanadores. Quizás el suelo de nuestra patria nos sea de ayuda.

Nicolae apoyó suavemente su frente contra la de Destiny.

—Es una luchadora, Vikirnoff. Si alguien puede salir de ésta, es ella.

—¿No te importa que le dé mi sangre? —preguntó su hermano con templanza.

Nicolae encogió sus poderosos hombros mientras miraba la cara de la mujer a la que amaba.

—Yo le daré toda la que pueda; tendrás que reponer mi sangre, como has hecho tantas veces. Es la misma. Ella la necesita, y nosotros no podemos hacer otra cosa que satisfacer su necesidad.

Su puño se cerró entre el pelo de Destiny y aplastó los mechones sedosos. Quería alejarla de aquel lugar, regresar a su patria, donde los sanadores y la tierra podrían obrar su magia sobre ella.

Mi magia has sido siempre tú. No me hacen falta otros. La voz de Destiny surgió de la nada, rozó las paredes de la mente de Nicolae con la suavidad de las alas de una mariposa. A él se le encogió el estómago. El corazón le dio un vuelco en el pecho.

Ya era hora de que lo reconocieras.

Bueno, no te hagas ilusiones ni nada parecido. Sigo pensando que eres un pelmazo.

Ahí estaba de nuevo su Destiny, y Nicolae dejó escapar un suspiro de alivio. Sintió la caricia de su lengua cerrando las marcas de colmillos de su pecho. *No has tomado suficiente sangre para sustituir la que has perdido, Destiny.*

Siento que te estás debilitando. Ve a cazar. Yo puedo esperar. Un estremecimiento de dolor recorrió su cuerpo, señal segura de que estaba despertando. Sus pestañas se movieron, dos medias lunas exuberantes que se posaban como abanicos de plumas sobre su piel blanca.

Nicolae se inclinó sobre ella, rozó sus ojos con los labios. Depositó una serie de besos a lo largo de su pómulo, por la línea de su pequeña nariz, y se demoró luego en la comisura de su boca suave y curvada.

Te estás aprovechando. Estoy demasiado débil para resistirme.

No, nada de eso. No quieres resistirte.

Puede que tengas razón. Pero, si la tienes, es porque me has hipnotizado mientras estaba inconsciente. No tiene nada que ver con tu olor. Ni con el sonido de tu voz. Ni con que tu boca sea tan perfecta.

Nicolae le acarició los labios con los suyos, frotándolos suavemente y con insistencia hasta que la boca de Destiny comenzó a moverse bajo la suya. A ablandarse. A aceptar la de él. Entonces le robó el aliento, y le dio el suyo.

Destiny dejó escapar un gemido de sorpresa, sofocó un gruñido de dolor, escondió la cara contra su pecho y se quedó muy quieta.

—Lo siento, se me ha escapado. No ha sido para tanto.

La debilidad era casi peor que el dolor.

Él acariciaba su pelo suavemente con la mano.

—Sé que duele, Destiny. Tienes que hundirte en la tierra y dejar que te cure. Vikirnoff y yo nos ocuparemos de tu gente.

—No tienes fuerzas. Me has dado demasiada sangre. —Su voz era apenas audible, a pesar del fino oído de Nicolae. Abrió los ojos para estudiar su cara pálida—. Ve a alimentarte.

Había demasiado dolor en el fondo de sus ojos.

—Había pensado esperar un rato. No estoy seguro de que vuelva a tener una oportunidad así. Por una vez en tu vida estás cooperando.

Una leve sonrisa curvó la boca de ella.

—¿Eso es lo que estoy haciendo? —Hizo una mueca al cambiar de postura para mirarle mejor—. Seguro que tengo un aspecto estupendo.

Él levantó las cejas.

—Estás preciosa.

—Sabía que ibas a decir eso. Eres un embustero. Por favor, ve a alimentarte. No quiero tener que luchar con más vampiros esta noche, y tú no estás en forma para darle una paliza a nadie.

—Tú no podrías ni salir a patadas de una bolsa de papel —repuso él.

—Oye, que yo destruí a mi vampiro —contestó ella en voz baja, y se llevó la mano a las heridas abiertas de la garganta como si le doliera hablar—. ¿Qué conseguiste hacer tú?

—Me cargué a dos. Vikirnoff eliminó al suyo, aunque no debería.

Nicolae le lanzó a su hermano una mirada rápida.

—¿Tienes que hacer eso? ¿Es cosa de hombres o algo así? Reconozco que no sé mucho de hombres, pero es muy exasperante.

Nicolae se inclinó hacia ella y le apartó la mano de la garganta porque no soportaba ver sus dedos moviéndose, impotentes, sobre sus heridas. Parecía tan vulnerable con su cara pálida y su cuerpo desgarrado.

—¿Hacer qué?

—Jugar a ver quién es el mejor. Yo mato a uno, tú tienes que matar a dos. El gran cazador saca músculo. Me pone de los nervios.

—No irás a ponerte a gimotear simplemente porque soy mejor cazador que tú, ¿verdad? —Se frotó la mandíbula con los nudillos de Destiny. Necesitaba aquel contacto. Necesitaba demostrarle lo que sentía, demasiado profundo para expresarlo con palabras—. No imaginaba que te pondrías a lloriquear.

—Decirte lo exasperante que eres no es precisamente ponerse a lloriquear. Y no es que seas mejor cazador, sólo tienes más suerte.

La voz de Destiny era ronca, sonaba muy lejana, pero se alegraba de poder hablar.

—No sé si decirte que no soy yo quien necesita curarse.

—Pues no parece que te lo hayas pensado mucho. Lo has dicho muy bien. Estoy segura de que tu hermano te ha oído. —Sus pestañas, increíblemente largas, descendieron para cubrir sus ojos de color único. Volvió la cara hacia él para que sus labios rozaran el dorso de la mano de Nicolae, que sujetaba la suya—. ¿Sabías que hay leyes contra los acosadores?

Nicolae sintió el roce de su boca suave en todo el cuerpo. Fue un roce accidental, nada más, ni siquiera una verdadera caricia, pero de todos modos su corazón dio un salto mortal.

—Sé que no vas a acusarme de acosarte. Fuiste tú quien recurrió a mí. Yo me limité a seguirte. —Nicolae hablaba razonablemente. Con la yema de un dedo trazó el contorno de su boca esculpida, su carnoso labio inferior, causando un estremecimiento que recorrió por entero el cuerpo de Destiny. Y el suyo.

Tienes la boca más fascinante que he visto nunca.

¿Qué hay de fascinante en ella? Es una boca como otra cualquiera.

Creo que es por el mohín que haces con el labio inferior.

Ahora sí que sé que estás loco. Ni yo ni mi labio hacemos mohines.

—Lamento disentir.

El placer puro que florecía dentro de él se contagió a su voz. ¡Ella, su valerosa Destiny, estaba viva!

Entonces volvió a abrir los ojos y le miró fijamente.

—Bueno, ¿qué hacemos ahora, Nicolae? He hecho lo que he podido por protegerte, pero parece que no te enteras.

Él se llevó sus nudillos a la boca y sus labios le rozaron suavemente, con insistencia, la piel.

—¿Es ahí donde me he equivocado? ¿Debería haberte obedecido?

—Al menos deberías haberme escuchado.

Ella tocó su mandíbula sombreada, un movimiento débil y tembloroso, pero más expresivo que sus palabras.

—Quiero que estés a salvo, Nicolae. Es importante para mí.

—Estoy a salvo, Destiny —le aseguró él. El nudo que notaba en la garganta amenazaba con ahogarle—. Mientras te tenga, mientras estemos juntos, estaré a salvo.

Vikirnoff se aclaró la garganta para llamar la atención de Destiny. Estaba mirando a su hermano.

—No estáis unidos, Nicolae. Nunca estarás a salvo si no os unís al modo de nuestro pueblo.

Una rápida expresión de impaciencia cruzó las facciones sensuales y enigmáticas de Nicolae. Antes de que él pudiera reaccionar, ella le tapó la boca con la mano y miró a su hermano.

—Esas palabras que siempre le rondan por la cabeza... ésas acerca de su compañera... —Íntimamente, las palabras del ritual le parecían tan hermosas como aterradoras—. ¿Cómo pueden unas simples palabras unirnos o proteger a Nicolae?

Los fuertes dientes de éste mordisquearon la palma de su mano. Destiny dio un grito y le miró con enfado.

—No pienses en eso, Destiny. Tenemos mucho tiempo.

—Me parece que no estaba hablando contigo —respondió ella hoscamente—. No hay forma de razonar contigo cuando adoptas ese ridículo papel de macho alfa. ¡Uf! Sólo piensas en proteger a mujercitas indefensas. Estoy hablando con tu hermano.

Intentó levantar la barbilla, pero le dolía demasiado, así que sofocó un quejido de dolor y tuvo que contentarse con desafiarle con la mirada.

El corazón de Nicolae se derritió irremediablemente. Destiny era tan valiente, estaba tan llena de coraje... Yacía en sus brazos, maltrecha y con la carne hecha jirones. El dolor corría por sus venas y la ponzoña del vampiro se interponía entre ellos, y, aun así, sostuvo la mirada a Vikirnoff sin vacilar. Era importante para ella que Nicolae estuviera a salvo. Él percibió en su mente su determinación, su perfecta resolución, al mismo tiempo que percibía su miedo a lo que Vikirnoff pudiera decir.

—Debes unirte a él para que actúes como su anclaje. Cuando las palabras sean pronunciadas y el ritual se complete, no podrá convertirse en vampiro. A menos que tú mueras. Tú darás luz a su oscuridad.

Destiny se quedó mirando a Vikirnoff unos segundos. Un sonido estridente escapó de ella. Sofocado. Estrangulado. A medio camino entre la risa desganada, la histeria y el llanto.

—¿Estáis locos? ¿Se supone que yo soy la luz de su oscuridad? ¿Tienes idea de lo que estás diciendo? Nicolae es mi luz. Mi única luz.

—Destiny... —La voz de Vikirnoff no cambió. Era suave. Serena. Razonable—. Has dedicado toda tu vida a proteger a los demás. Piensas primero en Nicolae, aunque estás malherida. No es así como actúa quien vive en la oscuridad.

—Nicolae vive para proteger a los demás.

—Para eso le educaron. Es su derecho y su honor. Es su modo de vida. Pero no sucedió lo mismo contigo.

—Tú no puedes ver lo que hay dentro de mí.

Apartó la cara de él, sólo para encontrarse con Nicolae. Siempre Nicolae. Estaba allí, en su mente. En su corazón. La acurrucaba entre sus brazos.

—Nicolae ve lo que hay dentro de ti. No es un hombre fácil al que una mujer pueda manejar con un dedo. Es un cazador antiguo de los no muertos. Un depredador peligroso, mucho más capaz de destruir de lo que imaginas. A él no podrías engañarle. Nunca, Destiny. Eres exactamente como él te ve. Eres su luz.

—¿Has olvidado que tuviste que advertirnos que estaba contaminada?

—Tú no eres tu sangre. La sangre sólo corre por tus venas. Si un humano tiene un cáncer creciendo dentro de sí, ¿le convierte eso en un ser contaminado? No dejes que ese vampiro siga dirigiendo tu vida. No le perteneces. Hace mucho tiempo que abandonó este mundo. Deja que siga muerto.

Destiny exhaló lentamente. Miró a los ojos a Nicolae y al instante se sintió perdida. Tenía que dejar de mirarla así. Tenía que dejar de hacerlo. Antes de que pudiera refrenarse, empezó a acariciar su ceño con los dedos. Soportaba mejor el dolor que verle con el ceño fruncido.

—Tú sabes que tiene razón —le dijo Nicolae con ternura.

Ella levantó los ojos al cielo.

—Tenías que decirlo, ¿no? No podías quedarte callado. Eres un pelmazo.

Si no hacía una broma, se echaría a llorar, y sería demasiado humillante. Aquel hombre ya la había visto en sus peores momentos. Y ahora no quería que la viera también con la cara llena de lágrimas y la nariz colorada.

Por primera vez, algo tenía sentido. Vikirnoff le había dado algo a lo que aferrarse. Su sangre no dictaba quién era. Ni lo que era.

Miró al hermano de Nicolae desde el otro lado de la cueva.

—Gracias por combatir con nosotros a los vampiros, Vikirnoff. Sé que para ti es difícil matar. Si no hubieras estado con nosotros, habrían asesinado a mucha gente. Tú también estás un poco pálido. ¿Me has dado sangre?

Vikirnoff señaló a su hermano con la cabeza.

—En cierto modo. Se la di a mi hermano.

Se notaba que Destiny aguantaba a duras penas.

—Parece que Pater está perdiendo a todos sus chicos. Están cayendo como moscas. Dudo que pueda engendrar los suficientes como para venir en nuestra busca. Id a cazar y a recuperar fuerzas. No me pasará nada mientras estéis fuera. —Destiny intentó apartarse de los brazos de Nicolae. Aquel movimiento le arrancó un gruñido entre dientes—. No hagas caso. Se ha escapado sin mi permiso.

No había conseguido moverse más que un par de centímetros. Se sentía como un trapo mojado, sostenida únicamente por unos fuertes brazos.

Nicolae miró a su hermano por encima de la cabeza de Destiny. Fue evidente que se dijeron algo, pero ella estaba demasiado cansada para poderle leer el pensamiento. Casi no podía soportar el dolor. Esta vez, sus heridas eran graves, y ardían, como sucedía siempre que las infligía un vampiro.

Vikirnoff la miró e hizo una elegante reverencia al modo de los antiguos.

—Os dejo para ir a cazar.

Se desvaneció en un chorro de niebla, ya en marcha, ascendiendo como una flecha hacia la estrecha chimenea que salía de la cueva.

Destiny miró el semblante serio de Nicolae y logró esbozar una sonrisa indecisa.

—Estás buscando pelea, ¿verdad? Pero no tengo fuerzas. No voy a quejarme si quieres quedarte. Bueno, no demasiado. No voy a decirte lo pálido que estás. Ni que siento tu hambre. Ni que te estás comportando como un tonto.

Él la interrumpió fácilmente, arrebatando el aire de sus pulmones. Dejándola sin habla. Sin pensamiento. Sin razón. Se inclinó hacia delante y la miró a los ojos. Destiny leyó el deseo en su mirada. La absoluta necesidad. Él se tomó su tiempo, bajó lentamente la cabeza hacia la suya. Mirándola. Empapándose en ella. El pelo largo, desordenado por la batalla, le caía alrededor de los hombros y rozaba su hombro desnudo.

El corazón de ella dio un vuelco. Sus entrañas se derritieron. Un calor líquido comenzó a correr por su flujo sanguíneo, se agolpó en la parte inferior de su cuerpo y palpitó, buscando reconocimiento. Pero nada de eso importaba. En su mundo sólo estaba Nicolae. En su mente. Él tensó los brazos, la apretó contra sí, casi aplastándola, y sin embargo no perdió de vista sus heridas ni un solo instante.

Y entonces su boca se cerró sobre la suya y el mundo de Destiny se volvió del revés para siempre.

Capítulo 8

El tiempo se detuvo. El mundo se difuminó, desapareció, sencillamente. Nicolae tenía un sabor salvaje. Ella, exótico. La mezcla de ambos era una forma de perfección que creaba una adicción poderosa. La boca de Nicolae era firme y segura; la de ella, suave como terciopelo, y temblaba, llena de incertidumbre. Nicolae era infinitamente tierno, le susurraba al tiempo que la estrechaba entre sus brazos de modo que su cuerpo quedara impreso en el de ella, más blando. Reclamaba su posesión. Y ella se fundía en su cuerpo, como si estuviera hecha para él.

Su corazón latía al mismo ritmo que el de Nicolae. Entre ellos parecía chisporrotear un arco eléctrico. Relámpagos como látigos danzaban en su flujo sanguíneo. Destiny era vagamente consciente del rugido que atronaba constantemente sus oídos mientras la boca de Nicolae se apoderaba de la suya. Su ternura, el cuidado exquisito con que la trataba, eran su perdición. Y fue esta ternura la que le permitió fundirse completamente con él.

Nicolae dejó que el deseo le inundara, le atravesara por entero. ¿Cómo se sobrevivía cuando el cuerpo estallaba en llamas y ardía tan limpiamente, por completo? ¿Cuando la mente rugía de deseo y un anhelo insoportable hinchaba y endurecía todos los músculos? Detrás de sus ojos bailaban colores; fuegos artificiales estallaban por todo su cuerpo, arrojando a su corriente sanguínea chispas bisbiseantes. Ahondó el beso, alimentándose del exótico sabor de Destiny. El ansia de poseerla y la obsesión se entrelazaban.

El leve gemido de dolor que dejó escapar ella le devolvió la razón. Levantó la cabeza de mala gana. La necesitaba, la ansiaba, pero no olvidaba sus terribles heridas. Apoyó la frente con delicadeza sobre la de ella y luchó por recuperar el control sobre su respiración.

Las largas pestañas de Destiny aletearon y se alzaron. Le lanzó una mirada soñadora y desenfocada. Su respiración salía en gemidos leves y entrecortados. Nicolae comenzó a respirar más despacio deliberadamente, invitándola a seguir su ritmo. Sus dientes blancos centelleaban en un pequeño alarde de arrogancia viril. De satisfacción.

La palma de Destiny rozó su mandíbula, enmarcó su cara.

—Has aprendido unas cuantas cosas en los años que llevas vagando por la tierra, ¿no?

La sonrisa de Nicolae se hizo más amplia; sus ojos brillaron, llenos de humor.

—Creo que nunca había experimentado algo como esto. Créeme, me acordaría. Ha sido como lanzarse por un precipicio y descender en caída libre a través del cielo.

Destiny se sintió satisfecha a su pesar, pero estaba demasiado exhausta para mantener la mano en alto. La dejó caer y se acurrucó contra él, cambiando de postura las caderas para acomodarse en su regazo. De pronto notó físicamente su excitación. Sus ojos verdeazulados se agrandaron con una expresión de sorpresa.

—No te asustes, pequeña —la tranquilizó él suavemente—. No te estoy pidiendo nada.

La yema de su pulgar se deslizó sobre el labio inferior de Destiny para trazar la forma perfecta de su boca.

La mirada de ella sobrevoló su cara un momento, demorándose en las oscuras profundidades de sus ojos.

—No pides nada y lo pides todo.

—Será cuando tú quieras, Destiny —contestó él con ternura—. Ocurrirá, pero tenemos todo el tiempo del mundo.

Una sonrisa tenue curvó la boca de ella.

—¿Sí? Te gustaría que me lo creyera, ¿verdad? Ésta no es la primera vez que sale a relucir ese ritual de unión. ¿Sabes?, si lo que dices es cierto, no importará de todos modos que digas las palabras para unirnos. Ya estás condenado. —Había un asomo de humor en su voz.

Él levantó las cejas. Descubrió que deseaba besarla otra vez. Le fascinaba el modo en que su boca se curvaba y le tentaba con una sonrisa.

—Yo no diría condenado.

—Pegado a mí con pegamento, entonces —insistió ella. Dejó escapar una risa suave y enseguida se atragantó; una expresión de dolor se deslizó por sus facciones delicadas—. Hazlo. Acaba de una vez. Si no, ese idiota de tu hermano se pasará la vida mirándome con cara de pocos amigos.

—Vikirnoff no hace eso.

—Claro que sí. Tiene esos ojos y me mira como diciendo «líate con él de una vez». Es un fastidio.

—Lo que es un fastidio es que te fijes en sus ojos. No creo que haga ninguna falta que te fijes en ellos.

Nicolae frunció el ceño.

Ella le miró y una lenta sonrisa se extendió por su cara.

—Estás celoso. Cielos, estás totalmente celoso porque me he fijado en la mirada de malas pulgas del bobo de tu hermano.

—No estoy celoso. Y no es que te hayas fijado en su mirada de malas pulgas; en lo que te has fijado es en sus ojos, que es muy distinto.

—Estás celoso. Es como para morirse de risa. Como si fuera a fijarme en ese cavernícola mudo. Bastante tengo con tener que aguantarte a ti. Di de una vez las dichosas palabras para que pueda irme a dormir.

—Destiny… —Nicolae suspiró, exasperado—. No lo estás entendiendo. Se supone que esto tiene que ser romántico. Y aquí parece que falta algo.

—¿Romántico? Pero si entre nosotros no hay absolutamente ningún romanticismo.

Parecía espantada.

Esta vez, Nicolae no pudo resistirse. Se inclinó y la besó muy suavemente. Sus labios se demoraron unos instantes sobre los de ella, provocativos, suaves como una pluma. No lo suficiente como para que le diera un bofetón, pero si lo justo para que sus ojos volvieran a ponerse soñadores.

—¿Y qué hay entre nosotros? —Había humor en su voz.

Ella parecía confusa, le miraba con una expresión atormentada que hizo que él la estrechara más fuerte.

—Di las dichosas palabras, Nicolae. Veamos si funcionan.

—En fin, si insistes, no me queda más remedio. —Nicolae era muy complaciente—. Pero insisto en que tiene que haber un poco de romanticismo.

Destiny entornó los ojos.

—No siempre voy a estar aquí tendida e indefensa —le advirtió.

—Espero que no. Con una vez ha bastado para provocarme problemas cardíacos.

Deslizó las manos por su cara y acarició los desgarrones de su garganta. Su voz era tan suave que hacía que un calor líquido le atravesara el cuerpo a Destiny y que pequeñas mariposas aletearan en la boca de su estómago.

La abrazó aún más fuerte, acunándola sobre su regazo. Ella cerró los ojos cuando él acercó la cara y su aliento entibió el frío de su piel. Aquel aliento cálido era algo que nunca había creído que encontraría, ni aunque viviera siglos. Los labios de Nicolae, suaves como el terciopelo, bajaron por su mejilla, hasta la comisura de su boca. Entonces sintió lágrimas arder tras sus ojos. Él le estaba robando el corazón, y no iba a pararse ahí. Su alma le anhelaba. Le anhelaba de verdad. Nunca había creído que pudiera tener nada propio que valiera la pena.

Destiny. Su nombre brilló en su mente. Nicolae lo decía con cadencia musical. Siempre la hacía sentirse hermosa, a pesar de que sabía que no lo era. Pero él la obligaba a creer, siempre que estaba con ella, o cuando le hablaba, que era preciosa y que valía la pena. Que podía soñar y tener esperanzas. Que podía pertenecer a algún lugar. Que alguien la veía como una mujer y no como un monstruo.

Le temblaban las manos cuando las apoyó sobre su pecho para apartarle. No podía enfrentarse a aquello. No podía estar con nadie, después de haber pasado tanto tiempo sola. No podía. Pero sus manos se quedaron allí paradas, inermes. Sus dedos se hundieron en la seda de la camisa de Nicolae.

Por un momento, él se quedó sin respiración. Destiny se estaba entregando a él sin pensar en sí misma. Se sintió empequeñecido por su generosidad.

—Yo no soy una persona cualquiera, pequeña, soy Nicolae, y mi sitio está contigo. Llevas ya muchos años compartiendo tu vida conmigo. —Trazó una senda de besos hasta su oído—. Te reclamo como mi compañera. —Sus dientes le acariciaron el lóbulo, provocándole un estremecimiento que atravesó su cuerpo, que encendió su sangre. Que la dejó sin aliento. Sin fuerza para protestar—. Te pertenezco.

A Destiny le dio un vuelco el estómago. Nicolae le pertenecía. Ella sabía que le pertenecía. Él era su cordura. Su salvador. Entonces la boca de él se deslizó por su cuello, suave y tierna, hasta posarse sobre las horrendas heridas de su garganta.

—Te ofrezco mi vida. Te doy mi protección, mi lealtad, mi corazón, mi alma y mi cuerpo. Tomo a mi cuidado lo mismo que es tuyo.

Ella lo sintió, sintió que algo cambiaba dentro de sí, una súbita sacudida que la cambiaba, que la formaba, que completaba algo que hasta entonces había estado partido en dos. El miedo la zarandeó, pero no empujó el pecho de Nicolae, ni soltó su camisa. Se aferró a él, clavando los dedos en su camisa, apretándolo contra sí.

—Amaré tu vida, tu felicidad y tu bienestar y los antepondré a los míos en todo momento. Eres mi compañera, unida a mí para toda la eternidad y siempre a mi cuidado.

Sus labios se posaron sobre los de ella, le robaron el aliento, le dieron el suyo. Se llevaron su corazón y le entregaron el de Nicolae. La mente de él se aposentó en la suya. Sus dientes rozaron su labio inferior para que se abriera a él. Anhelante. La lengua de Nicolae se deslizó dentro de los dulces recovecos de su boca, provocando a la suya en un duelo erótico. Él no le dio tiempo a sentir cómo los lazos que había entre ellos se fortalecían, acercándolos hasta convertirlos en una sola alma. Dos mitades de un todo. Aquello sólo conseguiría asustarla.

La besó despacio, minuciosamente. Tenía el cuerpo duro y dolorosamente hinchado. El demonio rugía, exigiendo satisfacción, rugía para continuar el ritual, para poseerla por completo, para hacerla irremediablemente suya. Sus colmillos amenazaban con alargarse, querían probar su sangre, ansiaban un intercambio auténtico, como debía ser. Su corazón y su alma cantaban, llenos de alegría.

Nicolae… Había un leve dolor en su voz que delataba sus profundas necesidades y anhelos. Él sintió refluir sus fuerzas.

—Tienes que penetrar en la tierra. Una vez más, Destiny, toma mi sangre —murmuró contra sus labios.

Estás débil. Era una leve queja, pero apartó la boca de la suya y la deslizó por su cuello, hasta su garganta. El cuerpo de él se contrajo por entero cuando sus labios rozaron la vena en la que palpitaba su pulso. *¿Tendrás tiempo de cazar antes de penetrar en la tierra?*

Me alimentaré. La expectación tensó sus músculos hasta ponerlos duros como rocas y claramente definidos bajo su fina camisa. El aire abandonó bruscamente sus pulmones cuando ella clavó sus colmillos. Una placer erótico e incandescente. Nicolae cerró los ojos y se dejó llevar. El fuego se extendió por su sangre, derecho hacia su miembro pesado y erecto. Aquel ardor amenazaba con ser su perdición. Se estremeció por el esfuerzo de dominarse.

Destiny tuvo cuidado de tomar lo justo para recuperarse. Su lengua se deslizó en círculos sobre las pequeñas punciones y se detuvo un momento antes de levantar la cabeza. Era consciente de la incomodidad de Nicolae, del terrible deseo que le atenazaba. Le dio lo único que podía darle. *Ponme en la tierra y coloca las salvaguardas, por favor, Nicolae. Estoy muy cansada.*

Nicolae se quedó muy quieto. Estaba seguro de que tendría que obligarla a obedecerle, pero ella le sorprendió. No cometió el error de dejar que pensara demasiado en lo que le había pedido. Se hizo cargo de la situación inmediatamente y la hizo dormir.

Estuvo largo rato abrazándola y mirando su cara. Ella parecía joven y vulnerable, un ángel con rasgos demasiado seductores para su paz mental. O física. Se sentía empequeñecido por la confianza que Destiny demostraba tener en él. Nunca había creído que confiara en él lo suficiente como para dormir en la misma cámara, por muy malherida que estuviera. Suspiró suavemente y la depositó dentro del lecho de tierra densa y rica. Destiny. Su mundo. Yacía muy quieta, con la respiración detenida en los pulmones. Las manos de Nicolae se demoraron sobre ella mientras inspeccionaba sus heridas.

El aire de la cámara se removió suavemente y él se volvió a toda prisa, como un depredador oscuro y peligroso; cada una de las líneas de su cuerpo denotaba una amenaza. Miró a su hermano con un destello de reproche.

—No me has avisado.

—Te viene bien. Has pasado tanto tiempo compartiendo su mente, que te conviene poner a prueba tus habilidades de vez en cuando.

Nicolae se relajó un poco.

—Muy gracioso. Tu sentido del humor se ha ido retorciendo con el paso de los siglos.

—No sabía que tuviera sentido del humor. —Vikirnoff estudió las arrugas de tensión de la cara de su hermano—. Eres un arrogante y ni siquiera te das cuenta. Ni siquiera intentas ocultarme su lugar de descanso.

—Confío en ti.

—No me confiarías su vida, Nicolae. Estoy en tu cabeza, como tú en la mía. Sabes lo fuerte que eres. Crees que no soy una amenaza para ti porque sabes que puedes protegerla.

Nicolae se pasó una mano por la seda negra de su pelo, dejándolo más desordenado que nunca.

—Creo en ti, Vikirnoff.

Vikirnoff sacudió la cabeza.

—Crees en ti mismo. Ella no tiene ni idea de lo peligroso que eres. De lo fuerte que eres. Después de contactar con ella, cargaste con parte de su dolor físico, aliviaste su dolor emocional y mientras tanto ibas de continente en continente, buscándola. Combatías a los no muertos donde los encontrabas y evitabas todo contacto con nuestra gente, como Vladimer te pidió. La acompañabas en sus cacerías, la ayudabas a organizarlas, la nutrías con tu fuerza y tu poder desde grandes distancias y la protegías de ese conocimiento. No conozco a ningún otro carpatiano que haya conseguido una hazaña semejante. ¿Por qué le ocultas tu fuerza? ¿Y por qué permites esto? —Señaló el lecho de tierra en el que yacía Destiny, maltrecha y desgarrada—. ¿Por qué no le prohíbes este comportamiento y pones de una vez fin a tus sufrimientos? Eres un macho carpatiano. Esto es un infierno para ti.

No había reproche en la voz de Vikirnoff; nunca lo había. Sentía una leve curiosidad por un comportamiento que no entendía. Estaba claro que le parecía incomprensible que un carpatiano permitiera que su compañera viviera en constante peligro.

Nicolae encogió sus anchos hombros. Aquel sencillo movimiento hizo estremecerse sus músculos poderosos, una sutil advertencia para quienes sólo pudieran ver su indefectible elegancia.

—Es mi compañera. Haré lo que sea necesario por ella, cueste lo que cueste. Destiny necesita controlar su vida más de lo que necesita mi protección.

—Eso es absurdo. Tenemos pocas mujeres. La necesitamos, viva y capaz de dar a luz a una niña. ¿Por qué permites que se ponga en peligro tan innecesariamente? Llévala a nuestra patria, adonde pertenece.

—Un vampiro le arrebató su vida, la sometió a esclavitud. ¿Debo yo hacer lo mismo? —Nicolae negó con la cabeza—. Tú sabes que ella no lo consentiría.

—Puedes controlarla. Cuando se haya curado…

—Vikirnoff, ella nunca se curará del todo, ya lo sabes. Lo que le hicieron lo llevará grabado en la mente para siempre. Debe venir a mí por propia voluntad.

—El coste para ti..

—El coste para mí no importa. Nunca importará. El peligro físico que corre no es nada comparado con el peligro de perderla por culpa de sus demonios íntimos. Son mucho más reales y mortíferos que cualquier vampiro al que ella decida combatir. Sé que no lo entiendes, pero tú y yo llevamos siglos juntos. Me conoces. Conoces mi fuerza. No hay peligro de que le falle convirtiéndome en vampiro. Si ella elige otro mundo, otro tiempo y otro lugar, la seguiré.

—¿Te acuerdas de cuando nuestro príncipe nos llamó, hace ya muchos años? Ya sabíamos que nuestras compañeras no estaban en el mundo, junto a nosotros. La mayoría de nosotros ya había librado batallas y había visto a hermanos y amigos entregarse a una existencia de corrupción. Aceptamos que no tendríamos compañeras, que había ocurrido algo que impedía su nacimiento o que habían muerto antes de tener oportunidad de crecer.

Vikirnoff se hizo despreocupadamente una incisión en la muñeca con los dientes.

Él no dejaría sin protección a Destiny mientras estuviera indefensa, sumida en el sueño reparador le había inducido. Ni siquiera la dejaría bajo la vigilancia de Vikirnoff.

Aceptó el ofrecimiento con la misma naturalidad, y asintió con la cabeza antes de inclinarse hacia la muñeca de su hermano.

—He pensado mucho en esta situación —dijo Vikirnoff—. Aceptamos nuestra existencia como guardianes del mundo. No pedimos nada a cambio, cumplimos con nuestro deber y defendemos el honor de nuestro pueblo. —Vikirnoff miró a la mujer que yacía inmóvil, con el cuerpo tumefacto y magullado y las heridas todavía abiertas—. Esto no está bien. Destiny no debería haber sufrido así. Entregamos nuestras vidas y nuestras esperanzas precisamente para impedir cosas así. Esto no debería haberle pasado a tu compañera. El no muerto no debería haberla tocado.

—Y sin embargo lo hizo —dijo Nicolae con resignación, y cerró la incisión de la muñeca de su hermano—. Gracias por ayudarnos en esta situación tan difícil.

—Es más fácil continuar cuando veo a tu compañera y sé que todavía hay esperanza para nuestra raza. Que hay esperanza de que mi hermano viva y continúe nuestro linaje.

—Puede que el príncipe Vladimer supiera que algunos de nosotros encontraríamos a nuestras compañeras en este siglo y no en el nuestro. Tenía el don de la videncia. Si hay esperanza para mí, hay motivos para que sigas viviendo, Vikirnoff.

—Puede que por eso Vladimer decidiera que algunos nos quedáramos y otros nos fuéramos. Nuestro príncipe era un gran hombre y veía el futuro lejano. Al principio pensé que se equivocaba por no hablarle a su hijo de nuestra existencia, pero Vlad tenía razón. Mikhail unió a nuestra gente como no podría haberlo hecho nadie más. Eran pocos, y lucharon con denuedo por la supervivencia de nuestra raza.

Nicolae asintió con la cabeza.

—Nuestro pueblo se habría dividido si no hubiéramos permanecido ocultos. Vlad lo previó, y por eso es tan importante que todos nuestros machos sigan aguantando.

—¿Cómo es que alguien tan fuerte, tan intuitivo y tan hábil como cazador no sabía que la niña con la que se comunicaba era su compañera? —Vikirnoff hizo la pregunta con despreocupación, pero la mirada de Nicolae se afiló inmediatamente, fija en su hermano. Había en su pregunta un significado oculto, pero cuando le tocó ligeramente la mente, la encontró cerrada. Pensó cuidadosamente la respuesta, escogiendo sus palabras.

—Creo que no podía saber que era mi compañera —contestó con franqueza—. Si lo hubiera sabido, me habría vuelto loco pensando que la estaban torturando y violando, y que el vampiro la obligaba a presenciar sus asesinatos. Una o dos veces intenté utilizar su visión, matar al vampiro, pero no había vínculo de sangre entre nosotros y no me fue posible. Estaba demasiado lejos para ayudarla. La certeza de que no podía ayudar a mi compañera me habría hecho perder la cabeza. Como no lo sabía con seguridad, pude seguir adelante y protegerla lo mejor que pude. He pensado que, en cierto modo, ella sabía la verdad. No como la sabemos nosotros, claro, pero aun así me protegió de la única forma que podía: no hablándome. Podría haberla encontrado antes, o quizá no. Estaba tan asustada que se movía constantemente.

—Es una mujer fuerte y muy valiente. Pero combatiendo a los no muertos se pone constantemente en peligro. No valora su vida.

—Pero valora la mía. Siempre ha valorado mi vida, y sabe que nuestras vidas están entrelazadas. No renunciará voluntariamente a la suya en una pelea, y no es imprudente. No puedo, ni quiero imponerle mi voluntad. Destiny vendrá a mí a su debido tiempo.

—Estoy en tu mente, Nicolae. La única emoción que puedo sentir es la tuya. Su batalla es una tremenda carga para ti. Llévala a nuestra patria. Tú eres mucho más fuerte que ella, mucho más fuerte que la mayoría de los ancianos, que la mayoría de los cazadores. No tendrá más remedio que obedecerte —insistió Vikirnoff—. Puede que esté enfadada un tiempo, pero al menos estará a salvo.

Nicolae negó con la cabeza.

—No estaría a salvo. No toleraría ese comportamiento por mi parte. A su modo de ver, yo no sería mejor que el vampiro si le impusiera mi voluntad. No me importa mi bienestar, sólo me importan su vida y su cordura.

—La has atado a ti. Viviréis o moriréis juntos.

—Hemos vivido juntos, y habríamos muerto juntos, antes de que pronunciara esas palabras. Ella aceptó el ritual para protegerme, para anclarme al mundo de la luz.

Vikirnoff apoyó la cadera en una roca y estudió el semblante de su hermano.

—¿Insistes, entonces, en seguir aquí, en este lugar repleto de no muertos?

—Sé lo que estás pensando, aunque intentes cerrarme tu mente. No puedes sacrificarte quedándote aquí para cazar al vampiro. Los dos sabemos que estás demasiado cerca de convertirte como para seguir matando. Vuelve a nuestra patria y nosotros te seguiremos en cuanto sea posible.

Vikirnoff se encogió de hombros con un gesto muy parecido al de su hermano: una muestra espontánea de fortaleza.

—Uno de nosotros ha de continuar nuestro linaje.

—Creo que tienes una compañera en alguna parte, Vikirnoff. Creo que Vlad nos mandó a este siglo sabiendo que teníamos oportunidad de encontrar aquí a nuestras compañeras. No sé por qué nos está costando tanto tiempo, pero éste no es momento de elegir el fin. No teníamos esperanza, ni creíamos que fuera posible, y sin embargo hemos aguantado. Ahora que hay esperanza, no puedes darte por vencido.

Vikirnoff miró en silencio a Nicolae un momento. Sacudió la cabeza ligeramente.

—Ella acabará descubriendo que sólo cree poder leer lo que hay dentro de ti. Que le ocultas lo que no puede soportar. ¿Y entonces qué, Nicolae? Si elige el amanecer para vosotros dos y yo he esperado demasiado tiempo, no tendré nada que me ancle al mundo de la luz. Nos sentencias a los dos si ella no es capaz de superar las terribles cicatrices de su alma.

Nicolae alargó el brazo y puso la mano sobre el hombro de su hermano.

—Sobrevivirá.

Vikirnoff volvió a quedarse callado mientras el agua goteaba constantemente de las paredes de la cueva. Por fin asintió con la cabeza una sola vez y pasó la mano por el suelo para abrirlo a corta distancia del lugar donde Destiny yacía rodeada de tierra densa y rica.

—El no muerto ha penetrado en la tierra. Sospecho que huirá de esta zona o que se replegará, al menos, para reagruparse. Los amigos de Destiny están a salvo por un tiempo.

Cruzó flotando la cámara para tumbarse en la tierra.

Nicolae vio cómo la tierra se vertía sobre su hermano, vio cómo la superficie se alisaba y aposentaba, como si hiciera siglos que permanecía intacta. Puso salvaguardas a la entrada de la cueva y a lo largo de la estrecha y empinada chimenea. No quería arriesgarse, teniendo a Destiny a su cuidado. Colocó una compleja salvaguarda sobre el lugar de descanso de su hermano, una que, por primera vez, le avisaría si Vikirnoff se levantaba primero.

Se tumbó luego en medio de la tierra oscura y rica, al lado del cuerpo de Destiny. Todavía inquieto por las sombras que había percibido en la sangre de ella, decidió inspeccionarla de cerca otra vez. De nuevo se despojó de su cuerpo para convertirse en luz y energía y entró en ella para comprobar las reparaciones que había hecho, para revisar meticulosamente las células en las que el vampiro había inyectado su veneno. Inspeccionó su sangre. Quería ver si la suya, antigua, estaba eliminando lentamente el fango contaminado del vampiro. La sangre de Destiny había cambiado. Nicolae lo intuía, lo sentía, pero pese a que buscó con todo cuidado, no logró encontrar la bacteria venenosa. A veces, tenía la impresión de que había algo allí, con él, algo que tenía constancia de su presencia. Pero no encontraba nada que sustentara aquella sensación. Se alegró al ver que la sangre fluía mucho más libremente por sus venas. Los daños internos más duraderos se habían curado en parte. Aquello le daba esperanzas de que hubiera un modo de curarla por completo. Por fin, la tomó entre sus brazos y dejó que la tierra se derramara sobre ellos. Sus labios rozaron la mejilla de su compañera cuando la tierra los acogió en su seno.

Destiny despertó luchando. Supo que no estaba sola en cuanto volvió en sí. Estaba aún hundida profundamente en la tierra y el suelo iba abriéndose encima de ella. Su corazón comenzó a latir y el aire encontró espacio en sus pulmones. Notaba un cuerpo a su lado: un cuerpo duro, musculoso, masculino. Fuerte. Demasiado fuerte para luchar contra él, pero Destiny lo intentó de todos modos. Estaba de lado, y en cuanto recobró la conciencia se giró y el canto de su mano lanzó un golpe con la fuerza de un martillo hacia la garganta que sabía estaba junto a la suya. Pero ya no estaba allí.

Cuando su mano atravesó el aire vacío, Nicolae la asió de la muñeca y se llevó suavemente su mano a la garganta para posarla sobre su pulso.

—Estás a salvo, Destiny. Siempre a salvo conmigo. Desde esta noche hasta el fin de nuestros días, nunca estarás sola ni en peligro cuando despiertes. Yo estaré aquí.

Ella desasió el brazo y se lanzó fuera de la tierra. Su corazón latía tan fuerte que sonaba como un tambor en los confines de la cueva. Aterrizó a cierta distancia de él, totalmente vestida, con el pelo pulcramente recogido en una trenza y la mirada moviéndose incansablemente, con nerviosismo, en todas direcciones.

—¿Dónde está Vikirnoff? ¿No se ha levantado?

Nicolae se incorporó tranquilamente. Se detuvo a propósito antes de vestirse para que ella pudiera echar una buena ojeada a su cuerpo fibroso. Se echó hacia atrás el pelo negro, usando medios humanos, y se recogió la densa cabellera en la nuca con una cinta de cuero.

—¿Estás nerviosa, Destiny? Seguro que no. No puedes sentirte nerviosa mientras estás con tu compañero.

Ella intentó no mirar con demasiada fijeza la perfección de su cuerpo masculino, pero no podía refrenarse. Nicolae tenía los hombros increíblemente anchos, la cintura y las caderas estrechas, las piernas largas y fibrosas y los músculos bien definidos. Estaba completamente excitado y no parecía darle importancia mientras se vestía.

Entonces empezó a pasearse de un lado a otro con movimientos rápidos y agitados que delataban su conflicto interno.

—No puedo estar con alguien todo el tiempo. Necesito espacio.

—Hay un mundo entero esperándonos fuera de esta cámara, Destiny. —Nicolae señaló hacia la entrada—. La noche aguarda.

Ella se llevó la mano a la garganta. Los desgarrones habían curado. Su piel no tenía una sola mancha. Su corazón comenzó a aquietarse, buscando el ritmo preciso del corazón de Nicolae. Forzó una sonrisa leve, una breve curvatura de la boca, pero su mirada verdeazulada siguió saltando de un lado a otro de la cueva.

—Creo que ésta es la primera vez que tengo un ligue de una noche.

—¿Un ligue de una noche? Me ofendes. Pensabas utilizarme y dejarme tirado después de una noche, ¿verdad? Yo no soy de ésos, Destiny. Me gustan las cosas a largo plazo. La eternidad. Te has acostado conmigo. Estaría muy mal que me dejaras plantado.

Una sonrisa reticente tocó la boca de ella y brilló un instante en sus ojos.

—He visto muchas películas… Creo que no nos hemos acostado.

Él sonrió, una sonrisa lenta y provocativa que borró las arrugas grabadas en sus facciones misteriosamente sensuales, y logró lanzarle una mirada infantil.

—Nos hemos acostado, desde luego que sí, Destiny. Y como verás, hemos dormido, en vez de hacer el amor.

Pasó la palma de la mano por encima del bulto que tensaba sus pantalones.

Ella se sonrojó. Notó que el rubor se alzaba lentamente y, por más que intentó detenerlo, invadió su cuello y su cara. Había estado mirando. Especulando. Quizás incluso admirando lo que veía.

—Estaba desnuda. Tú estabas tumbado a mi lado y estábamos los dos desnudos.

—Es lo que suele hacerse, creo, cuando uno penetra en la tierra, sobre todo a curarse las heridas.

Nicolae no parecía inmutarse.

—Te dije que no habría nada de eso.

Ella señaló su erección con la barbilla.

Él se rió suavemente, con regocijo puramente viril.

—Creo que no tenemos muchas posibilidades de controlar ciertas partes de mi anatomía. Tendrás que entenderlo y fingir que no lo notas.

Los ojos de ella se agrandaron.

—¿Cómo no voy a notar eso?

—Bueno, está bien. —Él soltó un profundo suspiro—. Supongo que puedes mirarlo, pero ni hablar de tocarlo. —Bajó la voz una octava—. O acariciarlo.

Por alguna razón absurda, los pechos de Destiny se hincharon y su cuerpo comenzó a palpitar. Era la voz de Nicolae. La idea de que deslizara las manos sobre su cuerpo y tocara sus pechos... Podía imaginarse sus pulgares acariciando sus pezones, endureciéndolos. Podía sentirlo. De pronto se le quedó la boca seca y sus incisivos amenazaron con alargarse. Dio un par de pasos hacia atrás para apartarse de él. Quería sentir el peso de su miembro erecto en la palma de su mano, la densidad y la dureza del deseo que sentía por ella. Quería besarle, ver el deseo arder en sus ojos. Quería acariciarle.

—Basta. —La voz de Nicolae sonó ronca—. Lo digo en serio, Destiny. Soy tu compañero, no un santo. No puedes tener imágenes eróticas en la cabeza y esperar que no reaccione.

Ella tenía, en efecto, imágenes en la cabeza: sus propias manos moviéndose sobre el cuerpo de él, su boca dejando un rastro de besos. Cerró los ojos y deseó borrar aquellas escenas, pero seguían allí y su cuerpo seguía sintiendo aquella ansia. Caliente y pesada, ardía por él.

—¿Qué me has hecho?

Miró a Nicolae con reproche.

—Curar tus heridas. No me aproveché de ti. Y lo sabes.

—Nunca me había sentido así.

—Es un alivio. Dudo que me hiciera feliz que hubieras deseado a muchos hombres, Destiny. —Había un levísimo asomo de risa en su voz.

—Me alegra que esto te parezca tan divertido.

—Ven aquí. —Le tendió la mano—. Deja que te alimente. Te has despertado dos veces sin alimentarte.

Ella levantó la barbilla.

—Tú tampoco te has alimentado y me diste sangre antes de penetrar en la tierra. Puedo buscar una presa yo sola.

Se sentía extraña. Dividida. Quería estar cerca de él. Quería huir de él. Nicolae la hacía sentirse fuera de control. Y vulnerable. Odiaba sentirse vulnerable.

—¿Por qué prefieres alimentarte de humanos cuando puedes tener como sustento la sangre de un antiguo? ¿Es que no sientes el efecto de mi sangre? Tu sufrimiento está siendo mucho menor en este despertar.

—No me digas que mi sufrimiento es mucho menor. —Sus ojos brillaron al mirarle, iluminaron la oscuridad de la cámara con un centelleo rojizo—. Sé cómo manejar esa clase de dolor. Sé qué hacer, cómo enfrentarme a él.

Pero no sé cómo enfrentarme a ti.

Destiny no esperó a oír lo que Nicolae tenía que decir. Salió de la cueva a toda velocidad, como si la persiguieran los demonios. Sabía exactamente adónde iba. A la iglesia. Adonde iba siempre antes de alimentarse. Al lugar donde podía encontrar un remedo de equilibrio. De paz. Ya había entrado en la iglesia y ésta no se había derrumbado. No había surgido del cielo un rayo para incinerarla. Había tocado al párroco. Y quería volver a mirarse en un espejo.

Estás bien. No creo que haga falta que te vuelvas una presumida. Ya tienes muchas malas costumbres. Nicolae volvía a reírse de ella, pero a Destiny no le importó. Había en su vida algo nuevo e inesperado. Se descubrió contemplando el mundo de manera distinta. Las estrellas brillaban como gemas sobre ella y no pudo menos que mirarlas con admiración. El viento soplaba suavemente sobre su cuerpo, como el susurro de un amante. Lo refrescaba, y alborotaba su cabello sedoso. Aligeraba su corazón.

Por primera vez desde hacía años, su sangre no la quemaba por dentro. Por primera vez desde hacía años, no se había despertado pensando en masacres. Estaba plenamente despierta y Nicolae ocupaba por completo su mente. Por más que lo intentaba, no podía sofocar el tenue rayo de esperanza que crecía dentro de ella.

Las puertas de la iglesia no estaban cerradas con llave y supo antes de empujarlas que el padre Mulligan estaba allí, escuchando una confesión. Su fino oído le permitió distinguir unos murmullos y el sollozo sofocado de la mujer que hablaba con el sacerdote. En un banco, cerca del confesionario, había un hombre muy corpulento. John Paul. Tenía la cabeza agachada y notó que sus anchos hombros se sacudían. Por su cara rodaban lágrimas.

Destiny entró en la iglesia reprimiendo un leve escalofrío de nerviosismo al cruzar el umbral y deslizarse en el interior mal iluminado. La luz parpadeante de las velas de la capilla proyectaba extrañas sombras que se movían sobre la ventana de cristal emplomado. Contempló la efigie de la Virgen con el Niño, su cara dulce y el modo en que sujetaba al infante con una mano mientras le tendía a ella la otra.

John Paul no levantó la mirada, no pareció reparar en ella, de modo que se acercó un poco más. Quería formarse alguna impresión acerca de él. ¿Le habría hecho algo algún vampiro? ¿Cuál era el motivo de su extraño comportamiento hacia Helena? Escudriñó su mente, buscando las lagunas que revelaban la presencia de los no muertos.

John Paul estaba lleno de tristeza y confusión. Temía perder a Helena y pensaba que tal vez estuviera volviéndose loco. Sus pensamientos eran confusos y contradictorios. Tenía la loca idea de llevarse a su amada a un algún lugar solitario hasta que pudiera convencerla de que la quería y de que jamás le haría daño.

El padre Mulligan y Helena salieron del confesionario y el sacerdote rodeó los hombros de la mujer con el brazo. A pesar de la penumbra, Destiny vio que ella tenía un ojo hinchado y un corte en el labio. Las heridas eran recientes. Todavía lloraba suavemente. El párroco la ayudó a sentarse en un banco y llamó a John Paul con una seña solemne. El hombretón encogió los hombros como si hubiera recibido un golpe, pero se levantó como un chiquillo obediente. Al lado de su tremenda mole, el delgado sacerdote parecía pequeño, enjuto y frágil.

Destiny esperó hasta que los dos hombres desaparecieron en el confesionario; entonces se deslizó en silencio hasta el pasillo, cerca de Helena, escudriñando entre tanto sus recuerdos. Recordaba que John Paul le había agredido, desde luego. John Paul era aterrador, un hombre tremendamente fuerte, con enormes manazas y el cuerpo como un roble macizo. Creía que estaba loco. Temía por su vida y pensaba dejarle, pero le amaba con fiereza y sentía la necesidad de protegerle.

El corazón de Destiny se contrajo inesperadamente, lleno de compasión. Puso tímidamente una mano sobre su hombro.

—Velda e Inez me pidieron que te ayudara, Helena. Espero que no te importe.

Deseó ser Mary Ann, con su don para decir lo que aquella mujer necesitaba oír.

Helena sacudió la cabeza sin levantar los ojos.

—Nadie puede ayudarme. He perdido a John Paul. No puedo estar con un hombre que me hace esto.

Destiny la cogió suavemente de la barbilla y le levantó la cara, fingiendo examinarla. Esperó con calma a que ella se quedara atrapada en la profundidad de sus ojos. Vio claramente la relación: Helena y John Paul eran casi inseparables. Dos personas completamente entregadas la una a la otra. *No sabía que dos personas pudieran tener sentimientos tan fuertes y recíprocos.*

No querías saberlo, Destiny.

Destiny frunció el ceño y deseó que Nicolae estuviera ante ella. Le mandó un mensaje visual, por si acaso aún no había entendido que era un incordio. Luego suspiró. No podía permitir que Helena y él perdieran algo tan raro y precioso. Siguió mirándole a los ojos e introdujo en su mente la idea de solucionar las cosas con John Paul. Helena tenía que permitir que Mary Ann la llevara a un lugar seguro hasta que ella descubriera qué estaba pasando. También se aseguraría de que John Paul entendiera y aceptara su plan.

No detecto ningún vampiro, le dijo a Nicolae.

¿Estás segura? John Paul es un hombre sencillo. Quizás está tan alterado que no recibes una pauta cerebral clara.

Destiny frunció el ceño.

¿Eso puede pasar?

Es posible. Si el vampiro es lo bastante hábil y ha hecho la sugerencia desde lejos, puede que no encuentres las lagunas que suelen dejar.

Destiny se puso a tamborilear con el dedo suavemente sobre el respaldo del banco.

¿Cabe la posibilidad de que no se trate de un vampiro? ¿Hay alguna enfermedad que pueda volver violento a John Paul? No sé mucho de enfermedades. Sólo era una niña cuando me convirtieron, y no he pasado mucho tiempo con humanos.

Sintió que Nicolae sopesaba su respuesta con cuidado, reflexionando sobre ella.

¿Detectas algún tumor o una hemorragia cerebral, alguna causa física que pueda afectar a su comportamiento?

No. Sus patrones cerebrales parecen bastante normales. Está muy concentrado en Helena. No creo que sea capaz de hacerle daño de esta manera.

¿Por qué?, insistió Nicolae. *Todo el mundo puede ponerse violento.*

Destiny se dejó caer en el banco. Nicolae tenía razón. John Paul era un hombre grande como un oso, dispuesto a meterse en una pelea siempre que se presentaba la ocasión. *Pero no violento hacia ella. Nunca hacia Helena. La quiere.*

Una oleada de calor inundó su mente. Su corazón. Su corriente sanguínea. *Entiendo lo que siente. Creo en ti, Destiny. Descubriremos lo que pasa.*

Capítulo 9

Nicolae no podría haber pasado por alto a la mujer de cabello púrpura que le hacía señas, por más que hubiera querido. Agitaba los brazos y brincaba en la acera mientras la señora bajita y de pelo rosa que había a su lado le saludaba a gritos. Se descubrió volviendo al pequeño vecindario cercano al bar, en busca de Mary Ann. La orientadora para mujeres maltratadas significaba mucho para Destiny. Mary Ann tenía, además, ciertas facultades parapsicológicas; por eso, quería saber más acerca de ella.

Destiny podía haber huido de él físicamente, pero, aun así, la sentía en su mente como una sombra apacible que compartía con él sus miedos, le contaba los asombrosos problemas de «sus» humanos y se reía con él. No se compadeció de él, sin embargo, cuando le mostró deliberadamente la embarazosa visión de las dos ancianas ataviadas con colores de neón que saltaban en la acera, haciendo aspavientos y ruidos frenéticos.

Sus payasadas estaban atrayendo indebidamente la atención sobre él, cosa que ningún carpatiano deseaba. Resignado, se alejó de la oficina de Mary Ann y bajó por la calle, hacia las dos señoras que tan visiblemente intentaban llamar su atención. Oyó cómo la risa sofocada de Destiny rozaba su mente. Aquello aligeró su corazón. Siempre estarían conectados.

Hay veces en que ser invisible es muy práctico. Podrías haberme avisado.

Creo que una buena dosis de Velda e Inez es justamente lo que necesitas.

Él soltó un gruñido exagerado sólo para oír el sonido de su risa. Después de tantos años de dolor, era un milagro oír su voz alegre, sentir la ligereza de su corazón. Destiny iba asimilando poco a poco lo que era, aceptando lentamente que tal vez no fuera el ser malvado que la habían inducido a creer que era.

No sé muy bien qué he hecho hoy para merecer este castigo.

Nicolae lanzó a las dos mujeres su sonrisa más encantadora, se inclinó ante la mano de Velda y rozó los nudillos de Inez con la cortesía fugaz del viejo mundo. Ambas mujeres batieron las pestañas y se rieron como colegialas.

—¿En qué puedo servirles?

¡Deja esa voz! ¿Es que quieres que les dé un infarto?

Destiny se reía de verdad. Parecía tan despreocupada que Nicolae sintió un fuerte estallido de emoción.

Las mujeres se presentaron y dieron unas palmaditas en la silla que esperaba entre ellas mientras alababan con delectación su nombre, su acento extranjero y sus maravillosos modales.

—¿Qué te trae por nuestro vecindario, Nicolae? —preguntó Velda con curiosidad.

—Te vimos con nuestra querida Mary Ann —añadió Inez.

—He venido a cortejar a una dama —anunció él, compartiendo malévolamente la conversación con Destiny—. La bella mujer con la que estuvieron hablando la otra noche, Destiny. Hago todo lo que puedo por convertirla en mi esposa, pero ella intenta resistirse a mis encantos. ¿No podrán ustedes hacerme alguna sugerencia para promover mi causa? —preguntó, esperanzado.

Las mujeres soltaron un ronroneo y Destiny le siseó a Nicolae. Él se recostó en la silla, dispuesto a divertirse. Devolverle la pelota a Destiny no era tarea fácil, y estaba decidido a aprovechar la oportunidad al máximo.

Ve a ocuparte de tus asuntos, pequeña, y déjame a mí los míos. Creo que quizás estas mujeres tengan un conocimiento de la psique femenina de valor incalculable.

—Eso me parece tan romántico… —exclamó Inez, batiendo palmas—. ¿No te lo parece a ti, hermana? El romanticismo prácticamente ha desaparecido en la sociedad de hoy en día. Pero romanticismo es lo que te hace falta para conquistarla.

Velda cloqueó, sacudiendo la cabeza con aire de reproche.

—Hoy en día hay que ser práctico. —Se inclinó hacia Nicolae y clavó en él una mirada penetrante—. No puedes confiar sólo en tu cara bonita y tus modales, joven. Necesitas sustancia. ¿A qué te dedicas?

La risa de Destiny encendió la sangre de Nicolae y le dejó sin aliento. No sólo era musical; tenía también una sensualidad latente que prometía entre susurros noches ardientes y sedosas.

¡Chist! ¡Cuánta imaginación tienes! Concéntrate en el asunto que te ocupa, Nicolae. Diles que te dedicas a cazar vampiros, a ver si les pareces un buen partido.

Nicolae esbozó una sonrisa satisfecha y feroz, una sonrisa de superioridad que hizo que Destiny rechinara los dientes.

—Pertenezco a las fuerzas del orden, a un cuerpo especial, pero además soy rico y no necesito trabajar, de modo que nunca le faltará de nada. —Se acarició la mandíbula con sus largos dedos, atrayendo la atención de las señoras hacia la singular belleza masculina de su cara—. La he buscado por todo el mundo. Sé que estamos hechos el uno para el otro.

Las dos hermanas cambiaron una larga mirada, como si les complaciera su respuesta. Fue Velda quien se hizo cargo de la situación mientras Inez suspiraba pensando en lo romántico que era que el amor verdadero consiguiera abrirse paso.

—¿Y por qué se lo piensa tanto esa chica? Eres un hombre muy atractivo.

—¡Ya lo creo! —exclamó Inez, ganándose una mirada feroz de su hermana—. Bueno, lo es —se defendió Inez, indignada. Dio unas palmaditas en el muslo de Nicolae—. Eres, querido, justo el tipo de pretendiente que tuve en mis años mozos. —Se inclinó un poco más hacia él—. Yo era un torbellino, ¿sabes? —susurró en confianza.

Él le apartó la mano llevándosela sencillamente a los labios.

—Gracias, Inez. Es un verdadero cumplido viniendo de una mujer como tú. Os agradecería mucho que me dierais algún consejo sobre cómo conquistar a mi terca enamorada.

Qué cantidad de idioteces estás diciendo, Nicolae. Debería darte vergüenza.

Se oyó su risa otra vez, y Nicolae sintió que su cuerpo se tensaba cada vez más, hasta tal punto que temió que, si no se andaba con cuidado, Inez acabara teniendo algo a lo que agarrarse. El sonido de la alegre voz de Destiny era un poderoso afrodisíaco.

—Flores —dijo Velda con firmeza—. Tienes que averiguar cuál es su flor preferida y regalarle todas las que puedas permitirte.

—Y no te olvides de los bombones. No hay mujer que se resista a un hombre que le ofrece bombones —añadió Inez—. Y se pueden hacer tantas cosas con el chocolate, tan caliente y derretido...

—No le hagas caso —dijo Velda—. Pero es importante que cortejes a Destiny como es debido, que le digas que tus intenciones son absolutamente honorables. Haz que caiga rendida de amor. Llévala a bailar. No hay nada como un hombre apretando a una mujer y bailando con ella. —Levantó una ceja, clavando a Nicolae como a un insecto con su mirada acerada—. ¿Sabes bailar? No esas porquerías que bailan los chicos de hoy en día, sino bailar como un hombre de verdad. No hay nada más sexy que un buen vals o un tango.

—El baile ha sido una parte muy importante de mi educación —le aseguró él—. Me habéis hecho unas sugerencias maravillosas. Las seguiré al pie de la letra.

—Y vuelve a informarnos inmediatamente —le recordó Inez—. ¿Verdad, hermana? Necesitamos un informe para saber cómo van las cosas.

—Desde luego que sí —repuso Velda—. Ah, mira, ahí está Martin. ¿Te has fijado en que últimamente parece un poco deprimido? Está muy raro. El pobrecillo debe de trabajar demasiado. —Se levantó y comenzó a agitar el brazo tan violentamente que Nicolae temió que se cayera—. ¡Martin! ¡Martin! Sé buen chico y ven aquí a hablar con nosotras.

—Es ese proyecto suyo. Tim y él trabajan día y noche, a pesar de que tienen sus empleos normales —dijo Inez—. Esos chicos trabajan demasiado.

Nicolae vio acercarse al hombre y se fijó en su piel pálida y en las manchas oscuras que tenía bajo los ojos. Era el que había atacado con tanta violencia al párroco. Nicolae escudriñó su memoria y no encontró ningún recuerdo del asalto. Sólo el de estar sentado en su cama, sujetando la caja de madera de la iglesia y dándole vueltas entre las manos, completamente perplejo. Tampoco halló malicia alguna en el joven; sólo una profunda tristeza y una confusión total.

Exactamente lo mismo que sentía John Paul, señaló Destiny. *¿Puedes encontrar ese vacío que es la marca del vampiro?*

Él era un antiguo, mucho más fuerte que Destiny y versado en las artes de los no muertos. Estaba seguro de que detectaría la presencia de un vampiro si alguno hubiera tocado a Martin en algún sentido. Pero no había evidencias de semejante violación. Así que se levantó, llamando al instante la atención del joven, y le tendió la mano mientras Velda les presentaba.

Martin hizo lo que pudo por mostrarse amable, a pesar de que estaba distraído, y Nicolae vio que era de natural una persona amigable y extrovertida. El afecto que les tenía a Velda y a Inez saltaba a la vista, así como el cariño que ellas sentían por el joven al que habían visto crecer y hacerse adulto.

—He oído hablar muy bien de ti, Martin. Eres un gran defensor de los ancianos y estás trabajando en un proyecto nuevo con Tim Salvadore. El padre Mulligan me ha dicho que es una oportunidad maravillosa para ofrecer una vida independiente en un entorno seguro a personas de medios limitados. Te considera bastante brillante. Debéis de ser grandes amigos.

Nicolae utilizó a propósito el nombre del sacerdote y mantuvo un tono de voz suave, amistoso y encantador. Conocía el poder de aquella arma. Pocos eran los que podían resistirse a la invitación de hablar.

Martin hundió los hombros.

—El padre Mulligan es un gran hombre. Le conozco de toda la vida. —Levantó la cabeza y miró directamente a Nicolae con los ojos llenos de angustia—. ¿Le ha dicho también que alguien le atacó? ¿Que le golpeó repetidamente en la cabeza y le arrancó de las manos la caja del dinero para los pobres?

Velda sofocó un grito. Inez soltó un chillido. Ambas se persignaron, levantaron el crucifijo de plata que llevaban y, en perfecta sincronización, besaron la cruz.

—Eso no puede ser, Martin —protestó Velda—. Nadie haría daño al padre Mulligan.

—Y nunca hay dinero en la caja de los pobres, ¿verdad, hermana? —añadió Inez mientras se retorcía las manos—. ¿Adónde vamos a ir a parar si alguien ataca a un sacerdote en la mismísima casa de Dios?

—Puede que Inez y yo tengamos que mudarnos a tu comunidad después de todo, Martin —dijo Velda—. Si las cosas se han puesto tan feas en este vecindario que un ladrón es capaz de herir al padre Mulligan, nadie está a salvo.

—¿Se va a poner bien el pobrecillo? —preguntó Inez—. Hermana querida, tenemos que hacer nuestro famoso caldo de pollo y llevárselo inmediatamente. —Dio unos golpecitos en el brazo a Nicolae—. Nadie hace el caldo de pollo mejor que Velda. Aunque, naturalmente, yo tengo que recordarle lo que está haciendo o se distrae y se lía con alguno de sus proyectos de investigación. Velda busca pruebas de que los vampiros y los licántropos existen.

Aquello llamó la atención de Nicolae. Había estado observando a Martin de cerca, en busca de alguna reacción, y apenas escuchaba la conversación que fluía a su alrededor. Pero entonces, su mirada oscura se posó sobre Velda y se demoró allí con expresión pensativa.

Velda se atusó el pelo y le sonrió.

—Es una afición que tengo desde hace mucho tiempo. Hago mis pinitos en hechizos mágicos, pero no se me da muy bien lanzarlos. Inez tiene mucha más puntería que yo. Martin, tesoro, siéntate. Tienes cara de necesitar comer un poco. Haré doble ración de mi caldo y te daré un poco. Te pondrás bien en un periquete.

Martin, que seguía aún en parte bajo el embrujo de la voz de Nicolae, se dejó caer pesadamente en la silla que había ocupado Nicolae y le miró con el ceño fruncido.

—Él cree que fui yo. El padre Mulligan piensa que le golpeé en la cabeza y me llevé la caja.

Su confesión sonó atropellada y acabó en un sollozo ahogado.

Velda e Inez fijaron inmediatamente su atención en él y comenzaron a darle palmaditas y a acariciarle el pelo con aire tranquilizador mientras cloqueaban.

—El padre Mulligan tiene que haber sufrido una conmoción cerebral. Él sabe que tú nunca harías una cosa así, Marty. Iré a hablar con él inmediatamente —dijo Velda para consolarle.

—Sí, hermana, tenemos que ir enseguida —dijo Inez, haciendo de eco a Velda—. El padre tiene que estar malherido si acusa al pobre Marty de una cosa así.

Martin Wright se miró las manos.

—¿Y si fui yo? El padre Mulligan no me mentiría, y Tim dice que esa noche volví a casa cubierto de sangre. Dice que llevaba la caja de la iglesia en las manos y que no le hablaba. Que me quedé allí sentado, mirando fijamente la caja. —Levantó la mirada hacia Velda, con un brillo de lágrimas en los ojos—. No lo recuerdo. ¿Pude atacar al padre? Yo nunca he hecho daño a nadie.

—Martin… —Nicolae se agachó hasta que sus ojos y los del hombre quedaron al mismo nivel. La angustia emanaba de Wright en densas oleadas—. ¿Qué recuerdas del día anterior a la agresión del padre Mulligan? ¿Adónde fuiste? ¿Con quién estuviste? ¿Qué hiciste? ¿Recuerdas alguna cosa?

—Hice lo de siempre. Fui a trabajar, quedé con Tim para comer. Hablamos del proyecto, como solemos hacer. Él tenía clase de astronomía, así que yo me fui a la obra para hablar con el contratista. Estuve allí mucho rato. Recuerdo que pensé que quería enseñarle otra vez los planos al padre Mulligan porque me preocupaban unos escalones y una rampa que llevan a los jardines del lado oeste. Temía que algunos residentes tuvieran dificultades para pasar por allí. El contratista insistió en que la pendiente no era tan empinada, pero el padre Mulligan sabe mucho sobre las dificultades de las personas que usan andador o bastón porque habla con ancianos todos los días. Quería una segunda opinión.

—¡Ay, hermana! —Inez agarró a Velda—. Fue a ver al padre Mulligan esa noche. Tienes razón. Está pasando algo en el barrio.

Velda asintió con la cabeza solemnemente.

—Está pasando algo terrible. Deberíamos poner en marcha inmediatamente a la guardia del vecindario.

Nicolae se estremeció íntimamente. Ya veía a esas ancianitas con el pelo de colores marchando arriba y abajo por las calles armadas con pociones mágicas y coronas de ajo.

—Martin, antes de ir a la iglesia a ver al padre Mulligan, ¿recuerdas si fuiste a otro sitio? ¿Te paraste a hablar con alguien, aunque fuera un momento, o a cenar? ¿Te pasaste por el bar del barrio?

Martin frunció el ceño y se frotó las sienes.

—Debí pasarme, sí. Me fui de la obra pasadas las seis. Al padre Mulligan le atacaron mucho más tarde. Siempre va a la iglesia sobre las ocho y media o las nueve. No creo que intentara pillarle allí antes de esa hora.

¿A qué hora descubriste al padre Mulligan?, le preguntó Nicolae a Destiny.

Eran cerca de las diez, entre las nueve y media y las diez.

Nicolae se volvió de nuevo hacia Martin. Las hermanas revoloteaban a su alrededor, y Martin no sabía si reír o llorar al ver con cuánta firmeza le apoyaban.

—Hermana, tienes que hacerle un talismán —insistía Inez—. Algo para ahuyentar al diablo. Martin, Velda puede darte un amuleto muy poderoso para que lo lleves colgado del cuello.

—¿Crees que hay vampiros de por medio? —le preguntó Nicolae a Velda, muy serio.

Velda le miró con enojo.

—Búrlate de mí, no me importa. Hace años que convivo con el conocimiento del mundo sobrenatural y con los descreídos que se empeñan en mofarse de él. Sé cuál es mi deber.

—Velda —la interrumpió Martin—, tuve que ser yo. Tim no me mentiría, y el padre Mulligan tampoco. Tim dice que no es la primera vez que hago cosas extrañas y luego no me acuerdo. Le he prometido que iría a la clínica a hacerme un chequeo.

—Velda… —La voz de Nicolae era increíblemente suave, absolutamente irresistible—. Lamento mucho que me hayas malinterpretado. No sé si los vampiros existen o no, y jamás me burlaría o me reiría de ti. Te estaba preguntando tu opinión.

Velda se puso muy colorada.

—Pensaba… —Se interrumpió y sus manos revolotearon con nerviosismo—. Estoy tan acostumbrada a que se rían de mis creencias que me he precipitado.

—Creo que Martin debería ir a la clínica y creo que nosotros deberíamos investigar un poco este asunto. A mí no me importa indagar un poco en vuestro lugar. A fin de cuentas, pertenezco a las fuerzas del orden. El padre Mulligan prefiere que esto permanezca en secreto todo lo posible. Cree que esa noche te pasó algo, Martin. No quiere que intervenga la policía. Es un amigo personal y estoy aquí para ayudar. Y, naturalmente, Destiny me pidió que echara una mano.

—Esa chica es un sol —dijo Inez—. ¿No es un sol, hermana querida?

Velda estaba concentrada en Nicolae.

—Sí, creo que te han mandado aquí para ayudarnos. —Siguió mirándole con ojos vidriosos y su expresión se volvió soñadora y lejana. Sus dedos retorcidos, visiblemente dañados por la artritis, se movieron formando una complicada filigrana delante de los ojos de Nicolae.

Él sintió que el aliento abandonaba bruscamente sus pulmones. El corazón de Destiny dio un vuelco y luego comenzó a latir a toda velocidad. Nicolae levantó la mano hacia Velda, con la palma hacia fuera.

¡No! No la detengas. No puedes detenerla. Deja que te «vea».

La desesperación que reflejaba la voz de Destiny detuvo a Nicolae cuando se disponía a impedir que Velda le leyera el pensamiento. Era evidente que la anciana podía hacerlo. Tenía un talento profundo y bien escondido que, pese a ir disipándose con la edad, seguía estando allí.

Velda dejó escapar un gemido de sorpresa, se tambaleó hacia atrás y sacudió la cabeza como si quisiera aclararse la vista. De pronto se llevó la mano temblorosa al crucifijo de plata que llevaba alrededor del cuello.

—No me encuentro bien, hermana. Llévame dentro.

Le tembló la voz y evitó mirar a Nicolae.

—Mírame, Velda. —Era una orden y la mujer se volvió para mirarlo cara a cara. Por primera vez aparentaba su edad. Parecía haber menguado en tamaño, y se la veía frágil y encogida—. Tú sabes que nunca tendrás nada que temer de mí. He venido a este lugar para ayudaros a ti y a tus amigos. Tú lo sabes.

Velda asintió solemnemente con la cabeza.

—Sí, lo sé —murmuró.

Sabía demasiado. Nicolae comprendió de pronto que en aquel pequeño vecindario nada era lo que parecía. El suelo se movió y tembló bajo sus pies. *¡Destiny! Ven a mí inmediatamente.* Aquella orden fue pronunciada por un antiguo en todo su poder; era una compulsión a la que resultaba imposible resistirse. Ni siquiera pensó en las consecuencias que tendría doblegarla a su voluntad. No podía pensar en eso. Había una hebra de maldad inserta en el tejido mismo del barrio, y tenía que encontrar su raíz. La supervivencia de su raza muy bien podía estar en juego.

Nicolae liberó a Velda de su hechizo y vio cómo Inez la ayudaba a entrar en casa, dejándolo a solas con Martin.

—Parece enferma —dijo Martin con preocupación sincera—. ¿Crees que deberíamos llamar al doctor Arnold? Es el supervisor de la clínica, y sé que por Velda e Inez haría una visita a domicilio. Aquí son una especie de institución.

—Creo que sólo necesita descansar. —La mirada brillante de Nicolae se deslizó pensativamente sobre el hombre hundido en la silla—. ¿Dónde cenaste esa noche, Martin? No me lo has dicho.

Martin arrugó el ceño y se frotó la cabeza como si le doliera.

—Siempre voy al bar. Debí de cenar allí. Sabía que Tim no estaba en casa, y siempre voy al bar en busca de compañía cuando tiene clases. No me acuerdo. ¿Cómo es posible que no me acuerde de nada de aquella noche?

—Lo averiguaremos, Martin —le aseguró Nicolae con voz tranquilizadora. Al instante, la angustia desapareció en parte del semblante de Martin—. Es fácil preguntar en el bar si te vieron allí esa noche. Todo el mundo te conoce.

—Tim está muy disgustado. No sabe qué pensar o creer, y yo no puedo tranquilizarle —repuso Martin melancólicamente.

—Velda e Inez parecen saber de qué hablan cuando dan un consejo, Martin, y también Mary Ann. Quizá deberías hablar con alguien en quien puedas confiar, a ver qué te dice.

Nicolae sintió una efusión de energía cuando Destiny atravesó volando el cielo nocturno hacia él. *Destiny...*

Martin se levantó de la silla con esfuerzo y le tendió la mano.

—Estaba muy desanimado antes de hablar contigo. Gracias, hombre. Creo que tienes razón. He visto a Mary Ann ir hacia su oficina. Puede que vaya a hablar con ella de esto.

¿Me has llamado? Destiny pareció escupir las palabras. No le gustaba el modo en que la había llamado Nicolae. Ni el hecho de que pudiera acudir a voluntad. Sin embargo, la sangre de él corría por su cuerpo, y, por lo tanto, era quien mandaba.

—Excelente idea, Martin.

Nicolae levantó una mano en señal de despedida y dobló la esquina, perdiéndose de vista. Sabía exactamente dónde le esperaba ella, enfadada y dispuesta a armar pelea.

Destiny le miró con enfado cuando apareció a su lado, cobrando forma sólida con un resplandor tembloroso sobre el tejado más alto del vecindario.

—¿Quieres explicarme por qué te comportas con tanta arrogancia conmigo?

Sus ojos eran de un verde humoso y en sus profundidades giraba un torbellino. Tenía un aire salvaje e impredecible. Su cuerpo parecía alerta, listo para luchar, tenso como un muelle, y, aun así, inmóvil y expectante, como el de una tigresa. El viento alborotaba su pelo como si lo tocara con sus dedos y su boca era… tentadora. Nicolae fijó la mirada en su carnoso labio inferior. Su ligero mohín no significaba que estuviera enfurruñada. Significaba que alguien iba a tener problemas.

La visión de aquel mohín le alteró por completo. Sufrió una erección rápida y poderosa, acompañada de un deseo lacerante que no se disiparía ni siquiera cuando estuviera lejos de ella.

Destiny estaba furiosa. No sólo furiosa. Se sentía frustrada e inquieta, y más tensa que un arco. La rabia se agitaba en la boca de su estómago, mezclada con una excitación ancestral que no podía contener. Era una reacción al modo en que Nicolae la observaba, a su mirada entornada, llena de ardor, de un deseo intenso y un ansia que él no se molestaba en ocultar.

—¿Me he portado con arrogancia?

Él no apartó la mirada de su boca.

La energía de su voz resonó como un chisporroteo en el estómago de Destiny, latió más abajo. Reconocía su deseo y le asustaba quedar atrapada por la intensidad de su poder. La voz de Nicolae acariciaba su cuerpo como un guante de terciopelo, haciéndola agudamente consciente de cada palmo de su piel.

—¿Vamos a hablar de esto? —Su propia voz le sonó ronca, estrangulada, como si no pudiera recobrar el aliento—. Has usado tu poder contra mí. Eso es absolutamente inaceptable.

Tenía que apartar la mirada de él. Estando tan cerca, Nicolae la despojaba de su razón e introducía en su cabeza ideas eróticas que no debían estar allí. Destiny cerró los ojos y aspiró, confiando en que el aire fresco y vigoroso le despejara la cabeza.

—¿Eso es lo que crees que he hecho? ¿Usar mi poder contra ti? ¿Cuándo he hecho yo algo contra ti? He perdido la cuenta de los años que llevo viviendo para ti, Destiny. Tienes que salir a mi encuentro en algún lugar y, si no es a medio camino, al menos tendrás que hacer algunas concesiones, dar algunos pasos hacia mí.

Ella inhaló su olor. El reclamo irresistible del macho a la hembra. Exhaló de golpe.

—Nicolae... —Su nombre sonó como un susurro doloroso—. Lo he intentado. Te lo juro, lo he intentado.

Él le tendió los brazos, incapaz de refrenarse al ver aquel dolor descarnado grabado en su rostro y una necesidad tan apremiante en sus ojos.

—Ven aquí. No podremos hacer nada hasta que resolvamos lo que hay entre nosotros.

Sus manos la rodearon, la atrajeron hacia el refugio de su cuerpo, y Nicolae saltó al aire.

Destiny sabía que debía protestar. Fuera donde fuera donde la llevaba, era un lugar donde estarían solos. No podía permitirse estar a solas con él y con la tentación que representaba. Ya había apoyado la mano sobre su pecho y sentía el calor de su piel a través de su fina camisa de seda. Rodeó su cuello con el brazo para soltarle la melena larga y densa, de modo que sus mechones volaron alrededor de su cara y sobre sus brazos.

Nicolae sintió el estremecimiento que la recorrió mientras la llevaba lejos de la ciudad, hacia una de las cámaras subterráneas más grandes que había encontrado explorando la zona. Rozó con los labios su garganta, se detuvo un momento sobre su vena, que palpitaba frenéticamente, y acarició su cuello, subiendo hasta besar su oído.

—Necesitamos un lugar íntimo para hablar de esto. No me gusta lo que está pasando en el barrio. Cualquiera podría estar escuchándonos.

La depositó de pie y agitó la mano para que las llamas cobraran vida en la urna excavada que había abandonado dos días antes. Una luz dorada brilló y danzó sobre las paredes de la cueva, iluminando gemas incrustadas en la roca de modo que la cámara parecía resplandecer. Entre un círculo de peñascos brillaba una pequeña poza de agua que brotaba del suelo burbujeando y borboteaba como un jacuzzi.

Destiny se apartó de la potencia purísima de su cuerpo fornido y masculino.

—¿Qué ha pasado con Velda? ¿Es como yo?

Sus ojos le suplicaban que le dijera la verdad. Nicolae rozó su mente muy suavemente mientras ella compartía con él aquel primer recuerdo, tan peligroso. La niña pequeña, con sus rizos cayéndole alrededor de los hombros y los ojos demasiado grandes para la cara, sonriendo a un hombre guapo. El desconocido se agacha para ponerse a su nivel, le habla en voz baja y la sonrisa de la niña se agranda. Dice que sí varias veces con la cabeza, coge de la mano al desconocido y le conduce a una casita. Una mujer que está en el porche frunce un poco el ceño al ver a su hija hablando animadamente con un hombre alto y guapo que poco a poco va cobrando la forma de un monstruo. Su piel perfecta se vuelve gris. Su cabello oscuro y abundante se torna blanco y cuelga en hilachas. La raja de su boca deja ver unos dientes aserrados, manchados de negro por la sangre, y unas garras largas y afiladas se clavan en el brazo de la chiquilla.

Nicolae comprendió inmediatamente que estaba viendo al vampiro a través de los ojos de la niña que había sido Destiny.

—¿Cómo podía una niña de seis años reconocer a un vampiro? ¿Cómo podía saber que los vampiros existían? Los niños no saben nada de esas cosas.

—Yo le conduje hasta mi familia. No puedes decir que no. Velda tiene más de setenta años. En todo este tiempo, ¿por qué no ha atraído a ningún vampiro ni hacia ella ni hacia su familia? ¿Y qué me dices de Mary Ann? Ella también tiene facultades extrasensoriales. Hemos destruido varios vampiros en esta zona y sin embargo ninguno de ellos se ha sentido atraído por ellas.

Nicolae sentía las lágrimas que ardían tras sus ojos, aunque ella mantenía la barbilla bien alta y su mirada verdeazulada era tan firme como siempre.

—Sería mejor preguntar por qué se están congregando todos los vampiros aquí. Eso me preocupa inmensamente. Tres mujeres con distintas habilidades psíquicas se encuentran juntas aquí. ¿Es una coincidencia? Y el padre Mulligan ha oído hablar de nuestro pueblo, y también da la casualidad de que está aquí. En esta ciudad en la que vive tanta gente, hemos ido a encontrarnos con él y a involucrarnos en su vida. ¿No te inquieta eso? Y tenemos dos hombres, John Paul y Martin, que se comportan de forma totalmente impropia. He examinado a Martin. No hay ninguna turbiedad en él. Es incapaz de hacer daño a otro ser humano, y, sin embargo, tuvo que agredir al sacerdote. O lo hizo alguien que simulaba ser él. Pero ¿cómo puede hacer alguien el papel de John Paul, un hombre grande y musculoso, y también el papel de Martin Wright, un hombre mucho más delgado y bajo?

—Un vampiro podría hacerlo. Podría asumir cualquier forma, cualquier papel —repuso Destiny.

—¿Tan bien como para engañar al padre Mulligan? —Nicolae levantó las cejas—. ¿A un hombre de Iglesia? ¿Un hombre tan sabio?

—Naturalmente, un vampiro podría engañar al padre Mulligan. Yo misma podría. Podría asumir tu forma y hacer creer a cualquiera que soy tú. —Ella se encogió de hombros con espontáneo desdén—. Bueno, casi a cualquiera. Puede que a Vikirnoff no.

Se hizo un breve silencio mientras Nicolae la observaba atentamente, con la mirada fija. Advirtió el momento exacto en que ella se daba cuenta de adónde quería ir a parar. Un vampiro podía engañar a cualquier humano. Era imposible que ella, una inocente chiquilla de seis años, pudiera haber reconocido al monstruo que había aniquilado a su familia.

—Entiendo lo que quieres decir, Nicolae, y sé que tienes razón. La lógica me dice que estás en lo cierto. Me digo a mí misma que tengo que dejar de culparme de la muerte de mis padres, pero mi corazón no me escucha.

—Por lo menos, tú sí me estás escuchando —dijo él con calma—. Quien entró en la iglesia no fue un vampiro. Ningún vampiro haría eso, ni tampoco lo harían sus esbirros. Son seres impuros y no se atreverían a entrar en un lugar santificado.

—Eso lo sé.

Nicolae le había tendido limpiamente una trampa para que reconociera ante sí misma que ella no era un ser impuro, puesto que había entrado en la iglesia. Destiny quería que aquella convicción calara en su corazón y su alma y viviera allí, liberándola del peso de la culpa y el odio hacia sí misma. Ella vivía. Poco importaba que su existencia hubiera sido una suerte de infierno. Estaba viva y el vampiro que había asesinado a su familia y a incontables personas más había muerto a manos suyas.

El rostro de Nicolae permanecía oculto por las sombras de la cueva, pero Destiny veía sus ojos. Hambrientos. Intensos. Anhelantes. Ardientes de deseo. Nicolae le arrebató la capacidad de protestar. Le arrebató incluso el instinto de conservación. Destiny notó en la boca el sabor de su deseo. Se difundía a través de su flujo sanguíneo y se acumulaba formando un líquido denso y fundido que vibraba y palpitaba, exigiendo liberación. Su cuerpo parecía extraño, ajeno a ella. Pesado y anhelante.

Nicolae mantenía la mirada fija en ella. Podía oler su olor irresistible. Percibía la confusión de su mirada. No importaba que su propio cuerpo le gritara. Su corazón se derretía mientras su cuerpo ansiaba el de Destiny con una obsesión a la que no podía sobreponerse.

—No te has alimentado, Destiny. ¿Por qué? —Su voz sonaba como un susurro en el interior de su cámara subterránea. Una ronca invitación que casi la hizo caer de rodillas.

Destiny se sintió débil al oír su voz. Vio cómo sus dedos desabrochaban los botones de su camisa. Vio con completa fascinación cómo arrojaba la camisa de seda a un lado, dejando al descubierto su pecho poderoso. Sus músculos eran sutiles, pero bien definidos. Destiny no podía apartar la mirada de aquella amplia extensión de piel. De la anchura de sus hombros. Del grosor de su pecho. De su estrecha cintura. De la fortaleza de sus brazos.

—No puedo respirar. —Levantó la mirada hacia su cara—. No puedo respirar, Nicolae.

Parecía tan frágil, tan vulnerable, tan perdida... Nicolae dio un paso hacia ella y tomó su cara entre las manos. Inclinó la cabeza, se apoderó de su boca y respiró por ella, dándole su aire. Su fuerza.

El fuego se avivó de inmediato, con rabia. Profundo. Caliente. Elemental. Centelleaba entre ellos, en ellos, ardía de dentro afuera. Destiny se rindió, sencillamente, a su dominio, y su lengua se batió con la de él en una danza de cortejo desenfrenada como un tango. Su cuerpo, como si tuviera voluntad propia, quedó inerme y maleable, se amoldó al de Nicolae y sus pechos se apretaron contra el torso de él. Movía las manos sobre su cuerpo casi con impotencia, como empujada por el deseo compulsivo de sentir su piel bajo los dedos. El beso se prolongó. Ninguno se saciaba; querían meterse en el alma del otro, en su piel, en su interior.

Era un ansia pura de posesión. Un deseo salvaje de marcar a fuego. La lujuria y el amor se alzaban, fulminantes, se entrelazaban y giraban como un torbellino fuera de control, creando una tormenta de fuego, turbulenta e incandescente. Un gemido suave escapó de la garganta de Destiny, una mezcla ardiente de temor y necesidad. Al oírlo, Nicolae comenzó a dominarse de mala gana y se apartó un poco de ella para dejarla escapar.

Ella le rodeó el cuello con los brazos y le atrajo de nuevo hacia su boca hambrienta. Él había pasado solo muchos siglos, buscando, esperando, deseando a Destiny. Ella había vivido separada del mundo. Anhelándole. Aferrándose a él. Y al mismo tiempo rechazándole para protegerle. Para salvarle. Su boca voraz avivó aún más el deseo. No había salvación para ellos. Destiny se sentía indefensa bajo la acometida de su boca, necesitaba, exigía estar más cerca.

No voy a ser capaz de parar. La voz de Nicolae imploraba piedad. El ansia le consumía. Devoraba la miel de su boca, tomando por la fuerza en lugar de pedir: un macho dominante presa de la pasión. Había, sin embargo, una ternura en su modo de abrazarla que sólo conseguía aumentar su atractivo.

No pares, entonces.

—No pares —le susurró Destiny junto a la boca—. No quiero que pares.

Y no quería. Había superado el miedo. Estaba aterrorizada. Pero eso no significaba nada en medio de la tormenta de fuego de su deseo. Aquel ardor la consumía, aquella obsesión por él. Su cuerpo ardía, palpitaba y vibraba por él. Le imploraba. Y cuando él la besaba, su mente se vaciaba. No había monstruos. Ni muertes. Ni remordimientos, ni recuerdos de víctimas suplicantes. Sólo había emoción pura. Sólo estaba Nicolae.

Él deslizó las manos desde su cara para seguir la línea suave de su cuello.

—¿Me tienes miedo, Destiny? —Tiró suavemente con los dientes de su labio inferior, aquel labio que tanto le atraía, al que tan imposible le resultaba resistirse—. Siento latir tu corazón tan fuerte... —Posó la mano sobre su corazón, con los dedos abiertos, de tal modo que el pecho de Destiny se inflamó de deseo y su corazón palpitaba en el centro mismo de su palma, como si él lo sostuviera—. No quiero que me tengas miedo, ni que temas nuestra unión. Estar juntos y amarse es muy hermoso; no es un acto de violencia despreciable, sino algo increíblemente maravilloso. ¿Confías en mí lo suficiente para unir tu cuerpo al mío?

Antes de que Destiny pudiera responder, se apoderó de nuevo de su boca con ansia voraz. Deslizó las manos más abajo, tomó sus pechos pesados, acarició con los pulgares sus pezones hasta que se endurecieron, puntiagudos, a través de la tela de la camisa. Destiny sofocó un gemido mientras aquellas sensaciones convertían su cuerpo en un volcán de deseo. Sus piernas amenazaban con ceder. Notaba la ropa demasiado prieta, demasiado pesada.

—Nicolae... —Había en su voz un ansia sensual. Abrió los ojos para mirarle, para escudriñar su mirada oscura.

La pasión daba a la perfección de sus facciones masculinas una impronta de sensualidad erótica. No era ningún niño, sino un ser peligroso y lleno de poder. Y, sin embargo, Destiny veía su debilidad.

—Dime que sí, Destiny. Deja que te haga mía.

Ella se ahogaba de deseo. De ansia. De lo que tenía que ser amor. Si no era amor, ¿por qué brillaban lágrimas en sus ojos y constreñían su garganta? ¿Por qué luchaba por salvar a Nicolae?

—Tú sabes lo que pasará. Lo sabes, Nicolae. Querrás tomar mi sangre, y yo te dejaré. No encontraré fuerzas para detenerte —susurró mientras las manos de Nicolae se deslizaban sobre su costado, en busca de su cintura.

Nicolae tiró del bajo de su camisa, rozó con los nudillos su piel desnuda. Ella ardía y palpitaba, esperando su rechazo. Era la única respuesta. Que su fortaleza aguantara.

Capítulo 10

El sonido de las gotas de agua se mezclaba con el ritmo acelerado de sus corazones. Las llamas parpadeantes de la urna de piedra danzaban sobre sus cuerpos, bañándolos con una luz mística. Pasó un segundo, dos, mientras Nicolae fijaba sus ojos en ella. Cerró las manos sobre el bajo de la camisa y se la sacó por la cabeza rápidamente, en un solo movimiento.

Destiny sintió que contenía el aliento al bajar la mirada hacia su cuerpo. Posó las manos en su cintura: una marca ardiente que pareció fundir su piel y traspasarla. Destiny gozó de la intensidad de su mirada, del modo en que se movía sobre su cuerpo, ardiente, posesiva, como si quisiera apropiarse de su misma alma. Sabía que la mente de Nicolae estaba firmemente atrincherada en la suya, que le permitía experimentar toda su ansia. Nicolae no le ocultaba nada: ni cómo le hacía sentirse físicamente, ni cuánto deseaba tocarla. Ni con qué desesperación la necesitaba. Con qué urgencia.

Sintió que un frenesí igual al suyo se alzaba dentro de ella. La ropa le parecía de pronto una intrusión extraña, un lastre que no soportaba llevar sobre la piel erizada. El fino encaje de su sujetador oprimía su piel, impedía que la mirada ardiente de Nicolae la acariciara. Entonces, cuando él la asió de la cintura e inclinó su cabeza morena, atrayéndola hacia sí, Destiny echó los brazos hacia atrás para desabrocharse el cierre.

La boca de Nicolae se cerró sobre su pecho. Febril, ardiente y húmeda, lamió su piel a través del encaje. Sus dientes la arañaron suavemente, con habilidad, de tal modo que ella dejó escapar un grito y atrajo su cabeza hacia sí. El placer era tan fuerte, tan arrollador que sus rodillas estuvieron a punto de ceder. Cerró los puños sobre su cabello denso y sedoso, reteniéndole mientras la lengua de Nicolae bailaba y acariciaba y su boca chupaba con fuerza, creando un pozo de deseo, ardiente y palpitante, en lo más hondo de su ser. La fricción del encaje y el ardor de su boca la enloquecían. Se arqueó hacia él, entregándose a aquel placer purísimo.

Cuando Nicolae levantó la cabeza para ocuparse de su otro pecho, el sujetador de encaje cayó flotando libremente al suelo. Los labios de Nicolae encontraron su carne desnuda, y la devoró sólo con la boca. Su lengua le prodigaba atenciones, sus dientes la acariciaban, provocadores, hasta que ella gritó, tirando de su pelo. Iba a caerse. No podía sostenerse en pie; la fuerza había abandonado por completo sus piernas. Sólo sus brazos la sostenían.

Nicolae le echó la cabeza hacia atrás ligeramente, la acarició, la chupó, la lamió, la amó, lleno de lujuria. Ardiendo en llamaradas. Sus manos se deslizaban trazando el contorno de su cuerpo. Destiny tenía los pechos turgentes, la cintura estrecha y las caderas anchas, hechas para acoger su cuerpo.

—¿Cómo puede ser así? —gimió—. Nunca imaginé que fuera así.

Un incendio fuera de control. Una feroz tormenta de fuego que ninguno de los dos podía apagar. Ellos la habían provocado, y ardía, brillante, incandescente y perfecta. Ella se derretía; su cuerpo, lleno de deseo, parecía blando y maleable. Ansiaba el contacto de Nicolae. Lo necesitaba. El tiempo no bastaba cuando estaban juntos. Ella estaba en otro mundo, en otro tiempo y otro lugar, muy lejos de la realidad en que se había convertido su vida.

Oyó su propio gemido cuando la lengua de Nicolae lamió la parte inferior de su pecho. Su estómago se contrajo. Sólo había placer, un placer maravilloso y puro.

—La ropa —dijo él contra su vientre plano—. La ropa me está matando, Destiny. Quítamela.

Era su voz otra vez. Aquella sensualidad perfecta. Aquella necesidad apremiante. A Destiny le resultaba imposible resistirse a él.

Bajó la mirada hacia la parte delantera de sus pantalones. La tela estaba muy tensa. El corazón le dio un vuelco. ¿De miedo o de expectación? No sabía qué emoción predominaba, pero aquel grueso abultamiento atrajo su atención inmediatamente. No pudo resistirse a las ganas de pasar la mano sobre la prueba sólida de su deseo. Cuando él se estremeció, ella cerró la mano sobre aquella prominencia y se apretó contra él. El miembro de Nicolae estaba caliente, palpitaba. Se hizo más grande, hinchándose en su mano.

Destiny dejó allí la mano y le quitó la ropa como se había acostumbrado a hacer, usando la mente, en lugar de las manos. Su palma sintió carne ardiente, dura, hierro sobre terciopelo. Nicolae inhaló bruscamente, murmuró algo junto a su piel suave. Sus dientes la rozaban sensualmente, tiraban de ella, la provocaban, y su lengua se deslizaba en círculos para aliviar el dolor.

—Tu ropa. —Su voz había bajado una octava, sonaba algo más ronca que antes. El contacto de su boca sobre el vientre de Destiny dejaba una estela de fuego allí donde la tocaba—. Líbrate de ella. —Empujaba las caderas hacia delante, se frotaba contra ella, llenando la palma de su mano—. Necesito que te la quites.

Tiraba de su ropa, intentando mostrarse delicado a pesar de que deseaba rasgar la tela que le estorbaba y arrancarla del cuerpo voluptuoso de Destiny.

Los dedos de ella apretaban su miembro largo y duro, bailaban, jugueteaban ligeramente sobre él. Se deleitaba en lo que le estaba haciendo, sentía el fuego que estallaba en las venas de Nicolae a través de su fusión mental. A su alrededor parecían brillar chispas de color; detrás de los párpados de Destiny había leves destellos. Se dejó ir a la deriva, adentrándose un poco más en el mundo de la sensualidad, en el mundo del ardor y la pasión de Nicolae.

Sentía el calor de las llamas, veía las sombras que proyectaban sobre la pared. Un hombre inclinándose sobre el cuerpo de una mujer. Sus pechos levantados, tentadores, y la cabeza de él agachada mientras exploraba lo que ella le ofrecía. Era una imagen erótica, una imagen sorprendente cuando Destiny consideraba que formaba parte de ella. Mientras miraba aquellas figuras sombreadas, dejó que sus vaqueros y sus bragas de encaje se deslizaran y abandonaran su cuerpo, las vio sencillamente desaparecer y quedó unida a Nicolae, piel con piel.

Las manos de él se movían ávidamente sobre sus caderas y sus nalgas, las acariciaban, las masajeaban, las exploraban. Sus dedos se cerraron sobre sus rizos prietos, y ella gimió y su cuerpo se tensó, expectante. El deseo crecía, convirtiéndose en un ansia terrible.

Destiny no tuvo más remedio que rodearle el cuello con los brazos. Le flaquearon las rodillas cuando el dedo de Nicolae se deslizó más abajo, con un movimiento largo y acariciador. ¡*Nicolae!*

Él movió la mano hacia la tierra y de pronto brotaron flores, miles de pétalos suaves para sostener como un mullido cojín el cuerpo de Destiny mientras flotaban suavemente hacia la cama que les aguardaba. Ella sintió los pétalos en la piel, suaves como el terciopelo, rozando su cuerpo. El peso de Nicolae se aposentó sobre ella, su boca se apoderó de nuevo de la suya.

Se derritieron de pronto, fundiéndose juntos con fuego y ardor. En algún lugar entre el amor y la lujuria. Las manos de Nicolae estaban por todas partes, se apropiaban de su cuerpo. Ella se sentía indefensa bajo su acometida, casi sollozaba de ansia. Era una sensación extraña, desconocida, como si otra persona hubiera ocupado su cuerpo, su mente, y ella se hubiera dejado llevar en aquel viaje de erótica sensualidad.

La boca de Nicolae se volvió más dura, tomó el mando, la despojó de todo pensamiento hasta que Destiny volvió sólo a sentir. Él deslizó las manos sobre su cuerpo, las posó entre sus piernas y ella palpitó y vibró y se removió, inquieta, siempre buscando más. Necesitaba más.

Se encontraba en un mundo de amor y placer. La rodeaba, la abrazaba, un paraíso perfecto. Pero la serpiente emprendió su insidioso ataque, introduciéndose en su mundo perfecto para mostrarle imágenes que ella no podía detener: la sensación de estar atrapada, de sentirse aplastada bajo un cuerpo mucho más pesado. Los chillidos angustiados de una niña sofocaron sus leves gritos de placer. Obligó a su mente a alejarse de aquellas imágenes de pesadilla, decidida a recuperar la sensación perfecta de compartir el mundo con Nicolae.

Él estaba en su mente, intensificaba su placer cuando su corazón empezaba a latir demasiado deprisa y el mundo volvía a abrirse paso a empujones en su mundo. Cuando las imágenes de pesadilla se acercaban demasiado, volvía a besarla, una y otra vez, ahuyentando el recuerdo. La besó mientras con las manos exploraba suavemente su cuerpo hasta que ella estuvo húmeda y caliente, llena de deseo, y su cuerpo estuvo dispuesto a aceptarle. Aun así, tuvo cuidado, se tomó su tiempo mientras la bestia que llevaba dentro rugía exigiendo más, bramaba por poseerla. Muy suavemente, introdujo un dedo dentro de ella, despacio, cuidadoso con su tirantez, no queriendo incomodarla. Los pequeños músculos de Destiny se cerraron a su alrededor y la intensidad del placer hizo estremecerse su cuerpo. Frotó las caderas contra él instintivamente.

Nicolae bajó la cabeza y besó su vientre al tiempo que deslizaba lentamente, centímetro a centímetro, dos dedos dentro de ella. Destiny sofocó un grito, se agarró al cabello sedoso de Nicolae, que se deslizaba sobre su piel sensibilizada. Sus caderas comenzaron a moverse a ritmo lento, siguiendo el compás que marcaba la mano de Nicolae.

Un chisporroteo ardiente recorrió el cuerpo de Destiny. Quería frotarse contra él. Y cuando él se retiró, dejó escapar un grito. Necesitaba que la llenara. Él le separó los muslos; sus caderas ocuparon su lugar entre ellos. De pronto el corazón de Destiny dio un vuelco. Se sentía vulnerable y expuesta. Nicolae se estiró sobre ella y su peso la aplastó. Instintivamente, se apartó de él, pero Nicolae la sujetó súbitamente con la pierna. Era fuerte. Mucho más fuerte de lo que ella pensaba. Su pierna le sujetaba el muslo, inmovilizándola.

El extraño rugido de la mente de Destiny se hizo más fuerte. La boca de Nicolae era tierna, amorosa, pero no pudo detener el recuerdo de unos dientes clavándose en su carne, mordiéndola contra natura, de un hombre todopoderoso introduciendo algo demasiado grande en su cuerpecillo una y otra vez, aplastándola contra el suelo, arrojándola sobre una roca, tomándola por detrás, sordo a sus gritos, gozando en su dolor y su humillación. Destiny recordaba la sangre en la que había resbalado, en la que había yacido, rodeándola por completo, y el cadáver con los ojos abiertos que la miraba mientras él la tomaba una y otra vez.

Dejó escapar un gemido, gritó, se tensó, horrorizada. Respiraba demasiado rápido.

—Espera… por favor, lo siento, espera un momento. —Destiny metió los dedos entre su pelo—. Espera, Nicolae. Vamos demasiado deprisa. Para.

No quería refrenarse. Estaba ardiendo. Mientras le suplicaba, sus caderas se frotaban contra él, una invitación descarada que ella no podía evitar. Necesitaba que Nicolae se hundiera dentro de ella; era la única salida para la terrible presión que sentía dentro de sí. Pero las imágenes que asaltaban su mente eran tenaces. Quería que las manos y la boca de Nicolae borraran aquellas imágenes, no que las invocaran. Quería que el éxtasis de su cuerpo arrastrara todos los recuerdos de su pesadilla.

Nicolae sentía aquellas imágenes perturbadoras de locura y muerte moverse a través de la mente de Destiny y de la suya propia. Sintió que ella se cohibía en parte, sintió que las dudas que plagaban su mente luchaban con su inmenso deseo físico. De pronto levantó la cabeza y apartó la pierna para dejarla libre.

—Podemos ir más despacio. Podría pasarme horas sólo tocándote. O abrazándote. O besándote.

Buscó de nuevo la boca de Destiny e imprimió a fuego en su corazón la marca de su dominio.

Bajo él, Destiny estaba rígida. Pero el ardor de la boca de Nicolae le resultaba conocido y sus manos vagaban tiernamente por su cuerpo. Él tuvo paciencia, empezó de nuevo, la besó hasta que ella empezó a devolverle los besos, jadeante. Hasta que su cuerpo comenzó a relajarse poco a poco. Hasta que sintió de nuevo aquella ansia por él. Hasta que el roce de los dedos de Nicolae sobre su piel comenzó a prender llamas minúsculas que bailaban y zumbaban suavemente a través de su cuerpo.

Nicolae cambió de postura de nuevo, deslizando la rodilla entre las de Destiny y separándole las piernas para apretarse contra ella. Ella le sintió allí, a la entrada, donde estaba lista, húmeda y tentadora, llamándole e invitándole a entrar. Dejó escapar un leve gemido. No encontraba aire suficiente para respirar.

—¿Qué ocurre, pequeña? —La voz de Nicolae salió de la oscuridad, aterciopelada. Sus manos acariciaban el cuerpo de Destiny con ternura exquisita—. ¿Adónde vas?

Ella se tensaba bajo sus manos y él no podía soportarlo, no podía dejarla marchar. Le ofreció su conciencia afinada, su propio deseo, y aminoró el ritmo de su corazón para ayudar a Destiny a aceptarle. Se apartó de ella para darle tiempo a aceptar lo que había entre ellos.

Intentando refrenar su deseo instintivo de intercambiar sangre, dejó una estela de besos entre su garganta y su vientre. Con la boca sobre su vientre liso, movió la lengua en círculos alrededor de su ombligo, ese hoyuelo sexy y curioso que tanto había admirado. Ella le acarició la espalda, su cuerpo se relajó ligeramente, preparándose de nuevo para rendirse a él.

Estaba decidida a darse por completo a él, a hacerle suyo. Llevaba sola demasiado tiempo, le necesitaba desde hacía demasiado tiempo. Nicolae era todo aquello con lo que había soñado. ¡Podía hacer aquello!

Una risa silbó en su oído, malévola y provocativa. La criatura monstruosa la arrastraba por el pelo mientras ella se defendía; se hundía en ella, sin reparar en su tamaño y su fuerza. Sin que le importaran los huesos rotos que tuviera. Sin que le importara partir su cuerpo en dos. El dolor superaba todo lo que ella había experimentado anteriormente, y era infinito. La mantenía atrapada allí. Sentía el sabor de la sangre en la boca cuando él la obligaba a beber de aquel pozo oscuro y corrupto. Era un ácido que le quemaba la garganta, el estómago, una antorcha que la quemaba desde dentro. *Te gustaré.* El hedor era repulsivo, parte de la locura de su existencia. El mal impregnaba sus poros, se filtraba en ella, procedente de él.

De pronto, Destiny arrancó su mente de todo aquello. De sus ojos cerrados brotaron lágrimas. Quería aquello. Deseaba a Nicolae con cada fibra de su ser. Él le era tan necesario como respirar. Le deseaba, pero la oscuridad iba descendiendo y sus pulmones se negaban a funcionar. Una losa le aplastaba el pecho; unas manos parecían atenazar su garganta, estrangulándola. Podría haber hecho parar a Nicolae hacía rato, pero había insistido en seguir adelante. Era impura. Siempre sería impura. El amor de Nicolae no podía convertirla de nuevo en un ser completo. Pura de nuevo. Sólo conseguiría defraudarle, herirle, ponerle en peligro de convertirse en lo que ella era.

—Lo siento. Lo siento —murmuró, apartando la cara y llevándose el puño a la boca para no gritar.

Se sentía terriblemente avergonzada. Incitar a Nicolae, llevarle hasta aquel punto y no ser lo bastante mujer para darle lo que necesitaba, era intolerable. Intentó fingir, volver a atrapar la intensidad de su deseo, pero las paredes de la cámara parecían encogerse, amenazando con ahogarla. Sabía que no podía ser lo que Nicolae necesitaba tan desesperadamente.

—No puedo hacerlo. —Empujó con fuerza el muro de su pecho, angustiada, luchando por respirar—. Intenté decirte que no podría acostarme contigo, pero no me escuchaste.

Volvió a empujarle, ansiosa por recuperar espacio, desesperada por respirar.

Estremeciéndose, Nicolae hizo un esfuerzo por controlar su cuerpo, por contener su pasión. La mirada verdeazulada de Destiny brillaba, llena de lágrimas, y se oscurecía, turbulenta: un presagio de que se preparaba instintivamente para salir luchando de una situación que no podía controlar. Nicolae sintió su resistencia en la mente y en el cuerpo. Estaba rígida, se apartaba de él, temblorosa. Y había miedo, oleadas de miedo que la embargaban y enturbiaban el aire entre ellos. Los recuerdos de las atrocidades vividas durante su niñez eran intensos y terribles. Permanecían suspendidos como un cuchillo sobre su corazón. Sobre el de Nicolae. Él obligó a sus pulmones a tomar aire, obligó a los de Destiny. Sólo le importaba que ella se sintiera cómoda y segura, nada más. Los ojos de Destiny, enormes y ensombrecidos por el recuerdo, estaban tan llenos de tristeza que casi le rompían el corazón.

—Destiny, cálmate, respira. No voy a hacer nada que tú no quieras. Estamos juntos íntimamente cada vez que nos miramos. Cada vez que respiramos. Eso nunca cambiará entre nosotros. Te crees contaminada, pero para mí no hay luz más grande que tú. Si sólo podemos tener lo que tenemos ahora, es suficiente.

Sintiendo que el hecho de que su cuerpo la aplastara era gran parte del problema, Nicolae se apartó a un lado. Destiny se sentía indefensa frente a su enorme fuerza, y él sabía que esa emoción estaba disparando su instinto defensivo.

Rodeó su cintura con el brazo con firmeza, posesivamente, y se acurrucó a su alrededor para protegerla. No intentó ocultar su miembro erecto, grueso y duro, caliente y rígido, que se apretaba contra las nalgas de ella.

—No espero que desaparezca el recuerdo de las cosas que te han hecho con violencia. Pero eso no era hacer el amor, sino una abominación del amor. Aquí, entre nosotros, sólo estamos expresando con nuestros cuerpos lo que sentimos en el corazón. Hacer el amor puede ser violento o tierno, puede ser rápido o lento, puede ser muchas cosas, pero siempre debería ser una expresión de amor.

Ella yacía acurrucada a su lado. Tenía mucho frío y el calor del cuerpo de Nicolae la reconfortaba. Mientras escuchaba el sonido de su voz, cerró los ojos. Amaba su voz, el único ancla al que podía aferrarse en cada tormenta.

—¿Crees que no lo sé, Nicolae? ¿Que no siento lo mismo que tú? Sé que hacer el amor contigo es lo más natural del mundo. Mi cuerpo… —se interrumpió.

Su cuerpo estaba en llamas. Era una caldera de calor líquido y fuego que giraba casi fuera de control. Deseaba a Nicolae más de lo que creía posible. Cerró los puños. Las lágrimas le quemaban los ojos y anegaban su garganta. Se sentía completamente fuera de control, a pesar de que necesitaba desesperadamente dominarse.

Él levantó su densa melena por la parte de la nuca y apretó los labios contra su piel.

—¿Por qué te has alejado de mí? Podría haberte ayudado cuando sentías pánico.

—No uses la palabra «pánico». Es tan humillante…

Destiny era muy consciente de que Nicolae tenía la mano sobre su cintura, con los dedos desplegados sobre su piel. Su palma era un hierro de marcar que quemaba su vientre y llegaba hasta el núcleo húmedo y ardiente de su deseo. Cambió de postura para que los dedos de Nicolae entraran en contacto con la parte de debajo de su pecho. Aquel leve roce la sacudió, la dejó temblorosa y ávida. Deseaba a Nicolae. Le deseaba con cada fibra de su ser. Sus células gritaban, llamándole. Y, sin embargo, había un nudo terrible en sus entrañas, un muro en su mente.

—Quiero desaparecer —murmuró suavemente—. Desaparecer para no tener que volver a mirarte a la cara.

—Destiny… No digas eso. Ni lo pienses siquiera. —Rozó con los dientes su cuello: un leve castigo, una seducción para sus sentidos ya embriagados—. No necesito la expresión física del amor tanto como pareces creer. Puedo esperar. Vamos. No irás a quedarte aquí tumbada, llorando y partiéndome el corazón en mil pedazos. Eso no puedo soportarlo.

Era la primera vez que le decía premeditadamente una mentira. Confiaba en no tener que volver a hacerlo. Necesitaba la expresión física del amor más que respirar. Estaba físicamente acalorado e incómodo, tan acalorado que temía entrar en combustión espontánea. Su semblante permanecía impasible, su mente serna, pero su vientre se contraía y se anudaba, lleno de frustración.

Se puso de pie y la levantó sin esfuerzo. Destiny no tuvo más remedio que rodearle el cuello con los brazos. Su mirada vívida se encontró con la de él.

—¿Qué haces?

Estaban unidos, piel con piel. Destiny sintió de inmediato cómo su conciencia de él se intensificaba.

Se hizo un breve silencio mientras sus corazones latían con un ritmo ansioso. La mirada de Nicolae recorrió su cara con avidez, descendió para contemplar sus pechos turgentes y provocativos.

—El cuerpo de una mujer es un milagro.

—Vas a hacer que me avergüence.

Sus pechos la avergonzaban, se alzaban hacia él, suplicaban atenciones. Sus pezones eran puntas duras, tan sensibles que el simple aliento de Nicolae hacía que el deseo atravesara su cuerpo en una espiral.

—Es un milagro. Puedes llevar otra vida en tu cuerpo.

Nicolae inclinó la cabeza hacia ella. A Destiny no le quedó más remedio que salir a su encuentro.

Levantó la cara hacia él, atraída por un deseo compartido, por una necesidad desconocida para ella, tan elemental como el tiempo. La boca de Nicolae se cerró sobre la suya. Nicolae decía que había vida en su cuerpo; si así era, se la daba él. Destiny quería ser todo lo que él necesitaba. Había estado muchas veces dentro de su mente en el pasado. Había vivido allí, allí había buscado refugio, y lo conocía por dentro y por fuera.

Nicolae... Pronunció su nombre, y aquel sonido cruzó la mente de Nicolae con el revoloteo de una mariposa. Un susurro de amor anhelante. De compromiso. El simple roce de su boca, de sus manos, la hacía desfallecer, inflamaba su ardor. La hacía soñar.

—¿Por qué sientes tanta tristeza, Destiny? —Le besó la barbilla y rozó suavemente su piel con los dientes—. Siento lágrimas en tu corazón.

Porque llevaba la muerte en el cuerpo. La enfermedad. Una corrupción que no estaba hecha para la tierra. ¿Cómo iba a decirle eso cuando él la miraba con tanto amor? Se tragó las palabras y escondió su cara en su cuello para que él no viera su expresión.

—Quiero ser lo que necesitas, Nicolae. Quiero ser tu compañera.

Los labios de Nicolae estaban sobre su pelo.

—Eres mi compañera, Destiny. Estamos unidos, somos dos mitades de un todo. Tú lo sientes. Sé que lo sientes.

Ella levantó la cabeza para mirarle a los ojos.

—Lo sé, sí. ¿Cómo no voy a saberlo? Pero ¿qué clase de compañera haría lo que te he hecho yo?

Quería que Nicolae la viera. Que la viera de verdad, no que viera lo que quería ver.

Él se metió en el pequeño estanque, acunándola en sus brazos.

—¿Qué me has hecho, pequeña? Me has dado todo lo que te he pedido y más. Compartes mi mente. ¿Me ves pensando que me has engañado? Yo comparto tu mente y lo que piensas es una tontería.

Ella se agarró más fuerte de su cuello y se incorporó ligeramente para depositar un rastro de besos a lo largo de su mandíbula, agradecida por su lealtad inquebrantable. Su absoluta fe le daba esperanza, le derretía el corazón, hacía que se sintiera hermosa.

—Creo que nunca me pedirías nada para ti si creyeras que iba a sentirme incómoda o infeliz, Nicolae.

Él se rió suavemente.

—No soy tan maravilloso como me haces parecer, Destiny. Te deseo con todo mi ser. Pero puedo permitirme ser paciente. Tenemos la eternidad. Puede que sienta la urgencia del deseo de unirme a ti físicamente, pero sé que, si esperamos, acabará por ocurrir.

—¿Tienes confianza total en ti mismo?

Ella levantó las cejas. Intentaba bromear, quería encontrar un modo de salvar el tiempo que habían pasado juntos.

—Tengo confianza total en ti —puntualizó él mientras metía lentamente los pies de Destiny en el estanque.

El agua estaba deliciosa. Tibia y refrescante, sus minúsculas burbujas estallaban con un cosquilleo sobre su piel. Destiny se hundió en sus profundidades inmediatamente, alborozada por aquella sensación.

—Este estanque se alimenta de aguas subterráneas, ¿no?

Nicolae notaba sus ojos clavados en él, deleitándose en su contemplación con timidez y cansancio. Entre las burbujas transparentes del estanque podía ver su cuerpo, realzado por el brillo del agua. Estaba más seductora que nunca: una ninfa acuática empeñada en embrujarle. Su cuerpo se endureció hasta dolerle. Había pensado que se relajaría en el estanque, pero el agua parecía surtir el efecto contrario. Las burbujas eran como pequeños dedos que acariciaban su miembro erecto, que estallaban sobre él y le hacían cosquillas hasta que ya no pudo pensar con claridad.

—Lenguas.

Destiny se acercó nadando, con el cuerpo extendido de modo que sus hermosas nalgas refulgían entre el agua. Le deseaba de nuevo. Con sólo mirarle se sentía inquieta y alterada por el deseo. Más que eso: quería darle placer, hacer algo que expresara sus sentimientos hacia él. Algo que le demostrara lo mucho que significaba para ella.

Nicolae permaneció inmóvil, quieto como una estatua, viendo cómo el agua acariciaba la piel de Destiny. La luz parpadeante de las llamas proyectaba sombras sobre el estanque, intensificando la conciencia que cada uno tenía de la presencia del otro.

—¿Lenguas? —repitió él, y aquella palabra sonó con una mezcla ronca de deseo y urgencia.

Ella asintió con la cabeza y siguió acercándose a él.

—Son como lenguas que te tocan el cuerpo, no como dedos. Yo también las noto.

Se levantó. El agua corrió por su cuerpo, se deslizó por el valle de sus pechos, hasta los rizos tupidos que quedaban justo por debajo de la superficie.

La mirada hambrienta de Nicolae siguió las cuentas de agua como la de un hombre sediento y ávido de su humedad. Se dio cuenta de que ella tenía razón. Si era posible, su miembro se hinchó aún más al pensarlo. Cobró conciencia de que ella le estaba leyendo la mente otra vez, de que captaba cada imagen erótica, cada pensamiento sensual.

—Tú sabes lo que quiero hacer, Destiny. ¿Qué quieres tú? Dímelo. Dilo en voz alta. Aquí no hay nada, salvo nosotros. Dime lo que más deseas en este momento.

Quería eso de ella. Quería oírselo decir, aunque no pudiera hacer nada.

Ella se sonrojó, el rubor manchó delicadamente sus mejillas.

—Quiero tocarte, sentir tu piel. El deseo es tan fuerte como cualquier compulsión bajo la que me haya encontrado, pero no procede de ti.

Los dedos de Nicolae trazaron el contorno coloreado de su cara.

—Entre compañeros, el deseo es muy fuerte, Destiny, pero así es como debe ser. Vivimos mucho tiempo en este mundo. Si lo que hay entre nosotros fuera débil, no duraría. He dejado mi cuerpo a tu cuidado. Lo que decidas hacer con él estará siempre bien. Está bien. Que sientas el deseo de tocarme, de conocerme físicamente, no es una intrusión, ni una violación. Me gustaría mucho.

Destiny volvió la cara hacia él.

—No puede ser, Nicolae.

Él tomó su cara entre las manos y la volvió hacia sí.

—Tú mandas, Destiny. Lo que hagamos, será con el consentimiento de los dos. No será para mí, para satisfacerme a mí solo. Debes tener el coraje de tomar lo que deseas. Permanece unida a mí mientras me tocas. Siempre sabrás lo que estoy sintiendo, si aguzas mis sentidos o si haces que me sienta incómodo.

Se hizo un corto silencio mientras el agua lamía sus cuerpos y las burbujas diminutas estallaban contra su piel. Ahora que Destiny le había sugerido aquella imagen, la sensación le recordaba decididamente a la caricia de multitud de lenguas rozando cada centímetro de su piel, y la tensión de aquel placer cargado de erotismo hizo que estuviera a punto de dejar escapar un gruñido. No estaba seguro de poder sobrevivir a aquella experiencia con ella.

Destiny quizá tuviera imágenes y recuerdos de pesadilla que pugnaban por liberarse, pero no carecía de valor. Quería estar con él. Se negaba a permitir que un monstruo gobernara su vida y la de su compañero. Quería ser capaz de disfrutar plenamente de aquello a lo que tenía derecho. Quería explorar el cuerpo de su amante con completa libertad. Y quería sentir las manos y la boca de Nicolae sobre su cuerpo. Lo quería todo, la fantasía al completo.

Dejó que su mirada descendiera lentamente por el cuerpo de Nicolae y se posara en sus músculos bien definidos, en su pecho fuerte, en su cintura y sus caderas estrechas, y que bajara aún más abajo y observara la gruesa y pesada erección que él no había intentado esconder ni una sola vez.

Un sonido escapó de la garganta de Nicolae. Un leve gemido suplicante que hizo saltar una llama en el cuerpo de Destiny. Ella sonrió.

—Entonces, si te digo que pongas las manos en esas piedras y que no me toques mientras veo si puedo hacer esto, ¿no me tocarás?

Iba a matarlo, eso seguro. Nicolae pensó que su cuerpo no podía ponerse más duro. Ni más caliente. Sin embargo, eso fue lo que hizo al ver su sonrisa provocativa. Al ver las imágenes que afloraban a su mente. Retrocedió para poner las manos obedientemente sobre los peñascos que había tras él, dejando la mayor parte de su cuerpo a la vista y fuera del agua.

Pasó un instante durante el cual Destiny no se movió. Intentaba reunir valor. Lo único que se oía era el chapoteo del agua al tocar sus cuerpos y el latido de sus corazones. Entonces ella levantó los ojos hacia la cara de Nicolae. Le encontró esperando. Vio su ansia terrible. Él no se movió, no intentó persuadirla; le dejó total libertad de elección. Y Destiny lo eligió a él.

Se le acercó. Se puso tan cerca que sus pezones le rozaron el pecho cuando levantó los brazos para rodearle el cuello. Hundió los dedos entre su pelo.

—Me encanta tu pelo.

Era abundante y largo y resbalaba entre sus palmas, acariciando su piel como seda fina. Su cuerpo se deslizó hacia arriba, encajándose en las caderas de Nicolae. Estaba resbaladiza y el agua brillaba en su piel mientras se frotaba contra él como un gato ronroneante. Sus labios se deslizaron sobre los párpados de él. Siguieron el contorno de sus pómulos. Encontraron su boca.

Le era mucho más fácil expresar su amor, su esperanza, cuando estaba libre, cuando era ella quien ejecutaba todos los movimientos y tomaba todas las decisiones. Mientras él cumplía su promesa de no tocarla. Ansiaba físicamente el cuerpo de Nicolae, y lo que estaba haciendo sólo ahondaba su deseo. Era un placer encerrar bajo siete llaves sus demonios. No permitirles tomar el control. Gozaba dando placer a Nicolae y permitiéndose a sí misma, al hacerlo, ese mismo placer.

Deslizó la lengua a lo largo de la juntura de sus labios, provocativa, indecisa, lamiéndolos delicadamente. Cada roce de su lengua producía un intenso latido que traspasaba por entero el glande de Nicolae. Él gimió y sus dedos se clavaron en las piedras cuando abrió la boca. Se fundieron, se fusionaron, se devoraron el uno al otro, hambrientos.

Mientras sus lenguas se batían en duelo, Destiny apartó las manos de su cabello y las deslizó hasta los hombros; siguió bajándolas luego, acariciándole centímetro a centímetro, como si quisiera grabarse su cuerpo en la memoria. Apartó la boca de la de él para mordisquear su obstinada mandíbula. Pasó la lengua por su garganta describiendo círculos y encontró su pulso. Nicolae se quedó bruscamente sin respiración, su vientre se contrajo y su verga latió y se hinchó hasta que estuvo seguro de que iba a estallar.

—Todavía no —susurró ella como si quisiera advertirse a sí misma. Lamió su vena una segunda vez; su aliento era una cálida promesa—. Sabes tan bien, Nicolae…

Él se estremeció por completo.

—¿Estás conmigo, Destiny? —Su voz era ronca, prueba de su terrible anhelo—. ¿Sientes lo que me estás haciendo? Sigue unida a mí. Quédate conmigo.

Si se fundía con él, si sentía lo que sentía él, si sentía su ansia y su amor arrollador y la admiración por su valentía, no podría parar, se entregaría por completo a él.

Destiny vaciló sólo un momento antes de hacer lo que Nicolae le había pedido. Su mente se fundió totalmente con la de él. La intensidad del placer de Nicolae la dejó sin aliento, le despojó de la capacidad de hacer cualquier cosa que no fuera estremecerse de deseo. La hondura de su amor y del respeto que sentía por ella se alojó en su alma y le permitió verse a sí misma a través de sus ojos. No esperaba aquella visión, tan distinta a la que tenía de sí misma. Valiente. Honesta. Compasiva. Bella. Seductora. Ella tenía el corazón de Nicolae en sus manos. Él era increíblemente vulnerable. Vulnerable a su dolor, a sus temores, a su rechazo.

Destiny apartó la boca de la vena de su cuello y su aliento rozó la piel de Nicolae mientras deslizaba las manos por su pecho, alisando con las yemas de los dedos las líneas de sus músculos. Saboreó su piel, lamió el abultamiento de su clavícula, encontró su pezón plano, tiró de él con ánimo de experimentar.

El aire abandonó bruscamente los pulmones de Nicolae. Su cuerpo se quedó rígido. Destiny, sumergida en el fondo de su alma, sintió el fuego que atravesaba su corriente sanguínea, los latigazos de un relámpago que ardía de dentro afuera. Aquel mismo fuego la quemaba a ella por dentro, y ansiaba perderse por completo en aquella conflagración.

Sus manos vagaron hacia abajo mientras besaba suavemente el pecho y el costado de Nicolae. Tocó su espalda, músculo a músculo. La hondonada de sus riñones era fascinante. Sus glúteos estaban firmes y duros cuando los masajeó y exploró.

Nicolae se estremeció de placer. Los dedos de Destiny le estaban volviendo loco, al igual que el roce ocasional de su cuerpo, piel con piel. Era demasiado consciente de la boca de ella mientras vagaba sobre él, un lento tormento que no quería que acabase. Se alegraba de haber tenido siglos para aprender a dominarse; de lo contrario, tiraría de ella y la sujetaría para explorar, a su vez, para hundirse profundamente dentro de su cuerpo. Quería cerrar los puños entre su pelo y atraer su cabeza hacia sí, hundirse en su boca para poner fin a aquel tormento. Pero se quedó muy quieto y dejó que dominara por completo la situación. Dejó que explorara.

Ella lamió el pliegue de su cadera, deslizó las manos alrededor de su cintura, cogió sus glúteos, los apretó suavemente. Su aliento rozaba el glande de Nicolae, una tortura inmisericorde. Entonces clavó los dedos en la roca, pero consiguió que sus palabras pasaran el nudo que tenía en la garganta.

—Esto es peligroso, Destiny.

Ella estaba en su mente. Sentía su placer explosivo.

—Yo no creo que lo sea, Nicolae. Estás disfrutando. —Lamió tentativamente la humedad salobre. Él dio un respingo, todos sus músculos se tensaron y agarrotaron—. Yo sé que estoy disfrutando. —Su voz era pura seducción; un placer intenso había ahuyentado el miedo. Todas las fibras nerviosas de su cuerpo habían cobrado vida y latían. Sintió que un calor húmedo y acogedor empapaba su cuerpo expectante.

Su boca era una sedosa caverna de fuego y humedad cuando se cerró sobre la de Nicolae. Él echó la cabeza hacia atrás y susurró su nombre con un jadeo. Una oleada de placer le embargó, y tras ella otra y otra. Y aquellas oleadas inundaron también a Destiny. Nicolae intentó no moverse, intentó estarse quieto ante la acometida de su astuta boca, pero eso era pedir lo imposible. Estaba perdiendo el control, sus caderas se movían compulsivamente mientras su boca se tensaba, se retiraba y volvía a tensarse, arrastrándole cada vez más profundamente bajo su hechizo.

—¡Destiny! —exclamó Nicolae, suplicando piedad.

Ella levantó la cabeza y sonrió al lamerse los labios para quitarse las gotas de su esencia. Tocó con la boca su vientre y su trenza mojada se deslizó por la verga sensibilizada de Nicolae. Él dejó escapar un grito y la asió de los brazos para zarandearla suavemente.

—No voy a poder soportarlo.

—Oh, yo creo que sí. —Rodeó con las manos su cuello y deslizó el cuerpo mojado por el suyo, frotándose como un gato—. Porque te quiero dentro de mí, en el lugar al que perteneces.

Hablaba con total determinación.

Nicolae no esperó. La levantó hacia la roca a la que se había estado agarrando y se colocó entre sus piernas. La sentó en el borde del pequeño lecho de roca, junto al agua, de modo que las burbujas siguieran acariciando sus partes más sensibles.

—¿Estás lista para mí, Destiny?

Necesitaba que estuviera lista. Él estaba tan listo que no sabía si podría ser delicado. Estaba ya hundiéndose en ella, la cabeza de su miembro se apretaba contra la tensa resistencia del cuerpo de Destiny a medida que iba introduciéndose en su canal. Ella estaba tan excitada, era tan suave y aterciopelada, se ceñía tan prietamente alrededor de su verga, que vio que no estaba preparado para resistirlo. Compartió con ella su penetración, aquella mezcla de placer y dolor, el éxtasis incandescente que estallaba a través de él.

Destiny se movió, levantó las rodillas para que él tuviera mejor acceso y observó su cara mientras Nicolae se hundía lentamente en su interior. Nunca había experimentado nada que se pareciera remotamente a aquello. Su cuerpo se resistía. El miembro de Nicolae era muy grande y ella estaba muy tensa, pero había también tanta belleza, tanto asombro y tanta pasión que sintió que quería más. Quería mucho, mucho más. Nicolae se detuvo varias veces para dejar que el cuerpo de Destiny se acostumbrara a él, para acomodar su verga larga y gruesa. Cada vez que empujaba, hundiéndose más en ella, Destiny sentía un roce de seda y acero, y la fricción los laceraba a ambos con latigazos centelleantes. Se oyó reír, una risa leve y feliz, de aceptación. Deseaba a Nicolae; había tomado lo que quería y él estaba dentro de ella.

Nicolae se inclinó sobre ella y cogió sus nalgas, atrayéndola hacia sí.

—¿Estás bien, Destiny? ¿Estás cómoda?

Seguía habiendo una súplica en su voz. Necesidad. Ansia. Había allí grabadas grietas de tensión. Pero era ella quien decidía. Incluso estando él hundido en su interior. Incluso a pesar de que cada célula y cada terminación nerviosa de Destiny pedían a gritos que la poseyera, incluso a pesar de que dentro de su cabeza rugían los demonios, era ella quien decidía.

—Absolutamente. Quiero esto. Te deseo.

Le dio permiso con un brillo de lágrimas en los ojos. Lágrimas de gratitud por que su compañero fuera Nicolae y no algún otro que no comprendiera sus necesidades. O sus carencias.

Y entonces él empezó a moverse y la dejó sin aliento. Sin habla. Sin capacidad para pensar. Sólo estaba Nicolae, su cuerpo que entraba y salía del suyo, palpitando de pasión y vida, de absoluto placer. Destiny sentía la fuerza de su amor, que la calentaba por dentro y colmaba su mente y su corazón del mismo modo que su cuerpo colmaba su vacío.

Levantó la mirada hacia su cara, hacia las arrugas que tenía grabadas, y comprendió que era ella quien las había puesto allí. Nicolae tendría pocos signos de envejecimiento, de no ser por ella. Y era por eso precisamente por lo que le amaba. Por haber estado siempre ahí, a un suspiro de ella, a un latido de distancia, cuando le necesitaba.

Nicolae se estaba acercando al éxtasis. Subía y subía velozmente hacia lo alto, llevándola consigo hasta que estuvo tan tensa como un alambre y la presión aumentó con la fuerza de un volcán. Sofocó un grito y se aferró a él. Temía romperse, temía no volver a ser la misma. Aun así, él siguió adelante, hundiéndose en ella cada vez más profundamente, hasta que sintió que le tocaba su alma.

El pecho de Nicolae se cernía sobre ella, cercano y tentador. Instintivamente, tendió los brazos hacia él y levantó la cabeza para salvar los escasos centímetros que les separaban. Saboreó su piel con la lengua. Lamió su pulso. Él clavó los dedos en sus caderas y la sujetó para hundirse de nuevo en ella. Destiny sentía su necesidad, su súplica tácita mientras posponía lo inevitable, aumentando su turbación, su placer. Y el suyo propio. Ya conocía el sabor de Nicolae. Hundió los dientes con fuerza.

De inmediato, el arco de un relámpago centelleó entre sus cuerpos, a través de la cámara, chisporroteando, bailando y crepitando. Los colores estallaban como burbujas siseantes a su alrededor. Nicolae la llevó aún más lejos, más alto, a un lugar en el que ella osciló al borde de un abismo que daba al paraíso. La sangre de él era antigua y contenía su misma esencia. Cuando ella la probaba, se convertían en uno solo. Compartían el mismo cuerpo, el mismo corazón, la misma alma y la misma mente.

Déjate ir, Destiny. Ven conmigo. Quédate conmigo. Una invitación. Una tentación. Su voz la atraía como siempre lo había hecho. Confiaba en él. Su pequeña lengua cerró las incisiones de su pecho. Se agarró con fuerza a sus brazos y se entregó a él por completo, con el cuerpo tan tenso que era como un muelle que lo atrapaba. Luego estallaron juntos. Con ella segura en sus brazos, se elevaron juntos, se hicieron pedazos, y descendieron en caída libre a través del tiempo y del espacio.

Ella se quedó tumbada, mirando su cara, su rostro perfecto. Sus pulmones buscaban aire, su mente buscaba paz. Una paz perfecta. ¿Cómo lo había conseguido Nicolae? Trazó con los dedos la línea de su boca, maravillada.

—Tú eres el milagro, Nicolae —musitó.

Todavía unido a ella, Nicolae inclinó su cabeza morena hacia su garganta. El cuerpo de Destiny se ceñía a su alrededor. Leves convulsiones los sacudían a ambos. El poco aire que quedaba en los pulmones de Destiny salió de ellos al primer contacto de la boca de Nicolae con su piel. Él lamió en círculos su vena palpitante. Sintió allí el latido de su corazón. Frenético y acompasado con el suyo. Entornó los párpados cuando sus dientes rozaron la pequeña vena palpitante.

Tocó con la mano el pecho de Destiny, se apoderó de él y con el pulgar acarició el pezón. Cada caricia atravesaba el cuerpo de ella como una onda expansiva que se transmitía a su propio cuerpo allí donde se hallaban unidos tan íntimamente. Entonces Destiny alargó los brazos para atraerlo hacia sí. Un dolor incandescente atravesó su garganta. El éxtasis bañó su cuerpo con llamas danzarinas.

De pronto golpeó a Nicolae con todas sus fuerzas, con las palmas apoyadas en sus hombros, lanzándole al agua burbujeante.

—¡No! —gritó—. ¿Qué estás haciendo? ¿En qué estamos pensando? ¡Nicolae!

La sangre le corría por el cuello y el pecho, mezclándose con las gotas de sudor y agua. Sus entrañas palpitaban dolorosamente por la pérdida de Nicolae. Se sentía vacía, abandonada, sin él.

Mientras tanto, él se hundía bajo el agua y las burbujas se cerraron sobre su cabeza. Apartó firmemente su mente de la de ella. No quería pensar. No quería sentirse despojado.

Destiny intentó comunicarse con él de todos modos. Encontró un vacío espantoso, el dolor del desamor. Aquella era la sensación que le embargaba a él. También la embargaba a ella. Amenazaba con enterrarlos a ambos. *Nicolae... Lo siento mucho. Tenía que apartarte de mí. ¿Es que no lo ves? No puedes tomar mi sangre.* Ella le suplicaba que lo entendiera. *No te estaba rechazando. Mi sangre es peligrosa para ti. Por favor, no te enfades conmigo.*

Estaba sofocando un sollozo, y a Nicolae se le partió el corazón. Salió a la superficie, sacudió la cabeza para despejarse y el agua salpicó a lo largo y ancho del pequeño estanque cuando se echó el pelo hacia atrás. Ella estaba sentada en la roca, desnuda, con las piernas recogidas y las manos unidas a su alrededor. En sus ojos brillaban las lágrimas. Observaba cada movimiento de Nicolae, intentaba juzgar su estado de ánimo, se sentía muy torpe.

Éste masculló un juramento, atravesó el estanque y se sumergió en el agua para que su cabeza quedara a la altura de la de ella.

—¿Cómo voy a estar enfadado contigo, Destiny, si intentabas protegerme? —Tiró de sus manos hasta que ella las separó y volvió a meterla en el estanque, con él. La llevó hasta lo hondo, donde él podía estar de pie, aunque ella tenía que agarrarse a él para permanecer por encima de la superficie—. He retirado mi mente porque era necesario. La intensidad de mis emociones era excesiva, y no hacía falta que las experimentaras. No quería lastimarte.

Inclinó la cabeza y siguió el hilillo de sangre entre su pecho y su garganta, y allí se demoró para cerrar las incisiones.

—Rodéame la cintura con las piernas —le susurró al oído al tiempo que la atraía hacia sí y la agarraba de las nalgas.

Al hacerlo, Destiny se halló colocada sobre su miembro erecto, que la aguardaba. Lo sintió palpar su entrada, ansioso por unirse a ella. Rodeó su cabeza con los brazos y apoyó la cabeza en su hombro. Cerró los ojos cuando él la hizo bajar sobre su verga y se hundió en ella como una espada en su vaina.

Nicolae volvió a tomarla con más cuidado que nunca, tierno y amoroso. La besó hasta dejarla sin aliento y recorrió con la boca su cara y su cuello. De vez en cuando la mordisqueaba, pero refrenaba con mano de hierro aquel deseo.

—Te quiero, Destiny. Tal como eres. Con tu sangre o sin ella. Siempre serás mía. Siempre serás todo lo que quiero y necesito. ¿Me entiendes? Lo eres todo para mí.

Aquél era su modo de disculparse por querer más. Quizá por necesitar más. Pero también era la verdad. Quería que ella lo entendiera, que viera que era cierto en el fondo de su alma, donde importaba.

Destiny echó la cabeza hacia atrás y comenzó a cabalgar sobre su cuerpo a ritmo largo y lento, llena de gozo. Oyó su declaración de amor, la leyó en su corazón y su alma. Nicolae hablaba en serio. Lo que había entre ellos era suficiente. Pero no era todo. No era así como debían estar. Él podía dárselo todo, pero ella no podría darle todo lo que necesitaba. Nicolae aceptaba aquella carencia. Ella no podía. Y en el fondo de su ser lloraba por él. Por los dos.

Capítulo 11

En cuanto entró en la oficina de Mary Ann, Destiny sintió en el aire la vibración escalofriante del mal. Horrorizada, se detuvo con una mano en la garganta. Su mente funcionaba a toda velocidad. De pie junto a la puerta, escudriñó las tres pequeñas habitaciones que componían la oficina.

Mary Ann estaba sentada tranquilamente detrás de su mesa, con su sonrisa de siempre, serena y acogedora.

—Esperaba que te pasaras por aquí esta noche —dijo. Sus ojos oscuros tenían una expresión suave y cariñosa cuando se levantó—. Pasa, Destiny. —Señaló una silla amplia y cómoda—. Siéntate a hablar conmigo.

El corazón de Destiny latía con violencia mientras recorría la oficina con la mirada, buscando trampas ocultas. Al mismo tiempo escrutaba la mente de Mary Ann, confiando en encontrar en ella pruebas de que todo iba bien. Pero encontró lagunas en su memoria y se alarmó aún más. Mary Ann parecía la misma: dulce, amable, compasiva.

Los no muertos han encontrado a Mary Ann, Nicolae. Uno ha estado aquí, en su despacho. ¿Por qué no lo has sentido a través de vuestro vínculo de sangre? Había un reproche mezclado con miedo en su voz. Y no sólo eso, se dijo con un estremecimiento. Había una súplica, una petición de socorro.

—He venido porque me estoy convirtiendo en una de esas necias que creen que no pueden atarse los cordones de los zapatos sin la ayuda de un hombre —dijo Destiny con fastidio, consciente de que estaba contando con la ayuda de Nicolae cuando antes jamás habría pensado en recurrir a otra persona.

El fuego verde que brillaba en sus ojos fascinaba a Mary Ann. Una sonrisa se extendió lentamente por su cara.

—Y yo que creía que esta noche iba a aburrirme. Siéntate. Nunca habría pensado que te sintieras incapaz de atarte los zapatos sin la ayuda de un hombre. ¿Quién es? ¿Nicolae? ¿Ha conseguido interesarte, después de todo?

—No te hagas ilusiones.

Destiny se acercó y se apoyó en el borde de la mesa mientras observaba los ojos oscuros y expresivos de Mary Ann. No había sombras en ellos, ni orificios o laceraciones en la piel tersa de su cuello.

Siento la presencia del vampiro, aunque ha intentado ocultarla. Examinó a Mary Ann y le dio una orden. Destiny sentía que Nicolae estaba cerca.

—¿No quieres que me haga ilusiones cuando me has salvado de aburrirme toda la noche ocupándome del papeleo? Tú no tienes papeleo del que ocuparte, ¿verdad?

Destiny dejó escapar una leve sonrisa.

—Pues no. Por suerte todavía no es necesario para cazar vampiros.

—¿Ni siquiera un permiso? Tal y como están las cosas hoy en día, cualquiera pensaría que se necesita un permiso y una licencia de caza.

La risa de Destiny sonó con un burbujeo, y el buen humor consiguió mantener a raya el miedo. Nicolae iba de camino, y tenía mucha más experiencia que ella. Él sabría qué hacer para proteger a Mary Ann.

—La verdad es que, si se corriera la voz, es probable que se incluyera a los vampiros en la lista de especies protegidas y que se nos prohibiera cazarlos —repuso Destiny.

Nicolae abrió la puerta sin fingir siquiera que llamaba y entró en la habitación. Estaba tan guapo que Destiny volvió a enfadarse.

—Hablando del rey de Roma…

Él se inclinó y la besó en la nuca.

—Está absolutamente loca por mí —le aseguró a Mary Ann.

Destiny levantó los ojos al cielo.

—No estoy loca por él, ni mucho menos —dijo—. Ni siquiera me gusta.

Nicolae se apretó sugestivamente contra ella. Fue un contacto muy breve, pero bastó para que un estremecimiento le recorriera a ella la columna vertebral.

—Mary Ann, no he podido evitar venir —dijo él, volviéndose hacia la otra mujer.

Cuando Mary Ann se levantó para saludarle, él tomó su mano y se inclinó galantemente sobre sus dedos.

—¿Lo ves? —Destiny enarcó las cejas—. ¿A que es un pelmazo? Mary Ann se rió suavemente.

—No sé, Destiny, a mí me gustan sus modales. —Retiró la mano y miró a Nicolae—. ¿Qué te trae por aquí, aparte de querer volver a Destiny más loca de lo normal? —Se quedó muy quieta y se llevó una mano a la garganta como si quisiera protegerse—. ¿Ocurre algo?

—No le animes, Mary Ann. Ya se lo tiene muy creído.

Destiny hizo una mueca, decidida a borrar aquella expresión preocupada del rostro de su amiga.

—Me preguntaba si has tenido alguna visita últimamente, Mary Ann —dijo él con calma—. Destiny y yo estamos investigando ese asunto de John Paul y Martin.

—Ah, eso está muy bien, Nicolae. Estaba preocupada por ellos. —Mary Ann pareció confusa y se frotó las sientes como si de pronto le dolieran—. Vino alguien hace un rato, justo antes de que llegaras tú, Destiny. Un señor muy amable. Me hizo un montón de preguntas y parecía muy interesado en nuestra casa de acogida.

Destiny y Nicolae se miraron alarmados. *No guarda recuerdo visual de ese hombre. Recuerda la conversación, pero no su apariencia. Parece que no le hizo preguntas sobre nosotros.* Nicolae sacudió la cabeza casi imperceptiblemente, advirtiéndole que guardara silencio mientras concentraba todo el poder de su voz y su mirada en Mary Ann.

—¿Habías visto antes a ese hombre?

Mary Ann frunció ligeramente la boca y alrededor de sus ojos se formaron arrugas.

—Creo que no, Nicolae. No me acuerdo… ¿no es extraño? Pero tomo notas. Debo de tenerlo anotado. Quería algo…

Volvió a interrumpirse. Parecía más confusa que nunca.

Presenta los síntomas clásicos de la memoria manipulada. Cada vez que intenta recordarle, siente dolor. Nicolae le indicó a Mary Ann que volviera a sentarse y la tranquilizó con un solo ademán, pasando los dedos por la mesa para que siguiera con la mirada aquel gesto hipnótico.

—¿Qué quería?

Parecía tener simple curiosidad, pero el timbre aterciopelado de su voz ocultaba una compulsión.

Destiny le miró con el ceño fruncido. *No se acuerda. Le duele pensar en él. No la presiones así.* Comenzó a tamborilear sobre la mesa con las uñas y con aire de advertencia.

Nicolae alargó el brazo y posó suavemente la mano sobre la de ella, aquietando sus dedos nerviosos. *Sabes que esto es necesario. La protegeré del dolor, pequeña. Ya te imagino con nuestros hijos. Nunca te atreverás a corregir su comportamiento.*

A Destiny le dio un vuelco el corazón. Sus ojos se agrandaron, llenos de asombro. *Nadie ha dicho nada de hijos*, le dijo con un siseo. Había pánico en su voz, en sus ojos.

Mary Ann se recostó en su silla, pero ninguno de los dos carpatianos la miró. Tenían la mirada fija el uno en el otro.

Sería el paso natural, creo yo. Nicolae apartó los dedos de Destiny de la mesa y se puso la palma de su mano sobre el corazón. *Empiezo a darme cuenta de que le tienes más miedo a las cosas naturales que a los no muertos.*

Destiny no se atrevió a responderle. No sabía cómo hacerlo. Él estaba en su mente, leía cada uno de sus pensamientos. Sabía que la idea de un hogar, de una familia, la aterraba. Entonces sus ojos centellearon, retándole a reírse.

Mary Ann salvó a Nicolae.

—Estaba buscando a alguien. Una mujer con un talento especial. Quería que le llamara si ella aparecía por aquí por casualidad. Le ha seguido el rastro hasta aquí, hasta Seattle, pero después le ha perdido la pista.

Mary Ann abrió un cajón, sacó una tarjeta de visita y se la entregó a Nicolae.

Él se inclinó hacia Destiny para que ella también pudiera leerla. Para que inhalara su perfume masculino y sintiera el roce de su piel. Ella se lamió el labio inferior, que de pronto notaba seco, y aquel gesto atrapó de inmediato la atención de Nicolae. Destiny bajó la mirada desde sus labios esculpidos hasta la tarjeta.

—Centro Morrión de Investigación Psíquica —leyó en voz alta—. ¿Has oído hablar de ellos, Nicolae? ¿Y tú, Mary Ann? —Dio la vuelta a la tarjeta—. Tienen varias direcciones en distintas ciudades, pero ninguna aquí, en Seattle. ¿Por qué estarán buscando a una mujer en una casa de acogida para mujeres maltratadas? ¿Habrá huído de ellos?

—Mary Ann… —dijo Nicolae—. ¿Ese hombre te pidió que llamaras a este número si la mujer aparecía por aquí pidiendo ayuda?

Mary Ann sonrió con la inocencia de una niña y asintió con la cabeza.

—Fue muy raro. Después me pregunté por qué no había pensado en Destiny. No encaja en la descripción, pero tiene poderes. Me pareció extraño no acordarme de ella.

Las defensas aguantaron, pensó Nicolae con alivio. Había cierta arrogancia soterrada en su tono. Destiny le miró con recelo, consciente hasta cierto punto de que había muchas cosas de las que Nicolae era capaz y ella no. Él deslizó la mano por su brazo en un gesto de camaradería. *Soy un antiguo, amor mío, y tu protector. He aprendido muchas cosas con el paso de los siglos.*

Apuesto a que sí.

—Mary Ann, dinos algo sobre la mujer a la que estaba buscando ese hombre —insistió Nicolae.

Mary Ann volvió a arrugar el ceño.

—Me dio una fotografía suya, impresa por ordenador. Por eso supe que no era Destiny. —Rebuscó en dos cajones, desconcertada por no acordarse de dónde había puesto la fotografía. La encontró en su cuaderno, entre dos páginas—. Aquí está. ¿La conocéis?

A pesar de las órdenes persuasivas de Nicolae, Mary Ann le entregó la fotografía casi con reticencia.

La mujer podía tener entre veinte y treinta y cinco años. Era de figura voluptuosa y su melena oscura caía en una cascada de rizos sueltos. Miraba a la cámara y sus ojos tenían una expresión atormentada y ansiosa. Destiny se sintió al instante cercana a ella. Sabía lo que era encontrarse sola y sufrir. Fuera lo que fuera de lo que huía aquella mujer, un marido o un novio violentos, ahora que un vampiro le seguía la pista sus problemas eran mucho mayores.

—¿Qué facultades tiene? —preguntó Destiny.

—Puede coger un objeto y saber quién lo ha tocado y cuál es su historia. Un don maravilloso, y muy raro.

Él le preguntó si conocía a alguna otra persona con semejante don. ¿Por qué le interesa más al vampiro esa facultad que la mujer que la posee?

Destiny sentía la confusión de Nicolae. Los vampiros estaban actuando de manera muy extraña.

Mary Ann se apartó el pelo de la cara y les sonrió.

—Velda ve el aura de la gente. ¿Lo sabíais? No hablamos de ello, claro, porque nadie nos creería, pero ella sabe lo mío y yo lo suyo.

—¿Y tú, Mary Ann? —preguntó Destiny con curiosidad—. ¿Con qué don has sido bendecida?

Mary Ann sonrió candorosamente, sin ninguna malicia, todavía bajo el dominio de Nicolae. No había modo de esconder el fulgor de su corazón.

—Tengo un pequeño don, un don casi imperceptible para la mayoría de la gente, pero que es muy útil cuando las mujeres que vienen aquí necesitan ayuda. Sé cuándo una mujer está diciendo la verdad. Como la pobre Helena. Sé que John Paul la atacó. Y sé que le quiere más que a nada en el mundo. Cuando las mujeres vienen aquí buscando refugio, las escaneo. Más de una ha venido por motivos equivocados. Y lo que es peor, ha habido algunas que aceptaron dinero para actuar como espías y encontrar a otra mujer que ya estaba en una casa de acogida.

—Ese hombre que ha venido a verte, Mary Ann... ¿cuáles fueron sus instrucciones concretas? —preguntó Nicolae con calma.

Ella volvió a fruncir el ceño ligeramente y se frotó la frente.

—Tengo que llamarle enseguida si ella viene por aquí. Una petición razonable. Quiere ayudarla. El centro de investigación tiene fondos y asesores, y están dispuestos a ocultarla de cualquiera que quiera hacerle daño. Dijo que su talento es muy valioso y que el centro hará lo que sea por ayudarla. Sospecha que ella intenta encontrar un modo de pasar clandestinamente a Sudamérica.

No puede decirnos nada más. No veo ni siquiera un indicio del aspecto del vampiro.

¿Pater? ¿Podría ser Pater? Destiny miró la cara de la fotografía, aquellos ojos atormentados. *¿Qué vamos a hacer por ella?*

Hay que encontrarla y protegerla. No nos queda más remedio. Darán con ella.

Una losa negra y terrible aplastó el pecho de Destiny. Celos. Se alzaron, agudos, atroces, inesperados. Ella sofocó con esfuerzo aquella emoción desconocida, se dominó, se aseguró de que no se encontraba con la mirada afilada de Nicolae.

No puedo abandonarte, Destiny. Jamás te abandonaría. Vikirnoff debe encontrar y proteger a esa mujer. Hay que acompañarla a nuestra patria y ponerla bajo la protección de nuestro príncipe. Tomó la cara de Destiny entre las manos, inclinó la cabeza hacia ella y la besó apasionadamente.

Y luego se fue, dejándola sola para enfrentarse a Mary Ann, que seguía sentada tras su mesa, con una ceja levantada y una leve sonrisa en la cara. Se abanicó.

—Vaya, vaya, vaya. —Libre de la orden de Nicolae de hablarle de aquel desconocido, se encontraba de nuevo completamente a gusto—. ¿Se puede saber de qué estábamos hablando? Sois los dos tan fogosos que me habéis frito el cerebro.

—Los dos no, Mary Ann —dijo Destiny con fastidio—. Él es así. Insoportable.

Empezó a pasearse de un lado a otro como un tigre enjaulado, merodeando por el despacho de Mary Ann y esquivando cuidadosamente las cómodas sillas. Se movía con elegancia y agilidad, fluidamente, como un animal al acecho, más que como un humano. Deslizándose. Sus pies no hacían ruido, sus movimientos eran un susurro en el aire quieto de la oficina.

Mary Ann apoyó la barbilla en las manos y los codos sobre la mesa y la miró con solemnidad, hipnotizada por la belleza de sus movimientos.

—¿Sólo quieres hacerme un agujero en la alfombra o vas a decirme qué te pasa?

Destiny la miró con enojo.

—Es él. Él es lo que me pasa.

Apartó de su camino una silla de respaldo alto y volvió a dar otra vuelta por la habitación.

Mary Ann asintió inclinando la cabeza.

—Entiendo. Me imagino que te refieres a Nicolae.

Destiny se volvió para mirarla, con los puños cerrados.

—No te atrevas a reírte, Mary Ann, y no uses ese tono. Sé lo que estás pensando. No necesito que te rías de esto. No tiene ninguna gracia.

Mary Ann mantuvo el semblante cuidadosamente inexpresivo.

—¿Qué es exactamente lo que te molesta de Nicolae, Destiny?

—¡Todo! —Entonces se dejó caer en una de las dichosas sillas y estiró las piernas sin dejar de mirarla con enfado—. Ya le has visto. Has visto cómo se comporta conmigo. Todo en él me saca de quicio.

Hubo un corto silencio. Mary Ann cogió un bolígrafo y empezó a hacer dibujos en su cuaderno.

—¿Podrías concretar un poco? ¿Especificar un poco más?

—Está bien —contestó Destiny en tono desafiante—. Me mira.

Levantó la barbilla con aire belicoso, retando tácitamente a Mary Ann a reírse.

Si las cejas de Mary Ann hubieran podido levantarse más, habrían llegado hasta el arranque de su pelo. Su boca se tensó, y se apresuró a morder la punta del bolígrafo.

—Oh, vaya. Qué cabrón.

Destiny juntó las yemas de los dedos y la miró con sorna.

—¿Podrías intentar ponerte seria? Se supone que eres una profesional. Es su manera de mirarme.

Mary Ann hizo un gesto con las manos. Unas manos muy bellas, pensó Destiny. Elegantes. Con las uñas perfectas. Los dedos no eran muy largos, pero sí esbeltos, como la propia Mary Ann. Destiny siempre se descubría cautivada por sus ademanes. Por su bondad innata.

—Por favor, continúa, Destiny. Estoy muy intrigada.

—Me mira como un bobo —explicó ella de mala gana—. Como si fuera guapísima. Como si creyera que soy increíblemente hermosa y lista y todo lo que ha deseado siempre.

Mary Ann le sonrió. Se inclinó hacia ella.

—¿Es posible que para Nicolae seas hermosa y lista y todo lo que desea? ¿Por qué te asusta eso tanto?

Una fugaz expresión de impaciencia cruzó el semblante de Destiny.

—Yo no he dicho que me asuste. ¿Lo he dicho? Pero está loco, si me quiere. No soy normal.

Mary Ann se recostó en la silla con la mirada fija en su cara.

—¿Normal? ¿Qué es lo normal, Destiny? ¿Por qué iba a conformarse con lo normal si puede tenerte a ti? ¿Qué es lo normal para ti?

—Ya sabes, lo normal. Yo no. No lo que soy.

Se levantó de un salto, impaciente, y comenzó a pasearse de nuevo con movimientos rápidos e inquietos, más elocuentes que sus frases secas y cortantes.

—¿Qué crees que eres? —insistió Mary Ann.

—Ya empiezas otra vez. Estás usando conmigo tu tono de orientadora. Sabes muy bien lo que soy. Me convierto en vapor, tengo alas y vuelo, y corro a cuatro patas. ¿Eso te parece normal?

Mary Ann sonrió, un rápido destello de humor.

—La verdad, Destiny, me parece muy normal, tratándose de ti. O de Nicolae. ¿No es él igual que tú?

—No te pongas de su lado. Su modo de comportarse es ridículo. Yo intento salvar la situación, pero vosotros dos y Velda e Inez tenéis una idea idiota del amor. ¿De veras me imaginas a mí en medio de un idilio? —Comenzó a hacer aspavientos furiosos—. Es absolutamente ridículo. Yo no me dedico a esas cosas.

—Supongo que así es, si tú lo dices. Nunca te has dedicado a esas cosas, pero eso no significa que no puedas hacerlo. No hay razón para no probar nuevas experiencias. —Mary Ann apoyó la barbilla en la palma de la mano y comenzó a dar golpecitos con el bolígrafo en la mesa—. A mí me pareces muy aventurera, Destiny. Quizá deberías considerar a Nicolae una nueva página de tu vida.

Destiny dejó de pasearse, manteniéndose de espaldas a ella.

—Es que no es una nueva página de mi vida. Lleva conmigo casi desde que tengo memoria.

Se pasó una mano por la densa cabellera, se la levantó del cuello.

Mary Ann notó su leve temblor y se irguió en la silla.

—¿Cómo le conociste?

Porque de aquello se trataba precisamente. Había algo en el pasado que hacía que Destiny, siempre tan dueña de sí misma, se paseara por la habitación como un animal enjaulado. Que hacía que sus manos temblaran y que su alma rechazara a un compañero maravilloso.

Entonces hundió los hombros ligeramente. Una leve señal, pero que Mary Ann percibió enseguida. Observó cómo la más joven de las dos examinaba un cuadro de la pared. El silencio se prolongó hasta que Mary Ann se convenció de que Destiny no iba a responder.

—Vino a mí cuando era pequeña. —Su voz, normalmente tan bella, sonaba estrangulada, un susurro sofocado—. Puede que tuviera seis años. Me cuesta recordarlo. El tiempo ya no es lo mismo para mí. Es infinito y se extiende eternamente.

—¿Te cuesta recordarlo porque fue una época dolorosa?

Destiny tocó el cuadro, trazó con los dedos la silueta del niño.

—Prefiero no recordarlo. Cerré la puerta de esa parte de mi vida.

Mary Ann asintió con la cabeza. Entrelazó los dedos y la miró por encima de las manos.

—Es una técnica de supervivencia que los niños traumatizados y maltratados utilizan a menudo para salir adelante. Tienen compartimentos mentales para guardar en ellos ciertas cosas y así poder pasar página. —Su voz no contenía ningún juicio de valor—. ¿Asocias a Nicolae con esa época de tu vida?

—Nicolae es… —Destiny titubeó, buscando la palabra adecuada—. Mágico. Irreal. Un sueño que no puede hacerse realidad. Es como un caballero andante. El héroe de la película de acción, un ser extraordinario, producto de la fantasía.

—Destiny… —Mary Ann esperó hasta que la otra se volvió para mirarla—. ¿Qué pasaría si Nicolae fuera real y no un sueño?

Ella levantó la mano hasta el nivel de sus ojos y la extendió para que Mary Ann la viera. Las dos la vieron temblar incontrolablemente.

—Podría quitármelo todo. Todo lo que soy, todo lo que tanto me ha costado conseguir, todo lo que he llegado a ser. Podría destrozarme, y me convertiría en cenizas al sol.

—Estás diciendo que puede hacerte daño, y eso te asusta. Que puede herirte si dejas que se acerque a ti.

—Estoy diciendo que puede destruirme. Ya me destruyeron una vez, y he conseguido reconstruir mi vida y hacer algo con ella.

Destiny agachó la cabeza. Nicolae le había devuelto su vida, la había convertido en lo que era. Y ahora le pedía que volviera a cambiar por completo.

—Me parece natural que alguien que empieza una relación de pareja, una asociación duradera, tenga miedo de que le hagan daño, ¿a ti no, Destiny? Cuando nos permitimos amar, siempre nos exponemos. Todo el mundo es vulnerable, Destiny. No hace tanto tiempo, te resistías a tener una simple amistad —repuso Mary Ann.

—Porque podía meterte en un mundo peligroso. Y te metí en ese mundo. —Destiny suspiró y dio otra vuelta por la oficina—. Podría destruir a Nicolae.

Ya estaba. Ya lo había dicho. Las palabras se le habían escapado antes de que pudiera detenerlas. Quizás había querido decírselo a Mary Ann desde el principio. Quizá por eso se había sentido arrastrada a aquel apacible lugar. Para decirle la verdad a alguien que le importaba.

Mary Ann empujó su silla hacia atrás, rodeó la mesa y apoyó la cadera en su borde.

—De eso quieres hablar, ¿no? Estás preocupada por Nicolae.

—Has dicho que tenías un don. Que intuyes las intenciones de las mujeres. ¿Qué ves en mí?

Destiny levantó la barbilla casi con agresividad, con la mirada fija en sus ojos.

Mary Ann dejó que el aliento escapara de sus pulmones en una ráfaga.

—Ver cosas no siempre es agradable. ¿Estás segura de que quieres que te lo diga?

Destiny se encogió de hombros con estudiada despreocupación.

—Podría leerte el pensamiento con toda facilidad, Mary Ann. Pero te respeto y, a no ser que sea para protegerte a ti o para proteger a otros, jamás traicionaría tu confianza leyéndote la mente sin tu permiso.

—Sé que estás unida a Nicolae de un modo que no entiendo. Es algo que supera los límites de lo terrenal. Y sé que abusaron de ti atrozmente y que temes que, si te quedas con él, puedas causar su destrucción. Pero Nicolae es un hombre fuerte. Nunca había conocido a nadie con un poder tan puro. —Mary Ann ladeó la cabeza, mirando a Destiny atentamente—. ¿Por qué estás tan segura de que no eres lo que necesita? Yo creo que sí lo eres. Creo que eres exactamente lo que le hace falta. Sé que eres lo que quiere. Cada vez que te mira, tiene ese anhelo en los ojos.

Destiny desdeñó el comentario de Mary Ann con un gesto. Habían vuelto al principio. Ya se había quejado del modo en que la miraba Nicolae, no necesitaba que Mary Ann se lo recordara. Sabía que él la deseaba, que la necesitaba. Sabía también que quizá tuvieran que pagar un precio que ninguno de los dos podía permitirse. Se apartó el pelo de los ojos.

—Hay un par de problemillas, Mary Ann.

Ésta la vio dejarse caer despreocupadamente en una silla, con las piernas estiradas.

—Voy a hablarte con franqueza, Destiny.

—Hazlo, por favor.

Destiny tenía intención de hablarle sin tapujos.

—Las mujeres que han sido violadas o que han sufrido abusos sexuales de niñas tienen problemas a la hora de mantener relaciones íntimas. Esos problemas no desaparecen así como así. Y aunque creas haberte sobrepuesto al pasado, de pronto estará ahí, interponiéndose entre vosotros dos. Es una reacción normal, Destiny, una reacción que cabe esperar.

—Y la espero. La química entre Nicolae y yo es mucho más explosiva de lo que imaginaba. No tenía ni idea de que pudiera ser tan fuerte. También soy consciente de que no quiero dejarme controlar de ningún modo. Soy lo bastante honesta conmigo misma y con él como para reconocerlo.

Mary Ann parecía satisfecha.

—Mientras comprendas eso, todo irá bien. Nicolae parece lo bastante hombre como para dejarte el espacio que necesitas cuando lo necesitas. Deberíais ser capaces de solucionar ese aspecto de vuestra relación de pareja.

—Eso parece. —Destiny exhaló un profundo suspiro—. Pero nuestra atracción mutua es mucho más que física. Necesitamos estar juntos. Necesitamos unirnos, tanto física como mentalmente. Es parte de lo que somos. No puedo explicártelo, aparte de decir que es algo muy intenso y a veces incómodo.

—¿Te parece incómodo?

Destiny asintió con la cabeza. Se mordisqueaba el labio inferior con sus dientes pequeños y blancos.

—Él se lo toma todo con mucha calma. Yo soy un desastre. Es todo tan intenso… No hay otra palabra. Cuando estoy con él, me siento fuera de control. Es aterrador sentirse así, desear tanto a alguien que sólo te importa estar con él.

Mary Ann se rió suavemente.

—Destiny, no te conoces en absoluto. Está claro que te importa mucho ese hombre, o no estarías tan preocupada por si le perjudicas de algún modo. ¿Crees que queriéndole o deseándole tanto vas a hacerle daño?

—Mi sangre está contaminada —balbució Destiny, y se levantó de un salto para volver a pasearse por la habitación.

Moviéndose podía esquivar la mirada de Mary Ann.

Se hizo un breve silencio.

—¿Te importaría explicarte?

Destiny hizo un vago movimiento con las manos.

—Me convirtió un vampiro. Su sangre estaba contaminada y contaminó la mía. Es una especie de enfermedad.

Mary Ann arrugó el ceño.

—Siéntate, Destiny. Me estás poniendo nerviosa con tanto andar de acá para allá. Esto es importante y escapa a mis conocimientos. ¿Esa sangre contaminada es peligrosa para ti?

—Para Nicolae. —En la voz de Mary Ann sólo había aceptación y necesidad de comprender. Por eso, el terrible nudo de su estómago se aflojó. Volvió a sentarse—. No sé mucho sobre los carpatianos, pero, por lo que Nicolae me ha dicho, en los hombres hay una especie de oscuridad. Esa oscuridad es la que permite que se conviertan en vampiros. Ellos la combaten, por supuesto. Nicolae lleva mucho tiempo luchando.

Mary Ann acercó su silla.

—¿Y tu sangre se lo pone de algún modo más difícil? ¿Qué quieres decir?

—No sé qué ocurrirá si toma mi sangre. Cuando hacemos el amor, es difícil, casi imposible no... —Titubeó, buscando la palabra justa—. No ceder también a esa faceta de nuestro deseo. Se vuelve erótica. La necesidad de Nicolae es muy fuerte. No creo que haya cura para mí. Si seguimos juntos, no podremos resistirnos a la atracción de esa faceta de nuestro deseo. —Se pasó una mano por la cara—. No podría soportar ser su perdición, Mary Ann. Quería huir de él, pero es demasiado tarde para eso.

Mary Ann se levantó de inmediato y le rodeó los hombros con el brazo para reconfortarla.

—¿Has hablado de tus miedos con Nicolae?

Destiny tocó su mente, temiendo lo que podía estar pensando sobre su confesión, pero Mary Ann estaba tan centrada como siempre. Aceptaba las cosas que le decía con su equilibrio habitual y se esforzaba por comprender.

—Hemos hablado de ello. Él no se preocupa por sí mismo; sólo piensa en mí.

La sacaba de quicio su entrega total a ella. Su devoción (o su amor) hacía que se sintiera incómoda.

—La gente se pasa la vida entera buscando lo que tú tienes, Destiny. No le tengas miedo.

Destiny la miró con fastidio.

—Hablas igual que el padre Mulligan. Yo le hago una pregunta y él me da una especie de respuesta zen. ¿Qué clase de consejo es «ten valor»? ¿Qué significa? ¿Tener valor respecto a qué? ¿No se supone que un sacerdote debe dar consejo espiritual? ¿Sabes, Mary Ann?, empiezo a pensar que improvisáis sobre la marcha, el padre Mulligan y tú.

Mary Ann levantó una ceja.

—¿Se supone que debemos tener respuestas para todo? Tú no las tienes. ¿Cómo vamos a tenerlas nosotros? Sólo puedes seguir adelante, Destiny. Uno mantiene los ojos abiertos y con un poco de suerte ve las trampas antes de caer en ellas, pero lo importante es abrazar la vida y vivir lo mejor que se pueda.

—Dime una cosa, Mary Ann. ¿Tú crees que tu vida ha cambiado por saber que en el mundo hay criaturas tan perversas como los vampiros?

—Claro que mi vida ha cambiado. Pero ¿voy a vivir con miedo por eso? Espero que no. Espero afrontar cada día con valor y dignidad. Es lo que tú haces. A mí no me importaría ser como tú.

Aquellas palabras produjeron en Destiny una impresión tremenda, sacudiéndola hasta el mismo núcleo de su ser. Se descubrió mirando boquiabierta a Mary Ann y estuvo a punto de atragantarse al responder con una protesta. Mary Ann era todo lo que ella siempre había querido ser.

—¿Estás loca? Soy un desastre.

Mary Ann le dio unos golpecitos en el brazo.

—Eso es normal, Destiny. Mentalmente, todos somos un desastre. Bienvenida al mundo de la realidad humana.

Una leve sonrisa iluminó los ojos de Destiny.

—Bueno, supongo que no hemos resuelto los problemas del mundo, pero es la primera vez en años que me siento en una silla y hablo sin tener la sensación de que me ahogo.

En cuanto dijo aquello, su sonrisa se desvaneció. *Has sido tú, Nicolae. Tú me has ayudado a estar aquí, a conversar con ella, ¿verdad? Nunca había podido hacer algo así.*

Tuvo la impresión de que una especie de calor la envolvía como en un fuerte abrazo. Se levantó de la silla como si aquella sensación fuera una víbora que amenazaba con morderla. Sus ojos se oscurecieron, volviéndose de un verde brillante.

—¡Ese hombre es un perfecto cretino! ¿Cómo se me habrá ocurrido pensar que puedo tener una relación con él?

Se llevó la mano a la garganta en un gesto defensivo. Sintió los labios de Nicolae rozando la vena que palpitaba allí. De pronto su piel comenzó a latir y su cuerpo ardió. *Esto no le hace ningún bien a tu estúpido cortejo. No soy una niña a la que haya que ayudar sin su consentimiento o sin que lo sepa. ¡No quiero tu ayuda, ni la necesito!*

Sólo estás enfadada porque no has sentido mi contacto. Había en su tono una sorna viril y cargada de engreimiento. *Sólo intento mantenerte alerta. Aquí está pasando algo que no comprendemos, y los dos debemos estar vigilantes.*

Destiny soltó un bufido.

—Nicolae es el hombre más exasperante que hay sobre la faz de la tierra. ¿Para qué quiero en mi vida a un individuo tan arrogante, tan pagado de sí mismo y tan pesado como él? Contéstame a eso, Mary Ann.

¡Yo siempre estoy vigilante!

—Por el sexo —contestó Mary Ann sucintamente—. Es por el sexo, Destiny. Nicolae exuda sexo. Supongo que es telépata.

—Es un incordio, eso es lo que es.

No eres nada sexy. Sé que estás muy satisfecho de ti mismo y que estarás sonriendo, pero a mí no me pareces ni pizca de sexy.

No sabía que fueras tan mentirosilla, Destiny. Sí que te parezco sexy.

—A mí me parece sexy —reconoció ella mientras luchaba por abrir la puerta de la oficina de Mary Ann—, pero no me cae muy bien.

—Destiny —dijo Mary Ann tranquilamente, deteniendo su huida—, todo el mundo necesita ayuda de vez en cuando.

Destiny le dio la espalda a Mary Ann, a Nicolae y a todas las relaciones personales. No quería ayuda de nadie, se dijo al huir de la oficina. Resolvería las cosas a su manera. Y, además, estaba aquella preguntita insidiosa que afloraba constantemente. Ella la sofocaba, no quería afrontarla, pero había muchas cosas que, aunque fueran insignificantes, no podía ignorar eternamente. ¿Por qué Nicolae podía encontrarla a voluntad si nunca había tomado su sangre? ¿Y cómo podía introducirse en su mente y ayudarla sin que ella sintiera un torrente de energía? ¿Una presión? ¿Por qué no podía ni quería resistirse al impulso de obedecerle, aun sabiendo que se trataba de una compulsión?

¿Hasta qué punto eres poderoso? En su tono de voz había más reproche que admiración. Le cerró su mente a cal y canto y se elevó hacia el cielo. Era el único lugar donde se sentía absolutamente libre. Se deslizó entre las nubes, disfrutando de su capacidad de volar. No quería saber lo poderoso que era. No quería pensar demasiado en lo que había hecho con él.

Nicolae no la había presionado. Destiny ni siquiera podía echarle la culpa. Ella había insistido en que pronunciase aquellas palabras. Y él tampoco le habría hecho el amor si ella no hubiera insistido. El viento la azotaba, refrescaba su piel y aquietaba el caos que reinaba en su cabeza. Nicolae. Nicolae le pertenecía, y ella no tenía ni idea de qué hacer con él.

Para el sacerdote era fácil decirle que tuviera valor. Por su mente no desfilaban imágenes de pesadilla cada minuto que pasaba despierto. Él no tenía cicatrices grabadas en el cuerpo y en el alma. No tenía en la sangre un veneno que podía corromper y envilecer el bien convirtiéndolo en mal.

—Estoy tan perdida… —murmuró, y al oír cómo el viento arrastraba sus palabras deseó que también pudiera llevarse su dolor tan fácilmente.

Yo puedo hacer desaparecer tu dolor.

Allí estaba otra vez. Como si ella le hubiera llamado. Estaba siempre con ella cuando su mundo se volvía un caos. El viento le arrancó lágrimas de los ojos mientras surcaba el cielo. *¿Y qué debo hacer por ti a cambio?* Había desesperación en su corazón, a pesar de que deseaba mostrarle alegría. Quería ser distinta. Deseaba acudir a él limpia, sin angustia, sin cicatrices. Sin el terrible peso y el pecado de lo que era. De lo que no podía cambiar. Odiaba sentir lástima de sí misma; no quería la piedad de Nicolae.

Existes. Me amas. Empiezas a rendirte a mi cuidado. Es suficiente. Él parecía tranquilo, a pesar de que le estaba arrancando el corazón.

No era suficiente y ambos lo sabían. El grito de tristeza de Destiny resonó en los cielos.

Capítulo *12*

Rendirse a su cuidado. Qué palabras tan sencillas. Nicolae las dijo con calma, con convicción. Destiny cruzaba los cielos a toda velocidad, sin saber adónde iba, poseída únicamente por la necesidad de volar alto, deprisa, muy lejos.

Nunca he querido esto.

Detestaba lloriquear. Detestaba compadecerse de sí misma. Detestaba francamente tener miedo. No había temido sus batallas con los vampiros. Si hubiera muerto, se habrían terminado sus sufrimientos, los problemas angustiosos que causaba su sangre impura. Si salía victoriosa, el mundo se libraba de otro monstruo. Y ahora temía destruir a la única persona que le importaba. La única que podía abrirse paso hasta su alma. Nicolae.

Te deseo con todo mi corazón. Con cada hálito de mi cuerpo.

Nicolae la perseguía implacablemente. Destiny lo comprendió de repente. Siempre la había perseguido, no por los motivos que ella creía, sino para satisfacer un ansia y una necesidad terribles, el mismo anhelo que ahora sentía ella. Una adicción que nunca cesaría. Ella no encontraba las fuerzas que necesitaba para liberarlos a ambos de aquella peligrosa relación.

—¿Dónde estás, Dios? —gritó entre las nubes, como había hecho muchas otras veces.

El viento le llevó la respuesta. Acarició su piel amorosamente y revolvió su pelo con ternura. La rodeó, la envolvió en la belleza del cielo nocturno. Las nubes se movieron para dejarle paso, dejaron a su paso una estela de fina niebla y espolvorearon su piel con un vapor fresco, de modo que, si había algún rastro de lágrimas, era imposible distinguirlo.

Vuelve conmigo, Destiny. Su voz le ofrecía consuelo. Le ofrecía el paraíso. Se lo ofrecía todo.

¿Por qué me quieres? ¿Por qué soy la luz que arde con fuerza suficiente para que no te conviertas? ¿Es eso lo único que hay entre nosotros? ¿Eso y química? No te conozco en absoluto, ¿verdad?

El viento le susurraba una nana suave y apaciguadora. Sintió que en su fuero interno la furia remitía y se aposentaba, dejando que su corazón y sus pulmones funcionaran sin esfuerzo. Un sonido leve y lejano llamó su atención y, sin pensarlo conscientemente, cambió de rumbo y volvió hacia la ciudad.

Sólo tienes que tocar mi mente, Destiny, para encontrar las cosas que deseas saber. Para amar de verdad, tienes que escoger la intimidad. Tienes que elegir conocer a tu compañero. Tú no has hecho esa elección.

¡Entre nosotros ha habido intimidad! Estaba enfadada por que él pudiera acusarla de cohibirse. Para ella había sido muy difícil comprometerse físicamente con él. ¿Cómo se atrevía a pensar siquiera tal cosa?

La intimidad es mucho más que algo físico, pequeña.

Las luces de la ciudad parpadeaban como miles de estrellas, atrayéndola de nuevo hacia la humanidad. Hacia Nicolae. Sabía que él aguardaba. Que vigilaba. ¿Hasta dónde alcanzaba su poder? ¿Había manipulado sus sentimientos de alguna manera? ¿Los había amplificado de algún modo que ella no podía detectar? ¿Estaba ella ya en su poder? Destiny conocía la respuesta. Estaba enteramente cautivada por él. Por completo. Total y absolutamente.

Tomó forma humana y aterrizó con ligereza, ágilmente. Al instante empezó a moverse, escudriñando su entorno, saliendo a toda prisa del callejón apartado, hacia la calle. En algún lugar, allí cerca, se oía la nota suave y discordante que había perturbado su vuelo. El lloro sofocado de un niño pulsaba las cuerdas de su corazón. Se apresuró con paso sigiloso, cargada de confianza en sí misma.

A aquellas horas de la noche había poca gente en la calle. Mientras andaba, contemplaba cuanto la rodeaba, buscando al niño entre los apartamentos. Casi todos los edificios estaban a oscuras y en silencio. Oía el volumen estruendoso de los televisores en algunas casas, y música en otras. El niño emitía agudas oleadas de dolor. Destiny dobló infaliblemente hacia otra bocacalle en la que los edificios de apartamentos daban paso a casitas apiñadas. Unas vallas desvencijadas separaban varias parcelas, pero los dúplex y las viviendas más pequeñas se amontonaban unas sobre otras. La capa de pintura era tan fina que se descascarillaba y se caía. Las puertas estaban torcidas, las verjas agrietadas y descolgadas de sus goznes.

Destiny saltó ágilmente una valla de poca altura y rodeó la casa hacia la parte trasera. Los montones de cajas de cartón y periódicos llegaban hasta muy alto; había montañas de ellos ocupando gran parte del minúsculo patio trasero. Debía marcharse, abandonar la ciudad y alejarse de Nicolae cuanto pudiera. Pero su mente ya estaba sintonizando con la de él. Necesitaba sumergirse en ella.

¿Eran de veras las palabras rituales las que les habían unido, o acaso la necesidad que sentía de él había empezado hacía mucho tiempo? Le buscaba en cada despertar. Su serenidad, su presencia en el mundo habían sido su cordura. Durante años le había utilizado, le había obligado a compartir su dolor, su alma dañada. Le había condenado a una vida en la sombra, buscándola eternamente. Le había castigado con su silencio al tiempo que compartía con él cada aspecto de las torturas y los abusos del vampiro.

Yo ya pertenecía a las sombras, Destiny. Tú me llevaste a la luz.

Su voz. Su bella voz podía conducirla al mundo de los sueños. Podía tejer cuentos de hadas y darle esperanza. Podía absolverla de sus culpas. Bajó los párpados al detenerse junto a las podridas escaleras de atrás. Siempre había tanta culpa... ¿Desaparecería alguna vez y la dejaría en paz?

El sonido de aquel llanto inconsolable la sacó de su propia desesperación. Un niño no debía experimentar jamás una emoción tan desgarradora. Destiny sentía las vibraciones de la violencia, la impresión que dejaba en el aire. Y olía a sangre. Se agachó para mirar debajo de los peldaños tambaleantes. El niño no podía tener más de nueve o diez años. Estaba muy delgado y, aunque la ropa le quedaba grande, se le veían las muñecas y los tobillos huesudos. No llevaba calcetines y tenía agujeros en los zapatos. Las lágrimas dejaban huellas turbias en su cara sucia. Se frotaba constantemente la cara con los nudillos, pero no podía detener los sollozos que sacudían su cuerpecillo. Tenía la ropa manchada de sangre reciente, pero no se veía ninguna herida abierta.

—Hola —dijo usando su voz más suave por miedo a asustarle. Aquel tono suave y argénteo lo había aprendido de Nicolae. Siempre volvía a Nicolae—. ¿Hay sitio para mí ahí abajo?

Su voz era un mandato, un «empujoncito» para que al chico le costara menos aceptar su presencia.

Parecía asustado; sus ojos se agrandaron, llenos de desconcierto, pero se movió obedientemente, dejando espacio suficiente para que ella se metiera bajo los escalones. Destiny se sentó con las piernas cruzadas y su calor corporal ayudó a calentar al chico.

—¿Una mala noche?

El chico asintió con la cabeza en silencio. Destiny vio cicatrices en el dorso de sus manos y en sus brazos. Cicatrices defensivas. Sabía reconocerlas.

—Me llamo Destiny. ¿Y tú? —Estiró los brazos con las palmas hacia abajo para que él viera sus marcas. Las mismas heridas defensivas—. Somos tal para cual.

Él se inclinó en la oscuridad para examinar sus cicatrices.

—Tú tienes más.

—Pero están descoloridas —contestó ella juiciosamente—. Y ya no duelen. Por lo menos, por fuera. ¿Y las tuyas?

—Las mías tampoco duelen. —Fijó la mirada en los ojos de Destiny—. Bueno, puede que un poco por fuera. Soy Sam.

—Y mucho por dentro, ¿verdad, Sam? —Destiny rozó la peor cicatriz con la yema del pulgar, dejando a su paso un bálsamo sedante—. Cuéntamelo. Ésta no es de esta noche. Dime qué ha ocurrido.

Él sacudió la cabeza; el código de las calles le hizo guardar silencio un momento, pero era imposible resistirse a la atracción de aquella voz. Le tembló el labio inferior, pero cuadró sus hombros estrechos.

—No fregué los platos. Sabía que se enfadaría con ella si no los fregaba, pero Tommy quería que jugara al baloncesto. Estaban jugando todos los chicos, y pensé que sólo iba a estar fuera un rato.

Tenía las pestañas húmedas y tiesas por las lágrimas, y el peso que sentía dentro del pecho era como una losa en el de Destiny.

Ella ya lo sabía. El horror se filtraba por los tablones viejos e impregnaba el aire bajo los peldaños. *Nicolae*. Le llamó como siempre hacía. Como había hecho durante años. Y él estaba allí. En su mente. Como siempre. Rodeándola de calor. Dándole coraje. Abrazándola con fuerza y ofreciéndole un refugio, un lugar donde cobijarse cuando el dolor del mundo era excesivo para que lo soportara sola.

Voy a llevarle con el padre Mulligan, pero habrá que traer a la policía a este lugar de muerte. Sabía que Nicolae sentiría la tristeza de su voz. La sentiría en su corazón. Y la compartiría con ella y acarrearía parte de su carga.

—Fue culpa mía. —Sus hombros estrechos se sacudieron, y el chico se cubrió la cara con las manos—. Ella llegó de trabajar y estaba cansada. La oí llamarme diciéndome que me diera prisa, y corrí, pero estaba al fondo de la calle y fue demasiado tarde. Le vi entrar. Sabía lo que iba a hacerle. Siempre se enfadaba tanto… Quería dinero para droga y lo sacó de su bolso. Ella se puso a llorar porque lo necesitábamos para comer. Fue entonces cuando él vio los platos.

—Sam, no tienes por qué quedarte en este lugar. Voy a llevarte con un amigo mío —le dijo Destiny suavemente.

Sam negó con la cabeza.

—No puedo dejarla. Él se enfadó mucho por los platos. No paraba de golpearla y de tirar platos al suelo. Intenté detenerle, pero me empujó y ella le tiró la cafetera y le dijo que no me tocara o que llamaría a la policía para que le detuvieran. Entonces fue cuando él cogió el cuchillo.

Destiny le atrajo hacia sí, le meció suavemente, le dejó hablar.

—Si hubiera fregado los platos, el cuchillo no habría estado en el fregadero. Habría estado en el cajón. Él no lo habría cogido. Debería haber fregado los platos en vez de irme a jugar al baloncesto.

—No fue culpa tuya, Sam. Él está enfermo y es el responsable del daño que le ha hecho a tu madre, no tú. Tú nunca. Todos dejamos tareas para más tarde. Todo el mundo lo hace. Pero dejar las cosas para más tarde no hace que nadie mate a nadie. Fue él quien lo hizo, no tú. Tu madre no querría que pensaras eso. Ven conmigo. Deja que te lleve con el padre Mulligan. Él se asegurará de que estés bien. La policía vendrá y se ocupará de tu madre.

—Me encerrarán. Él dijo que la policía me encerraría porque ya no tengo a nadie.

—El padre Mulligan no dejará que te pase nada malo. Y la policía no encierra a los niños que han perdido a sus padres, Sam. Les ayuda. Les busca un hogar con personas que se preocupan por ellos. Ven conmigo.

Quería alejarle de la casa, del hombre que podía regresar en cualquier momento. Sam no necesitaba ver más violencia. No necesitaba sentirse responsable de las cosas que se hacían los adultos entre sí.

Sacó al chico de debajo de la escalera desvencijada y le alejó rápidamente de la casa. Sintió el primer cosquilleo de aprensión mientras recorrían a toda prisa el estrecho sendero que flanqueaba la casa. El chico se detuvo bruscamente cuando llegaron al jardín delantero. Destiny sintió el temblor que recorría su cuerpecillo y al volver la cabeza vio a un hombre medio recostado contra una columna del porche.

Apretó el hombro del chico y se llevó una mano a los labios para indicarle que guardara silencio. No era difícil controlar su mente defendiéndole del miedo. Saltaba a la vista que el hombre se hallaba en estado de estupor, con la cabeza echada hacia atrás y la boca abierta de par en par. Tenía los brazos y la ropa salpicados de sangre.

Destiny dejó escapar un siseo de ira mientras miraba callada cómo se retorcía y se convulsionaba, cómo apretaba los puños con fuerza y volvía a abrirlos. Estaba tan concentrada en el asesino que no reparó en la bruma que entraba en el jardín, ni sintió una oleada de energía cuando Nicolae cobró forma sólida.

—Coge al chico y vete de aquí, Destiny —dijo él con firmeza.

Tocó la parte de atrás de su cabeza con una caricia muy leve, que, sin embargo, a ella le procuró un consuelo que no se esperaba.

Destiny atrajo al chico hacia sí.

—Esto no debería haber pasado. Ningún niño debería vivir así, Nicolae. Ahora piensa que es culpa suya.

Sus ojos enormes le suplicaban que hiciera algo. Parecían confiar en que lo haría. A Nicolae le dio un vuelco el corazón. Quería estrecharla entre sus brazos, decirle que, de niña, ella también se culpaba por cosas que no podía controlar, pero sabía que tenía que llegar a esa conclusión por sí misma. Su convicción no sólo tenía que ser intelectual: tenía que calar también en su corazón, en su alma, justo donde estaban las cicatrices.

—Llévatelo de aquí. El padre Mulligan te está esperando y la policía viene de camino. No me encontrarán en este lugar.

La voz de Nicolae sonaba muy suave.

Destiny le miró a los ojos. Su tensión desapareció en parte.

—Gracias, Nicolae. Te agradezco que estés aquí.

Alargó la mano y tocó su brazo. Un simple roce para responder al suyo, pero su corazón se hinchó de alegría cuando se alejó. No podía refrenar lo que sentía cada vez que le miraba. Había orgullo y confianza y química y una curiosa sensación de derretirse por dentro. Quizás una parte de ella lucharía siempre por no reconocer lo profundamente que Nicolae había calado en su corazón, pero podía admitir ante sí misma que él era en buena medida lo mejor de su existencia.

Cogió al chico en brazos. Él le rodeó el cuello tranquilamente y se inclinó contra ella, buscando refugio. Aquel gesto de confianza infantil la desarmó. Abrazó al chico con ademán protector y se elevó en el aire. Quería darle a aquel chico algo que contrarrestara el terrible recuerdo de la muerte de su madre. Sumiéndole en un estado de ensueño, surcó el cielo, deslizándose por entre las nubes y dejando que el gozo del vuelo llenara la mente y el corazón del muchacho. Sam siempre llevaría consigo aquel sueño, siempre tendría la sensación de haber volado libremente por el cielo nocturno.

Destiny tenía poco más que ofrecerle, y eso le molestaba. Deseaba poder librarle del peso de la culpa. Hacerle comprender que era una víctima, un superviviente, que podía reconstruir su vida. Mientras rodeaba con él el pequeño campanario de la iglesia, se preguntó cómo había llegado ella a aquel punto. Hacía no mucho tiempo, llevaba una existencia solitaria. Ahora, en cambio, su vida se hallaba entrelazada con la de mucha otra gente.

El padre Mulligan la estaba esperando en el jardín. Sonrió afectuosamente cuando Destiny liberó al chico del escudo que le protegía. El sacerdote transmitía una paz que incluso el chico angustiado no podía dejar de notar.

—Éste es Sam. Sam, mi amigo el padre Mulligan.

Destiny se agachó junto al chico. Él le clavaba los dedos en el brazo, se aferraba a ella para que le protegiera.

Dejó escapar un gemido estrangulado cuando el párroco fijó su atención en él. Se pegó a Destiny y a ella se le encogió el corazón.

—¿Se lo ha explicado Nicolae? —le preguntó ella al padre Mulligan.

El sacerdote asintió con un gesto.

—Sam, aquí estás a salvo. Una amiga de Destiny ha hablado con la asistente social, y ella ha aceptado que de momento te quedes en la rectoría, con los otros sacerdotes y conmigo. Hay un sacerdote con el que te será muy fácil hablar. Te está esperando. También hay dos policías que necesitan hablar contigo sobre lo ocurrido. Sólo tienes que decirles la verdad. Yo estaré contigo, si quieres, mientras les explicas lo que ha pasado.

Sam cuadró sus finos hombros y asintió con la cabeza, pero miró a Destiny con expresión suplicante. Ella le sonrió animosamente.

—El padre Mulligan es sacerdote, Sam. No miente y es muy respetado. Él se asegurará de que estés bien atendido.

—¿Y si Jerome me encuentra? —preguntó Sam, angustiado.

—¿Jerome es tu padre? —inquirió el padre Mulligan.

Sam negó con la cabeza firmemente.

—Se vino a vivir con nosotros hace un par de años. Yo no tengo padre. Sólo estamos mamá y yo.

Destiny se sintió conmovida. Ella había tenido un padre y una madre. Recordaba el rostro de su madre. Su sonrisa. Su olor. Recordaba cómo su padre la lanzaba al aire y cómo ella gritaba y reía y le pedía más. Aquel recuerdo era tan vívido que zarandeaba los cerrojos, cuidadosamente fabricados, de las puertas de su mente.

¿Por qué me pasa esto? Había ahuyentado esos recuerdos. Recurrió a Nicolae, la única persona en la que creía.

¿Cómo no vas a identificarte con el chico? Tenía una vida decente con su madre hasta que ese monstruo les encontró. Poco importa que el monstruo fuera humano. Les encontró, y el chico no podía haber hecho nada por cambiar el resultado. Se culpa por algo sobre lo que no tenía ningún control. Le miras y te ves a ti misma.

Sólo la calma perfecta de su voz consiguió tranquilizarla. Las observaciones de Nicolae estaban cargadas de verdad.

—No te pasará nada, Sam. El padre Mulligan cuidará de ti, y yo vendré a menudo a ver qué tal te va. Por favor, habla con el sacerdote que te está esperando, y diles a los policías exactamente lo que ha pasado.

No pudo evitar darle otro empujoncito para ayudarle a aceptar la ayuda del sacerdote.

Sam levantó la barbilla valerosamente. Destiny le revolvió el pelo.

—Volveré, Sam, te lo prometo. Esta noche tengo cosas que hacer. Después de hablar con la policía, quiero que duermas un poco. —Deseaba hacer retroceder el tiempo y ahorrarle a Sam los años que había tenido que pasar luchando por su vida y su cordura en un mundo que un monstruo había vuelto del revés—. Volveré —susurró de nuevo.

—Yo cuidaré de él —le aseguró el padre Mulligan—. No tienes por qué preocuparte, querida.

Destiny asintió con la cabeza y se mordió el labio al darse la vuelta. Notó que Sam la observaba mientras se alejaba y, mirando hacia atrás, le sonrió y levantó la mano. Sintió que su mente se sintonizaba con la de Nicolae, como parecía hacer cada pocos minutos. Aquella necesidad de saber que estaba vivo y se encontraba bien era un fastidio. Valoraba mucho su independencia, y no le gustaba sentir constantemente el impulso de tener que comunicarse con él.

Decidió ir a pie. Necesitaba la normalidad de la vida humana. El tiempo que tardaría en ir andando la ayudaría a aclarar sus ideas. Les había prometido a Velda, Inez y Helena que ayudaría a John Paul. Tenía que indagar un poco más. Le costaba dejar de pensar en Sam. Nunca había creído que hubiera monstruos humanos en el mundo.

Se había concentrado tanto en los vampiros que nunca se había detenido a pensar en amenazas de otra clase.

Enfrascada en sus pensamientos, apenas se dio cuenta que el viento cambiaba de dirección y empezaba a soplar de espaldas a ella, levantando el polvo de la calle. Una farola parpadeó, su luz se hizo más débil y se apagó bruscamente en medio de una lluvia de chispas. Destiny levantó la cabeza, alarmada, y miró a su alrededor con recelo. John Paul se disponía a entrar en La Taberna; llevaba la cabeza agachada y caminaba por la acera arrastrando los pies. Su postura delataba su abatimiento. Más abajo, otra farola se rompió como si la hubiera golpeado una piedra, lanzando una lluvia de cristales al suelo.

John Paul vaciló cuando iba a abrir la puerta del bar y observó la farola con el ceño un poco fruncido. Miró luego la farola que se había hecho añicos en la esquina, junto a Destiny. Dejó que la puerta se cerrara y echó a andar hacia ella arrastrando los pies. No la miraba a ella, sino al cristal roto. Parecía sentirse atraído por los fragmentos de la gran farola.

Destiny le observaba, fijándose en cómo parecía verse arrastrado por los pedazos relucientes. Tenía una expresión vacua y los ojos ligeramente vidriosos. Se quedó parado junto a los cristales; sus grandes hombros se sacudían y su pecho se agitaba cada vez que respiraba como si acabara de correr una carrera. Sus manos enormes se abrían y cerraban con fuerza.

Destiny miró hacia arriba. El cielo se estaba oscureciendo; jirones grisáceos giraban violentamente, generando nubes más grandes y amenazadoras. Por la calle corrían pequeños torbellinos de polvo que se disipaban cuando algún coche pasaba rugiendo. Un banco de niebla comenzó a inundar la calle, suspendido a medio metro por encima del suelo. Primero en serpentinas, en colas de vapor que se espesaban rápidamente, convirtiéndose en una sopa turbia y sucia.

John Paul seguía mirando los cristales. Con los ojos entornados, observaba los afilados fragmentos esparcidos por la acera como si le fascinaran. Destiny se deslizó hasta él, escudriñando la calle al tiempo que vigilaba con recelo al hombretón. Algo iba mal, pero no sentía ninguna oleada de energía. La tormenta se había formado con demasiada rapidez para ser una borrasca auténtica. Tampoco se veía movimiento en las nubes, que iban arremolinándose y haciéndose más oscuras. El manto de estrellas desapareció bajo la tormenta. Nubes negras cruzaban la luna hasta taparla por completo: un chal de encaje negro que envolvía su orbe en un fino y opaco volante.

—John Paul… —dijo Destiny suavemente.

No quería dejarle expuesto en plena calle. Era un blanco demasiado grande.

John Paul se giró, sigiloso y amenazador, demasiado veloz para un hombre de su tamaño. La sorpresa mantuvo paralizada a Destiny los escasos segundos que tardó en atacarla. Fue como la carga de un rinoceronte: el cuerpo de John Paul golpeó el suyo con increíble fuerza, tirándola al suelo. Al caer sobre la acera, Destiny se quedó sin respiración. En parte le entraron ganas de reír cuando el cuerpo de John Paul aterrizó sobre el suyo, aplastándola contra el pavimento.

Ella que combatía a los vampiros, a esos seres de fuerza y poder inmensos; era ridículo pensar que un humano hubiera logrado derribarla. La niebla se arremolinaba, densa, en torno a ellos, como si de pronto hubiera cobrado vida. El vapor serpenteaba por encima de sus cuerpos y a su alrededor como las lianas de una selva.

John Paul estaba sentado sobre su tripa, con sus gigantescas manos rodeándole la garganta, y su cara se convirtió en una máscara adusta cuando empezó a apretar. Sus dedos se clavaron en la tráquea de Destiny, dejándola sin aire, aplastándole la garganta.

Destiny le golpeó con las manos abiertas, dirigiendo el golpe cuidadosamente a la altura de los hombros para no hacerle daño, y su enorme fuerza le lanzó hacia atrás.

—¡Aparta, bruto! ¡Caramba! ¡Pesas una tonelada!

Se levantó de un salto y aterrizó ágilmente, con las manos levantadas y un brillo de advertencia en la mirada.

—Atrás, John Paul. ¿Te das cuenta de lo que estás haciendo?

Él había caído de espaldas. Se sentó en la acera, aturdido, y sacudió la cabeza para despejarse. Destiny le observaba con atención, consciente de que no estaba en su sano juicio. Percibía su necesidad de violencia, una violencia dirigida contra ella. No estaba segura de ser el blanco original, pero John Paul parecía una marioneta que hacía lo que a otro se le antojaba. No había lagunas en su mente que indicaran la presencia de un vampiro, pero, aun así, no creía que fuera consciente de lo que hacía.

Un jirón de niebla serpeó alrededor de su cuello, tiró de sus tobillos, y le mordió profundamente, como si tuviera minúsculos dientes. Destiny sintió que un dolor intenso le atravesaba de pronto la pierna. Bajó la mirada y vio gotitas de sangre de color rubí. Exhaló bruscamente, asombrada, e intentó disolverse en niebla, pero el vapor la había atenazado velozmente. Aquellos círculos misteriosos la sujetaban como si fueran grilletes.

Su corazón rompió a latir con violencia, pero consiguió bloquear el dolor y el miedo y se concentró en su tobillo aprisionado, donde las blancas colas de vapor empezaban a solidificarse formando finísimos alambres de bordes aserrados que se hundían más y más en su carne. Su tobillo y su pie se contrajeron y adelgazaron para soltarse del rollo de alambre.

Levantó la mirada justo en el momento en que John Paul volvía a la carga. La lanzó al suelo con la fuerza de una locomotora humana. Destiny no le prestó mucha atención; sólo era un incordio. Podía arreglárselas con él; pero su enemigo invisible ya era otro cantar. La niebla se retorcía, llena de zarcillos, y pequeñas criaturas semejantes a gusanos se abalanzaban sobre ella, furiosas, llenas de odio y de dientes. Intentó disolverse de nuevo, pero no lograba romper el hechizo en el que se hallaba atrapada.

Los gusanos dejaron de lado a John Paul y se precipitaron hacia ella, ansiosos por probar su sangre. *Como si su sangre los atrajera.* La respuesta fue como un mazazo para Destiny. Su sangre contaminada la traicionaba de nuevo. Y lo que era aún peor: aquellos seres le recordaban a las criaturas microscópicas que de vez en cuando vislumbraba en su propia sangre. La ponían enferma. Desafió a sus enemigos con un siseo, levantando velozmente una barrera entre su cuerpo y los gusanos. Pero algunos habían pasado ya, y le mordían ferozmente los brazos y las piernas.

John Paul lanzó el puño, parecido a un martillo, contra su cara. Pero antes de que la golpeara alguien tiró de él hacia atrás y su corpachón voló por el aire como si no pesara más que el de un chiquillo. Nicolae miró a Destiny con severidad.

—Parece que necesitas ayuda.

La ayudó a levantarse, sin hacer caso de los gusanos que se deslizaban a su alrededor.

—No te hagas ilusiones, campeón —le espetó ella y, agarrando a una de aquellas criaturas, la lanzó lejos. Dio una patada a otra que intentaba subir por su pierna—. Soy perfectamente capaz de ocuparme de estos bichos.

—Hmm, ya lo veo —dijo él, enarcando una ceja al tiempo que levantaba la mano hacia el cielo.

De pronto, las venas blancas de un relámpago iluminaron las nubes negras que se arremolinaban sobre ellos.

—Estás un poco de mal humor esta noche, ¿no?

—Tú también estarías de mal humor si estas cosas te estuvieran clavando los dientes.

Lo cierto era que aquellas feas criaturas le revolvían el estómago. Estremeciéndose, agarró a otras dos y las arrojó lejos de sí. La niebla flotaba alrededor de la barrera que había erigido, mientras los gusanos intentaban frenéticamente acercarse a ella.

—Son asquerosos.

Los gusanos blancos salían bullendo de la niebla, se retorcían ferozmente, se aplastaban contra la pared invisible, clavaban en ella sus dientes.

—Mujeres…

Nicolae levantó tranquilamente el brazo para lanzar hacia la niebla el latigazo de los relámpagos. Negras cenizas brotaron con un estallido del remolino de vapor y un olor repugnante impregnó el aire. Destiny se tapó la nariz.

Pero apenas podía mirarla. Ella se retorcía de ira… y con razón, después de aquel ataque. No había recurrido a él, de lo cual su corazón todavía intentaba reponerse. Verla cubierta de minúsculos alfilerazos de sangre le ponía enfermo. Sintió que el demonio que llevaba dentro rugía y exigía salir; luchaba por imponerse: necesitaba proteger a Destiny, necesitaba destruir todo lo que se atreviera a poner en peligro su seguridad. Entonces mantuvo la cara cuidadosamente apartada de ella; sabía que sus ojos delatarían su lucha interior.

Destiny era su compañera, y su bienestar, felicidad y protección le importaban más que cualquier otra cosa. Sin embargo, asegurar su felicidad y protegerla parecían cosas diametralmente opuestas.

Destiny escudriñó la zona buscando a su enemigo.

—Cobarde —dijo, escupiendo al viento—. Una mujer te vence y tú te escondes. No tienes grandeza. Lárgate. Huye. No merece la pena darte caza.

Hizo un ademán de fastidio, de desdén; su voz y su actitud rezumaban desprecio. Mandó al viento recorrer la ciudad, colarse en todos los agujeros y todos los cementerios, en cualquier lugar que pudiera servir de guarida al vampiro.

Nicolae reaccionó inmediatamente: detuvo el viento, calmó la niebla y, fijando su mirada brillante en la de Destiny, dejó que viera las llamas que ardían ferozmente allí. La hondura de su desagrado.

—¡Ya basta! No vas a desafiar a ese vampiro. No vas a desafiarle, Destiny.

Ella levantó la barbilla con aire beligerante.

—Soy una cazadora. A eso me dedico. Los encuentro en cualquier lugar y los destruyo. Fuiste tú quien me enseñó, Nicolae.

Estaba sangrando por el sinfín de heridas provocadas por los mordiscos, pequeños desgarrones y grietas que le habían producido los dientes afilados como cuchillas de los gusanos. Había arrugas de tensión alrededor de su boca. Sus ojos tenían una expresión más recelosa que enfadada. Ladeó la cabeza para que su trenza larga y gruesa le cayera sobre el hombro mientras observaba la mandíbula tensa de Nicolae.

Él tenía un aspecto amenazador. Implacable. Y ella no se equivocaba al considerarle mucho más poderoso de lo que le había mostrado nunca. Destiny sintió que empezaba a estremecerse. Incluso la boca se le quedó seca. Le temía más que al vampiro al que perseguía. Nicolae podía hacerle daño con facilidad. Podía destruirla con una palabra inoportuna.

—¡No! —dijo él con aspereza. Su voz, siempre tan suave, ahora sonó completamente distinta—. No quiero oír tus ridículas excusas. No has prestado atención al peligro. Si cazas a los no muertos, no puedes descuidarte. Yo no te enseñé a ser imprudente, ni despistada. Ni te enseñé a comportarte como una idiota. Tienes habilidades y tienes cerebro. Contaba con que usarías ambas cosas.

Ella cerró los puños al oír su reprimenda. Sus mejillas se sonrojaron.

—Me las habría arreglado sola. No te he pedido ayuda, ni la necesitaba.

—Te comportas como un niña mimada. Sin embargo, eres una mujer adulta, una cazadora muy hábil.

Nicolae se apartó de ella y se acercó a John Paul. Sus movimientos fluidos y rápidos delataban la ira que todavía bullía en su interior. Miró a Destiny con expresión tensa y dura.

—Deberías haberme llamado inmediatamente. Tú lo sabes. Te has comportado como una chiquilla. Estás enfadada porque el compañero al que creías tu igual ha resultado ser mucho más fuerte de lo que creías. Pero ése no es motivo para poner nuestras vidas en peligro.

Bajó los brazos, agarró a John Paul por la parte de atrás de la camisa, le levantó de un tirón y agitó una mano casi con despreocupación para acallar cualquier protesta.

De pie en la calle, Destiny le miraba con recelo.

—No me pareció necesario, Nicolae. Te estoy diciendo que, a mi juicio, no era necesario.

La mirada centelleante de Nicolae la golpeó con toda su fuerza cuando él se dio la vuelta.

—¿Eres tan estúpida como para creer que esas criaturas eran el verdadero peligro? ¿Por qué iba a malgastar sus energías un vampiro?

Su voz airada hizo brotar lágrimas ardientes en los ojos de Destiny.

—Claro que no creía eso. Sabía que intentaba debilitarme. Ha usado un encantamiento para retenerme. Se habría mostrado si no hubieras llegado tú.

Nicolae siempre la había respetado, siempre había respetado sus habilidades. Sus palabras le habían hecho más daño que los dientes que se habían clavado en su piel.

—Te ha envenenado, Destiny —replicó él, escupiendo las palabras. El viento sopló calle abajo en una ráfaga furiosa—. Has dejado que te envenenara.

El corazón de Destiny se contrajo.

—Mi sangre ya estaba contaminada, Nicolae. No importa lo que le haga ese vampiro.

Sintió un extraño murmullo en los oídos. No lograba distinguir las palabras, pero la voz se le clavaba en sus entrañas como garras afiladas.

Nicolae giró a John Paul, se introdujo en su mente, en sus recuerdos, y le zarandeó, lleno de frustración.

—No recuerda por qué ha pasado esto. No tenemos tiempo que perder. Vete a casa, hombre, y duerme. Más tarde me ocuparé de ti.

Mucho más tarde. Un problema más inmediato consumía su mente.

John Paul no los miró, pero se alejó obedientemente, arrastrando los pies, camino de su casa, sin mirar ni a derecha ni a izquierda, ajeno al mundo que le rodeaba.

Nicolae escrutó cuidadosamente la zona. Las nubes giraban en gruesas hilachas negras, pero no soplaba el viento. Se movió, deslizándose con increíble velocidad, y agarró el brazo de Destiny.

—Tenemos que irnos.

—No quiero que el vampiro le haga daño a nadie de aquí, ni siquiera a John Paul, por no haber podido atraparme.

Destiny intentaba no aparentar que suplicaba. El zumbido de su cabeza iba empeorando; era como si un millón de abejas le clavaran sus aguijones desde dentro. Le costaba un gran esfuerzo no taparse los oídos ni tirarse del pelo para dejar de oír aquella voz.

Los largos dedos de Nicolae se cerraron alrededor de su brazo como un tornillo de carpintero.

—Destiny, el vampiro todavía no ha fracasado. Su veneno está en tu sangre, está destruyendo tus células mientras perdemos el tiempo hablando. Tenemos que buscar refugio, un lugar que podamos defender.

La urgencia con que hablaba la convenció, incluso más que el sonido estridente que oía mentalmente, de que debían darse prisa.

Tomó de la mente de Nicolae la imagen de un búho y al instante comenzó a transformarse. Pero no funcionó. Su imagen tembló, pero no ocurrió nada.

—Vete de aquí, Nicolae. —Le empujó con la palma de la mano, con fuerza—. Me está usando como cebo para atraparte. Aléjate de mí.

Nicolae maldijo en la lengua de los antiguos.

—Lo que te pase a ti me pasa a mí. Me quedo contigo.

Ella volvió a empujarle, esta vez con tanta fuerza que Nicolae se tambaleó.

—Eso es lo que quiere. Te estoy hundiendo, soy una piedra que llevas alrededor del cuello. Sal de aquí. Si te importo, déjame.

El zumbido de los gusanos estaba empeorando. No lo oía sólo en su cabeza: se difundía a través de su cuerpo, hasta tal punto que pensó que iba a volverse loca. No podía sofocarlo, ni controlar el dolor.

Más que en la locura, más que en el dolor, pensaba en proteger a Nicolae. Sabía que tenía razón. El vampiro se había dado cuenta de que él era su enemigo más poderoso. Aunque ella no había percibido el poder de Nicolae, el no muerto sí lo había notado. El vampiro era capaz de reconocer a un antiguo y sabía que, si quería que sus planes tuvieran éxito, era esencial destruirlo.

Nicolae ignoró sus protestas; sencillamente, cerró los oídos al sonido lacrimoso de su voz. No podía permitirse sentir emociones. La levantó en brazos y se elevó en el aire. Ella se quedó quieta. Sabía que no debía contradecirle, sentía su determinación. De lo contrario, la obligaría a obedecer y ambos sabían que, si lo hacía, ella sólo podría considerarlo una traición.

Destiny le rodeó el cuello con los brazos y se concentró en su retaguardia. Intentaba permanecer atenta, a pesar de las voces estridentes que oía en la cabeza y de los aguijonazos feroces que sentía en el cuerpo. No dejaría que Nicolae peleara solo, por muy difícil que le resultara concentrarse.

El dolor era insoportable. Nicolae lo sentía emanar de ella en oleadas. Compartía su mente y oía la voz horrenda del vampiro. El corazón de Destiny latía demasiado deprisa, galopaba por el esfuerzo de sobreponerse al veneno y al ejército de aguijones que la atacaba desde dentro. Ella luchaba por mantenerse alerta, por tejer encantamientos y levantar endebles almenas para retrasar al vampiro que les seguía. Para dar más tiempo a Nicolae.

Él acercó un momento la cara a su garganta, aspiró su olor, le susurró suavemente.

Sin previo aviso, el mundo se oscureció alrededor de ella. Sólo pequeños puntos de luz estallaron tras sus párpados. Luego la luz, las sensaciones, se disiparon por completo. La voz que oía en su cabeza cesó bruscamente, y el mundo se apagó.

Capítulo 13

¿Cuánto tiempo tienes? Era Vikirnoff, tan sereno como siempre. Estaba lejos, pero avanzaba velozmente hacia su hermano. *Su sangre atrae a los no muertos como un faro encendido. No podrás esconderla de ellos.*

No tengo intención de ocultarme. Nicolae hablaba con sequedad. Con una confianza suprema en sí mismo. Implacablemente. Hacía siglos que su hermano Vikirnoff le oía hablar exactamente así. Su poder llenaba el cielo, estallaba en relámpagos, en latigazos zigzagueantes que restallaban en todas direcciones. Iba a tomar la ofensiva. El cielo se abrió y la lluvia comenzó a golpear la tierra torrencialmente. *Deja que vengan por nosotros.*

A lo lejos, Nicolae oyó el eco de un grito de odio, de rabia. Un segundo y un tercer grito resonaron después, cuando sus armas dieron en el blanco. El cielo se iluminó, lleno de fuego, y el rayo sacudió la tierra. El suelo tembló, osciló, se desplazó. Abajo, en un pequeño lago, se elevó una ola enorme que cruzó la superficie espumeando violentamente. Las estrellas parecían estallar alrededor de él: aquélla era la respuesta del vampiro, su grito de guerra.

Nicolae hizo un ademán que abarcó el cielo, y el viento se levantó de pronto y se abalanzó, furioso, contra los estallidos de luz incandescente, alejándolos de la mujer que tenía en sus brazos. Voló en línea recta hacia las montañas, lejos de los humanos, donde otros habrían quedado atrapados en la batalla que se avecinaba. Estaba alejando premeditadamente a Destiny de la cámara de los estanques: no quería que el vampiro encontrara su lugar de descanso. Voló hacia el subsuelo, donde una serie de cuevas se abría en lo hondo de la tierra. El vapor se alzaba a través de los respiraderos y el olor a azufre era fuerte, pero los minerales del suelo eran exactamente lo que estaba buscando.

Levantó defensas a toda prisa, simples tácticas de diversión que le permitirían ganar el tiempo que necesitaba para extraer el veneno del cuerpo de Destiny. Las pequeñas marcas de mordiscos ya se habían infectado: eran manchas oscuras, de aspecto maligno, la marca de la bestia. Nicolae llevó a Destiny bajo tierra, hasta una de las cuevas más pequeñas, una cámara de paredes estrechas en la que apenas había sitio para sus cuerpos. No era lugar para una batalla, pero sí más fácil de defender que las cuevas más grandes. Agitó la mano para abrir la tierra rica y depositó el cuerpo de Destiny en el suelo fresco. Estaba caliente al tacto, y en su piel empezaban a formarse ampollas.

Le queda poco tiempo. Es un veneno rápido, un veneno que nunca he visto. Casi los tenemos encima. A Nicolae no le preocupaban los vampiros. Sentía el peso de su ira y su determinación. Le creían atrapado en las montañas, incapaz de moverse con una mujer a la que cuidar, pero aún no conocían a Destiny. Ni sabían que Vikirnoff iba surcando el cielo, decidido a sumarse a la batalla.

Utilizó su saliva y la tierra densa y rica para cubrir apresuradamente cada herida. Los dientes minúsculos y afilados como cuchillas habían penetrado hasta las venas, inyectando el veneno en su víctima. Nicolae trabajaba con rapidez pero metódicamente, sin pasar nada por alto. El vampiro que había orquestado el ataque era rápido y astuto, se había ocultado en la niebla y había esperado el momento en que una distracción de Destiny la hiciera vulnerable. Y en ningún momento se había expuesto al peligro o a resultar herido. Había sido un golpe lleno de astucia, y Nicolae era consciente de que su enemigo era un adversario peligroso.

Era el veneno que corría por el cuerpo de Destiny lo que más le inquietaba.

—Despierta, amor mío. Despierta con la certeza de la batalla inminente.

Destiny obedeció su orden con un gemido de dolor. Su mirada, oscurecida por el sufrimiento, se clavó en la de él.

—Te buscan a ti, Nicolae. Vienen por ti.

Él hizo un gesto despreocupado.

—Déjales que vengan. Te han subestimado. Van a encontrar su perdición. Debo extraer el veneno de tu cuerpo lo antes posible, y necesito toda tu fuerza y tu ayuda.

Ella asintió con la cabeza. La confianza brillaba en el fondo de sus ojos.

—Dime qué tengo que hacer y te seguiré.

Nicolae se obligó a no pensar en la confianza absoluta de su mirada, de sus palabras, y en cuánto significaba para él. En cuánto significaba Destiny para él. Aminoró el ritmo de su corazón hasta que su latido fue firme y constante, con el fin de dificultar el rápido avance del veneno. La había hecho dormir por la misma razón. Tomó su mano y se la puso sobre el corazón.

—Así, Destiny. Mantén este mismo ritmo cardíaco.

Acarició con el pulgar el dorso de su mano mientras su corazón latía directamente en la palma de Destiny.

Ella cobró conciencia del rápido golpeteo de su propio corazón, que resonaba en la cámara como un trueno, como un potente tambor tocando un ritmo de muerte. Al instante ralentizó su latido, tomando el control sobre su cuerpo, y siguió el ritmo, mucho más pausado y constante, del corazón de Nicolae. Cuando su corazón se refrenó, se sintió torpe y exhausta, increíblemente cansada.

—Te sorprenderás cuando estemos dentro. No te asustes, y no temas por mí. Me he enfrentado muchas veces al veneno. Concéntrate en lo que hay que hacer. El miedo es nuestro mayor enemigo.

Destiny asintió con la cabeza.

—No te defraudaré.

Era muy consciente del peligro que corrían. Estaba dentro de la mente de Nicolae, incluso sentía la presencia de Vikirnoff. Él ya no se molestaba en ocultársela. Destiny sabía que iba en su ayuda a toda velocidad.

Nicolae se despojó de su cuerpo y se convirtió en luz y energía para poder penetrar en el cuerpo de su compañera e inspeccionar los daños. Invirtió minutos preciosos en estudiar el compuesto químico usado para envenenarla. El veneno se reproducía velozmente y mutaba al difundirse por su cuerpo. La forma mutante parecía percibir su presencia, como un ejército hostil, listo para atacar su luz.

¡Sal de ahí! Destiny no esperó a ver si le hacía caso; golpeó con todas sus fuerzas, arrojándole de su cuerpo, usando su lazo de sangre para arrastrarle con ella.

El golpe fue tan fuerte, tan inesperado, que pilló desprevenido a Nicolae. De pronto se encontró en su propio cuerpo, parpadeando y mirándola a ella.

Si tuviera sentido del humor, ahora mismo me estaría riendo. La voz de Vikirnoff sonaba como siempre: serena e imperturbable, a pesar de que les acosaba un número indeterminado de vampiros y de que pronto tendría lugar una batalla sangrienta.

Nicolae suspiró.

—No deberías haber hecho eso, Destiny —la reprendió—. Hay que extraer el veneno de tu cuerpo; no tenemos elección. No hay tiempo para discutir.

—No, no hay tiempo —respondió ella. Gotas de sudor perlaban su piel. Algunas eran rosadas: los primeros indicios de sangre—. Tendrás que entretenerlos, defendernos mientras hago esto yo sola. El veneno está diseñado para atacar al sanador. No podemos infectarnos los dos. —Puso la mano sobre su brazo—. Sabes que tengo razón, Nicolae.

Es verdad que acierta de vez en cuando.

—Lo he oído —dijo Destiny—. Nicolae, no hay tiempo para discutir sobre esto. Incluso tu hermano está de acuerdo en que tengo razón, y tú sabes que vive completamente en la Edad Media en lo que se refiere a las mujeres.

Nicolae maldijo con elocuencia en la lengua materna de los antiguos. De paso, incluyó a Vikirnoff en su letanía. El veneno era muy virulento. Inclinó la cabeza para apoyar la frente contra la de ella.

—Ser tu compañero no es bueno para el ego.

Ella tocó su mejilla y acarició sus labios con el pulgar.

—Los sabuesos están en la puerta.

La boca de Nicolae rozó la suya.

—Ten cuidado, Destiny. Hazlo bien. No tienes mucho tiempo. Te necesito alerta y lista para marchar. Hay que intentar mantenerlos alejados de esta cámara. Me encontraré con ellos arriba.

—Vete.

Le apretó los dedos y soltó su mano. Nicolae ya había empezado a disolverse. Alejándose de ella, subió por la chimenea para salir con un estallido al cielo nocturno. Iría al encuentro de sus enemigos. La sangre de su compañera era como un faro encendido que conducía a los no muertos directamente a su escondite. Era asunto suyo mantenerlos alejados de ella hasta que Destiny pudiera moverse y cazar por sus propios medios.

Destiny no perdió tiempo, y Nicolae no detectó miedo en ella cuando se desprendió nuevamente de su cuerpo para desaparecer. Ella se convirtió en luz y energía y concentró sus fuerzas, que iban debilitándose, en combatir a la legión de microbios que invadía su torrente sanguíneo. Él permaneció como una sombra en su mente, listo para prestarle su fuerza si la necesitaba, listo para ayudarla como pudiera.

Se elevó mientras inspeccionaba los alrededores. Confiaba en que los vampiros atacaran descuidadamente, convencidos de que estaba demasiado ocupado con Destiny para tomar la ofensiva. Aquélla era una batalla preparada con todo cuidado, y Nicolae estaba seguro de que Pater se hallaba detrás de todo aquello. Pater estaba decidido a unir a los vampiros, a agruparlos en contra de los cazadores.

Quizá funcione, si consiguen no matarse los unos a los otros, pensó Nicolae.

Vikirnoff se lo pensó un momento. *Pensaba que no había un vampiro lo bastante poderoso, aunque fuera un antiguo, para lograr la hazaña de unir a los vampiros en un propósito común, pero nuestro enemigo parece haberlo conseguido.*

Ya se ha hecho, pero no con antiguos. Siempre ha habido uno con poder, mientras que los otros sólo eran peones que podían sacrificarse. Esto es un mal presagio para nuestro pueblo. Nicolae ocultó su ser en las moléculas más minúsculas y se diseminó por el cielo, entre las nubes turbulentas. Vikirnoff estaba en su mente, fundido igualmente con Destiny, esperando para prestarles su fuerza cuando fuera preciso.

Pero Destiny no les hacía caso a ninguno de los dos. Estaba completamente concentrada en su propia guerra, confiando en que Nicolae mantuviera a raya a los no muertos hasta que pudiera unirse a él. Sabía que había perdido demasiada sangre a través de las muchas mordeduras que tenía en la piel. El compuesto venenoso estaba llevando a cabo una destrucción masiva en el interior de su cuerpo, haciendo mutar sus células con rapidez vertiginosa. Notaba el movimiento de los parásitos que siempre estaban presentes en su corriente sanguínea, lo conocía bien, pero le horrorizaba. Hasta ellos intentaban esconderse del veneno agresor. Buscó rápidamente entre su flujo sanguíneo, encontró anticuerpos naturales y comenzó a replicarlos, lanzando velozmente su propio ejército contra los microbios para frenar su reproducción y tener más tiempo para dar con algo que los destruyera de una vez por todas. Vislumbró una burbuja casi escondida tras un enjambre de células. Era rojiza y negra, un gran coágulo que avanzaba siguiendo la estela de los microbios. Podía luchar contra las células mutantes, programadas para atacar la oleada de energía que manaba de ella, pero tenía la sensación de que el verdadero mal se hallaba en aquella masa desconocida.

Hizo caso omiso de las lesiones que empezaban a formarse en sus órganos allí donde el veneno los tocaba. Ignoró su sangre contaminada, que ardía y hervía de modo que las paredes de sus venas se volvieron muy finas y frágiles, casi a punto de estallar. En algunos lugares se hinchaban alarmantemente, lo mismo que algunos de sus órganos.

¿Qué armas tenía para combatir aquello? Energía. Luz. Dejó de perder el tiempo creando anticuerpos que únicamente refrenaban al ejército de mutantes. Esperó y observó cómo el henchido enjambre de células se esforzaba por rodear la esencia de su vida.

Mantuvo su posición, consciente de que el tiempo se le agotaba. No sentía a nadie cerca, no oía nada, ni siquiera el latido de su corazón. Toda su atención estaba fija en aquella masa de células malignas. Esperó, concentrando su energía hasta convertirla en un láser incandescente y fino como una aguja. Entonces apuntó hacia los mortíferos microbios. Dio rienda suelta a su poder y éste se convirtió en un pálpito de energía, letal y reconcentrado, tan intenso que comprendió que no procedía sólo de ella.

No podía permitir que aquella convicción la distrajera. Veía cómo las células iban marchitándose y muriendo y cómo la cosa que había tras ellas aparecía claramente por primera vez. Era del tamaño de una nuez y estaba alojada en su estómago. Su corazón dio un vuelco. No podía usar fuego o calor para destruirla. Era una especie de explosivo químico que esperaba un detonador. Las sustancias químicas estaban asociadas al primer compuesto venenoso que había penetrado en su cuerpo cuando los dientes de los gusanos se clavaron en su carne. Al mutar la segunda generación de células, aquellas sustancias habían atravesado su cuerpo desde todas direcciones para unirse, como estaba previsto. Se habían convertido en una bomba viviente dirigida contra Nicolae en caso de que él intentara sanarla.

Destiny inhaló bruscamente, consciente de que su compañero estaba con ella, viendo lo que ella veía. Presa de su mismo temor. *Haz lo que tienes que hacer, Nicolae. Yo encontraré la solución para esto.*

Nicolae sintió que se le encogía el corazón. *Debes darte prisa, Destiny. Las células malignas están dañando tu cuerpo. Necesitas un sanador.* Le transmitió serenidad, calma y una confianza total en ella, aunque en el fondo de su corazón se rebelaba por tener que combatir al enemigo cuando en realidad lo que quería era correr a su lado.

El cielo se iluminó, lleno de bolas de fuego, de misiles de llamas anaranjadas y vertiginosas que le buscaban en la oscuridad. Al atravesar silbando el aire, despedían chispas que azotaban el espacio a su alrededor, buscando un objetivo.

Sin perder la calma, Nicolae lanzó un viento feroz delante de sí, devolviendo los lanzazos a su enemigo y anunciando así su presencia. *Venid a mí todos los que buscáis la justicia de nuestro pueblo. Os ayudaré a partir al otro mundo, como deberíais haber hecho hace mucho tiempo. Venid a mí. Estoy harto de vuestras rabietas.*

Gritos de odio y rabia resonaron en el cielo en respuesta a sus palabras. Nicolae ya se había puesto en marcha. Sabía que los vampiros intentarían localizar su posición exacta siguiendo la dirección del vendaval. Oyó una cháchara de voces estridentes y luego, a su izquierda, donde acababa de estar, el aire estalló en un ejército de murciélagos. Aquellas grandes criaturas, parecidas a murciélagos vampiros, eran esbirros de los no muertos, tenían grandes colmillos y buscaban su sangre. Volaron hacia él. Había tantos que el cielo pareció llenarse con sus cuerpos velludos. Entre tanto siguieron oyéndose chillidos y parloteos: estaban informando a su amo de su presencia.

Nicolae barrió la zona con relámpagos, sobrecargando el aire de modo que los latigazos de electricidad danzaban y zigzagueaban, despidiendo chispas brillantes al buscar su objetivo. El olor pestilente que desprendían las criaturas al quemarse hizo que le escocieran los ojos, y que la garganta y la nariz le ardieran. El fabuloso despliegue de relámpagos iluminaba el cielo nocturno, ennegrecido por nubes amenazadoras. A los relámpagos les siguieron los truenos, cuyo estruendo sacudía la tierra y ocultaba un arma, pues emitía hacia el cielo ondas tan poderosas como las de un terremoto, que disgregaban a los no muertos.

Un grito agudo hirió los oídos de Nicolae cuando uno de los vampiros cayó desde arriba y su forma espantosa se materializó en medio de la niebla con un brillo grisáceo y opaco. El vampiro se detuvo en el aire y rápidamente se ocultó tras las nubes, temiendo un ataque. Cuando comenzó a arrojar lanzazos de electricidad pura hacia él, Vikirnoff salió a cielo abierto.

Nicolae golpeó a su hermano con fuerza, apartándole de un dardo incandescente. El dardo rozó su hombro y quemó tejido y músculo al pasar silbando a su lado.

Te estás volviendo demasiado viejo para esto. Te fallan los reflejos, le dijo a su hermano mientras daba un rodeo para situarse detrás del vampiro.

Sólo quería comprobar que estabas en esta batalla y no con tu mujer.

Nicolae gruñó al tiempo que se lanzaba hacia el vampiro, atravesando las finas nubes. Inmediatamente, aparecieron en el cielo tres lagartos monstruosos, muy parecidos al de la cueva donde se había enfrentado por primera vez a Pater. Era evidente que el anciano vampiro también había organizado aquella batalla. Aquellas espantosas criaturas se lanzaron al ataque; entre tanto, el vampiro se metamorfoseó para tomar la misma forma que ellos, tendió hacia él sus garras enormes y perversas e inclinó su enorme cabeza.

Aunque Nicolae sintió en la cara su aliento caliente y fétido, que olía a carne putrefacta, se lanzó hacia delante, esquivando las garras por muy poco. Con un estallido de velocidad vertiginosa, lanzó los puños hacia el pecho escamoso del animal. En el último momento, el vampiro se giró y lanzó un golpe con su cola picuda, cuyas púas estaban recubiertas de un veneno paralizante.

Las otras tres bestias se abalanzaron sobre Nicolae; abrían y cerraban sus mandíbulas poderosas y agitaban violentamente sus grandes alas, generando un vendaval que levantaba el polvo. Las nubes giraban y bullían; pedazos ennegrecidos de cascotes arrancados de la tierra se elevaban en el embudo de un tornado. La fuerza de aquel viento creaba su propio clima. Una tormenta de hielo semejante a lanzas y esquirlas de cristal salió de su centro, buscando un blanco.

Cuando Nicolae se disponía a disolverse para que la cola y las mandíbulas de las bestias pasaran a su lado sin herirle, una de las criaturas abrió aún más su boca espantosa y dejó al descubierto la presa que llevaba en ella. Con las piernas aprisionadas entre las filas de dientes, un hombre indefenso chillaba y agitaba los brazos enloquecidamente. Su mirada horrorizada se clavó en la de él en el momento en que la enorme bestia comenzó a ejercer presión.

En ese mismo instante, Vikirnoff se lanzó desde arriba, emergió de las nubes negras y aterrizó sobre el lomo del lagarto. Llevaba en la mano una lanza que refulgía, roja e incandescente. Atravesó con ella la parte de atrás del cuello del reptil. Mientras la bestia chillaba de odio y dolor, sus grandes mandíbulas se abrieron, liberando al humano que llevaba en la boca. El hombre cayó hacia la tierra y su grito resonó como un agudo gemido de terror.

Nicolae se lanzó en picado tras él, hacia el torbellino que se elevaba velozmente. Las esquirlas y lanzas de hielo se dirigieron hacia él y hacia la víctima de los no muertos. Entonces se apresuró a tejer una red de hilos de seda bajo el humano, que mientras caía movía los brazos describiendo una compleja filigrana, y extrajo fuego del cielo para derretir las armas de hielo.

La víctima del vampiro cayó en la red, rebotó y se agarró desesperadamente a sus finos hilos, sujetándose con todas sus fuerzas. Era consciente de los extraños acontecimientos que estaban teniendo lugar y sin embargo luchaba por mantenerse con vida. Nicolae, que le necesitaba consciente, decidió no blindar su mente al acogerle en la relativa seguridad de sus brazos.

—¡Aguanta! —le ordenó.

Reconoció a Martin Wright. Martin se aferró a su cuello, se deslizó hasta su espalda y cerró los ojos para no ver aquella aterradora realidad. La sangre goteaba sin cesar de sus piernas, allí donde los dientes del animal se habían clavado en su carne.

No permitas que le ocurra nada. El ruego de Destiny resonó con fuerza en la mente de Nicolae.

Miró hacia la montaña mientras los reptiles se lanzaban tras él, alejándose de la bestia caída. El lagarto gigante al que Vikirnoff había atravesado con su lanza cayó describiendo volteretas en el aire mientras éste se aferraba tenazmente a su lomo. El vampiro rugía de rabia y de terror, pero los demás no acudieron en su ayuda. Se precipitaron hacia Nicolae y Martin con alarmante velocidad.

Al huir de ellos a la velocidad del rayo, Nicolae estuvo a punto de no ver una sombra cerca de la entrada de la montaña. Una silueta negra se deslizaba por el suelo sigilosamente, moviéndose de sombra en sombra. Apenas alcanzó a ver la cola que desaparecía en la tierra, muy por debajo de él. El corazón le latía con violencia en el pecho. El vampiro sabía que, si lograba matar a Destiny, destruiría al menos a uno de los cazadores. Además, su compañero no seguiría viviendo sin ella, y quizás ambos cazadores corrieran la misma suerte que ella.

¡Destiny!

Siento aproximarse al monstruo. Reconozco su pestífero olor. Había en la voz de ella una confianza que Nicolae no sentía. Pater era un adversario peligroso y fuerte. Destiny estaba gravemente herida y enferma, e intentaba luchar contra el veneno que había invadido su cuerpo.

Nicolae, suelta al humano. Vas a necesitar todas tus fuerzas para enfrentarte al no muerto. Vikirnoff era siempre el mismo: su voz sonaba sin inflexión incluso cuando sentenciaba a un hombre a una muerte segura.

¡No! Destiny estaba furiosa con él. *No le escuches, Nicolae. No necesito tu ayuda para luchar contra un vampiro de tres al cuarto.*

Las sustancias químicas que bullían y se mezclaban en su estómago para formar el explosivo estaban empezando a quemar sus entrañas como si liberaran algún terrible gas. Destiny analizó el compuesto y sintió que Nicolae, y Vikirnoff a través de él, estudiaban las sustancias con ella.

Lo primero es ácido nítrico o algo parecido, dijo Nicolae.

Y han encontrado el modo de introducir glicerina y mezclar las dos sustancias, añadió Vikirnoff.

Destiny hizo una mueca. Nitroglicerina. Inestable. Peligrosa. Alojada en su interior, esperando una señal para estallar. Incluso una alteración de su temperatura corporal podía hacerla explotar. El propio virus podía ser el detonante, si elevaba la temperatura de su cuerpo. Aun así controló su pánico y se puso a pensar, decidida a usar la lógica. Su especie se alimentaba de sangre. La sangre no surtiría ningún efecto sobre aquella masa hostil. Un rayo láser de pura energía la haría estallar. El vampiro esperaba que ella razonara como una cazadora, no como una humana. Esperaba que sólo ingiriera sangre.

Pater iba acercándose, se abría paso con sigilo por las cuevas, hacia la cámara donde ella descansaba. Destiny percibía cómo su presencia maligna se difundía por la montaña, cómo protestaba la tierra, acompañada por el murmullo ronco de los insectos y los moradores de las cuevas. La sombra se alargaba, crecía como un mal presentimiento que empezaba a invadir su mente con una fuerza insidiosa, haciendo tambalear su confianza en sí misma.

El veneno estaba funcionando: superaba la barrera de anticuerpos que ella había levantado y debilitaba la capacidad de su cuerpo para rebelarse. Minúsculas gotas de sangre comenzaron a brotar de sus poros.

Destiny cerró su mente a todo lo que no fuera el mal que llevaba dentro. Tenía que proteger a Nicolae a toda costa. Aquella cosa, aquella trampa destinada a él, tenía que ser destruida. Y sólo se le ocurría un modo de hacerlo. Tejiendo cuidadosamente su hechizo, convocó a los minerales de la tierra y buscó el que necesitaba. Carbonato de sodio. A montones. Eso podía neutralizar el ácido de su organismo y separar de forma natural la glicerina; ninguno de los dos elementos era tóxico por sí solo. Preparó un bebedizo usando agua mineral y se aseguró de que estuviera a la misma temperatura que su cuerpo.

Tuvo que esforzarse para ingerir aquel brebaje, para retenerlo en su cuerpo cuando todo en ella se rebelaba. De nuevo cobró forma incorpórea para dirigir la mezcla de carbonato sódico hacia donde era necesaria. Observó atentamente mientras su única esperanza corría a cumplir su cometido. Si no funcionaba, esperaría hasta que el vampiro estuviera a su lado, elevaría su temperatura corporal todo lo que pudiera, bruscamente, y haría estallar la bomba, llevándose a aquel monstruo consigo. No permitiría que le pusiera las manos encima. Las sustancias químicas se tocaron, mezclándose, y ella supo al instante que había vencido.

Nicolae suspiró, aliviado. La presencia de Vikirnoff desapareció.

El vampiro seguía avanzando y ella aún estaba débil. Pero era una cazadora. Retuvo el compuesto dentro de su cuerpo todo el tiempo que pudo soportarlo; luego se arrastró hasta un rincón y lo arrojó lo más rápido que pudo, vomitando violentamente.

Volvió la cabeza cuando un suave movimiento delató la presencia del intruso.

—Pater… Me alegra ver que has adoptado tu verdadera forma. Las escamas te favorecen. Es impresionante esa cabeza de reptil. Es fabulosa. Apuesto a que con esa cara vuelves locas a las chicas.

Había poco espacio para maniobrar, y Destiny dudaba que tuviera fuerzas para transfigurarse. Se echó hacia atrás y miró a la enorme bestia, que le sonreía satisfecha, con una mirada triunfante, fría y letal.

—Crees haber conseguido una especie de victoria, pero no me conoces. Ni conoces a Nicolae. No saldrás vivo de aquí.

El vampiro conservó el cuerpo de la bestia, pero su cabeza de cocodrilo se contrajo, se disolvió y volvió a solidificarse tomando la forma de la cabeza de un hombre. Era una amalgama horrenda: la cabeza de Pater unida al cuello y el cuerpo de un lagarto semejante a un dragón. Le enseñó los dientes aserrados, sin molestarse en mantener una ilusión de belleza.

—Tampoco tú sobrevivirás, querida mía. Te di la oportunidad de unirte a nosotros. Más de una oportunidad. Ellos nunca aceptarán a alguien como tú. Nunca. Si el cazador toma tu sangre, seas su compañera o no, su lado oscuro se fortalecerá. ¿Qué sentido tiene sufrir sólo para verse rechazado? ¿Qué crees que hará el príncipe cuando te vea? ¿Y qué hay de Gregori? ¿Crees que te aceptarán y te darán cobijo? ¿Que permitirán que te relaciones con sus mujeres?

El corazón de Destiny tembló. La verdad de aquellas palabras atravesó su corazón como una flecha. Afilada. Mortal. Terrible. Siempre sería una excluida. Siempre. Incluso el hermano de Nicolae la trataba como tal. Avergonzada, apartó la mirada de aquellos ojillos acusadores.

Sigue mirándole, dijo Nicolae. *Me importa poco lo que piensen el príncipe, Gregori o los demás. Y a ti tampoco debería importarte. Este malvado es un vampiro y miente. Está usando el truco más viejo del mundo para minar tu voluntad de enfrentarte a él.*

Fue una reprimenda severa, y Destiny se la tomó muy a pecho. Advertida por el ruido que hizo una garra al arañar las rocas, clavó la mirada en la del vampiro. De pronto sintió que el poder y la fuerza la invadían. Una fortaleza inmensa. Un poder asombroso.

Pater chilló y comenzó a retorcerse, intentando girarse entre las paredes de la estrecha madriguera. Su cola erizada lanzaba latigazos, pero el propio peso de su cuerpo le vencía. Las llamas danzaban sobre sus escamas, chisporroteaban y llenaban de ampollas su piel de reptil, traspasándola hasta el hueso. El fuego recorrió su cuerpo por entero, ennegreciendo las escamas y apestando el aire con un hedor espantoso. El cadáver se abrió y arrojó al vampiro sobre el suelo de la cueva. Pater siseaba de rabia y se arrastraba hacia ella. Sus ojos refulgían, rojos y feroces, fijos en ella y llenos de maldad.

Destiny intentó reunir fuerzas para aguantar el ataque, pero el cuerpo le falló, debilitado por la falta de alimento. Había gastado sus fuerzas en su batalla contra el virus venenoso.

Mírale. Nicolae hablaba con completa confianza en sí mismo. Su certeza pulsó una cuerda dentro de ella. Él estaba enzarzado en su propia lucha a vida o muerte, con un humano a su cuidado, huyendo de los vampiros mientras la ayudaba y, sin embargo, confiaba plenamente en su capacidad para protegerla. Y ella le creía.

Destiny no apartó la mirada de Pater. Una sonrisa leve y adusta asomó a su boca. Parecía exhausta y débil, pero también relajada y segura.

Pater advirtió su expresión, vio su mirada, sintió el poder que giraba como un torbellino en las profundidades verdeazuladas de sus ojos, un poder que no procedía sólo de ella, y comprendió que había fracasado. Sus esbirros no habían mantenido ocupado al antiguo. Estaba mirando cara a cara a la muerte. Desesperado, levantó una barrera al tiempo que se hundía en la tierra. A unos centímetros de Destiny surgieron enredaderas del suelo. Unos tentáculos gigantescos se tendieron hacia ella y las flores se abrieron para dejar al descubierto dientes minúsculos que, parecidos a los de la piraña, se entrechocaban junto a sus piernas.

Se apartó de las plantas con las pocas fuerzas que le quedaban. Al hacerlo, sintió que la energía volvía a atravesarla, vio que las enredaderas se marchitaban, morían y caían al suelo para desintegrarse en ristras negras. Se dejó caer contra la pared de la cueva, exhalando un suspiro de alivio. Pater había escapado por segunda vez, pero no había conseguido utilizarla para destruir a Nicolae.

La batalla del aire se estaba disipando, los vampiros se retiraban siguiendo la llamada de su amo. Vikirnoff había conseguido destruir a uno de ellos y carbonizar su negro corazón con un rayo.

Nicolae se las había ingeniado para escapar a los otros tres, mantener a Martin a salvo y defender a Destiny del ataque de Pater. Pero estaba preocupado. Sentía la fragilidad de su compañera.

Llévate a Martin a la ciudad mientras me ocupo de Destiny, le dijo a su hermano. *Hay que curarle y borrar sus recuerdos.*

El humano es tuyo. Yo no me llevo bien con esa gente. No los en-

tiendo. Debo alimentarme si quiero darte lo que necesitas. Deberías tomar lo que te hace falta de ese humano antes de ir en busca de tu compañera. Pero no lo harás porque ella se enfadaría contigo. No lo entiendo. Una presa es una presa.

Nicolae miró a su hermano con enojo, pero Vikirnoff no se dio cuenta. *Destiny... Debo ocuparme de sanar las heridas de Martin y de que llegue a casa sano y salvo.*

Por supuesto. Había algo nuevo en su voz. Una suave nota de afecto, un amor que no estaba allí antes. Nicolae estaba seguro de que Destiny no era consciente de ello, pero aquello encendió un fuego en su vientre e hizo brincar su corazón de alegría. *Estoy un poco cansada, pero me encuentro bien. Haz lo que tengas que hacer y luego vuelve a buscarme. Hasta dejaré que te hagas el héroe. Puedes cogerme en brazos y llevarme a casa.*

Nicolae se descubrió sonriendo mientras cruzaba el cielo llevando a Martin de regreso a la relativa seguridad de la ciudad. *Te gusta que te lleve de acá para allá. Sobre todo si no llevas nada puesto.*

La risa de Destiny borboteó, suave y melódica, reconfortando más aún a Nicolae y llenándole por completo de felicidad. Pero él oyó también la nota de agotamiento que había en su voz cuando le contestó. *Y a ti te gusta que no lleve nada puesto. Tu mente es un campo de minas de imágenes eróticas. Es cierto eso que dicen de que los hombres piensan en el sexo cada pocos segundos.*

Yo también he estado en tu mente, Destiny.

Pero yo tengo excusa. Tú tienes todas esas imágenes en la cabeza y yo reflexiono sobre ellas. Las memorizo.

Su voz burlona y provocativa acarició la piel de Nicolae, avivó las llamas del deseo apremiante, a pesar de que él sabía que el descanso y la tierra curativa eran lo único que le permitiría a su compañera esa noche. *Estoy orgulloso de ti.* Tenía que hablarle de su orgullo, no podía callárselo. La intensidad de sus emociones le embargó hasta tal punto que pensó que estallaría. Destiny había hecho lo imposible, lo impensable.

Tú tampoco lo has hecho nada mal esta noche, aunque tu velocidad podría mejorarse. No creas que no me he fijado en esa herida que te has hecho en el hombro al apartar del peligro al idiota de tu hermano; has sido muy lento.

¿Me estás criticando? Nicolae inyectó en su voz asombro y horror para hacerla reír. Le encantaba su risa. *Freír al lagarto me ha parecido un toque bonito.*

Me enseñó un maestro. De veras, te vendrían bien unos cuantos consejos. El buen humor empezaba a disiparse, y su voz sonaba cada vez más soñolienta. *Estoy cansada, Nicolae. Debo descansar hasta que regreses.*

Él compartió su mente mientras ella levantaba salvaguardas; sería fácil neutralizarlas ahora que conocía sus complejidades. *Volveré enseguida.*

No hace falta. Descansaré en la tierra.

De pronto, Destiny le abandonó. Nicolae sabía que estaba a salvo, que se había enterrado, que había dejado que la tierra la acogiera y le diera la bienvenida, pero necesitaba abrazarla, ver con sus propios ojos que estaba a salvo de todo mal. Quería llevarla a la cueva de los estanques, obrar sobre ella el ritual de la sanación y darle sangre antes de depositarla en la rica tierra de su guarida.

Controló su descenso para no alarmar aún más a Martin. Eligió un pequeño parque a escasa distancia de su casa.

Martin temblaba incontrolablemente.

—¿Qué eran esas cosas? Me has salvado la vida.

Nicolae le ayudó a sentarse en un banco del parque.

—No necesitas saberlo. No te acordarás de ellos. No recordarás nada de esto.

Al oír esas palabras, Martin se apartó de él bruscamente.

—¿Igual que no recuerdo la agresión al padre Mulligan? ¿Tienes algo que ver con eso? ¿Tú o esas… esas cosas?

—No sé por qué no puedes recordar lo que ocurrió, Martin —le contestó Nicolae sinceramente—. No encuentro pruebas de que algún no muerto te haya tocado en algún sentido. O algún vampiro se ha vuelto más poderoso de lo que puedo concebir, o no se debe a la influencia o la obra de uno de ellos. No sé qué te pasó, pero estoy intentando averiguarlo. —Examinó las heridas de sus piernas—. Afortunadamente, no te han inyectado veneno. Esta vez has tenido suerte.

—¿Suerte? —Martin parecía a punto de echarse a llorar. Luego empezó a reírse casi histéricamente—. Supongo que tienes razón. Si no hubieras aparecido, esa cosa me habría comido vivo. ¿Qué era?

—¿Martin? ¿Nicolae?

El padre Mulligan apareció tras ellos, sorprendido de verlos en el parque. Había pasado junto a aquel banco apenas unos minutos antes y no había visto a nadie.

Nicolae exhaló un suspiro y se echó hacia atrás, sentado en cuclillas. El mundo conspiraba contra él.

—¿Qué tal se encuentra esta noche, padre?

—¿Qué le ha pasado a Martin en las piernas? —El sacerdote miró alarmado las heridas abiertas y ensangrentadas—. ¿Llamo a una ambulancia?

—Yo puedo curarle —dijo Nicolae—. ¿Qué hace fuera a estas horas?

—La tormenta que había sobre las montañas me puso nervioso.

El sacerdote los observaba con mirada astuta y sagaz. La herida ennegrecida del hombro de Nicolae y las piernas desgarradas de Martin le revelaban más cosas de las que ninguno de los dos estaba dispuesto a admitir.

—No era una tormenta natural. ¿Quién ha ganado?

Nicolae se pasó una mano por el pelo.

—Yo diría que ha habido empate. No puedo quedarme mucho tiempo. Destiny está enferma y debo regresar con ella. —Le lanzó al párroco una mirada penetrante—. No habrá sentido el impulso de venir aquí ahora, ¿verdad?

—¿Quieres decir como si no pudiera refrenarme?

Nicolae asintió con la cabeza.

—No me gusta nada que le atacaran. Que usaran a Martin para agredirle y que él haya estado fuera esta noche. Y ahora le encuentro a usted aquí.

El padre Mulligan sacudió la cabeza con firmeza.

—Me despertaron los truenos. Créeme, mis facultades mentales están en perfecto estado. Sabía que estaba pasando algo, y me he sentido preocupado por mis parroquianos.

—Es mucho más seguro quedarse en casa, padre —repuso Nicolae. Fijó su atención en las piernas de Martin—. ¿Cómo consiguieron atraparte?

Martin arrugó el ceño.

—Me peleé con Tim. Nunca discutimos, pero esto de perder la memoria y de haber estado a punto de matar al padre Mulligan está arruinando nuestra relación. Creo que Tim me tiene un poco de miedo. Yo le digo una y otra vez que jamás le haría daño, pero tampoco se lo haría a usted, padre, y le ataqué. Así que lo que diga no significa gran cosa.

—¿Conoces a John Paul, Martin?

—Claro. Todo el mundo le conoce. Parece un bruto, pero en realidad es un gigante con un corazón de oro. Te daría hasta la camisa si la necesitaras.

—Pegó a Helena. No una, sino dos veces —dijo Nicolae, observando cuidadosamente el semblante de Martin.

Martin palideció a ojos vista. Parecía sinceramente asombrado.

—No puedo creerlo. Adora a Helena. Mataría a quien se atreviera a tocarla. No te creo. —Miró al sacerdote buscando confirmación—. Tuvo que ser otra persona.

—Él tampoco lo recuerda, Martin —dijo el padre Mulligan con suavidad.

Martin ocultó la cara entre las manos.

—No entiendo nada. ¿Por qué pasa esto? ¿Tiene algo que ver con esas criaturas? —Se pasó las manos por la cara dos veces, como si quisiera borrar aquel recuerdo—. ¿Me estoy volviendo loco? Decídmelo. Juro que preferiría que ese monstruo me partiera por la mitad de un mordisco antes que hacerle daño a las personas a las que quiero.

—No creo que estés loco —repuso el padre Mulligan, apoyando una mano sobre su hombro para reconfortarle—. Ni creo que lo esté John Paul.

—Esta noche salí a pasear. No quería que Tim me viera llorar. No vi llegar a esa cosa. Estaba solo y de pronto me agarró. —Se estremeció al recordar las mandíbulas calientes que le aplastaban—. Una especie de animal, padre... Un cruce entre dragón de Komodo y cocodrilo, pero con alas. Hasta a mí me parece un disparate. —Se dejó caer contra el respaldo del banco de madera—. No sé si ir al hospital más cercano a que me hagan un chequeo o pegarme un tiro.

Nicolae se inclinó hacia él y le miró fijamente a los ojos.

—No vas a hacer ninguna de esas dos cosas. No recordarás a las criaturas que has visto esta noche, ni mi presencia, ni haber volado. No ha habido ninguna batalla en el cielo. Estuviste aquí sentado, en el parque, hablando con el padre Mulligan. Él te tranquilizó y te dijo que tuvieras fe y esperaras. Hay una respuesta y quedarás libre de culpa.

Martin asintió con la cabeza. Sus ojos se empañaron un poco cuando cayó más profundamente bajo el hechizo de Nicolae. Éste curó sus piernas, asegurándose de que no quedara ni una sola cicatriz que delatara lo ocurrido. Miró al sacerdote.

—Tendrá usted que sustituirme a partir de aquí, padre. Encárguese de que llegue a casa. Podría hablar con Tim y pedirle que no tenga miedo de Martin. No es peligroso.

—John Paul tampoco y pegó a Helena —dijo el sacerdote—. Me han dicho que esta noche se ha puesto como un loco en su casa y lo ha destrozado todo. Estaba tan furioso que ha hecho pedazos los muebles. Un vecino quería llamar a la policía, pero llamó a Velda. Ella le aconsejó que no avisara a la policía. Helena está a salvo, y John Paul no puede verla por el momento. Si entra en la maquinaria policial, quedará fichado de por vida.

—Le vi hace un rato. No parecía él, sino un zombi programado para atacar; aun así no detecté a ningún vampiro —dijo Nicolae.

—Hablas de vampiros. De seres que beben la sangre de los vivos y que han renunciado a su alma para llevar una existencia inmortal. Ésas son las criaturas a las que persigues. Y Martin las vio. —La voz del padre Mulligan estaba cargada de asombro—. Cuesta creer que tales seres puedan existir. ¿Son completamente malvados? ¿Sin redención posible? ¿Estás seguro?

Nicolae se puso en pie, cerniéndose sobre el párroco. Sus ojos brillaban peligrosamente.

—No intente siquiera redimirles, padre. Les encantaría ponerle las manos encima. Usted se dedica a salvar almas. Ellos no tienen alma que salvar. Los vampiros son capaces de hacerle cometer actos cuya depravación usted ni siquiera puede imaginar. ¿Debo darle una orden, padre?

El padre Mulligan miró a Martin, que se había dejado caer en el banco con el semblante laxo. Se apartó de Nicolae.

—No es necesario. Me mantendré alejado de ellos.

—Hágalo.

Nicolae «presionó» con su voz para asegurarse de que el párroco no se acercaría a los vampiros. Movió la mano para despertar a Martin al tiempo que se desintegraba, alejándose de la ciudad en medio de una estela de vapor.

Capítulo 14

Destiny yacía inmóvil como un cadáver, en una tumba cuya escasa profundidad delataba lo débil que estaba. Nicolae sabía que estaba exhausta, pero ella le había ocultado hasta qué punto. Ningún cazador, sabiendo que había vampiros en la zona y que su lugar de descanso corría peligro, se habría enterrado de aquel modo.

Apartó la fina capa de tierra y cerró los ojos al ver la tumba. La ira se apoderó de él. Mezclada con tristeza. Su compañera parecía terriblemente joven y frágil allí tendida, con la piel traslúcida, casi gris. Gotas de sangre brotaban de sus poros; estaba tan agotada que no había tenido fuerzas para curar su cuerpo. El veneno había desaparecido, pero procedía de un vampiro infectado, y la sangre contaminada de Destiny había asimilado aquel oscuro regalo. Parecía estar alejándose de él.

Nicolae no la despertó. Quería sacarla de aquel espacio reducido y húmedo, de aquel agujero impregnado de muerte, en el que el olor de la sangre arrastraba el hedor del vampiro. El cadáver ennegrecido del lagarto seguía allí, junto con las sartas negras de los tentáculos, un recordatorio del doble ataque. Aquel lugar tocado por la muerte no era sitio para ella. Así que la cogió en brazos. Parecía ligera e insustancial. El enfrentamiento con el mal la había debilitado más allá de sus límites. Nicolae la abrazó, apretándola contra su ancho pecho. Deseaba defenderla de toda lucha. Miró su cara y sintió el aguijonazo inesperado de las lágrimas.

Destiny había pasado por muchas cosas a lo largo de su vida. Como su compañero que era, quería protegerla de todo mal, defenderla de toda adversidad. Era un guerrero antiguo. Su fuerza era considerable y sin embargo no se decidía a obligarla a que dejara de cazar a los no muertos. Ella necesitaba saber que era fuerte. Necesitaba saber que tenía poder. Necesitaba librar al mundo de tantas de aquellas viles criaturas como le fuera posible. Sabía que Vikirnoff no lo entendía. Era probable que ningún carpatiano, hombre o mujer, lo comprendiera. Pero él conocía a Destiny. Conocía su corazón y su alma. Conocía cada cicatriz de su mente. Las heridas eran profundas, y él no podía borrarlas. En realidad, ya no quería borrarlas. Se daba cuenta de que aquellos recuerdos, la vida horrenda que ella había soportado y a la que había sobrevivido, habían hecho de ella una mujer valiente. Destiny se había formado y modelado en los fuegos del infierno y había salido airosa, convirtiéndose en una mujer compasiva que intentaba proteger, con cada hálito de su ser, a quienes admitía en su vida.

Nicolae la sacó de la madriguera subterránea y la llevó al exterior; el viento suave sopló sobre su cuerpo, revolvió su pelo y su ropa y exhaló sobre ella su aroma límpido. Acongojado por su amor, la llevó por encima de las montañas y se abrió paso a través de las cámaras hasta que llegaron a casa, a la cueva de los estanques titilantes y las gemas que refulgían. Movió la mano de tal modo que la urna tallada cobró vida y el fuego comenzó a danzar y a parpadear, proyectando sombras sobre las paredes y sobre la superficie del agua. El aire se llenó de aromas curativos que se mezclaban para ofrecer una paz tranquilizadora.

Entonces se quitó la ropa, desnudó a Destiny y la llevó al estanque más profundo y caliente. Con los labios sobre su piel, le susurró suavemente que se despertara.

—Te quiero, señora mía —murmuró.

Necesitaba decírselo. Ella podía introducirse en su interior y encontrar aquella emoción, profunda y real, dentro de su corazón y su alma, pero Nicolae quería declararla en voz alta.

Ella se removió. Su corazón comenzó a latir en la mano de Nicolae. El aire corrió por sus pulmones. Sus pestañas se agitaron. Abrió los párpados. Por extraño que pareciera, le sonrió.

—Estaba soñando contigo.

Nicolae la besó. No pudo refrenarse. Su boca se demoró sobre la suya, le robó el aire, la dejó sin respiración.

—Eso es imposible, pequeña. El sueño de nuestra raza es como la muerte terrenal. No hay actividad cerebral.

—Aun así —dijo ella, satisfecha. Su mirada se deslizó por la cara de Nicolae con un toque de avidez—. Estaba preocupada por ti. —Tocó con los dedos la herida ennegrecida de su hombro—. Sentí cómo te hacías esta herida. ¿Te duele?

Él negó con la cabeza.

—Voy a sumergirme en el agua. Está caliente, pero te sentará bien. Tengo que reemplazar tu sangre.

—No te has alimentado.

Era un reproche.

—Vikirnoff quería que usara a Martin, pero pensé que me echarías un sermón. Y como ésa es una experiencia desconocida para mí, pensé que era preferible no empezar nuestra vida juntos de esa manera. No temas, mi hermano se encargará de todo. Ahora mismo se está alimentando.

Se hundió en el agua, llevándola consigo, estrechándola entre sus brazos mientras el calor disipaba el frío de sus venas. Ella sofocó un gemido, se envaró y se apartó ligeramente de él, intentando no resistirse. Le molestaba el agua caliente sobre la piel helada, pero pasados unos minutos se relajó, se recostó contra su cuerpo y, acurrucándose, se encajó entre sus caderas.

El agua lamía sus pechos, burbujeaba sobre sus pezones, limpiando con su rebullir todo rastro de sangre, todo resto de veneno. Cerró los ojos y, echando la cabeza hacia atrás, disfrutó del placer puro del agua caliente y de los brazos fuertes de Nicolae.

—Vikirnoff necesita una patada donde más le duela —murmuró sin molestarse en levantar los párpados—. Pero le perdono su arrogancia y su egoísmo porque cuida de ti. Deberías haberte alimentado.

—Él me alimentará. Ha salido a cazar.

—Quiero darle cuanto antes la fotografía de la mujer de la que nos habló Mary Ann. También deberíamos preguntar al padre Mulligan y a Velda e Inez si la han visto. Ellos parecen ser los ojos y los oídos del barrio.

Destiny frotó la nariz contra su garganta. El hambre empezaba a agitarse, aguda y exigente. Le ardían las entrañas con un fuego terrible que la abrasaba de dentro afuera. El agua burbujeante y la cercanía de Nicolae ayudaban considerablemente. Aspiró su olor limpio y masculino. Asimiló profundamente su perfume. Lo retuvo dentro de sí. Había vivido una tormenta, un vendaval turbulento, pero había vuelto a casa sana y salva. Nicolae era su hogar. Destiny se acomodó en su mente. Su único refugio. Ahora podía reconocerlo ante sí misma sin sentirse avergonzada y humillada.

—Hice lo posible por rechazarte. Debería haber sido más fuerte, pero ahora me alegro de no serlo.

Rozó con los labios la garganta de Nicolae y acarició con la lengua su pulso, trazando círculos. Sus glúteos desnudos reposaban sobre el regazo de él. Sintió su intensa reacción al movimiento leve y erótico de su lengua. El sexo de Nicolae se endureció. Se engrosó. Comenzó a palpitar de deseo. Ella paladeó aquella sensación y deseó recordarla para siempre.

Nicolae acarició su pelo, tiró suavemente de su larga trenza.

—No permitiría que me rechazaras. Soy muy tenaz cuando algo me importa.

Ella sonrió contra su piel. Besó la vena que palpitaba suave y rítmicamente en su cuello.

—¿Esa es la palabra? Yo creía que «terco» te describía mejor.

—No estás en condiciones de luchar —le recordó él.

Ella ganó la batalla sin una sola palabra.

Nicolae echó la cabeza hacia atrás cuando ella tomó lo que le ofrecía. El aire abandonó bruscamente sus pulmones, y dejó escapar un suave gemido de éxtasis cuando aquella sensación ardiente, entre dolorosa y placentera, recorrió su cuerpo. La intensidad de su amor por ella le estremeció. Sus brazos se tensaron ávidamente. Destiny le inundaba con su calor, con su deseo, con su forma de quererle.

Pero, por debajo de todo aquello, Nicolae sentía su tristeza, el peso de las palabras que Pater había implantado en su mente y su corazón. Ella nunca se creería que la raza carpatiana pudiera aceptar su sangre impura. Si Nicolae llamaba al sanador, Destiny no permitiría que se acercara a ella. Huiría. No había modo de borrar la obra del vampiro. Él podía eliminar todo rastro del virus. Podía devolverle sus fuerzas. Podía darle su amor incondicional, pero no podía eliminar aquellas palabras.

Porque lo que había dicho el vampiro era cierto. Destiny tocó su pelo, metió los dedos entre los mechones sedosos de su cabellera. Quería perderse en el placer. No podía desmentir aquellas palabras, pero podía arrumbarlas en un rincón de su mente, sustituirlas por algo que la consumía: el placer de las burbujas que estallaban sobre su piel desnuda, de los mechones suaves y oscuros del pelo de Nicolae, que se deslizaban entre sus dedos. *Me encanta tu pelo.*

Se supone que te tengo que encantar yo. Y además no es cierto. Los vampiros retuercen la verdad hasta el punto de que uno ya no puede distinguirla. Tú lo sabes, Destiny. Sabes mejor que nadie de lo que son capaces.

En este caso, hasta una pizca de verdad es demasiado. Pasó la lengua por las incisiones de sus dientes, cerrando las minúsculas heridas con su saliva curativa; luego levantó la cabeza y se enfrentó a la intensidad de la mirada de Nicolae sin dar un solo respingo.

—Puedes amarme con el corazón, la mente y el alma. Puedes ser mi salvación cuando los recuerdos me atormentan, Nicolae. Puedes serlo todo para mí, pero no puedes cambiar lo que soy. Un vampiro puso dentro de mí algo horrendo. Algo maligno, oscuro y peligroso. He convivido con ello casi toda mi vida, y lo sé. Puedes quererme incluso con ese terrible defecto, pero no puedes cambiarlo. Ni yo tampoco. No va a desaparecer porque queramos que desaparezca. Soy capaz de percibir la oscuridad en otros. Otros la perciben en mí. Es como una llamada entre congéneres.

Su voz era un hilillo. El agotamiento crispaba su cara. Nicolae no podía soportar su formar de mirarle, con aquella mezcla de amor y arrepentimiento. Deslizó las manos por su cuerpo con exquisita ternura, quitando de su piel los restos de sangre y veneno.

—Destiny, sé que eres independiente y terca, y también que no eres tonta. ¿Intentas ignorar deliberadamente el hecho de que somos dos mitades de un todo? Somos iguales. Tu sangre llamó a tus semejantes y yo lo soy. Soy quien respondió a su llamada.

Ella se sentía cómoda y a salvo cobijada entre sus brazos, acunada por su cuerpo. El agua lamía agradablemente su piel, burbujeaba y bullía sobre su cuerpo magullado. Las llamas parpadeaban y bailaban, liberando una fragancia que propiciaba el bienestar y la sanación. Levantó la mirada hacia el rostro de Nicolae y observó sus facciones duras. Una sonrisa se abrió paso lentamente hasta su boca.

—Qué suerte tengo.

El corazón de Nicolae se encogió al oírla.

—¿Cómo lo sabes, pequeña? Esto es un mal presagio para nuestro futuro. Tan pronto tengo ganas de castigarte con severidad, y con toda razón, como de besarte hasta dejarte sin sentido.

Destiny tomó su cara entre las manos.

—Es un regalo. Prefiero el beso. —Pasó la yema del pulgar por su mandíbula, trazando la forma de su barbilla—. Hay tantas sombras en tu mente… Crees que hice mal no llamándote, pero no es cierto. ¿Por qué te consideras menos importante para mí de lo que yo lo soy para ti? ¿Crees que eres el único que tiene derechos? No quiero que me protejas a expensas de tu vida. El objetivo aquí eres tú, no yo. Yo sólo soy el cebo que utilizaron para atraerte. Por suerte, uno de los dos es capaz de pensar en situaciones difíciles.

Nicolae soltó el aliento con un siseo de impaciencia y exasperación. Cuando la boca suave de Destiny comenzó a curvarse, divertida, él la zarandeó suavemente.

—Ahora no es momento de reírse, Destiny. Estuve a punto de perderte en la calle y en la cueva, y todavía estoy temblando.

—¿Sabías que cuando te enfadas mucho conmigo se te oscurecen los ojos y se te ponen de un negro precioso? Me recuerda a la medianoche, tan perfecta, cuando el aire está quieto y salen las estrellas y se ve el firmamento. Tus ojos son así.

Él suspiró premeditadamente. Seguía lavándola, demorándose sobre las curvas de su cuerpo.

—Mis ojos deberían hacerte temblar. Te estoy mirando muy enfadado. Pretendo intimidarte, no hacerte pensar en el cielo a medianoche.

Sonó una risa. Aquel sonido leve y despreocupado que era tan raro en ella.

—No es culpa mía que seas así. Resulta tentador hacerte enfadar sólo por ver ese tono concreto en tus ojos.

—Yo no me río.

Nicolae intentaba parecer tan serio y preocupado como se sentía. Destiny podía volverle del revés, incluso derretir su corazón, pero él miraba su cara demacrada, veía los oscuros hematomas que manchaban su piel blanca. Sabía lo cerca que había estado de perderla y… sabía que aquello podía haberse evitado.

Ella quiso disculparse. Tocó levemente el recuerdo que Nicolae guardaba en la memoria, el momento exacto en que él se dio cuenta de que ella no le llamaba a pesar de estar en peligro. Sintió alzarse el terror dentro de él y sacudirle, revolviéndole el estómago y paralizando sus pulmones, quitándole el aliento. Luego sintió una rabia oscura y obsesiva, fea y amenazadora, un demonio peligroso que se alzaba y se estiraba, desnudando sus garras y abriendo las fauces para protestar con un rugido.

Destiny volvió a recostarse en sus brazos para que el agua cubriera su cara y ocultara las lágrimas que ardían en sus ojos. La ira de Nicolae era profunda. Se agitaba a flor de piel. Él la abrazaba con ternura, la lavaba, le susurraba cosas bonitas, pero la ira seguía allí de todos modos. Había conseguido asustarle. Y hacerle sufrir. Su dolor era profundo y agudo, y mucho más difícil de soportar que su cólera.

—Un poco de dolor no va a hacerme daño, Destiny, ni merece tus lágrimas. —Nicolae la levantó, sacando su cabeza del agua—. Tus lágrimas me destrozan. Basta —ordenó, y se inclinó sobre ella para besar sus párpados.

Los brazos de ella se tensaron alrededor de su cuello.

—No eres tan duro como te gusta creer.

Forzó una breve sonrisa. Quería complacerle. Quería demostrarle que le importaba.

Nicolae la sacó del estanque y abrió la tierra con un ademán rápido e impaciente. Se arrodilló para depositarla suavemente en la tierra oscura y rica. El suelo estaba frío y ella se alegró de sentir su frescura en la piel caliente. Enseguida notó que una especie de paz la inundaba. Cerró los párpados.

—Dime cómo es posible que me hables si nunca has tomado mi sangre.

—Es preciso curarte.

La voz de Nicolae era tierna, persuasiva y suave, melódica.

—Lo sé. Pero ¿cómo es que entre nosotros hay una conexión tan fuerte?

—Eres mucho más poderosa de lo que crees. Tus facultades telepáticas son muy fuertes. De niña me buscaste con el pensamiento y contactaste conmigo. Yo soy un antiguo y también tengo facultades. La necesidad de ayudarte era la compulsión más intensa que había experimentado nunca. En cuanto conectamos, te convertiste en una obsesión para mí. No podía hacer otra cosa que buscarte.

Le echó hacia atrás el pelo con las puntas de los dedos.

Ella alargó el brazo y cogió su mano.

—No me estás respondiendo.

—Ya conoces la respuesta.

Se hizo el silencio en la cueva. Las burbujas del estanque lanzaban oleadas contra las rocas, las lamían suavemente, emitiendo una música extraña.

—¿Cómo puede ser alguien tan poderoso? ¿Cómo puedes comunicarte a través del tiempo y el espacio sin un lazo de sangre?

—Siempre he tenido ciertas facultades. Cuando conectaste conmigo, quedaste impresa en mi mente. *Y en mi alma y mi corazón.* —Inclinó la cabeza para besar la comisura de su boca—. Cada vez que te comunicabas conmigo, tu huella era más profunda. Creo que tengo una especie de capacidad telepática que va más allá del vínculo de sangre de nuestro pueblo.

Un leve escalofrío recorrió la columna vertebral de Destiny.

—¿Cómo sé que no estás inflando artificialmente lo que siento por ti? Necesito saber que esto es real.

El dolor que resonaba en su voz contrajo el corazón de Nicolae, pero su semblante permaneció inexpresivo.

—En eso no puedo ayudarte, Destiny. Algunas cosas tienes que descubrirlas por ti misma. ¿Crees que soy tan poderoso que puedo hacer que me desees?

La mirada verdeazulada de ella recorrió su cara. Nicolae sintió que sus músculos se tensaban y se contraían, esperando. Ella parecía etérea, su piel se veía traslúcida y su cuerpo más menudo. Nicolae deseó estrecharla en sus brazos y protegerla de todo dolor. Le enloquecía verla así, herida y agotada, sin energías. Su hermano tenía razón: debería haber tomado las riendas, habérsela echado sobre el hombro como un cavernícola y haberla llevado a su patria contra su voluntad.

Una leve sonrisa curvó la boca de Destiny y atrajo de inmediato su atención. Un instante después, Nicolae rozó con el pulgar su labio inferior, suave como el terciopelo.

—Te estoy leyendo el pensamiento, Nicolae. Hay un lazo de sangre entre nosotros. Lo primero, por encima de todo lo demás, es no escuchar jamás al idiota de tu hermano. Ese hombre no ha salido nunca de la caverna. Te desenvuelves muy bien tú solo.

Quería besarle. Nicolae se creía capaz de resistirse, pero ella veía la intensidad ávida de sus ojos. Una ansiedad terrible que sólo podía ser real. Quizá fuera tremendamente poderoso y capaz de toda clase de cosas, incluido controlarla, pero ella percibía en él un deseo auténtico, un amor genuino.

—El mohín que haces con el labio de abajo me parece extremadamente sexy.

Nicolae inclinó la cabeza hacia ella y besó su boca suavemente, casi con reverencia.

Podía provocar un hormigueo en el estómago de su compañera sin siquiera proponérselo.

—Tienes la cabeza llena de piedras —le dijo ella cariñosamente mientras introducía los dedos entre su pelo—. No soy nada sexy, ni mucho menos. —El alborozo bailaba en sus ojos—. Estoy aquí tumbada, cubierta de tierra, y me miras como si fueras a comerme. Creo que necesitas un par de sesiones de terapia con Mary Ann. Estás un poco chiflado.

Pero la dejaba sin aliento y era capaz de encender un cálido resplandor que no se disipaba. Sabía cómo hacer que se sintiera hermosa en medio de sus pesadillas, aun sabiendo que no lo era. Sabía alejarla de la muerte y la violencia y llevarla a un paraíso desconocido para ella. Y lo que era más importante: nunca estaba sola.

—Está claro que estás enferma y deliras.

Volvió a besarla, demorándose en el placer. Se refrenaba por completo. No la besaba con ansia. No la devoraba, ni la tomaba en brazos y la zarandeaba. Sus entrañas giraban como un torbellino, lo mismo que las nubes de una tormenta turbulenta que no se disipaba. Podía dominarla, evitar que estallara y sacudiera la tierra en torno a él, pero no podía desvanecerla.

Los dedos de Destiny resbalaron involuntariamente de su pelo y su brazo cayó a un lado.

—Tienes razón en que estoy enferma. No consigo controlar mi temperatura corporal. Al principio estaba helada y luego ardiendo, y ahora tengo frío otra vez.

—Voy a hacer lo que pueda por curarte, Destiny, así que quédate quieta y no incordies. Uno tiene un límite.

Su voz era tan tierna que ella no se preocupó. Sonrió mientras sus párpados se cerraban.

—Ojalá fuera humana para poder soñar contigo todo el tiempo.

—Creía que soñabas conmigo. —La nota soñolienta de su voz conmovió a Nicolae. Bajó la cabeza de nuevo para besarla suavemente—. Adelante, duérmete, Destiny. Te cobijaré en la tierra cuando esté seguro de que ha desaparecido todo rastro del veneno del vampiro.

Ella no le contestó. De pronto sintió que un nudo le cerraba la garganta y la ahogaba. Hiciera Nicolae lo que hiciese, no habría modo de borrar la mancha del vampiro. Ella lo había asumido como un hecho, pero no estaba segura de que también lo hubiera asumido él. O de que pudiera asimilarlo. Ignoraba cómo resolver el problema y estaba demasiado cansada para seguir pensando en ello. Se dejó ir, mecida por el ritmo sedante del agua y el calor que se difundía por su cuerpo mientras su compañero comenzaba el lento y meticuloso proceso de curación propio de su pueblo.

Nicolae trabajó durante largo rato, reparando los daños causados por los microbios. Inspeccionó cada órgano, cada vena; se aseguró de que no había células infectadas esperando para atacar de nuevo cuando Destiny fuera más vulnerable. A pesar de su meticulosidad, estaba inquieto, como si se hubiera olvidado de algo.

Percibió el instante preciso en que su hermano comenzaba a levantar las salvaguardas para entrar en la cámara. Oyó cómo la voz musical de Vikirnoff se unía a sus cánticos. Como siempre, le alegró que estuviera a su lado, con su fuerza y su lealtad, cubriéndole las espaldas y listo para socorrerle en momentos de necesidad.

Nicolae salió del cuerpo de Destiny tambaleándose de debilidad y le echó a su hermano una ojeada para asegurarse de que no había resultado herido durante su batalla con el enemigo.

—¿Cómo está Destiny? —le preguntó Vikirnoff cortésmente.

—Terca. Temeraria. Imposible —le contestó Nicolae con voz cortante mientras sumía a Destiny en un sueño profundo. Sólo entonces permitió que la rabia que había estado sofocando aflorara peligrosamente a la superficie. Bajo sus pies, la tierra tembló levemente y el agua del estanque burbujeó con violencia—. Debió llamarme a su lado en cuanto intuyó que había problemas. Si lo hubiera hecho, nada de esto habría pasado. Pero puso su vida en peligro y estuve a punto de perderla.

Vikirnoff se encogió de hombros con indiferencia y firmeza.

—Es absurdo que te enfades con ella por no avisarte. No veo razón para tu ira.

—Fuiste tú quien me reprochó que le permitiera cazar, Vikirnoff. ¿Y ahora se supone que no debo enfadarme con ella cuando se arroja directamente en brazos del peligro?

—No tuvo a nadie que la educara, que la guiara. La arrancaron de su familia cuando tenía seis años. Todo lo que sabe lo ha aprendido de ti. Tú le enseñaste a cazar, a valerse por sí misma y a confiar en su juicio. A ti no se te habría ocurrido llamarla en tu auxilio. Tampoco se te ocurrió llamarme a mí. Ella no teme a la muerte, sólo a que la capture un no muerto, y tú sabes que está decidida a que eso no vuelva a ocurrir. Es como tú. Independiente. Valerosa. No le reproches esas cualidades. Son admirables. Tú eres el único que puede detenerla. Oblígala a ir a nuestra patria.

Nicolae quería llevarle la contraria. Quería decirle que él tenía mucha más experiencia, que era mucho menos vulnerable y mucho más poderoso que Destiny, pero nada de eso desmentía las palabras de Vikirnoff. Destiny estaba actuando tal y como él le había enseñado. No había recurrido a él porque estaba acostumbrada a valerse por sí misma. No había percibido el peligro inmediato porque estaba pensando en él. Sabía que lo que sentía era, en buena parte, miedo por ella, pero también había cometido el error de creer que, después de haberle hecho el amor, Destiny recurriría a él de manera natural.

Suspiró y se pasó una mano por el pelo, revolviéndolo aún más.

—No voy a decir que tienes razón, porque no podría soportar que pusieras esa sonrisita de satisfacción.

—Yo no sonrío —contestó Vikirnoff.

—Claro que sí. Y detesto que, después de todos estos siglos, tengas razón por fin. Francamente, da miedo.

—Lo que pasa es que, desde que tienes una compañera, no sabes lo que haces. Espero que no nos pase a todos. Sería una pena.

—Tu sentido del humor no mejora —contestó Nicolae con sorna.

—Yo no tengo sentido del humor —repuso Vikirnoff.

—No me había dado cuenta —bromeó Nicolae. Su sonrisa se borró rápidamente—. Destiny se ha portado bien.

Vikirnoff asintió con la cabeza.

—Sí, es una compañera digna de ti. No creía que fuera a parecérmelo, con su sangre contaminada y sus locuras, pero es muy valiente. Hace no mucho se difundió un llamamiento. La compañera de uno de los nuestros estaba embarazada y se encontraba al borde de la muerte. Se mandó llamar a los sanadores y se convocó a todo nuestro pueblo para que ayudara a ejecutar el ritual de sanación, aunque fuera desde lejos.

El corazón de Nicolae dio un vuelco, lleno de esperanza.

—Sí, es cierto. No fue muy lejos de aquí. Los sanadores deben de estar aún con la mujer. Uno de ellos era Gregori.

Se hizo un silencio entre ellos. Vikirnoff compartía la mente de su hermano durante sus batallas con los no muertos; de ese modo, les era más fácil coordinar sus planes de combate. Ambos habían oído las crueles palabras que el vampiro le había susurrado a Destiny. Le había dicho que el príncipe no la aceptaría. Que Gregori la perseguiría. Que nadie querría que se acercara a las otras carpatianas. Los dos habían percibido la vergüenza de Destiny. El vampiro sabía exactamente qué decir para jugar con su miedo y su vergüenza.

—No dejará que se acerque a ella. Huirá.

Vikirnoff sacudió la cabeza.

—No tienes elección, debes llamarle. Pronto regresará a nuestra patria. Después de lo que ha dicho el vampiro, Destiny no aceptará ir allí. Cree que no hay cura para ella. Llámale. No tiene más remedio que responder. Encontrarás un modo de convencerla para que acepte su poder curativo.

Nicolae le dio vueltas a la idea. Vikirnoff tenía razón.

—Es posible que no haya cura —dijo.

Su hermano se encogió de hombros.

—Hay que intentarlo.

Antes de que pudiera cambiar de idea, Nicolae lanzó la llamada a la manera de los carpatianos. *Óyeme, sanador. Nos hallamos en un grave apuro. La sangre del vampiro atormenta a mi compañera en cada despertar. No quiero perderla. Esa sangre es un faro para los no muertos e impide que nuestra unión sea completa. Te ruego que vengas cuando la vida de la mujer a la que atiendes ya no corra peligro.*

Pasó un rato. El agua burbujeaba y las llamas parpadeaban en las paredes de la cueva. Las piedras preciosas del techo tan pronto relucían como se apagaban. La respuesta llegó por fin. No hubo preguntas. El sanador no exigió saber quién era Nicolae ni cómo había llegado su compañera a tal estado. *Iré enseguida. Empezaremos el próximo despertar.* Era así como actuaban los carpatianos, sirviendo a los demás sin pensar en sí mismos. El corazón de Nicolae se hinchó hasta tal punto que no pudo contestar.

—Gracias, Vikirnoff. Va a venir. —Nicolae metió la mano dentro de su camisa y sacó una fotografía arrugada—. Un vampiro visitó a Mary Ann en su oficina y le ordenó llamar al número de su tarjeta de visita si esta mujer acudía a ella pidiendo ayuda. Creo que tenemos que encontrarla y hacer lo que podamos por protegerla. Yo no puedo irme ahora. ¿Empezarás tú la búsqueda? Podemos hacer copias de la fotografía (Mary Ann tiene una de esas máquinas) y distribuirlas entre nuestra gente.

Vikirnoff cogió la foto, la miró sin mucho interés, se envaró y, volviendo a clavar la mirada en ella, la estudió con atención.

—¿Quién es?

—El vampiro no dio ningún nombre. No quedaban apenas recuerdos de la conversación, ni ninguno del vampiro. No pude verlo en la memoria de Mary Ann. ¿Por qué? ¿La reconoces?

—¿Esta fotografía es en color, Nicolae?

Vikirnoff no miró a su hermano, seguía con la mirada fija en la fotografía, como hipnotizado.

Nicolae vio que acariciaba con el pulgar la cara que le miraba desde el papel satinado.

—Sí, es en color. ¿La reconoces? —preguntó de nuevo.

Nunca había visto a Vikirnoff interesarse por una mujer.

—He visto su cara. Sus ojos. No era real; era un sueño. Hace mucho tiempo, Nicolae, en un sueño. Su cabello era tan negro como la noche y sus ojos tan azules como el mar cuando está diáfano y en calma. Es el único color que recuerdo, ese azul profundo de sus ojos. Nunca me desprendo de ese recuerdo. ¿Son azules sus ojos? ¿En la foto, son azules? ¿De un azul brillante y llamativo?

El corazón de Nicolae se inundó de esperanza.

—Sí, Vikirnoff. Sus ojos son azules y su cabello negro como la noche. Nunca me habías hablado de ese sueño.

Vikirnoff se encogió de hombros, pero su mirada seguía clavada en la fotografía.

—No había razón para hablarte de él. Sólo fue un sueño. ¿Qué sabes de ella?

—Creemos que es humana y que tiene facultades psíquicas. El vampiro dio a entender que tenía el don de la psicometría. Es todo lo que sabemos. Dijo que era de un centro de investigación de fenómenos parapsicológicos y que querían ayudarla. Ella va huyendo de algo, seguramente del vampiro. Creo que conviene que nuestra gente la encuentre primero.

—Podríamos tardar años, Nicolae. No puedo dejarte ahora, cuando estás rodeado de vampiros y cargas con una compañera que muy bien podría ponerte en peligro sin darse cuenta. Su sangre está contaminada. No sabemos si tiene cura. No quiero perderte, Nicolae. Sabes lo cerca que estoy del fin. Si algo saliera mal aquí, contigo y tu compañera, las cosas también se torcerían para mí. Aquí puedo ayudarte. Buscando a esta mujer mítica, no puedo hacer nada por ti.

Nicolae desdeñó sus palabras con un ademán.

—Soy un cazador, un defensor de nuestro pueblo, igual que tú. No podemos hacer más que lo que se espera de nosotros. Nuestro honor lo exige.

—Empezaré a buscar dentro de uno o dos despertares. Lo mejor será enseñar la fotografía a algunas personas de por aquí. Si ha estado en esta zona, o se la espera, tal vez alguien la conozca. Así tendré un punto de partida.

—Es posible que el vampiro haya contactado con Mary Ann antes de que esa mujer haya llegado a Seattle —reflexionó Nicolae en voz alta—. Habría que preguntarle a Velda. Inez y ella están al tanto de todo.

Vikirnoff se estremeció visiblemente.

—Quizá deberías hablar tú con ellas. Es mejor que yo me quede en segundo plano.

Nicolae levantó las cejas. Guardó silencio mientras miraba a su hermano con evidente regocijo.

—No sé qué te hace tanta gracia, Nicolae. Es cuestión de lógica. Esas mujeres te conocen y te dirán cosas que a mí no querrán decirme.

Nicolae soltó un bufido.

—Eres un cobarde. Te dan miedo un par de dulces ancianitas. No lo sabía.

—Hablar con una ancianita basta para sacudir los cimientos de cualquier hombre —contestó Vikirnoff juiciosamente—. Agitan los brazos y chillan como gallinas. Te aseguro que no es miedo, sólo la dolorosa convicción de que atraerán sobre mi existencia una atención que no quiero.

Nicolae se sentó bruscamente al borde de una roca.

—Hay parte de razón en lo que dices. Debo confesar que les tengo un poco de cariño a Velda e Inez, aunque no me explico cómo ha ocurrido. A mí también me asustan. Velda tiene facultades. Sabe cosas en las que me gustaría indagar un poco más. ¿Tienes idea de lo que hace que esos humanos se comporten tan contrariamente a su carácter?

Vikirnoff se encogió de hombros.

—No detecto el contacto de un vampiro. Resulta inquietante. El veneno que utilizaron con tu compañera era mucho más sofisticado que los que había visto hasta ahora. No me gusta que parezca haber cierto orden entre los vampiros y que alguien esté organizando un gran plan de guerra que nunca hasta ahora habíamos conocido.

—Es posible que Gregori sepa algo. Es la mano derecha del príncipe y comparte toda su información. Si los vampiros pueden usar una trampa como ésa para atacarme, también pueden usarla contra nuestro príncipe. Habría que alertarle de que cabe esa posibilidad.

Vikirnoff observó el semblante pálido de Nicolae.

—No te cuidas como debieras. Es preciso que estés en plenas facultades para resistirte a la llamada de la sangre de Destiny. Si sucumbes, nadie sabe qué pasará. Nunca he oído hablar de un caso así, y no sabemos a qué atenernos.

Era una reprimenda, pronunciada con la franqueza propia de Vikirnoff.

Nicolae suspiró.

—Siempre tienes que hacerte el hermano mayor conmigo.

—No sé si es bueno encontrar a tu compañera, si eso significa prescindir de la lógica.

Mientras pronunciaba estas palabras, su pulgar acariciaba de nuevo inadvertidamente el rostro de la mujer de la fotografía.

Nicolae alargó la mano.

—Yo llevaré la fotografía a la oficina de Mary Ann y haré copias para ti y para enseñárselas a Velda e Inez.

Vikirnoff vaciló extrañamente. Se guardó la fotografía dentro de la camisa.

—Tienes que alimentarte.

Se abrió la muñeca con los dientes y le tendió el brazo.

Nicolae inclinó la cabeza hacia el fluido revivificador. *Esto se está convirtiendo en costumbre.*

—Ya lo he notado. Estoy ganando fama de glotón, alimentándome por los dos —dijo Vikirnoff con sorna.

La sangre antigua, fuerte y curativa, inundó el cuerpo de Nicolae, llenando sus células marchitas y fortaleciendo sus músculos y tejidos. Tomó lo que necesitaba, consciente de que debía alimentar a Destiny cuando despertara. Con cuidado, respetuosamente, cerró la herida.

—Gracias por ser siempre mi hermano —dijo formalmente.

Vikirnoff inclinó la cabeza sin contestar. Su cuerpo empezaba a difuminarse. *Voy a buscar un lugar donde descansar cerca de aquí para que puedas llamarme si es necesario, pero lo bastante lejos como para dejaros intimidad.*

Las llamas de la urna crepitaron y se apagaron como si una racha de viento hubiera atravesado la cámara. Una oleada de aromas curativos llenó la caverna y se introdujo profundamente en los pulmones de Nicolae. Se estiró, sintiendo que su tensión empezaba a disiparse lentamente. Había todavía un rastro de miedo y enojo cuando pensaba en lo sucedido, en lo que podía haber ocurrido, pero Vikirnoff había conseguido aquietar la tormenta.

Comenzó a tejer complejas salvaguardas en todas las entradas de la montaña y en el laberinto de cuevas. No quería encontrarse compartiendo su lugar de reposo con un vampiro. Ahondó su lecho para que Destiny tuviera un suelo aún más rico en el que descansar, y descendió flotando en brazos de la tierra.

Cuando despertara, pensaba encontrar un modo de atar a Destiny a él, de obligarla a aceptar que el lugarteniente del príncipe la curara. Podía ser tan despiadado como cualquier cazador si las circunstancias lo exigían, y creía que ése era el caso. Era improbable que Destiny diera la bienvenida a Gregori, o las gracias a Nicolae por haberle llamado.

Nicolae la tomó entre sus brazos y con un ademán ordenó a la tierra que se cerrara sobre ellos. El suelo era cálido, acogedor, confortable. La estrechó, la besó en la coronilla y dejó que su corazón cesara de latir.

Capítulo 15

Destiny se despertó con un olor a flores. Ya no estaba en la tierra, sino tendida en una cama con sábanas de seda. Sentía la seda sobre la piel desnuda; le rozaba el cuerpo, ya excitado, cada vez que se movía. Tenía el pelo suelto y esparcido sobre la almohada. Inhaló profundamente, aspirando la fragancia de las flores y el aroma masculino de su compañero. Una leve sonrisa curvó su boca.

—Nicolae, estás aquí, conmigo.

Abrió los ojos, volvió la cabeza para mirarle. Se deleitó en las duras facciones de su rostro. En la sensualidad de su boca. En la belleza de sus ojos.

—¿Dónde iba a estar sino con mi compañera?

Estaba sentado al borde de la cama y su mirada se deslizaba sobre el rostro de Destiny como el roce de unos dedos. Su voz era una caricia, un roce aterciopelado que la traspasaba y le aceleraba sus nervios.

Ella apartó con esfuerzo la mirada de sus ojos y observó con asombro la cámara, fijándose en lo que Nicolae había hecho por ella. Era imposible que el hedor de la maldad penetrara en su mundo escondido. Había rosas por todas partes. Trepaban por las paredes de la caverna. Formaban un dosel de flores en el techo. Algunas flotaban en el estanque más fresco. Otras brotaban entre las rocas. Rosas de todos los colores, de pétalos tersos y tentadores y deliciosa fragancia, para complacerla.

Destiny sonrió aún más y se volvió hacia Nicolae.

—Te has tomado en serio lo que dijeron Velda e Inez, ¿eh? ¿Debo esperar que haya también chocolate y todas esas cosas interesantes que se pueden hacer con él?

Nicolae deslizó un dedo por su piel suave, desde la garganta a la llanura de su vientre, pasando por el valle de entre sus pechos. Aquella leve caricia generó un torbellino de calor que recorrió el cuerpo de Destiny.

—Me daba miedo preguntarle a Inez qué se hacía exactamente con el chocolate, así que me salté esa parte. Pero me gustó la idea de las flores.

Había en su voz una nota que hizo que a ella le diera un vuelco el corazón.

—A mí también me gusta.

Era muy consciente de que yacía desnuda en la cama, con el cuerpo suave expuesto a su escrutinio. De pronto se sentía tímida y una parte de ella deseaba cubrirse, pero había otra parte, mucho más fuerte, que le hablaba de seducción entre susurros. Aquella parte se complacía en el modo en que la mirada oscura y ávida de Nicolae se deslizaba posesivamente sobre ella. Le encantaba ver su cuerpo, tan duro y agresivo, reaccionar a la visión del suyo. Y le encantaba saber que a él le gustaba lo que veía.

Nicolae la tomó del brazo para inspeccionar las finas cicatrices blancas que estropeaban su piel. Las cicatrices no debían estar allí después de que la sangre carpatiana curara su cuerpo, pero Destiny había sido convertida por un vampiro y aquellas cicatrices permanecerían de por vida. El corazón de ella se aceleró. Él inclinó su cabeza morena, posó suavemente los labios sobre las marcas y comenzó a besar con delicadeza la cara interna de su brazo y su muñeca.

Destiny sintió que el corazón le daba un vuelco. Los labios de Nicolae se deslizaron hasta sus dedos y se introdujo primero uno y luego otro en el calor ardiente de su boca. A Destiny se le quedó la boca seca. Él le clavó de pronto la mirada y ella vislumbró el fuego que ardía en sus entrañas, que tensaba sus costados y endurecía cada músculo de su cuerpo. De inmediato se sintió arder. Estaba físicamente inquieta, acalorada, ansiosa. Sin pretenderlo, comenzó a frotar las caderas contra las sábanas de seda y sus piernas se movieron, invitadoras.

Se asombraba de que la pasión ardiera en ella tan rápidamente, de desear tanto a Nicolae, de quererle en todos los sentidos. Una parte de ella siempre vacilaría, siempre permanecería unida a su violento pasado, pero cuando le miraba a los ojos se sentía capaz de entregarse a él. A sus fantasías. A su ansia. Estaba dispuesta a confiarle su cuerpo porque sentía la hondura de su amor.

Él inclinó la cabeza hacia ella. Su cabello le acarició la piel con miles de hebras sedosas. Llamas minúsculas parecían saltar sobre la piel de Destiny. La electricidad fluía y chisporroteaba entre ellos. La boca de Nicolae buscó la de ella. Ardiente. Dura. Totalmente posesiva. Sus manos eran suaves y sus movimientos lentos y pausados; su boca, en cambio, era ávida y salvaje. Se apoderó de la de Destiny. La devoró con ansia. La engulló como si no pudiera saciarse.

Sus besos desencadenaron en ella una tormenta de ansia y de deseo. Su temperatura subió varios grados. Su boca se apoderó de la de Nicolae con la misma avidez, respondiendo a cada uno de sus besos con otro. Se arqueó hacia él y sus pechos se elevaron, invitándole a tomarlos. Se sentía tensa, esponjada. Ansiaba desesperadamente su contacto.

La mano de Nicolae se deslizó por su garganta hasta tocar su pecho. Un suave gemido de placer escapó de ella. El placer era intenso, delicioso. Sus caderas se alzaron en una invitación cargada de descaro. Él levantó la cabeza para mirarla.

—¿Te he dicho que te quiero? —preguntó en voz baja con su bella voz, con aquella voz que siempre le derretía las entrañas.

Ella quedó inerme. Indefensa bajo su embrujo.

—Si no me lo has dicho, me lo has demostrado, desde luego, y con creces. —Le había demostrado lo que debía ser el amor. Incondicional. Sin reservas, con total aceptación—. Ahora mismo me siento muy afortunada —confesó.

Aquello era una gran concesión por su parte, una revelación que no había hecho a la ligera. Deseaba a Nicolae con toda su alma. Cada una de sus terminaciones nerviosas ansiaba que la poseyera.

Pero él tenía otras cosas en mente.

—Quiero conocerte como deben conocerse realmente los compañeros. —Su lengua le acarició en círculos el pezón, su aliento lo calentó—. Siento la necesidad de explorar cada palmo de tu cuerpo.

Su boca, ardiente y húmeda, increíblemente posesiva, se cerró sobre el pecho de Destiny. Ella dejó escapar un grito, incapaz de contener el fuego que florecía y estallaba en su vientre. Sintió que su cuerpo se tensaba implacablemente, sin piedad. Nunca había sentido una presión tan brusca, tan vertiginosa.

—Lo de explorar deberías dejarlo para más adelante.

Él sonrió contra su piel suave.

—Explorar lentamente. ¿Te he dicho que quiero hacerlo lentamente? Quiero tomarme mi tiempo.

Ella cerró los ojos mientras se mecía en una oleada de placer a la que seguía otra y otra.

—¿Cuánto tiempo? —jadeó—. No sé si podré soportarlo.

Se hizo el silencio mientras él chupaba con fuerza su pecho. Acarició con la lengua sus pezones hasta que ella volvió a gritar y rodeó la cabeza de Nicolae con los brazos para acercarle más. No había sitio para otra cosa que no fuera la dicha. El deseo. El puro placer físico. Las sensaciones la inundaban, la llenaban de pasión, dejándola jadeante y ansiosa.

Las manos de Nicolae emprendieron una exploración íntima y pausada de su cuerpo. Las yemas de sus dedos se deslizaban sobre su piel como las de un ciego, memorizando formas y texturas. Ella nunca había tenido una experiencia tan embriagadora. Su cuerpo se fragmentaba, se deshacía bajo sus caricias, el placer era tan potente que no podía estarse quieta bajo sus manos incansables. Si Nicolae no había conseguido aún que entre ellos hubiera una unión completa, lo estaba consiguiendo ahora. Ella ya nunca podría separarse de él, nunca se sentiría libre del anhelo de sus caricias.

Tenía la sensación de estar destinada a él para toda la eternidad, en cuerpo y alma. No había un solo lugar de su cuerpo que no ansiara a Nicolae. Su mente buscaba la de él. Su cuerpo latía, ansioso porque él lo poseyera. Nicolae estaba en todas partes, tocaba cada sombra, cada hueco. Se movía despacio, casi con reverencia, memorizando su cuerpo.

Su boca seguía el curso de sus manos con minúsculos besos cuyo propósito era hacerla enloquecer. Prestaba particular atención a cada uno de sus puntos sensibles, lo que hacía que ella se retorciera y gimiera sobre las sábanas de seda; a cada sombra suave y escondida, lo que hacía que levantara las caderas de la cama. Hundió la lengua en su ombligo seductor, uno de los muchos lugares que le fascinaban, al tiempo que sus manos tocaban la tupida mata de rizos, el pequeño triángulo que guardaba su tesoro.

Nicolae notó su primer estremecimiento de inquietud. Esta vez estaba preparado, sabía que ella se sentía intensamente frágil y expuesta a él. La acarició suavemente, cubriendo con la mano su sexo húmedo.

—Es para mí, Destiny; tu cuerpo le da la bienvenida al mío. ¿Puedes imaginar cómo me siento? ¿Lo que siento al ver y oler cómo me recibes después de estar solo tanto tiempo? ¿Lo que siento porque me desees de verdad, porque ansíes mi cuerpo como yo el tuyo? —susurró mientras inclinaba la cabeza hacia la confluencia de sus piernas como si buscara néctar.

Destiny sintió la calidez de su aliento en el húmedo canal de su sexo. Él sopló suavemente, y ella se estremeció de placer, no de miedo. Nicolae le separó los muslos y su dedo se hundió lentamente, con suavidad, en su núcleo caliente y húmedo. Al instante, el músculo de Destiny se cerró en torno a él, ciñó su dedo con un terciopelo ardiente y resbaladizo. Ella se estremeció y se apretó contra su mano. Necesitaba que se hundiera más en ella. Él la probó con la lengua. Fue una caricia levísima, pero Destiny se estremeció violentamente y dejó escapar un grito que, más que una queja, era una súplica.

Luego, la lengua de Nicolae empujó audazmente, con una caricia fuerte y exigente que la hizo enloquecer. Ella gritó, se agarró a su pelo para anclarse mientras su cuerpo estallaba en una tormenta de fuego inacabable. No había modo de sofocar las llamas. Sólo podía aferrarse a él mientras la hacía volar más y más alto, con brusquedad, implacablemente. Haciéndola suya, marcándola, reclamándola para sí.

Ella se dejó ir, no tenía elección. Le dio la intensa satisfacción de dejarse llevar hasta el borde del abismo. Su orgasmo fue tan intenso que se convulsionó y se retorció bajo él, pronunciando su nombre con un sonido apenas articulado.

Casi no notó que las rodillas de Nicolae separaban las suyas más aún, que sus muslos se acomodaban entre los suyos. Sintió su sexo, largo, grueso y caliente, notó cómo latía, lleno de vida y deseo y cómo se introducía en su cuerpo. Era más grande de lo que recordaba, la llenaba al invadirla, presionaba con fuerza en su interior mientras él comenzaba a acomodar lentamente su peso sobre ella. La sensación que le produjo tenerlo dentro de sí iba más allá del placer, superaba su experiencia anterior con él. Nicolae le pertenecía. Destiny lo sabía. Sabía que estaba hecha sólo para él. Encajaban. Por más que hicieran falta algunos ajustes, un leve estiramiento; por más que él tuviera que levantarle las caderas para acomodar su sexo. Encajaban como si fueran un solo cuerpo.

Una vez dentro de ella, Nicolae dejó de moverse y la miró para asegurarse de que no estaba asustada. La sujetaba con el peso de su cuerpo, se aferraba a sus caderas. Ella sintió su poder y su fuerza y comprendió en ese preciso instante que él podía dominar su voluntad, apoderarse de su vida. Que sin él se disolvería hasta desaparecer.

El miedo nubló sus ojos. Parpadeó para ahuyentarlo. Ella tenía el mismo poder sobre él. No permitiría que el miedo la alejara de lo que deseaba. Aquel hombre. Aquel solo hombre. Su cazador, oscuro y maravilloso. Fue ella quien se movió primero, encomendándose a su cuerpo. Se pegó a él, empujó, marcó el ritmo, le invitó a tomarla como quisiera.

Nicolae sintió que dentro de él se agitaba la furia. Su cuerpo estaba caliente y tenso, su vientre y su sexo ardían, llenos de un deseo apremiante. Se movió, lanzándose hacia delante, hundiéndose en ella. Una acometida larga y potente que los sacudió a ambos. Ella levantó las caderas para salir a su encuentro; no temió su fortaleza física cuando él aumentó el ritmo, penetrándola con vehemencia, rápidamente, ansioso por vaciarse. Destiny lo era todo. Su cuerpo era suave, exuberante, tentador. Nicolae sentía el flujo y el reflujo de su sangre, que le llamaba, que le seducía.

Los pechos de Destiny se movían con cada embestida, atrayendo su atención. Dos veces tuvo que bajar la cabeza para chupar sus pezones y obtuvo su recompensa: los músculos de ella se tensaron aún más. Su vaina ardía ferozmente; estaba tan tensa, el placer era tan intenso, que apenas podía respirar.

Nicolae había sabido nada más despertar lo que iba a ocurrir, y la excitación, el ansia, se habían vuelto insoportables. Ahora, Destiny era suya. Iba a hacerla completamente suya. Estaba hecha sólo para él, y la quería en cuerpo y alma. Sin reservas. Avivó el fuego exquisito que ardía entre ellos, llevándolos a ambos al borde del abismo una y otra vez, hasta que ella le suplicó gimiendo que tuviera piedad de ella.

—Quiero que mi sangre fluya por tus venas —le susurró él, tentador—. No dejaré que gocemos hasta que me tomes por completo. Quiero estar aquí, enterrado en tu cuerpo. Quiero que mi mente se funda profundamente con la tuya y quiero mi sangre en tus venas.

No había modo de resistirse. Destiny ya estaba ansiosa; sus incisivos se alargaron, y levantó la cabeza hacia la amplia extensión de pecho que él le ofrecía. Su olor la envolvió. El sexo de Nicolae se hinchó más aún. Su fricción ardiente la atravesaba hasta llegar a su alma. Ella acarició su piel con la lengua y sin más preámbulos clavó los dientes con fuerza; así se unieron como estaban destinados a unirse.

Él gritó, su voz sonó crispada por el placer y el dolor, por el éxtasis incandescente que brotaba en ambos como lava fundida. Las llamas danzaban sobre su piel y sus músculos. El cuerpo de Destiny se tensó alrededor de su miembro, sus músculos se cerraron con fuerza, exigentes. La fuerza vital de Nicolae, su don antiguo, la llenaba igual que su cuerpo.

Él movió las caderas con más fuerza, se hundió más profundamente en ella. Sintió el momento exacto en que ella alcanzaba el éxtasis. El instante en que su cuerpo se aferraba al suyo y le arrastraba consigo más allá del borde del abismo. Destiny lamió los diminutos orificios para cerrarlos, para poder respirar, para gritarle su placer a las rosas, a los dioses. Él se dejó ir voluntariamente, se vertió dentro de ella, le entregó hasta la última gota de su esencia.

Nicolae la aplastaba contra las sábanas de seda con su cuerpo más grande y fuerte, abrazándola con vehemencia. Sus corazones latían al unísono, y el cuerpo de ella se estremecía en torno a su miembro, ciñéndolo aún fuertemente. Él le apartó del hombro la densa cabellera, desnudando su piel, con la mirada fija en su pecho. Muy despacio, como si temiera asustarla, descendió sobre ella y ocultó su cara en la tersa columna de su garganta.

Tomó ansiosamente su pecho en la palma de la mano. Su aliento cálido rozaba la piel de ella. Seguían unidos, y el miembro de Nicolae estaba, por increíble que pareciera, más duro que nunca. Más grueso que nunca. Más lleno de deseo que nunca.

—Abrázame, Destiny —le susurró al oído, y al frotarle la nariz contra el cuello rozó con los labios su piel.

Ella le rodeó el cuello con los brazos inmediatamente. Su cuerpo seguía estremeciéndose. Cuando Nicolae se movía, ella sentía cómo se tensaban y se relajaban sus músculos, y gemía con renovado placer. Se dejó llevar por aquella sensación, por la perfecta armonía que había entre ellos, y se abrazó con fuerza a él. Adoraba sentir el roce de su cuerpo viril contra la suavidad del suyo.

Sin previo aviso, los brazos de Nicolae se envararon y sus dientes se hundieron en el cuello palpitante de su compañera. Un relámpago los atravesó, restallando y crepitando a través de sus cuerpos. El placer y el dolor se mezclaron, dieron paso al éxtasis, a un fuego deslumbrante que los devoró a ambos. Él bebió con ansia mientras su miembro volvía a moverse dentro de ella. Duro. Insistente. Penetrándola como si intentara alcanzar su alma.

¡Nicolae! ¡No!, gimió ella mientras luchaba por concentrarse en el peligro. El placer era tan intenso que le costaba pensar con claridad. Recordar que lo que estaba ocurriendo era un error.

No quería volver a sentir aquella fiebre, aquel deseo que iba convirtiéndose rápidamente en una obsesión. No quería experimentar el ansia que ya empezaba a apoderarse de ella. Uno de los dos tenía que conservar la cordura en aquel mundo de placer erótico. Más que gozar, Destiny necesitaba protegerle a él. Intentó apartarle la cabeza de su cuello.

¡Nicolae! ¡Para! No sabes lo que haces. Tienes que parar. Lo que estás haciendo es peligroso.

Intentaba ser la fría voz de la razón en medio de las llamas encrespadas de la pasión. Pero era imposible traspasar el éxtasis arrollador que inundaba los sentidos de él. Cerró los puños entre su pelo y tiró con fuerza, pero Nicolae siguió chupando su cuello con ansia. Su cuerpo reaccionó frenéticamente, y perdió el control antes de que ella pudiera evitarlo. Todas sus terminaciones nerviosas parecían haber cobrado vida. Su cuerpo ardía, sus entrañas estallaban de placer, se estremecían mientras él la conducía al borde del abismo tan rápidamente, con tanta fuerza, que Destiny apenas tenía tiempo de respirar.

—¡Nicolae! ¡Por favor! Por favor, escúchame.

Él era demasiado fuerte. Ella no podía evitar el desastre, y su cuerpo la traicionaba, atrapado en un tango frenético. Las lágrimas brillaban en sus pestañas mientras le suplicaba.

—Hazlo por mí. Párate y piensa.

Ya es demasiado tarde. Tu sangre fluye por mis venas. Somos lo mismo. Su voz sonaba completamente serena. Completamente resignada. Lamió la garganta de Destiny y, al levantar la cabeza, su mirada brillante se clavó en la suya.

Obsidiana negra, pensó Destiny mientras contemplaba sus ojos. El torrente los arrastró a los dos: un orgasmo inmenso, enloquecedor, que los convulsionó, y, sin embargo, se miraban el uno al otro sin pestañear. La descarga los sacudió a ambos; dejaron que se disipara. Ninguno se movió. Ninguno dijo nada.

Muy despacio, la terrible rigidez de los brazos de Nicolae se desvaneció y él la soltó de mala gana para que pudiera mover la cabeza. El cuello de Destiny palpitaba.

—Sabías lo que estabas haciendo.

Dijo aquellas palabras en voz alta. Las puso a prueba. Incluso pensarlas le hacía sentirse culpable. Había estado tan absorta en su encuentro amoroso, que estaba segura de que Nicolae se había dejado vencer por la tentación del momento.

—Por supuesto. Eres mi compañera. Nos pertenecemos el uno al otro. Donde estés tú, allí estaré yo. Temes que el príncipe te rechace. Ahora comparto tu destino. Lo que le ocurre a uno, le ocurre al otro.

A Destiny se le revolvió el estómago. Empujó con fuerza el muro de su pecho.

—¡Apártate de mí! ¡Apártate inmediatamente! —Cuando se separó de ella, Destiny se levantó de la cama torpemente y le miró con ira—. ¿Cómo has podido? ¿Cómo has podido convertir premeditadamente lo que había entre nosotros en esta monstruosidad?

Nicolae se sentó y la observó con ojos oscuros y pensativos.

—¿Qué es lo que crees que he hecho, Destiny?

—¡Le has acogido dentro de ti! —gritó ella—. Le has invitado a entrar. Si de veras me conocieras, si supieras de verdad cómo me siento, jamás habrías hecho una cosa así. El asco. La enfermedad. Él vive en mí. No puedo hacer que se vaya. Tú has dejado que se saliera con la suya. —Chocó con la pared de la cueva, ajena a las rosas, y se deslizó hasta el suelo—. Le has dejado vencer, Nicolae.

Empezó a llorar suavemente, con las rodillas levantadas y la cabeza entre las manos.

Nicolae exhaló un leve suspiro. Podría haber soportado cualquier cosa, menos sus lágrimas. Esperaba que se pusiera furiosa. Podía enfrentarse fácilmente a su rabia, estaba preparado para afrontarla. Pero no a su llanto. Y aquél no era, además, un llanto cualquiera. Destiny lloraba como si se le estuviera partiendo el corazón. Como si no hubiera esperanza. ¿Cómo iba a enfrentarse a una cosa así sin que se le hiciera trizas el suyo?

Se deslizó hasta ella y se sentó con cuidado a su lado. Cerca. Pero sin tocarla. Ella no le miró.

—Destiny, tenía que encontrar un modo de hacerte comprender lo mucho que significas para mí.

Ella profirió un gemido, sacudió la cabeza y levantó los ojos.

—¿Y esta es tu respuesta? ¿Esto es lo que se te ha ocurrido para demostrarme lo mucho que te importo? ¿Estás loco o sólo es que eres un estúpido?

—Le he dado muchas vueltas. No hay otra solución. Tú sólo ves la diferencia de tu sangre.

Ella se apartó el pelo de la cara y le miró con rabia.

—No es un asunto insignificante, Nicolae. No estamos hablando de mi árbol genealógico. Estamos hablando de sangre contaminada. ¿Es que no lo entiendes? Atrae a los no muertos. No podrás acercarte a ellos sin que se den cuenta, ni sorprenderlos. Nunca más.

Siempre sabrán cuándo estás cerca. Eres un cazador y acabas de perder tu ventaja y de ponerte en un terrible peligro. —Volvió a frotarse la cara con las manos—. Oh, Nicolae, ¿cómo has podido hacer algo tan absurdo?

Hablaba con desesperación.

—Destiny... —le susurró él sobre la piel—. Mírame, pequeña. Esto nos ha unido más aún. Nuestro lazo de sangre no me hará ningún mal. Soy fuerte, soy capaz de enfrentarme a la oscuridad, sea cual sea. Te tengo a ti para anclarme.

—Tú eras mi ancla —contestó ella, y le miró. Fue un error. Enseguida quedó atrapada en las oscuras profundidades de sus ojos. Nicolae la miraba con tal ternura que no pudo apartar los ojos de él. No podía condenarle—. Necesitaba saber que podía mantenerte a salvo.

Él le sonrió y alargó el brazo para entrelazar los dedos de ambos. Se llevó la mano de Destiny a su boca cálida y besó suavemente sus nudillos.

—Estoy a salvo. Desde el momento en que te oí llorar hace años, estoy a salvo.

—Tú no lo entiendes. Quería saber que podíamos estar juntos y que no sería yo quien te hiciera daño. Quería mantenerte alejado del vampiro.

Una terrible tristeza impregnaba su voz.

Nicolae se acercó a ella. Su muslo desnudo se apoyó en el suyo.

—Debes creerme. El vampiro nunca ha estado lejos de mí. Nunca. Estuve allí, contigo, desde el momento en que penetraste en mi mente. Sentía el dolor y la humillación de todo cuanto te hacía. Decidí compartir todo eso contigo para saber de primera mano lo que era sentirse impotente y vulnerable ante un ser malvado y poderoso. Al mismo tiempo me sentía avergonzado por no poder encontrarte y protegerte como debía. Ese vampiro poblaba mi mente y mi cuerpo y corroía mi alma. Cada vez que te ponía encima sus sucias manos, me desgarraba el corazón. Nunca estaba lejos de mí.

Destiny dejó caer la cabeza, avergonzada.

—No podía dejarte marchar. Sabía que debía hacerlo, sabía que no debería haber contactado contigo, pero tu voz me salvaba. Aunque era una niña sabía que debía dejarte marchar. Pero te necesitaba desesperadamente.

—Como yo a ti. No pareces capaz de comprender que yo te necesitaba con la misma desesperación. La bestia que llevo dentro era fuerte. Yo había llegado al fin de mis días. Tú me diste un propósito por el que vivir, dotaste a mi vida de significado. Y me trajiste el amor. Ahora veo colores donde antes sólo había un gris yermo. Siento emociones, mientras que antes mi vida era de una monotonía infinita. Tu necesidad no era mayor que la mía.

—Aun así me siento avergonzada por haberle introducido en tu vida.

Había conducido a un monstruo ante sus padres. Y ahora le había permitido que encontrara a Nicolae.

Él tiró de su mano hasta que ella levantó la cabeza. Se llevó sus manos unidas al corazón.

—He visto esta tragedia muchas veces a lo largo de los siglos. No logramos desprendernos de lo que de niños creemos nuestros pecados ni siquiera cuando somos adultos. Es triste que no podamos liberarnos, porque esas cosas tiñen nuestras vidas. Piensa en ese pobre crío que siempre se creerá responsable de la muerte de su madre simplemente porque no fregó los platos. Jamás se sentirá digno de amor.

Destiny se apoyó en el muro de flores. Comprendía muy bien lo que le estaba diciendo Nicolae.

—¿Dónde están las espinas?

—¿Las espinas? ¿De qué estás hablando?

—De las rosas. ¿Dónde están las espinas?

Nicolae pareció desconcertado mientras besaba sus dedos.

—No permitiría que hubiera espinas en los rosales. Podrías hacerte daño.

Destiny rompió a reír. No pudo evitarlo.

—Nicolae, ¿tienes idea de lo absurdo que es eso? Nosotros cazamos vampiros. Tenemos sangre contaminada corriendo por nuestras venas. No creo que pincharme con una espina vaya a hacerme daño.

Él se encogió de hombros.

—No me gusta que caces vampiros, y confío en librarte de la sangre contaminada. No es necesario correr el riesgo de que te pinches con una espina, si puedo evitarlo.

Hablaba en tono perfectamente razonable.

Destiny gruñó y procuró no notar que el corazón se le derretía al oírle hablar así. Procuró no reparar en el suave cosquilleo que el roce de sus labios sobre la piel le producía en el estómago.

—Vas a ser uno de esos idiotas sobreprotectores que siempre corren a rescatar a la mujercita desvalida, ¿verdad?

Él dio un respingo.

—No me gusta mucho esa comparación. Yo lo expresaría mucho mejor. Siento que protegerte es mi deber y mi derecho.

Ella levantó los ojos al cielo y exhaló un suspiro exagerado.

—Eres uno de esos machotes que se hacen los héroes. Puede que tenga que ver con algo que te pasó en la infancia. Quizá tengamos que indagar un poco en tu psique.

Él levantó las cejas bruscamente.

—No lo creo necesario. Proteger a la compañera de uno es tan necesario como respirar.

—¿Ah, sí? —Destiny se levantó y tiró de él para que se pusiera en pie—. Pues la próxima vez que tomes una decisión como la de beber sangre contaminada, convendría que me lo consultaras primero. Puede que te dé un buen coscorrón si vuelves a hacer algo así.

Él se descubrió sonriendo al ver su expresión.

—Tienes problemas con la autoridad.

Destiny meneó la cabeza y sus ojos brillaron llenos de malicia. Las ondas oscuras de su pelo se esparcieron alrededor de su cara y sus hombros.

—Por suerte, no reconozco ninguna autoridad, así que no tengo ningún problema de ese tipo. —Se vistió a la manera de los carpatianos. Lo hizo suavemente, de manera natural, sin vacilar. Tenía seis años cuando la arrancaron de su familia. Sabía más de las costumbres carpatianas que de las humanas—. Si al príncipe no le caigo bien… —Se encogió de hombros—… a mí me da igual.

Nicolae la agarró de la barbilla y la obligó a mirarle.

—Si vas a mentirme, tendrás que hacerlo mejor.

Ella se encogió de hombros, sin inmutarse.

—Voy a tener que decidir qué hacer contigo, Nicolae. No tenía previsto dejarte entrar en mi vida, y lo has puesto todo patas arriba. ¿Qué se supone qué vamos a hacer? No podemos llevar una vida normal. Y desde luego no podemos tener esos hijos que tú pareces querer.

—¿Por qué no?

Los ojos de Destiny brillaron con súbito ardor.

—Tu sangre, gracias a que eres tan cabezota y tan impetuoso, está contaminada. ¿O es que lo has olvidado?

Hablaba aún con un deje de reproche, y por un momento las llamas afloraron a su mirada.

Nicolae se vistió con su elegancia de costumbre, apartándose de ella para ocultar su sonrisa. A Destiny no le gustaría saber que le divertía cuando se enfadaba.

—La palabra «impetuoso» no me cuadra. Está claro que no describe mi comportamiento cuidadosamente planeado.

Ella le miró con enojo.

—No me digas que no estabas ofuscado por la pasión. Era la única excusa que se me ocurría para disculparte. ¿En qué estabas pensando, Nicolae? No sabemos qué puede hacerte esa sangre. Quema y corrompe, y la oscuridad ya acecha dentro de ti. La he visto aflorar más de una vez. Odiaría tener que arrancarte el corazón de madrugada, cuando menos te lo esperes, pero si me das algún problema y empiezas a comportarte como un vampiro, eres hombre muerto —dijo con más viveza que reticencia.

Nicolae no pudo evitar que su audacia le arrancara una carcajada.

—Me andaré con ojo, te lo aseguro.

—En serio, Nicolae, si lo tenías pensado con antelación y lo habías planeado tan cuidadosamente, ¿qué creías que ibas a conseguir?

Se hizo un súbito silencio. Él no respondió, pero de pronto parecía cambiado. No era ya el compañero relajado que descansaba en su guarida. Destiny sintió oleadas de poder, de fuerza. Reconoció el peligro. Y Nicolae la observaba con la mirada fija del depredador. Por un instante, ella le miró sin pestañear mientras el corazón le brincaba en el pecho. Se descubrió dando un paso atrás, apartándose de él.

Nicolae alargó el brazo para cogerle la mano.

—No me mires con miedo. Eres mi compañera, estás unida a mí para toda la eternidad. Jamás te haría daño, Destiny. Me sería imposible.

—Estamos bromeando sobre lo de la sangre contaminada, pero ¿y si no es una broma? ¿Y si te conviertes? No podría matarte. Sé que no tendría valor.

Una sonrisa suavizó las duras facciones de Nicolae.

—Me alegra saberlo, aunque lo digas a regañadientes. Descuida, Vikirnoff se encargaría de eso, si hiciera falta. A mí no me preocupa. Si tengo que vivir con sangre contaminada, que así sea. De todos modos, creo que el sanador puede librarnos de ella.

A Destiny le dio un vuelco el estómago. Allí estaba. Al fin al descubierto.

—El sanador —repitió—. Siempre hablas de él. Has intentado curarme, pero la sangre contaminada sigue ahí.

Nicolae era capaz de obrar milagros. Ella había visto con sus propios ojos lo que era capaz de hacer. Si él no podía librarla de la sangre impura del vampiro, nadie podría hacerlo.

—En nuestro pueblo hay sanadores mucho más poderosos que yo. Pertenecen a un linaje antiguo que porta ese don. Son ellos quienes de verdad obran milagros entre los nuestros. Hay uno cerca. Se convocó a los sanadores para salvar a una mujer embarazada que tenía un problema de corazón. Creo que la mujer y el bebé están vivos y se encuentran bien. Le he pedido a uno de los sanadores que venga.

Ella se llevó la mano a la garganta en un gesto defensivo, como si temiera que los lobos la desgarraran.

—¿Otra de tus brillantes y arbitrarias decisiones?

—Me pareció lo mejor. Si puede curarnos, llevaremos una vida normal juntos. —Ignoró su bufido de incredulidad—. Si no puede, nunca volverás a sentirte sola. Si nuestro pueblo decide condenarnos, seguiremos juntos.

Destiny cerró los ojos y se apartó de él para que no viera su expresión.

—¿Asumes el riesgo de pasar el resto de tu vida inmortal siendo un marginado? ¿Sólo para que yo no me sienta sola?

Tenía ganas de zarandearle hasta que le castañetearan los dientes. Y de besarle hasta que los dos cayeran en la cama, enloquecidos. Y de llorar por la firmeza de su amor y su entrega.

—Eres mi vida, mi alma, Destiny. No podría hacer otra cosa.

Aquellas sencillas palabras la hicieron estremecerse. ¿De veras podía alguien amar tanto? ¿Tan generosamente? Soltó el aire despacio, intentando recobrar una apariencia de compostura.

—¿Quién es ese dechado de virtudes con tanto talento?

—Le llaman «el oscuro». Procede de un gran linaje de cazadores y es el lugarteniente de nuestro príncipe. Él es quien le guarda, y es un afamado sanador. Sus manos y su mente son poderosas. Creo que es el único que puede ayudarnos. Se llama Gregori.

Destiny no pudo evitar estremecerse de miedo al oír aquel temible nombre. Había oído hablar de Gregori. Todos los vampiros le tenían miedo, temían su juicio. Ella había crecido oyendo las maldiciones que los no muertos mascullaban cuando su nombre se pronunciaba en voz alta. Cuadró los hombros.

—¿Y si no puede ayudarnos y le dice a su príncipe que somos vampiros, Nicolae? Nos dará caza, y se dice que es muy poderoso.

Nicolae se encogió de hombros con despreocupación.

—Soy un antiguo, Destiny, más viejo que Gregori. No puede derrotarme. Vivo conforme a las leyes de la raza carpatiana. Además, él no me condenaría por tener sangre impura.

—Siempre estás tan seguro de ti mismo, Nicolae… Esto ha sido decisión tuya, y dado que has arriesgado tu vida de esa forma, no me queda más remedio que aceptar. Pero yo jamás habría recurrido a ese hombre. —De pronto lo comprendió todo—. Has tomado mi sangre para que me viera obligada a aceptar a ese sanador. Sabías que, si no, no lo haría.

Nicolae no se inmutó. Destiny le miró con enfado.

—Esta noche tengo cosas que hacer. Quiero ver a Sam, y confío en poder hablar con Velda e Inez sobre lo que está pasando en el vecindario. Podrías hacerme el favor de deshacer las salvaguardas.

No quería seguir hablando con él. Ni mirarle. Si le hubiera dado una patada, quizá se le hubiera pasado en parte el enfado, pero lo dudaba. La había manipulado, y ella lo sabía.

No tenía más remedio que aceptar los cuidados de Gregori, aunque le temiera. Le traía sin cuidado lo que fuera de ella, pero Nicolae era todo su mundo. No quería que la sangre contaminada empezara a dañarle. Quizá sólo tuviera una pequeña cantidad de ella, pero, con el tiempo, comenzaría a corromperle, a quemarle como ácido. El dolor empezaría a manifestarse en cada despertar. Nicolae llegaría a odiarla. La despreciaría. ¿Cómo no iba a despreciarla?

—Porque ha sido decisión mía, Destiny —le aseguró él, leyéndole sin esfuerzo el pensamiento.

No se le había ocurrido que ella pudiera pensar tal cosa.

—Dará igual, Nicolae. Si pasa el tiempo y tu gente no te acepta, si el dolor se difunde y la corrupción crece y tienes que luchar contra ella cada minuto de tu existencia, olvidarás el porqué y el cómo y sólo recordarás que lo hiciste por mí.

—He luchado contra la oscuridad, contra una maldad mucho mayor que esta sangre contaminada, cada momento de mi existencia desde que cumplí doscientos años. Acecha dentro de mí, esperando un instante de debilidad. ¿Por qué crees que ahora que te tengo a mi lado voy a sucumbir a semejante abominación?

Ella empezó a pasearse de un lado a otro, atrapada entre las lágrimas y la ira.

—No lo sé, Nicolae. No deberías haberlo hecho; no deberías haber arriesgado así tu vida. Tu alma. Yo he vivido con ese monstruo. Siento como tiende sus brazos hacia nosotros desde la tumba, cómo intenta separarnos.

—Nada ni nadie podrá separarme de ti —afirmó Nicolae con perfecta calma.

Hablaba sin fanfarronería, sin falsa temeridad. Era sencillamente la constatación de un hecho.

Destiny observó sus duras facciones. Vio en ellas un poder descarnado y una completa confianza en sí mismo, y su tensión se disipó en parte. Dejó escapar el aliento con un suave soplido.

—Espero que seas tan bueno como crees, campeón, porque si ese tal Gregori va a hacernos una visita, quizá lo necesites. —Levantó una mano—. Tengo cosas que hacer, sitios a los que ir, personas a las que ver.

—¿Me estás despidiendo?

—Te cuesta separarte de mí, ¿eh? Creo que deberías ir a visitar a Mary Ann. Yo voy a ir a ver a Inez y Velda. Supongo que podrías venir, si insistes. Les va a encantar lo de las rosas.

Él soltó un gruñido, la agarró con firmeza y la besó hasta que ella, sin aliento, comenzó a besarle a su vez.

Capítulo 16

Destiny encontró a las hermanas en su sitio de siempre, en la acera, con sus sillas de jardín abiertas y listas para recibir visitas. La abrazaron con mucho más entusiasmo del que ella habría querido, sobre todo teniendo en cuenta que escuchaba mentalmente el eco de la risa de Nicolae. Todavía le incomodaba el contacto físico, pero Inez y Velda la abrazaron, la besaron y le dieron palmaditas animosas como si fuera una niña a la que adoraban.

Conmigo no te desagrada el contacto físico, dijo Nicolae en tono deliberadamente provocativo, sabiendo que ella se enfadaría, pero que también se reiría y que la conversación la dejaría relajada y de buen humor.

Todavía tengo ganas de darte una patada, respondió ella, y cortó firmemente la conexión con él. Inez estaba intentando enseñarle un paso de baile que acababa de aprender en un vídeo.

—Vamos, cielo.

La anciana la cogió de la mano e intentó que contoneara las caderas al ritmo de la música chillona y metálica que emitía el radiocasete que había detrás de sus sillas.

—Hermana, debería aprender el tango, no ese paso. No es romántico —dijo Velda—. Tu novio te quiere mucho, Destiny. Está aprendiendo cómo se corteja como es debido a una mujer, y eso es muy raro en estos tiempos.

—No sabéis cuánto os agradezco que le hayáis aconsejado —repuso Destiny—. Ha confesado que lo de las rosas fue idea vuestra. Eran preciosas. —Se apartó cuidadosamente de Inez con una sonrisa—. No se me da muy bien bailar, Inez, pero tú te mueves de maravilla.

Las hermanas gorjearon, complacidas porque Nicolae se hubiera tomado sus consejos tan a pecho.

—¿También te llevó bombones, querida? —preguntó Inez con picardía.

—No, ese placer aún lo estoy esperando —mintió Destiny, y se sonrojó por el simple hecho de que las dos ancianas tuvieran ideas tan perversas.

Inez puso una expresión soñadora.

—Guardarás ese recuerdo como un tesoro —le dijo.

—La verdad es que he venido para saber más cosas sobre esos extraños incidentes. Nicolae me está ayudando a investigarlos, y he pensado que tal vez podáis contarnos algo más —se apresuró a decir Destiny—. ¿Recordáis que hayan pasando cosas parecidas otras veces? —preguntó. Se sentó en la silla que había entre las dos ancianas—. ¿Alguna cosa extraña? ¿Alguien que actuara de manera completamente distinta a lo normal?

Inez profirió un cloqueo mientras se lo pensaba.

—Pues sí, tesoro, ahora que lo dices. Hermana, ¿te acuerdas de la pobre Blythe Madison? Ahora está en un hospital psiquiátrico. Era un encanto de muchacha.

—Ah, sí, Inez, me había olvidado de esa pobre chica. Fuimos a verla un par de veces, pero no reaccionaba y su marido nos dijo que nuestras visitas parecían ponerla peor. Pero deberíamos haber seguido haciendo averiguaciones.

—Hermana, somos terribles. —Inez se llevó las manos a la garganta. Parecía angustiada—. Ni siquiera hemos preguntado por ella últimamente. Pobre Harry, seguramente piensa que todo el mundo se ha olvidado de ella. Pobre hombre, llevar solo esa carga…

—Blythe no tenía más familia —continuó Velda—. Pobre Harry. Estaba tan desconcertado cuando ella enfermó…

—Blythe era una muchachita muy tímida —añadió Inez—. Casi le daba miedo hablar sin permiso. Por eso, cuando empezó a hacer cosas raras, a todos nos costó creerlo. Fue horroroso, ¿verdad, hermana? Madre mía, hasta corrió por esta misma calle con un cuchillo de carnicero en la mano, amenazando a todo el mundo.

Velda asintió con un gesto.

—No fue el primer incidente, pero sí el que convenció por fin a Harry de que era peligrosa para sí misma y para los demás. Tengo que ir a visitarla.

Destiny le dio una palmadita en el brazo.

—Estoy segura de que Blythe te lo agradecería, Velda, pero ¿podrías darme más detalles? ¿Cuál fue la primera cosa rara que hizo?

—Fue justo después de que tuvieran tanto éxito con La Taberna —respondió Velda—. Blythe tuvo la idea de convertirla en un bar-restaurante, confiando en atraer a la gente del barrio para que fuera por la tarde, después del trabajo, o por la noche, como punto de encuentro. Fue una idea maravillosa. A todo el mundo le encantó, y todos íbamos a La Taberna por las noches. Su idea le dio completamente la vuelta al negocio.

—Os caía bien —dijo Destiny.

—Sí, mucho —reconoció Velda mientras Inez asentía con entusiasmo—. Era una chica dulce y encantadora, capaz de darte hasta la camisa. Siempre estaba rescatando animales y llevando caldo a cualquiera que estuviera enfermo.

—Una chica encantadora —reiteró Inez melancólicamente—. Y muy sensata. Todo el mundo la quería. Deberíamos haber seguido yendo a verla, hermana.

Destiny hizo acopio de paciencia.

—¿Recordáis cómo empezó todo?

—Estábamos en La Taberna, celebrando el cumpleaños de Inez —dijo Velda—. Lo recuerdo porque llevábamos sombreros de fiesta.

—Cumplía sesenta y cinco años, un verdadero hito —añadió Inez.

Velda levantó los ojos al cielo.

—Cumplías setenta, Inez. Tienes cinco años más de lo que le dices a la gente.

—¡Pero, hermana! ¡Claro que no! Tengo la edad que tengo.

—Eres dos años más joven que yo.

Inez pareció pasmada y empezó a abanicarse.

—Estoy segura de que te equivocas, hermana. Soy por lo menos cinco años más joven.

Velda respiró hondo y le dio a su hermana unas palmaditas cariñosas.

—Ahora que lo dices, creo que tienes razón. Me he despistado un momento, querida, perdóname.

—Estabais contándome lo de los sombreros de fiesta —dijo Destiny para encauzar la conversación, pero miraba a Velda con mucho más respeto. Había compasión y afecto sinceros en los ojos de la anciana mientras miraba a su hermana.

—Bueno —prosiguió Velda—, yo me había hecho una de esas permanentes nuevas, por probar, y como tenía el pelo muy rizado se me salía por debajo del sombrero. Me estaba mirando en el espejo y riéndome. Blythe también se reía. Nos señalamos la una a la otra en el espejo. Ella también se había hecho una permanente, pero no tenía el pelo alborotado, como yo. Lo tenía muy bonito. ¿No te parece, Inez? —Introdujo premeditadamente a su hermana en la conversación para que olvidara el perturbador asunto de la edad—. ¿No crees que Blythe tenía el pelo precioso, tan rizado?

—Ah, sí, hermana, parecía muy joven.

—Pero el espejo se rompió. Así, sin más, se hizo añicos. Nadie lo tocó. Yo lo estaba mirando en ese momento. —Velda frunció el ceño—. Había trozos de cristal por todas partes. Blythe debía de tenerle mucho cariño al espejo. Puede que fuera una herencia de familia. Se lanzó contra la persona que tenía más cerca. Cogió una silla y le golpeó con ella en la espalda. ¿A quién fue a quien atacó, hermana? ¿Te acuerdas?

—A ese amigo de Harry tan alto. Ya no anda por aquí. Desde entonces sólo le he visto una o dos veces por el barrio —respondió Inez—. Se llamaba Davis no sé qué.

—Morgan Davis —dijo Velda, orgullosa de su buena memoria—. Claro. A mí no me caía bien, era demasiado frío para mi gusto, pero las chicas jóvenes andaban locas por él. —Miró a Destiny—. No me gustaba su aura. Estaba descolorida. Estuvo trabajando con Harry un par de meses, intermitentemente, y luego se marchó de la ciudad.

—Tienes razón. Davis era muy alto, y Blythe le dio con la silla. —Inez sonrió al recordarlo—. A todos nos dieron ganas de reír. Una cosita tan pequeña, rompiendo aquella silla. Pero luego cogió un trozo de la pata y empezó a darle con él. No decía nada, pero no paraba de golpearle. Harry la sujetó, ¿verdad, hermana?

—Al día siguiente no se acordaba de nada —dijo Velda—. Cuando le preguntamos por lo que había pasado, lo negó. Se puso a llorar. Creo que empezó a pensar que había una conspiración en su contra. Nadie pudo convencerla de que había golpeado a Davis con una silla. Al cabo de un tiempo, pareció darse por vencida. Se apartó de todo el mundo, y al final casi no la veíamos. Hubo cuatro incidentes separados más o menos por un mes. Por fin, Harry la llevó al hospital. Desde entonces, nadie ha vuelto a hablar de ella. —A Velda le tembló la mano al tocar el talismán que colgaba de una cadena alrededor de su cuello—. Yo era su amiga. Debería haber seguido yendo a verla. —Miró el suelo—. Y casi la he olvidado.

—Velda… —dijo Destiny en tono tranquilizador—. Blythe sabe que eres una buena amiga. Ahora mismo no puede valerse por sí misma, pero quizá descubramos algo que la ayude.

Daba vueltas y más vueltas a lo que Velda le había contado.

Un espejo que se hace añicos, Nicolae. La otra noche, justo antes de que John Paul se comportara de manera tan extraña, se rompieron las farolas. Tiene que haber una conexión. Recurrió a él fácilmente, de manera natural. Nicolae. Su otra mitad.

Sabía que era eso lo que sentías.

Su voz estaba demasiado cargada de complacencia para que a Destiny le agradara.

Eres mi otra mitad, lo reconozco, pero eres la peor de las dos. La mitad ridícula e impetuosa a la que hay que vigilar constantemente.

Ah, esa palabra otra vez. Impetuoso. Espontáneo, temerario, un amante sin medida.

Destiny se rió en voz alta. *¿De dónde te has sacado eso? Estás soñando otra vez.*

—Gracias por contármelo, Velda, sé que no es fácil desenterrar recuerdos duros. Eres siempre tan generosa…

Destiny observó a las dos excéntricas ancianas. Su cabello rosa y púrpura. Sus llamativas zapatillas de tenis. Inez, con su maquillaje recargado y Velda con la cara lavada.

—Sois extraordinarias.

Destiny sabía que era cierto. Servían a los demás, velaban y cuidaban de las personas a las que querían. Algunos las consideraban unas entrometidas, otros unas necias, pero quienes pensaban así eran personas que no se tomaban la molestia de conocerlas. De saber cómo eran en realidad.

—Me siento privilegiada por haberos conocido.

—No tenemos nada de extraordinario, querida —dijo Velda—. Vivimos con mucha sencillez, sin miedo al rechazo. Los demás no tienen por qué entendernos. —Como si se diera cuenta de que se estaban acercando al asunto de sus facultades ocultas, cambió de tema completamente y dio unas palmaditas a Destiny en la mano como para distraerla—. Me he enterado de lo que hiciste por ese niño. El padre Mulligan se ha pasado por aquí esta mañana y nos ha dicho que le habías llevado al chico. Inez y yo le ofreceríamos de buena gana un hogar, pero somos demasiado viejas. —Miró a su hermana—. Yo soy demasiado vieja, e Inez tiene que cuidar de mí. Bastante tiene ya, ¿verdad, hermana?

—Tú no eres ninguna molestia, Velda. Nos quedaremos con el chico si no tiene a nadie más, por supuesto que sí. Velda le consentiría demasiado, pero yo me aseguraré de que coma como es debido y vaya a la escuela. Ella sería un desastre. Se lo llevaría de excursión constantemente y le daría comida basura.

—El padre Mulligan ya ha pensado en una familia —dijo Velda—. Una pareja que siempre ha querido tener hijos y no puede. Les está ayudando a rellenar los papeles necesarios y va a ir a hablar con el asistente social. Creo que ha quedado con tu novio y que va a ir con él.

Así que eso es lo que te propones: allanar el camino. La esperanza floreció en la boca de su estómago, en un estallido que intentó sofocar. Se había pasado casi toda su vida sin esperanzas, sin permitir que los demás entraran en su vida. Velda e Inez vivían sin miedo al rechazo. Vestían como querían y preferían vivir divirtiéndose. El padre Mulligan le había dicho que tuviera valor. Destiny empezaba a darse cuenta de que se refería al valor que hacía falta para disfrutar de la vida.

De pronto deseó estar con Nicolae, sentir que la abrazaba. Él había tenido el valor de tomar su sangre contaminada, para que no se sintiera nunca excluida, nunca sola. A ella le daba miedo asimilar anímica y mentalmente el alcance de un sacrificio tan tremendo, porque temía amarle demasiado.

Enseguida se avergonzó de sí misma. Nicolae se merecía algo mejor de lo que estaba recibiendo. Impulsivamente, se inclinó para besar a Velda y luego a Inez en las mejillas.

—Gracias a las dos. ¡Sois las mejores! Me voy a hablar con Mary Ann. ¿La habéis visto?

—Pues no, tesoro. Hoy es jueves. Los jueves siempre se dedica a sus cuentas y no está de humor para visitas.

Destiny levantó las cejas. Aquello sonaba interesante. Ella nunca prestaba atención a qué día de la semana era, pero un jueves con Mary Ann parecía fascinante. Destiny la encontró en su oficina, mirando con el ceño fruncido un libro lleno de números.

—No parece que te estés divirtiendo, amiga mía —la saludó con una sonrisa resplandeciente.

Mary Ann la miró, ceñuda.

—Detesto la contabilidad. Siempre acabo dándome cuenta de que necesito mucho más dinero del que ingreso. He mirado esta hoja hasta quedarme bizca y no consigo que las cifras cambien.

Destiny observó sus grandes ojos de color chocolate.

—Sí, estás un poco bizca. Y eso no podemos permitirlo. ¿Cuánto necesitas? —Mary Ann se rió y dejó el lápiz sobre la mesa con un leve ademán de resignación.

—Digamos que robar un banco empieza a parecerme una salida.

Destiny apoyó los codos en la mesa y la barbilla en la palma de la mano.

—Yo podría hacerlo por ti —se ofreció, muy seria—. Es mi especialidad. Entro sin que me vean, recojo lo que necesito y salgo. Nadie se entera. Y las puertas no son un obstáculo para mí. Ni las cajas fuertes. ¿De dónde crees que salía el dinero que he donado?

Agrandó los ojos para parecer lo más dulce e inocente posible.

Hubo un momento de silencio. La sonrisa de Mary Ann se disipó. Parecía horrorizada.

—Destiny, no habrás robado el dinero, ¿verdad? ¿He usado dinero robado en un banco para mi casa de acogida?

Había en su voz una nota estridente de alarma.

Destiny parpadeó rápidamente. Mary Ann cogió un papel que había sobre la mesa, hizo una pelota con él y se la lanzó.

—¡Eres terrible! ¿Por qué será que me caes bien? Casi me da un infarto.

—Deberías avergonzarte por haberlo dudado siquiera. Aunque, ahora que lo dices, las posibilidades son infinitas.

—No lo digas ni en broma. Eso sería el fin de mis casas de acogida. Recaudar fondos es condenadamente difícil, y con tanto control estatal tengo que asegurarme por duplicado de que todo está en orden.

—¿De veras te preocupa el dinero, Mary Ann? —preguntó Destiny.

—Pues sí, claro, ¿no le preocupa a todo el mundo? Las casas de acogida son difíciles de mantener, y procuro dar cursos de capacitación laboral y ayudar a cada familia a empezar de nuevo. Es difícil esconder a una mujer que huye de algo, sobre todo si hay hijos de por medio. Tengo algunas ayudas, pero no es fácil conservar las donaciones. Las subvenciones sólo cubren una parte, y procuramos recaudar fondos, pero la gente tiende a olvidarse de nosotros si no nos hacemos publicidad. Pero cuando te dedicas a esconder a mujeres de maridos violentos y obsesivos, lo último que quieres es publicidad. Es complicado, nada más. —Suspiró suavemente—. No me hagas caso, Destiny. El jueves es el día que dedico a quejarme.

Destiny le sonrió maliciosamente.

—La verdad es que ya lo sabía. Velda me ha advertido que esta noche te evitara a toda costa.

Mary Ann gruñó y apoyó la cabeza sobre la mesa.

—No me digas que todo el mundo sabe que soy una gruñona.

—Sólo los jueves —repuso Destiny animosamente—. Vamos, no te desanimes. Dime cuánto dinero necesitas y te lo conseguiré.

Mary Ann levantó la cabeza y la miró con profundo recelo.

—No puedes robar un banco. Encontraré un modo de pagar las facturas de este mes sin recurrir a eso.

—La verdad es que estaba pensando más bien en robar al traficante que vive a un par de kilómetros de aquí. Es un hombrecillo zalamero y repugnante y tiene más dinero del que le conviene. Sólo por divertirme, de vez en cuando voy y destruyo todas sus drogas.

Mary Ann se sentó muy erguida.

—No harás eso de verdad, ¿no? Esa gente es peligrosa.

Destiny se encogió de hombros.

—Para mí no. No me ven. Los detesto. Son gusanos que destruyen vidas y creen saber lo que es el poder. ¿Por qué no iba a servir su dinero para financiar una casa de acogida? Habría que usarlo para una buena causa. Sólo tengo que tener cuidado de no provocar una guerra entre traficantes, o de que no cargue otro con las culpas.

Mary Ann miraba con pasmo su sonrisa decidida y malévola.

—¿Cómo lo haces?

La sonrisa de Destiny se hizo más amplia.

—Implanto recuerdos en su mente retorcida. De vez en cuando bebe demasiado o de pronto sufre un ataque agudo de mala conciencia. Ése es mi método favorito. Cree que le dio el dinero a alguien, aunque no recuerda a quién, y que fue él mismo quien destruyó las drogas.

—Lo haces de verdad, ¿no? ¿Lo sabe Nicolae?

Destiny se enderezó bruscamente.

—¿Tenías que meterle en esto? Él no tiene nada que ver. También me cuelo en el cine y no le pido permiso para hacerlo. —Hablaba con una nota de desafío que la hacía parecer un tanto infantil. Aquello la exasperó. No tenía por qué darle explicaciones a Nicolae, ni se estaba disculpando por ser independiente. No tenía ni idea de por qué se sentía culpable.

El calor que inundó su cuerpo sólo consiguió aumentar su irritación. Sabía que él se estaba divirtiendo. Y lo que era peor: siempre lograba hacerla reaccionar, física o anímicamente. *Yo era una persona perfectamente razonable antes de que te apoderaras de mí.*

—Colarse en el cine no es lo mismo. Lo uno es peligroso, lo otro no —dijo Mary Ann con severidad.

¿Ponen algo romántico en el cine? Yo te llevaré. Podríamos pasar un rato interesante en la última fila, en algún rincón oscuro. Su voz era suave y seductora, se deslizaba sobre la piel de Destiny como el contacto acariciador de sus dedos. *Te evitaré encantado cualquier problema.*

A pesar de su determinación, Destiny no pudo evitar derretirse. Era feliz. Nunca antes había experimentado la verdadera felicidad. *A mí eso me suena a problemas.* Pero quería ir con él. Sería divertido sentarse en el cine y fingir que eran una pareja normal, locamente enamorada, que quería pasar unos instantes a solas en un rincón oscuro. *Pero iré contigo.*

Creo que Velda e Inez tienen razón. Deberíamos probar con el chocolate, después de todo.

A Destiny le encantaba el tono provocativo de su voz. *Dejaré que me sorprendas.* Le encantaba compartir cosas con él. Recurrir a él y que estuviera allí, con ella.

—¿Me estás escuchando, Destiny? Los traficantes de drogas son delincuentes peligrosos. No les importa nada matar a la gente. No puedes hacer esas cosas, aunque sea por una buena causa.

Destiny fijó su atención en su amiga. *Amiga.* Saboreó aquella palabra. Al encontrarse por primera vez con Mary Ann, no se le había pasado por la cabeza que algún día estaría sentada en su oficina, apoyada en su mesa, bromeando con ella.

—Déjame ver qué necesitas. Recaudar fondos es mi especialidad.

Alargó el brazo tranquilamente sobre la mesa, cogió el libro y antes de que Mary Ann se lo quitara logró echar un rápido vistazo a las páginas por las que estaba abierto.

—No es cierto. Eres el colmo. ¿De veras te gusta ir al cine?

—Es lo que más me gusta —reconoció Destiny—. He ido a ver todas las películas de vampiros que se han hecho. Las viejas eran estupendas. Las veía en un cine pequeño especializado en películas de culto. Llegó a ser una adicción. Hojeaba todos los periódicos, buscando qué ponían. A veces veía las películas dos veces.

—¿Es de ahí de donde sacaste tu miedo a los ajos y las iglesias?

—le preguntó Mary Ann en broma, contenta por poder devolverle la pelota.

—Ya que hablamos de eso, ¿cómo es que te costó tan poco creer que soy distinta, un vampiro… bueno, una carpatiana? —le preguntó Destiny—. Me preocupa en serio que no tengas instinto de supervivencia, Mary Ann.

Mary Ann echó la cabeza hacia atrás y se rió.

—¿Poco? ¿Crees que me costó poco aceptar la existencia de los vampiros? Olvidas que no podía salir de la iglesia. Me quedé allí toda la noche. Rezando. Chillando. Llorando. Queriendo huir para salvar la vida. Al final, me di cuenta de que tú parecías distinta.

—Todavía no entiendo por qué me aceptaste, Mary Ann —insistió Destiny—. Deberías haberme rechazado. Deberías haberte escondido de mí.

Mary Ann se encogió de hombros.

—Ya te conocía. Te había mirado a los ojos. Si hubieras querido hacerme daño, lo habrías hecho hace mucho tiempo. Tus ojos parecían… —Se interrumpió mientras buscaba la expresión adecuada—. Atormentados. Tenías una mirada atormentada, y no quería darte la espalda, fueras lo que fueses.

—Me alegra que no lo hicieras. Gracias, Mary Ann.

Se sintió azorada y llena de humildad al oír la verdad. No se imaginaba a Mary Ann dándole la espalda a nadie.

Mientras se sonreían, la negra sombra de la violencia penetró en su mente. Suspiró, se apartó del escritorio y se volvió hacia la puerta. Sentía con nitidez la presencia del hombre que se dirigía velozmente hacia la oficina.

—Quédate detrás de mí, Mary Ann.

Su tono había cambiado por completo, era firme y autoritario.

Antes de que Mary Ann tuviera ocasión de responder, la puerta se abrió bruscamente y rebotó contra la pared. El marco se astilló. John Paul apareció en el umbral. Respiraba agitadamente, con ásperos jadeos, tenía una mirada salvaje y sus puños enormes y toscos se abrían y se cerraban a los lados de su cuerpo.

—John Paul —dijo Mary Ann con calma—, ¿qué puedo hacer

por ti esta noche? Ya hemos cerrado y estaba a punto de marcharme con mi amiga.

John Paul ni siquiera miró a Destiny. Tenía la mirada vidriosa fija en Mary Ann mientras se acercaba a ella arrastrando los pies.

—¿Dónde está Helena? La necesito, Mary Ann. Devuélvemela.

Destiny tocó su mente. Estaba llena de la intensa determinación de encontrar a Helena. John Paul no tenía ningún plan, ni sabía qué haría cuando la encontrara, sólo sentía la profunda necesidad de encontrarla. Entonces sintió la sombra de la violencia arraigada en lo más hondo de su ser, pero no había rastro del vampiro. Ni oleada de energía, por ligera que fuera, que indicara que era un títere del no muerto.

—John Paul, ya sabes que Helena está en un lugar seguro. Tú querías que se fuera, ¿recuerdas? Querías que estuviera a salvo.

Mary Ann hablaba con firmeza, pero seguía intentando tranquilizarle.

John Paul sacudió la cabeza con obstinación.

—Devuélvemela.

Apartó de un empujón una silla grande y mullida. No miró a Destiny, no parecía notar que había otra persona en la habitación.

Estaba tan cerca de ella que le rozó el hombro con la chaqueta. Ella se aclaró la garganta para atraer su atención, pero él estaba totalmente concentrado en Mary Ann.

—Yo no te he quitado a Helena, John Paul. Ella necesitaba pasar un tiempo alejada de ti mientras reflexionaba. ¿Recuerdas que viniste aquí, a la oficina, con ella? Los dos llorasteis. Tú me suplicaste que me ocupara de ella, y yo te prometí hacerlo.

Sin previo aviso, John Paul pasó su grueso brazo por encima de la mesa, lanzando la lámpara y los papeles al suelo, en todas direcciones. La lámpara se estrelló contra la pared y se hizo añicos. Minúsculos fragmentos de cristal llovieron sobre la alfombra. John Paul se fijó de inmediato en los relucientes trozos de cristal y se quedó mirándolos, absorto.

—Mary Ann, entra muy despacio en la otra habitación —dijo Destiny en voz baja—. Está poseído por una especie de compulsión, y hay algo en los cristales rotos que la desencadena.

No lograba leer nada en su mente, aparte de la súbita necesidad de una violencia extrema. Era un rugido espantoso, una necesidad de agarrar y aplastar todo lo que hubiera cerca de él. El rugido fue lo único que Destiny pudo distinguir al principio, pero con la velocidad del rayo consiguió esquivar los puños de John Paul y se concentró en los sonidos que retumbaban en su mente.

John Paul estrelló el puño contra la pared y abrió un agujero en ella. Aparecieron grietas en forma de telaraña que, irradiando desde el centro, se extendieron desde el suelo al techo.

—Reparaciones —gruñó Mary Ann—. Ay, no, las reparaciones son carísimas.

John Paul giró la cabeza hacia ella al oír su voz, frunció las cejas y volvió a agitar los puños.

Destiny le dio unos golpecitos en la espalda para distraerle.

—Oye, grandullón, creía que querías bailar conmigo. Soy muy celosa.

Deja de jugar, Destiny. Si ese idiota te pone la mano encima, le hago trizas. A mí no me hace ninguna gracia, y no estoy bromeando.

A pesar del tono severo de Nicolae, Destiny sintió ganas de reír. *Qué pena dais los hombres. No voy a bailar una lenta con él. No hace falta que te pongas celoso.* Esquivó el puño de John Paul y se apartó de él, sin alejarse demasiado para que siguiera atento a ella.

—¿Qué quieres que haga? ¿Llamo a la policía? —preguntó Mary Ann ansiosamente, e hizo una mueca cuando John Paul volvió a lanzarle otro puñetazo a Destiny.

—No, no hables, quiero que sólo me preste atención a mí.

Destiny se esforzaba por descifrar la mente de John Paul. Él era rápido para ser tan grande, pero ella lo era mucho más, y no le preocupaba que la golpeara. El ruido que se oía en su cabeza era casi insoportable. Rugidos y gruñidos estruendosos, silbidos y chillidos penetrantes. Un zumbido parecido al de un enjambre de abejas. Entonces separó los sonidos y fue filtrándolos mientras daba vueltas por la pequeña oficina, esquivando a John Paul, siempre a pocos centímetros de él.

Algo ha puesto esos sonidos en su cabeza, y no ha sido la naturaleza, le dijo a Nicolae, compartiendo aquello con él, como siempre hacía.

Alguien, no algo. Ha sido programado como podría serlo una bomba. Si los cristales rotos son el detonante, ¿cuál es el objetivo? ¿Qué sentido tiene toda esta violencia?

Ahora Destiny podía oírla, una voz que mascullaba algo en voz baja una y otra vez. Parecía acelerada, demoníaca, repitiendo una orden. Desconcertada, Destiny la amplificó para que la oyera Nicolae. John Paul no era consciente de aquella orden, ni sentía la voz, que se confundía entre el terrible estruendo que reinaba en su cabeza.

Destiny agitó la mano y silenció la voz y el ruido. John Paul se quedó en medio de la habitación y la miró parpadeando, con la mirada borrosa. Parecía anonadado. Sus grandes hombros se sacudieron y de pronto rompió a sudar. Levantó la cabeza y miró más allá de Destiny, hacia Mary Ann.

Destiny le emborronó la visión para asegurarse de que no viera las esquirlas de cristal esparcidas por el suelo.

—John Paul... —Su voz era melódica, argentina, pero, enterrada profundamente en ella, había una orden—. Debes volver a tu casa y quedarte allí. Tienes ganas de dormir, no de escuchar música, ni de ver una película, ni de hablar por teléfono. Sólo quieres irte a dormir.

Estoy registrando su casa, Destiny. Tiene que haber algo que le haga ponerse en marcha antes de que se desencadene la reacción. Lo encontraré. Vikirnoff va hacia la oficina de Mary Ann para hacer copias de la fotografía de la chica a la que el vampiro anda buscando.

John Paul farfulló algo y se frotó los ojos. Parecía más confuso que nunca. Cuando Destiny tocó su mente, sintió lástima por él. Estaba totalmente desconcertado, no tenía ni idea de cómo había llegado a la oficina ni de por qué estaba allí.

—¿Mary Ann? —Parecía un niño pequeño que buscara consuelo—. Creo que me estoy volviendo loco. Tengo mucho sueño y no sé qué ha pasado. —Miró a su alrededor, entornando los ojos para ver mejor—. ¿Esto lo he hecho yo? ¿Te he destrozado la oficina?

Destiny le dio unas palmaditas en el brazo en un gesto que recordaba a Velda.

—Vete a casa a dormir, John Paul. Todo se arreglará.

Mary Ann le miró marcharse con una expresión preocupada.

—¿Se arreglará, Destiny? ¿Tiene esto algo que ver con los vampiros? ¿Tienes idea de qué está pasando? Estos estallidos de violencia no pueden continuar. Están arruinando la vida de todo el mundo.

—Velda me habló de una mujer, Blythe Madison, que tuvo un problema parecido hace algún tiempo. Su marido la internó en un psiquiátrico.

—La mujer de Harry. Es una mujer maravillosa. Voy a visitarla dos veces al mes. No recuerda nada de lo que hizo. Vive voluntariamente en el hospital. Ni siquiera se me había ocurrido que su crisis fuera parecida a lo que les está pasando a John Paul y Martin. ¿Es posible que haya una relación?

Mary Ann se arrodilló junto a la lámpara y empezó a recoger los fragmentos y a arrojar las esquirlas de cristal a la papelera.

Destiny notó que le temblaban las manos. Tenía los ojos humedecidos. Su reacción la conmovió como ninguna otra cosa. Mary Ann se preocupaba profundamente por aquellas personas, y le dolía que tuvieran problemas.

—Estamos mucho más cerca de averiguar qué está pasando —le aseguró Destiny—. No sé quién anda detrás de esto, pero John Paul actuaba movido por una especie de compulsión.

Mary Ann la miró y parpadeó para refrenar las lágrimas.

—¿Algo parecido a la hipnosis?

Su voz sonaba de pronto especulativa.

—¿Hay alguien por aquí que practique la hipnosis?

—Un doctor de la clínica. Viene un par de veces al mes. Cree en el hipnotismo para tratar el dolor o para dejar de fumar, ese tipo de cosas. Fui a verle una vez y no me gustaron las atenciones que me dedicó. Es pariente de Harry; primo o algo así. Por eso se molesta en venir a nuestro humilde vecindario. Tiene consulta en el centro y también en el hospital.

Destiny frunció el ceño mientras intentaba asimilar aquel nuevo dato.

—No sé qué quieres decir con eso de que no te gustaron las atenciones que te dedicó.

Oyó dentro de sí el bronco bufido de Nicolae.

Bueno, no lo sé, insistió ella.

Seguramente quiso ligar con ella. Se le insinuó mientras la estaba examinando.

¡Pero si es médico!

Destiny, los vampiros no son los únicos monstruos que hay en el mundo. Muchos de ellos son humanos.

Destiny se sentó bruscamente junto a Mary Ann.

—¿Se propasó el médico contigo? ¿Actuó..?

—¿Indebidamente? Sí. Era un gusano, un tipo zalamero, guapo y con una sonrisa encantadora. Está claro que a algunas de sus pacientes les había encantado que se les insinuara y que le habían dicho que sí, pero a mí no me gustó, y se lo dejé bien claro. Pensaba que el hipnotismo daría resultado conmigo y quería que le dejara intentarlo. Menudo cerdo.

—Pero ¿no le denunciaste?

Mary Ann bajó la cabeza.

—No había nadie más en la habitación. Hacer una acusación así contra un profesional con tanta fama y dinero es arriesgado. No quería poner en peligro lo que hago aquí. Pero no volví a verle.

—Me pregunto si John Paul recurrió a él por alguna razón. O Martin. Y, antes que ellos, Blythe Madison.

—Si Harry es primo suyo, ¿no sería natural que le hubiera pedido que echara un vistazo a su mujer enferma? —se preguntó Mary Ann en voz alta.

Destiny se inclinaba más por pensar que el responsable era un vampiro. Desde el principio había concentrado sus energías en esa posibilidad. La legión de los no muertos tenía que estar involucrada en aquel asunto. Para Destiny, quienquiera que se hallara tras aquellos extraños cambios de conducta estaba atormentando premeditadamente a aquellas personas y haciéndoles daño por simple diversión. Y no podía concebir que un ser humano cometiera semejantes atrocidades. Los demonios eran vampiros, no humanos.

De pronto Nicolae estaba allí; había sentido que los pensamientos de Destiny empezaban a sacudir los cimientos mismos de su visión del mundo. Sus brazos eran fuertes, su cuerpo un refugio, su mente se fundía enérgicamente con la de ella. Era su asidero. Nicolae siempre estaba con ella. Podía contar con él eternamente. A pesar de la oscuridad agazapada contra la que había luchado casi toda su vida, a pesar de la sangre impura que ahora corría por sus venas, Nicolae era indefectiblemente bueno.

Nicolae… Susurró su nombre, presa de una repentina y arrolladora oleada de amor. Él le estaba devolviendo poco a poco la vida. Un pedacito cada vez. Y mientras tanto estaba allí, reconfortándola, consolándola, como siempre había hecho.

—¿Destiny? —La voz de Mary Ann la sacó de su ensimismamiento—. Si ese médico está implicado de algún modo en esto… si de veras ha hecho algo para perjudicar a Helena, a John Paul, a Martin, a Tim y al padre Mulligan… y a la pobre Blythe, que vive en un hospital creyendo que se ha vuelto loca… yo podría haberlo impedido. Podría haberle denunciado. ¿Y si hubiera podido detenerle?

Parecía perdida y horrorizada, sentada allí, en el suelo, con los ojos muy abiertos.

—¡No, Mary Ann! ¿Cómo se te ocurre algo así? —Destiny la abrazó con fuerza—. Tú sabes que no debes pensar una cosa tan absurda. ¿Cómo vas a ser responsable de los actos de un loco? Ni siquiera sabemos si ese médico tiene algo que ver con lo que está pasando. Todavía no tenemos todos los datos, pero aunque ese hombre tenga una varita mágica y esté hechizando a todo el vecindario, la culpa no es tuya.

—Hablas igual que yo. Todo eso está muy bien en teoría, pero si hubiera presentado cargos contra él, tal vez no habría podido tocar a ninguno de mis amigos.

—O lo más probable es que hubiera trasladado su conducta desviada a otro lugar en el que nadie notara cambios en sus amigos. ¿Es que no lo ves, Mary Ann? La gente de este barrio está tan unida que no acepta fácilmente que alguien como John Paul, que quiere tanto a Helena, de pronto arremeta contra ella e intente hacerle daño. Ni acepta que Martin atacara al padre Mulligan. Los vecinos han empezado a preocuparse los unos de los otros, intentando descubrir qué está pasando.

—Por favor, averigua quién es el culpable de todo esto y detenle, Destiny —le suplicó Mary Ann.

Destiny volvió a abrazarla.

—Eso es justamente lo que pienso hacer.

Capítulo 17

Nicolae estaba sentado fuera de la oficina. Apoyaba despreocupadamente contra la barandilla su larga y fibrosa figura. Destiny se detuvo a mirarle. La brisa fresca alborotaba su melena larga y sedosa. La luna, que lanzaba sobre él un rayo plateado, iluminaba la sensualidad pura de sus facciones. Su cuerpo era duro y potente, una mezcla peligrosa de depredador y seductor. Volvió la cabeza y le sonrió, y con aquel simple gesto la dejó sin aliento.

—Eres muy guapo —le dijo Destiny con calma, ladeando la cabeza para observar su magnífico cuerpo—. ¿Todos los carpatianos son tan guapos como tú?

Él enarcó las cejas oscuras.

—No creo que eso te interese.

Le tendió la mano. Destiny la observó detenidamente, como si examinara una trampa. ¿Cómo demonios había llegado a obsesionarse tanto con él que la simple visión de su mano tendida hacía que le diera un vuelco el corazón? Entrelazó sus dedos casi con reticencia. De cerca, él notaría cómo se le aceleraba el pulso, cómo vacilaba el latido de su corazón. Su cuerpo entero le deseaba si se acercaba demasiado a su puro magnetismo, lo cual era humillante e imposible de ocultar cuando Nicolae la tocaba.

—Boba —dijo él cariñosamente—. A un compañero no hay nada que ocultarle. No es necesario. Estoy en tu mente como tú en la mía.

—Pues si estás en mi mente, sabrás que me está costando mucho aceptar esta relación tan extraña.

Él se llevó sus manos unidas a la boca y rozó con los labios la cara interna de su muñeca.

—Aceptas esta relación tan extraña, pero te asusta confiar en ella. O en ti misma. Te hace feliz, y eso te hace desconfiar.

Ella le miró con enojo.

—¿Has vuelto a hablar con el padre Mulligan? Siempre está dando ese consejo que no vale ni dos centavos.

—¿Sólo te cobró dos centavos? A mí me hizo llenarle el cepillo —contestó Nicolae, muy serio—. Y no dijo ni una palabra de matrimonio. Sólo me dijo que tuviera coraje, sea lo que sea lo que signifique eso.

Destiny rompió a reír.

—Ese viejo farsante, seguramente te lo dijo a propósito, sólo para volverme loca. ¿Dónde está Vikirnoff?

Nicolae tiró de su mano hasta que ella echó a andar por la calle, a su lado.

—Por ahí, buscando información sobre la mujer de la fotografía. El sanador viene de camino, y mi hermano está empeñado en vaciar la ciudad de vampiros. No nos hace falta que anden abarrotando el cielo esta noche. Tengo planes.

Aquellas dos palabras desencadenaron un aleteo de mariposas en el estómago de Destiny. Ya había pasado demasiado tiempo alejada de él. El deseo la inundó, sacudiendo los cimientos de su ser. La boca se le quedó seca, y su cuerpo se acaloró con sólo oírle hablar así. Pensar en su cuerpo duro bastaba para hacerla temblar. No se atrevió a mirar su boca; le flaqueaban las rodillas.

—¿Qué clase de planes?

No supo cómo pudieron pasar las palabras por su garganta casi cerrada.

Él se acercó, y al rozar su cuerpo fornido con el de Destiny, la electricidad pareció chisporrotear entre ellos. Pequeños relámpagos danzaban y restallaban como látigos en su torrente sanguíneo. El solo hecho de caminar a su lado era un milagro para ella.

Nicolae miró su cabeza inclinada. Para él, el milagro era ella. Todavía no había asimilado que al fin la había encontrado. Su búsqueda incesante había acabado y Destiny estaba con él. Formaba parte de él. A veces, la intensidad de sus sentimientos le dejaba asombrado.

—Dijiste que querías ir al cine. He encontrado uno que abre toda la noche.

Ella le miró desde debajo de sus largas pestañas, recompensándole con una leve sonrisa.

—Estaría bien, gracias.

La idea de sentarse con ella en un cine a oscuras era de por sí una recompensa. Nicolae no pudo refrenar las fantasías eróticas que inundaron su mente. Destiny se sonrojó violentamente al captar sus pensamientos. Nunca se había parado a pensar en lo que podía hacerse en el rincón oscuro de un cine.

Se aclaró la garganta y buscó frenéticamente algo que decir. Un tema seguro del que hablar.

—Mary Ann está otra vez preocupada por el dinero. No quería que viera sus libros, y John Paul le ha destrozado la oficina. Intentó aparentar que no tenía importancia, pero está claro que sí la tiene.

—No quiero que robes un banco o que te arriesgues quitándole dinero a un traficante de drogas.

Destiny se rió al oír su tono severo.

—Hablas igual que ella.

—Mary Ann tiene razón. Yo le conseguiré el dinero que necesita. Los carpatianos vivimos desde hace siglos, tenemos cierta experiencia adquiriendo dinero. No hace falta que hagas nada ilegal o peligroso para ayudar a Mary Ann.

—Pienso tomarte la palabra. No me gusta verla tan preocupada.

—Bien. Soy un especialista recaudando fondos. Cuenta conmigo, Destiny.

Claro que contaba con él. Toda su vida había sabido, en cierto modo, que Nicolae siempre estaría ahí, para ella. Ahora era real. Sólido. Estaba a su lado, compartía su vida y sus pensamientos. Contaba con él, sí.

Nicolae inclinó la cabeza y besó su cuello mientras caminaban por las calles en penumbra, cogidos de la mano.

—También comparto tu cuerpo —murmuró maliciosamente.

El susurro de su voz acarició el cuerpo de Destiny, hizo que todos sus músculos se contrajeran, presas de un deseo apremiante. Un torrente de calor líquido brotó de pronto, se difundió y se agolpó en la parte baja de su cuerpo, a la espera de lo que ocurriera. Ella no sabía cómo se las había ingeniado Nicolae para atrincherarse en su corazón tan rápida y firmemente.

—Sigo pensando que has usado la magia negra para embrujarme —dijo malhumorada.

—¿Y está funcionando?

—No te hagas ilusiones. —Había empezado a caer una fina llovizna. Destiny miró hacia el cielo y dejó que el vapor bañara su cara—. Me encanta la lluvia. Me encanta todo lo que tiene que ver con ella. El aire siempre huele tan fresco después de llover, y su sonido es tan relajante... A veces me quedo tumbada bajo las mantas, escuchando el ruido musical de la lluvia.

—¿Quieres que pasemos un momento por la rectoría para ver a Sam? —le propuso Nicolae—. No quiero que dentro de dos horas te preocupes de pronto por él.

—Has vuelto a leerme el pensamiento.

Le sonrió porque no pudo remediarlo. Nicolae. Compartiendo su vida. Dándole esperanza. Uniendo su destino al suyo para que nunca volviera a sentirse sola. Destiny casi no podía asimilarlo. La felicidad. Nunca se había atrevido a creer que pudiera ser feliz. Pero esa creencia parecía ir filtrándose en su mente y apoderándose de ella poco a poco.

Todavía de la mano, saltaron al cielo, cambiaron de forma y, convertidos en búhos, volaron hacia las ventanas de la rectoría. Se metamorfosearon por segunda vez y atravesaron en forma de vapor la oscuridad hasta encontrar un hueco en la ventana, apenas una rendija que les permitió pasar. Dos hilillos de neblina coloreada entraron en la casa, atravesaron velozmente el pasillo a oscuras y se colaron por la rendija de debajo de la puerta.

El padre Mulligan parecía estar dormitando en una silla, junto a la cama. Sam dormía. Todavía tenía un rastro de lágrimas en su pálida cara. Destiny se compadeció del chiquillo. Se materializó a su lado y acarició con los dedos el pelo que le caía sobre la frente.

—Pobre chico —murmuró suavemente.

El padre Mulligan se sentó, sobresaltado, y al verlos se llevó teatralmente la mano al corazón.

—¿Es que atravesáis las paredes? Casi me matáis, entrando así.

Destiny pareció arrepentirse al instante.

—Lo siento mucho, padre. Creía que estaba dormido. Debería haber tenido más cuidado.

—Ni siquiera se le ha alterado el ritmo cardíaco —comentó Nicolae—. Debería ser actor, no sacerdote.

El párroco sonrió con picardía. Parecía un niño pequeño.

—Lo hacía bastante bien en las obras de teatro de la escuela cuando era joven, para disgusto de mi padre. Actuar le parecía un perfecto pecado. Esta noche os estaba esperando.

—Habríamos venido antes, pero hemos estado investigando ese comportamiento tan extraño y sorprendente de algunos de sus parroquianos. ¿Está seguro de que el vino que sirve no es malo? —inquirió Nicolae, muy serio—. Todos vienen a esta iglesia.

—No se me había ocurrido —dijo Destiny, mirando al sacerdote con reproche.

—Estáis rozando la blasfemia —les advirtió el padre Mulligan, intentando parecer severo. Pero sus ojos, que brillaban alegremente, arruinaban su credibilidad como actor.

—Bueno, supongo que podemos descartarles a usted y a su vino, pero de todos modos tengo una pregunta que hacerle —dijo Destiny—. La noche que Martin se llevó la caja del dinero, ¿recuerda usted si se rompió algún cristal? Antes de que Martin se pusiera violento.

El padre Mulligan arrugó el ceño.

—Qué curioso que me preguntes eso. Hablé con Tim y me dijo que le había dado su medicina a Martin y que el vaso de agua se cayó al suelo cuando éste se lo devolvió. Me dijo que Martin se quedó mirando los trozos de cristal, que le dio un empujón y que salió del apartamento. Evidentemente, vino derecho aquí, a la iglesia.

—¿Martin ha ido alguna vez a esa clínica pequeña, la que está cerca del despacho de Mary Ann?

—Sí. Un médico de allí viene dos veces al mes. Dicen que es brillante tratando el dolor. Martin sufrió un terrible accidente hace un par de años, se rompió un montón de huesos y se dislocó la espalda. Estaba viendo a ese médico y parece que le funcionaba. Pero Tim me dijo que habían tenido una especie de altercado y que Martin decidió no volver. Fue una lástima, porque tenía controlado el dolor.

—¿Tiene idea de a qué se debió ese altercado? —preguntó Destiny, viendo que el sacerdote vacilaba, añadió—: No se lo preguntaría, pero creo que el médico puede estar involucrado de algún modo en todo esto. Cuanta más información tenga, más fácil será resolver este embrollo.

—Fue algo relacionado con su negocio. Tim y Martin están construyendo una residencia para personas mayores. Intentan que sea exclusiva y segura, pero asequible. Hay mucho dinero en juego. El médico quería que le incluyeran en el personal de la residencia como consultor, con un salario muy alto. Pero Martin le oyó atender a un anciano y sus maneras le parecieron impacientes y ofensivas. He oído varias quejas sobre cómo trata a las personas mayores, y cuando Martin me pidió mi opinión, le conté lo que me habían dicho algunos de mis parroquianos.

—Así que, en su siguiente visita al médico, es probable que Martin le dijera amablemente que no le interesaban sus servicios —reflexionó Destiny en voz alta.

—No quiero daros una impresión equivocada —dijo el padre Mulligan—. Puede que ese médico no trate muy bien a los ancianos, pero ha ayudado muchísimo a otras personas. Sé que visita regularmente a la pobrecilla Blythe Madison. Le he visto salir cuando voy a verla.

—¿Blythe es una mujer atractiva? —preguntó Nicolae.

—Muchísimo, sí —contestó el padre Mulligan de inmediato.

—Igual que Helena —comentó Destiny—. ¿Harry está tan loco por su mujer como dice todo el mundo?

—Sí, absolutamente —contestó el padre Mulligan—. Está destrozado. No pasa ni un solo día sin que vaya a verla al hospital. Le ha suplicado que vuelva a casa, pero dice que ella se ha cerrado aún más sobre sí misma.

—Quizá deberíamos hacerle una visita discreta —sugirió Nicolae. Levantó la mano cuando el padre Mulligan se disponía a protestar—. No se preocupe, ni siquiera se enterará de que estamos allí.

—Gracias por cuidar de Sam, padre —dijo Destiny—. Lamento haber tenido que cargarle con él.

—No me importa. Nicolae contribuyó a que los asistentes sociales vieran las cosas a mi manera, así que creo que tenemos el futuro de Sam bien encarrilado, incluido un fondo fiduciario que Nicolae ha abierto para él. La pareja que quiere quedarse con él es gente maravillosa, y parece que todo va viento en popa.

Nicolae. Todo remitía siempre a él. A su consideración. A su atención por el detalle. Por alguna razón, aquella idea hizo que Destiny se sonrojara violentamente y la obligó a agachar la cabeza para ocultarle al sacerdote lo que estaba pensando. A Nicolae, en cambio, no había modo de ocultárselo.

Los detalles son importantes, dijo con una voz semejante a terciopelo negro, dando a entender toda clase de cosas.

Te va a fulminar un rayo si sigues pensando así delante de un hombre santo.

Vámonos adonde esté a salvo, entonces. Pero primero tenemos que pasarnos por La Taberna.

Destiny se despidió del sacerdote murmurando un adiós, acarició de nuevo el pelo de Sam y se dirigió a la puerta.

—Salid por donde habéis entrado —les suplicó el padre Mulligan—. Sólo una vez más, hacedlo por mí.

Destiny miró a Nicolae, que levantó una ceja. Sus labios se tensaron al refrenar la risa. Juntos se disolvieron en vapor y salieron por la pequeña rendija de la puerta mientras el párroco se reía, alborozado.

Cuando llegaron, Harry ya había cerrado La Taberna y había subido las escaleras de su apartamento de encima del bar. Estaba hundido en un sillón, con una fotografía enmarcada entre las manos y la frente apoyada en el cristal. Permanecía inmóvil, aferrado a la fotografía de su mujer. A Destiny se le encogió el corazón al verle allí sentado, tan solo e infeliz.

Arreglaremos esto, Destiny. Ahora que sabemos cómo es Blythe, podemos encontrarla. Tengo la sensación de que estamos muy cerca de resolver este misterio. El médico está involucrado en estos ataques.

Dejaron a Harry y se alejaron volando de la ciudad. Destiny miraba desde lo alto las luces brillantes. *Esto es tan bonito, Nicolae... Me encanta esta ciudad. Me encanta su gente.*

Ahora podía reconocerlo ante él. Nicolae le había dado ese don. Ya no le asustaba tanto permitirse querer a los demás. Estaba empezando a creer que no era responsable de la muerte de aquéllos a quienes había querido.

¿Ése es el hospital en el que vive Blythe? Destiny ya se dirigía hacia los terrenos del hospital, segura de la dirección que debía tomar, casi como si Blythe la llamara.

—Puede que así sea —dijo Nicolae comprensivamente—. Ha sufrido mucho. Creo que es mejor que hables con ella a solas. Yo estaré cerca, pero sin que me vea.

Destiny agradeció su delicadeza. Nicolae podía obligar fácilmente a Blythe a aceptar su presencia, pero ella se resistía a forzar a cooperar a alguien que probablemente sufría, y él era de la misma opinión.

Así que le lanzó un beso mientras atravesaban, invisibles al ojo humano, los pasillos del hospital. Encontró a Blythe acurrucada en el asiento de su ventana, meciéndose hacia adelante y hacia atrás, con la mirada fija en la puerta y una expresión atormentada. Al principio no pareció reparar en ella; estaba completamente absorta en la puerta.

Destiny carraspeó para llamar su atención, y cuando Blythe volvió la cabeza, reconoció la expresión de sus ojos. La había visto una y otra vez en las caras de las mujeres maltratadas que huían de sus hogares y recurrían a Mary Ann. Había en ella desesperación, vergüenza y desaliento. Blythe estaba sedada, pero lúcida; la vida brillaba en ella con fuerza, a pesar de su situación.

—¿Quién eres tú? ¿Cómo has entrado aquí? —le preguntó con nerviosismo, aunque miraba expectante la puerta, no a ella.

—¿Va a venir? ¿El doctor? —le preguntó Destiny suavemente.

Blythe le prestó más atención. Asintió con la cabeza.

—Si te ve aquí, podrías correr peligro.

Al oír mencionar al doctor, el ritmo cardíaco de Blythe se aceleró bruscamente.

—Te hipnotizó, ¿verdad, Blythe? —le preguntó Destiny en voz baja.

—Sospecho que sí. —Su voz sonaba sorprendentemente fuerte para ser una mujer a la que todo el mundo creía una enferma mental—. No hay modo de escapar de él y hacer que Harry esté a salvo. Usa la hipnosis y drogas. —Se encogió de hombros—. Todo el mundo cree que estoy loca —añadió como si se le hubiera ocurrido en el último momento.

Destiny notó que estaba cada vez más agitada. Abría y cerraba los puños. Entonces sintió la misma presencia que había advertido ese día, horas antes. La maldad. Se movía hacia ellos, sus pasos resonaban con fuerza en el suelo del pasillo. Blythe gimió y corrió al asiento de la ventana, tapándose la boca con fuerza para no gritar.

Destiny se ocultó entre las sombras.

—Hazle hablar, Blythe —dijo en voz baja—. Dame algo con lo que trabajar.

Podía extraer fácilmente aquella información de la mente del doctor, pero quería que Blythe participara activamente en su liberación.

La cerradura emitió un chasquido y la puerta se abrió de pronto. Destiny esperaba a medias un vampiro, pero el hombre que paseó una mirada recelosa por la habitación era completamente humano y sin embargo tan vil como cualquier monstruo que ella hubiera destruido. Ella podía ver más allá del espejismo que un vampiro proyectaba con su voz y su apariencia física, podía ver la pútrida malevolencia que ocultaba, pero aquel hombre la dejó desconcertada. Era increíblemente guapo, un hombre alto y rubio con sonrisa de tiburón. Ni siquiera mirándole atentamente pudo ver más allá de su belleza superficial y contemplar la maldad que yacía debajo.

—Te he oído hablar con alguien. —Cerró la puerta con deliberada firmeza—. ¿O es que ya estás tan chiflada que hablas sola?

Blythe se pegó más aún a la ventana, como si quisiera tirarse por ella, a pesar de que había rejas. Su mirada voló hacia el rincón de la habitación en el que había desaparecido Destiny. Levantó el mentón.

—No voy a permitir que vuelvas a tocarme.

Él soltó una risa gélida.

—Claro que sí. Harás exactamente lo que te diga, como siempre. No querrás matar a tu marido, el maravilloso Harry. Cortarle en pedacitos mientras duerme en su cama, ¿verdad? Podría obligarte a hacerlo, Blythe, y te lo tendrías merecido por engañarme con ese don nadie. Un camarero, por el amor de Dios. Yo soy un genio, un gran hombre, y tú me rechazaste y te acostaste con un cualquiera. Dejaste que un cualquiera te tocara.

Blythe levantó la barbilla.

—Puedes venir todas las noches y violarme, drogarme, forzarme, pero nunca te desearé. Siempre perteneceré a Harry, no a ti.

Destiny sintió que el estómago se le revolvía, lleno de bilis, con una ira tan fría como el hielo y tan ardiente como un fuego fuera de control. Sentía la humillación en la voz de Blythe, su completa desesperación mientras desafiaba a su torturador. Destiny miró al doctor y sólo vio a un monstruo. Sin pensarlo, movió una mano para silenciar a Blythe, la hizo dormir de modo que se desvaneciera sobre el asiento de la ventana, con los ojos cerrados.

El doctor masculló una maldición.

—Zorra, ¿crees que vas a engañarme?

Destiny salió de entre las sombras. Sus ojos ardían con un rojo feroz. Siseó suavemente para llamar la atención del médico.

—No mereces vivir.

Él se volvió bruscamente, dio un paso atrás y levantó rápidamente una mano.

—No tiene pruebas de nada. Estaba probando una forma de terapia. ¿Cómo se atreve a entrar en esta habitación?

—Le hizo daño a John Paul porque Helena le rechazó. Le hizo daño a Martin porque se negó a dejarle participar en su proyecto. Utiliza su profesión para lastimar a la gente, ¿verdad, doctor?

Él se encogió de hombros tranquilamente al comprobar que estaban solos en la habitación.

—Me gustaría verte probar esas acusaciones. Tengo una reputación intachable. —Sacó una jeringuilla del bolsillo y le sonrió—. No deberías meterte donde no te llaman.

Se acercó a ella, completamente seguro de que podría dominarla.

Destiny dejó que la agarrara del brazo. Le sonrió con frialdad, a pesar de que en su fuero interno ardía de rabia por su completa falta de escrúpulos.

—No tengo que probar nada, doctor. No soy humana.

Por un momento le permitió ver su ira, su furia, la llama roja de la venganza.

El doctor palideció y abrió la boca para emitir un agudo chillido de terror. Destiny movió la mano para sofocar su grito, deteniéndolo en su garganta, cortándole la respiración. Parpadeó. De pronto se había dado cuenta de lo que estaba a punto de hacer. *Nicolae. No quiero comportarme como un no muerto. Puede que lleve su sangre, pero no voy a unirme a sus filas ni a aterrorizar a este cerdo. No haré lo que hacen ellos. Este hombre merece que le lleven ante la justicia y eso pienso hacer, pero…*

Soltó al doctor cuando Nicolae se materializó a su lado y le quitó la jeringa al médico, cuyos dedos habían quedado repentinamente flojos.

—Me gustaría que redactara para nosotros una confesión completa, doctor. Que incluya el porqué y el cómo. Debe contarle al mundo entero que el peso de sus crímenes no le permitía seguir viviendo.

La voz de Nicolae sonaba tan suave y agradable que Destiny se apartó de él, se alejó de su poder de compulsión. Temblaba, poseída por la sed de justicia y agradecida por que Nicolae hubiera intervenido con la cabeza fría y hubiera recordado que necesitarían pruebas para ofrecérselas a las víctimas de aquel hombre.

Era aterrador pensar cuánto había deseado que el doctor viera llegar su muerte. Destiny quería que sintiera todo lo que Blythe había sentido. Todo lo que ella misma había sentido.

Abrazó a Blythe y le prometió entre susurros que todo se arreglaría. *No podemos dejarla así, Nicolae.*

Descuida, nos ocuparemos de ella.

El doctor se volvió y salió de la habitación como un sonámbulo. Nicolae rodeó a Destiny con el brazo y juntos, con paso mucho más tranquilo, le siguieron por el pasillo y salieron tras él de aquel hospital. Vieron cómo se sentaba a la mesa de su despacho y escribía cuidadosamente su confesión. La dejó encima de la mesa y de nuevo se puso en marcha; subió las escaleras hasta el tejado, varios pisos más arriba, y se arrojó desde la cornisa. No vieron cómo se estrellaba contra la acera. Se marcharon rápidamente, deteniéndose sólo para que Nicolae le susurrara algo a un guardia de seguridad y a la enfermera del mostrador de recepción. Buscaron la quietud de las calles más tranquilas y entraron sin contratiempos en casa de Harry. Destiny observó a Nicolae cuando éste se inclinó para darle al hombre una orden en voz baja, y su corazón se llenó de orgullo.

Harry corrió a vestirse, bajó a toda prisa las escaleras y se encaminó hacia el hospital, sin saber muy bien por qué era tan importante para él, pero poseído por el deseo ansioso de pasar el resto de la noche allí, en la habitación, con su mujer.

Destiny se estremeció y apoyó la cara en el cuello de Nicolae.

—No pensé que fuera un hombre. Un médico. Alguien que se supone que se dedica a curar. ¿Por qué decide una persona ser tan malvada?

Nicolae la besó en el pelo, deseoso de borrar el doloroso recuerdo de otros monstruos.

—No puedo darte una respuesta, pequeña, pero no estés triste. Blythe aprenderá a ser feliz de nuevo con Harry y con el tiempo toda esta gente podrá vivir en paz, gracias a que tú te detuviste a escucharles y te preocupaste por arreglar las cosas.

—Gracias por pensar en mandar a Harry con ella. Sabía que no podíamos sacarla del hospital, pero no soportaba pensar que estaba sola.

Destiny metió los dedos entre su pelo y frotó la nariz contra su cuello. Ansiaba abrazarle y hacerle el amor. Nicolae siempre se las ingeniaba para dar sentido a un mundo que nunca estaba del todo cuerdo. *¿Cómo he podido arreglármelas sin ti?*

Él la besó. Con dureza. Posesivamente. *Ven conmigo. Hemos hecho todo lo posible por nuestros amigos. Ahora quiero hacer algo por ti. Déjame que te lleve al cine.*

Aquello era lo último que Destiny se esperaba, y la hizo reír.

—Estás loco, ¿lo sabías?

No tuvo más remedio que sonreír. La alegría pareció brotar de su alma y extenderse a través de su cuerpo hasta que sus labios se curvaron en un gesto de felicidad completa. Nicolae y ella se transformaron de nuevo, materializándose en su verdadera forma sobre la acera, delante del cine. Él la estrechó enseguida en sus brazos, la apretó contra su cuerpo fornido y duro, y metió los dedos largos y delgados entre su densa cabellera.

—Llevaba horas esperando estar a solas contigo.

—¿De veras? —El placer floreció y se difundió por todo su cuerpo—. Yo también quería estar a solas contigo —le confesó.

Dijera lo que dijera él acerca de la oscuridad que llevaban dentro los machos carpatianos, Nicolae siempre sería su luz.

Una brisa fresca se deslizó sobre el cuerpo de Destiny, arrastrando consigo la bruma inevitable. Riendo, felices, penetraron en la oscuridad del cine. Había sólo algunas parejas diseminadas por la amplia sala. Nicolae buscó el rincón más oscuro, en la galería, donde no había nadie. No era una película de vampiros, sino de acción. Destiny la había visto anunciada; era un videojuego muy popular convertido en película, y le encantaba la actriz. Los asientos de la galería eran amplios y confortables, y ella se acomodó en uno de ellos con un leve suspiro.

—¿De verdad llamaste al sanador? ¿A Gregori?

—No te preocupes tanto —contestó él mientras deslizaba el brazo por el respaldo del asiento para apoyarlo sobre sus hombros—. Tiene una compañera, y sólo puede hacer el bien.

Destiny cambió de postura, apoyándose en él.

—¿Cómo es?

Nicolae esperó antes de contestar, cogió su cara entre las manos y la besó en la boca. La pasión inundó a Destiny. Y también a él. Sus lenguas danzaron y se batieron en duelo. Nicolae ya había esperado mucho para tenerla. Tenía el cuerpo rígido y lleno de ansia. Su boca le delataba: tomó el mando con dureza, con avidez, declarando así sus intenciones.

Levantó la cabeza, se quedó mirando los enormes ojos de Destiny y sonrió. Su voz sonó muy tranquila cuando contestó.

—Gregori procede de un linaje muy reverenciado. Sus ancestros son desde siempre los guardianes del príncipe de nuestro pueblo, y casi todos ellos tenían una tremenda habilidad para sanar. Todos podemos curar cuando se nos pide que lo hagamos, por supuesto, pero en su linaje el don de la sanación es más poderoso. No le conozco personalmente, pero conocí a su padre, un hombre íntegro y leal que siempre sirvió a nuestro pueblo.

Ella empezaba a conocer bien a Nicolae.

—Un guerrero. Un cazador —interpretó.

—Exacto.

Un hombre como él, un hombre al que respetaba. Destiny asintió con la cabeza.

—Está bien, entonces. Me quedaré por aquí, a ver cómo es.

En la pantalla, la acción se aceleró e intensificó mientras un hombre siniestro se dirigía hacia la mansión de la heroína. Nicolae echó un vistazo y paseó luego la mirada por la sala.

—De modo que así es como se ve una película desde el gallinero. Confieso que nunca he sido muy aficionado al cine.

Su pulgar se deslizó por el cuello de la blusa de Destiny y se deslizó bajo él para acariciar su piel.

Un escalofrío de expectación le recorrió a ella la espalda.

—El cine es maravilloso. Me admira la imaginación de la gente capaz de levantar mundos tan fantásticos. —Le miró. Nicolae no miraba la pantalla, sino a ella. Sus ojos parecían enturbiados por el deseo, por un ansia puramente sexual. Deslizó las manos hacia la parte delantera de su blusa y el corazón le comenzó a latir con violencia—. Nicolae, la película es muy buena.

—¿Ah, sí? —murmuró él, visiblemente distraído.

Ella notó que desabrochaba los pequeños botones de su blusa. Los nudillos de Nicolae rozaron su piel desnuda cuando la tela se abrió. Intentó hacerse la escandalizada, pero la excitación se había apoderado de su cuerpo.

—¿Esto es lo que haces cuando quedas con una chica para ir al cine?

Le parecía extremadamente erótico estar sentada en un cine, en la oscuridad, con la blusa abierta y los pechos hinchados por el deseo. Vio, fascinada, cómo los largos dedos de Nicolae acariciaban su piel blanca y suave.

—¿Crees que he venido a ver la película?

Él parecía divertido.

—Pues... sí.

Se quedó sin aliento cuando él comenzó a acariciar su pecho, rozando tiernamente con el pulgar el pezón hasta que se convirtió en un pico erizado por el deseo.

—Quería verte mirando la película. Me encanta verte disfrutar de las cosas. ¿Te importaría ponerte una falda?

—¿Una falda? —repitió ella débilmente.

—En vez de pantalones. Una falta corta. No hace falta que te pongas nada debajo —ronroneó él mientras seguía acariciándola con los dedos.

Su petición parecía pecaminosa y perversa, deliciosamente sexy, y mientras se vestía con la facilidad de los carpatianos, poniéndose una falda corta, a la altura del muslo, sintió que una oleada de calor inundaba su cuerpo.

—Entonces, ¿quieres que me quede aquí sentada, viendo la película, mientras tú me miras a mí?

—Me parece una idea excelente —respondió él. Una de sus uñas se alargó y traspasó el fino encaje del sujetador, liberando sus pechos grandes de los delicados confines de la prenda—. Sólo quiero que te diviertas.

Sopesó en la palma de la mano su pecho suave. El aire fresco rozó la piel encendida de Destiny, y crispó aún más sus pezones.

En la pantalla, la heroína corría por la enorme mansión en la que por fin habían entrado los intrusos, decididos a robar un valioso icono que le había dejado su padre en herencia. Nicolae inclinó la cabeza morena hacia la seductora ofrenda de Destiny. Tocó con la boca su frágil garganta cuando ella echó la cabeza hacia atrás. Su lengua se movió en círculos, saboreando su piel y la tentación de su pulso.

Me conmueves. Cada vez que te miro, que te toco, sé que estoy vivo. A decir verdad, se derretía por dentro nada más tocar su cuerpo. Cuando la besaba, se sentía arrastrado por un torbellino embriagador. El fuego atravesaba sus venas y quemaba su vientre, pero por encima de todo estaba la intensidad de su amor, más fuerte aún que el tremendo deseo físico que sentía por ella.

La piel de Destiny era asombrosamente suave. Nicolae deseaba tocar cada palmo de ella. Tomarse su tiempo y simplemente sentir. Gozar de su capacidad de experimentar emociones. El contraste entre el cuerpo de un hombre y el de una mujer le fascinaba. Las curvas de Destiny eran exuberantes y seductoras; quería hundirse profundamente en ellas y pasar largas horas disfrutando de cada momento.

Fue depositando besos suaves sobre su garganta, y su boca viajó hasta la tentadora punta de su seno. Los leves gemidos guturales de Destiny sólo servían para aumentar su placer. Quería que ella le deseara con la misma ansia ciega que sentía él. Quería que aquella expresión despreocupada y fresca desapareciera de su cara, que sus ojos se enturbiaran de deseo. La quería tan distraída que no pudiera volver a ver aquella película sin excitarse al recordar esa noche.

Sus dientes mordisqueaban y arañaban suave y provocativamente; su lengua lamía con delicadeza. Sintió placer cuando ella le rodeó la cabeza con los brazos, acercándosela a sus pechos. La música de la banda sonora retumbaba en su cuerpo: un ritmo fuerte y estimulante que armonizaba con el de su boca cuando se apoderó del pecho de su compañera. Ella se arqueó hacia él y contoneó las caderas en el asiento, incapaz de permanecer inmóvil bajo aquel asalto salvaje a sus sentidos.

Destiny enredó los dedos entre su pelo.

—Vámonos a casa, salvaje. Me estás volviendo loca.

Pero le apretaba contra ella. No quería que parara.

Él gozaba devorando su cuerpo, erizando sus pechos, primero uno, luego el otro, deleitándose en su capacidad para excitarla. Destiny era suya, compartía con él su cuerpo, le daba rienda suelta mientras él exploraba cuidadosamente cada una de sus abundantes ofrendas. Nicolae oía el retumbar de la música en la sala de cine, pero el tiempo y el espacio parecían haberse desvanecido y sólo sentía ya el cuerpo maleable de ella.

Buscó el bajo de su falda corta y siguió su borde por encima de los muslos de Destiny. Deslizó la mano entre sus piernas y la urgió a abrirlas para franquearle el tesoro que sabía suyo. Un calor húmedo le dio la bienvenida. El gozo de ella ahondó su deseo, ya que respondió como una flor, abriéndose a él.

Nicolae acarició sus muslos, tocó la espesura de sus rizos y acarició los pliegues húmedos que guardaba aquel pequeño triángulo. Cubrió con la palma su sexo suave, apretó y se sintió recompensado cuando ella le devolvió la presión, buscando una descarga de placer.

—Quiero irme a casa —le susurró de nuevo.

—Sí, tenemos que irnos a casa —contestó él, y la penetró con un dedo sólo para sentir su reacción.

Ella se estremeció de ansia y de excitación. Frotó las caderas contra el asiento.

De pronto, la sala de cine parecía demasiado estrecha. Destiny sentía la necesidad de estar fuera, al aire libre, donde pudiera respirar. Donde pudiera gritar de placer. Donde pudiera estar completamente a solas con él.

—Llévame a casa —dijo, rodeándole el cuello con los brazos.

Nicolae buscó de nuevo su boca y la arrastró a su mundo de ardor y placer mientras sus dedos la enfebrecían. La tomó en brazos y, sacándola del mundo de los humanos, la devolvió a la noche. A su noche. A su mundo.

Destiny sentía la quemazón de las lágrimas tras los ojos. Notaba en la piel el frescor de la noche. La niebla se deslizaba a ras de suelo y un vapor suave y húmedo los envolvió al instante. En las sombras había belleza, no maldad. Entonces tendió los brazos hacia la noche, abrazándola. Abrazando su vida con Nicolae. Sus bocas se encontraron mientras permanecían de pie, juntos. Ella había encontrado su lugar. Al fin. Irrevocablemente. Pertenecía a aquel hombre.

Vertió en sus besos todo cuanto sentía. Sus necesidades. Sus sueños. Su aceptación de Nicolae. Por encima de todo lo demás, su completa confianza en él. Se olvidó de la falda escandalosamente corta que llevaba y, enlazándole con una pierna, se apretó contra él.

Nicolae tocó la curva desnuda de sus nalgas y la estrechó con fuerza contra sí. Destiny estaba ansiosa, respondía a sus besos con besos, a su fuego con fuego. Él levantó la cabeza hacia la fresca neblina y rompió a reír de pura alegría por poder estrecharla entre sus brazos. Se elevó en el aire y voló con ella muy por encima de la ciudad, rodeándola con los brazos mientras atravesaban las nubes.

La ropa era una carga y ambos se despojaron de ella casi al mismo tiempo. Con las bocas unidas y las manos de Destiny entrelazadas tras la nuca de Nicolae, ella levantó las piernas para rodearle la cintura. El glande hinchado de él se apretaba con fuerza contra su abertura, buscando entrada. Destiny sabía que debía esperar, que estaban ya enloquecidos, pero la tentación era demasiado grande. Palpitaba de deseo, desesperada por aliviar aquella tensión ardiente y excesiva. Cada nervio de su cuerpo le pedía a gritos que Nicolae la poseyera. Cada músculo se contraía con ansia desesperada.

Nicolae sofocó un grito cuando ella descendió sobre él, allí, en el aire, y le acogió en su cuerpo. Su tensa envoltura ardía ferozmente, en contraste con el aire fresco que los rodeaba. Entonces hizo que dieran la vuelta y cayeran vertiginosamente. Cruzaron como relámpagos el cielo, hacia su hogar, y Destiny tuvo que aferrarse a él con más fuerza, con los pechos suaves pegados a su torso.

Aunque ella pretendía quedarse perfectamente quieta mientras él la llevaba por el cielo, sentir dentro su miembro duro y grueso fue demasiado para ella. El movimiento del vuelo aumentaba aquellas sensaciones deliciosas. Destiny empezó a moverse con un galope lento y sensual, arriba y abajo, apartando las caderas de él y descendiendo luego, lentamente, sobre su miembro grueso y erecto.

Nicolae tenía los músculos tensos y crispados. Se estremecía cada vez que ella descendía sobre él, cada vez que su vaina ceñía su miembro y lo acariciaba con su ardiente terciopelo. La fricción hizo brotar llamas que danzaban sobre su piel, a pesar de la fresca neblina. Era delicioso y sensual surcar el cielo con ella ensartada en su sexo rígido y duro. La negra nube del pelo de Destiny volaba a su alrededor como una capa de seda, excitando más aún sus sentidos ya excitados. Cada movimiento hacía que los pechos exuberantes de Destiny se frotaran contra su torso. Él sólo podía abrazarla con fuerza, concentrarse en mantenerlos en el aire mientras los músculos de Destiny se tensaban a su alrededor y ella se movía arriba y abajo con ritmo pausado.

Nicolae estaba casi fuera de sí cuando la condujo a través de las entrañas de la montaña, hacia su cámara escondida. No había tiempo para fuego o flores; sólo podía pensar en hundirse profundamente en su cuerpo. Comenzó a penetrarla más y más rápido, más fuerte, clavando en ella sus caderas. Apenas habían tocado el suelo cuando tomó el control y sus manos comenzaron a moverse sobre ella, por todas partes, moldeando, explorando, excitándola aún más, hasta alcanzar un frenesí de deseo. La hizo retroceder hasta que chocó con la roca más cercana y sólo en el último momento recordó proteger su espalda mientras se hundía en ella.

Destiny le cubrió de besos, le abrazó, le aceptó, a pesar de estar tan enloquecida como él. Pero allí estaba otra vez. Inesperado. Insidioso. Una serpiente en su jardín, robándole el paraíso. Esta vez, siguió fundida con Nicolae y le permitió ver las imágenes siniestras que se filtraban en su cabeza. Confiaba con desesperación en que él supiera qué hacer.

Nicolae la besó. Pasó de poseer su cuerpo salvajemente a besarla con ternura. Las caricias de sus manos eran tan suaves que parecían el roce de una alas de gasa sobre la piel desnuda de Destiny. Sus besos eran amorosos, cálidos, más persuasivos que exigentes. Mientras tanto, se movía suavemente dentro de ella.

—Te gusta estar fuera, al aire libre.

—Lo sé.

Destiny sintió el impulso de disculparse, pero le pareció absurdo porque él sólo estaba haciendo una observación, no reprochándole nada.

Nicolae la besó de nuevo, despacio y cuidadosamente, con ansia.

—Estamos al aire libre. Estamos donde queramos estar.

Destiny cerró los ojos y tomó de la mente de Nicolae la imagen de las estrellas. Tomó el olor límpido de la neblina y se aferró a él mientras su compañero la colmaba de belleza con sus manos y su boca. Él rindió culto a su cuerpo hasta que ella comenzó a deshacerse y se elevó, libre, por el cielo que tanto amaba.

Abrazada a su cuerpo, escuchó cómo sus corazones latían al unísono. Muy lentamente abrió los ojos y descubrió que estaban bajo la montaña, en la cámara de los estanques.

—Quería perder el control, comportarme como una salvaje. Siento que hayas tenido que ser tan cuidadoso conmigo.

Nicolae no dijo que estaba dispuesto a tomarla de nuevo. Disponían aún de un par de horas hasta que tuvieran que buscar refugio en la tierra, y pensaba aprovechar cada minuto que pasaran juntos.

—No me molesta ser cuidadoso. —Mordió su cuello juguetonamente—. No me molesta nada de lo que hacemos. Algún día perderemos el control y seremos como salvajes. Tenemos toda la eternidad. No hace falta apresurarse. —Sus dientes se deslizaron por el hombro de Destiny y mordisquearon su pecho—. Algún día traeré pañuelos de seda y me dejarás que te ate las manos y haga lo que quiera contigo, y nuestra intimidad no te dará miedo.

—¿Crees que seré capaz?

Ella parecía escéptica.

Nicolae tiró de ella para que le siguiera al agua. La hizo darse la vuelta y colocó sus manos sobre la misma roca a la que ella le había obligado a aferrarse.

—Sí, estoy seguro de que sí. Confiarás en mí completamente. Pienso hacerte gozar tanto cada vez que te toque que sólo pensarás en el placer cuando esté cerca de ti. —Con la mano sobre sus riñones, la inclinó hacia delante de modo que sus nalgas suaves quedaran expuestas ante él—. Hacer el amor no es una cuestión de poder y control. Hagamos lo que hagamos, se trata de demostrarnos el uno al otro con nuestros cuerpos lo que es casi imposible expresar de otro modo. No debería haber vergüenza, sino sólo gozo, y yo pienso darte mucho placer.

Pasó las manos por las curvas de su cuerpo.

—Eres tan hermosa, Destiny...

Subió las manos por sus muslos y acarició la húmeda entrada de su sexo.

—Así me siento muy vulnerable —reconoció ella.

Nicolae se acercó más a ella, la rodeó con los brazos y cubrió sus pechos con las palmas de las manos. Se frotó premeditadamente contra ella para que sintiera lo dura y gruesa que estaba su verga. Para que sintiera cuánto la deseaba.

—Lo único que tienes que hacer es decirme que no. Eso es todo. Paramos en cuanto no te guste lo que hacemos.

La penetró con un dedo para comprobar si estaba lista.

Si su mente tenía miedo, su cuerpo no lo tenía. Estaba caliente y resbaladiza, más acogedora aún que antes. Entonces la cogió por las caderas y la penetró con fuerza, hundiéndose en ella por completo.

El cuerpo de Destiny se tensó a su alrededor y luego, lentamente, se abrió para darle la bienvenida.

—Cada postura es un nuevo placer, no una amenaza, Destiny —dijo él, y esperó un instante para que ella se acostumbrara por completo a la invasión de su cuerpo.

La acometió con fuerza. Esperó otro instante. Destiny se frotó contra él, buscando más. Su cuerpo estaba ya caliente, más caliente de lo que ella creía posible. La sensación de intensa fragilidad había desaparecido. Ahora era capaz de participar plenamente. Quería que Nicolae la penetrara con más fuerza, que creara de nuevo una tormenta de fuego. Pañuelos de seda, había dicho él, y ella se había excitado al pensarlo. Dudaba que alguna vez confiara en él hasta ese extremo, pero mientras Nicolae la tomaba se dio cuenta de que ella tenía fuerza suficiente para romper unos nudos de seda. No eran cadenas de verdad, sino un simple remedo.

Nicolae deseaba su placer por encima del suyo propio. Entonces ella se relajó completamente y comenzó a moverse, frotándose contra él mientras la acometía con fuerza. Sus músculos se tensaban y se relajaban, le ceñían y le provocaban. Cada vez que las caderas de Nicolae se lanzaban hacia delante, los pechos de ella se movían acompasadamente y un fuego incandescente corría por su sangre. Era consciente de todo, incluso de cómo lamía el agua su piel con múltiples lenguas. Sus cuerpos se frotaban, la larga y gruesa verga de Nicolae la penetraba cada vez más rápido y más fuerte, hasta que la fricción amenazó con hacerles estallar en llamas.

Destiny no quería que él parara, ni necesitaba que fuera tierno. Las grandes manos de Nicolae se clavaban en sus caderas, pero aquella sensación, lejos de producirle angustia, era maravillosa. Él estaba fuera de sí, afirmaba sus derechos poseyéndola salvajemente, pero ella le daba la bienvenida y aceptaba aquella forma pasiva de amor.

Alcanzó el clímax brusca e inesperadamente. Gritó con fuerza entre los confines de la cámara. Pero su cuerpo se negaba a ir solo y, ciñendo el miembro de Nicolae, extrajo su simiente. Él empujó ciegamente, derramando dentro de ella la esencia de la vida.

Luego apoyó la cabeza en su espalda tersa y procuró aquietar su respiración. *¿Ves, pequeña? No todo tiene que ser perfecto para ser*

placentero. Si a veces sólo podemos abrazarnos, no pasará nada. Dis-
frutaremos de esos momentos juntos. Habrá muchos momentos per-
fectos y muchos casi perfectos, y todos serán placenteros. Ésa es la ver-
dadera intimidad. Y es la vida.

Una lenta sonrisa asomó a los labios de Destiny, a pesar de que le temblaban las piernas y sólo por pura fuerza de voluntad se mantenía en pie. Nicolae se retiró de mala gana y tiró de ella hacia el centro del estanque de modo que el agua burbujeó y chisporroteó sobre sus pechos.

No la soltó; la atrajo hacia sí y su boca se apoderó de la suya, dulce y ávida al mismo tiempo. Su lengua danzó y tanteó hasta que Destiny estuvo sin aliento. El agua burbujeaba en sus lugares más recónditos, y dos dedos se unieron a ella y la impulsaron de nuevo hacia los cielos, danzando al mismo ritmo que la lengua de Nicolae mientras diminutas burbujas estallaban sobre sus pezones.

La boca de Nicolae se apartó de la de ella y viajó hasta su cuello. Sus dientes se clavaron con fuerza y su lengua se movió en círculos para aliviar el dolor. Mordió con fuerza la blanca turgencia de sus pechos, sin preámbulos, y aquella mezcla de placer y dolor los consumió a ambos. Los pequeños músculos de Destiny se contrajeron alrededor de los dedos de Nicolae y él empujó más adentro y sintió que su cuerpo se endurecía como una roca en un orgasmo explosivo. Se alimentó mientras ella se fragmentaba, mientras los músculos de su sexo se convulsionaban una y otra vez. Lamió los minúsculos orificios para sellarlos, pero dejó su marca en ella para que Destiny pudiera ver la prueba de su posesión. Su boca se deslizó más abajo, hasta sus pezones, y se unió al agua cuyas burbujas estallaban alrededor de su carne suave. Se vio recompensado cuando ella volvió a alcanzar el clímax, pronunciando su nombre.

Destiny le rodeó el cuello con los brazos y le besó los ojos, la comisura de la boca. El cuerpo de Nicolae se tensó, se llenó de expectación. Ella fue besando suavemente su mandíbula y su garganta; sus manos empezaron a moverse, deslizándose bajo la línea del agua. Sus dedos bailoteaban, acariciaban; su palma se convirtió en una prieta vaina. Con la lengua acarició la vena que palpitaba en su garganta. El corazón de Nicolae dio un vuelco cuando ella clavó los dientes en su carne al tiempo que sus manos seguían el camino que él le indicaba mentalmente. Ahora le tocaba a él compartir el éxtasis abrasador, ser el depositario de sus atenciones.

Durante las dos horas siguientes, la cueva se llenó de sonidos. Murmullos suaves, gritos de placer, el chapoteo del agua. Intimidad verdadera. Amor incondicional.

Capítulo 18

Gregori estaba cerca. Destiny lo supo en cuanto abrió los ojos al despertar. Su corazón latía tan fuerte, tan alto, que su sonido retumbaba en la pequeña caverna. Respiraba a grandes bocanadas y sus pulmones ardían, ávidos de aire. Se vistió apresuradamente, mirando sin cesar de un lado a otro de la cueva como si el sanador pudiera estar en cualquier rincón.

—Tengo que salir de aquí —le dijo a Nicolae—. Sólo un rato. Aquí abajo no puedo respirar.

Parecía una estupidez, un pretexto, pero era cierto.

—Está aquí —anunció Nicolae mientras jugueteaba tranquilamente con su densa melena.

Destiny sabía que con aquel gesto pretendía tranquilizarla.

Levantó el brazo y cogió su mano, aferrándose a él sin avergonzarse de ello. Su Nicolae. Su roca. Él ya estaba vestido impecablemente, con elegancia, como un príncipe antiguo. El hombre que se materializó en el corazón de la montaña iba a juzgarles. Caminaba hacia ellos. Era bajo y fornido y su cuerpo emanaba poder. Sus facciones duras estaban surcadas de arrugas y sus ojos eran como plata afilada y cortante.

Por un instante el mundo se tambaleó, se volvió de un negro extraño, con incontables estrellas fugaces, pero Nicolae le rodeó con fuerza el cuerpo y la acogió bajo su ancho hombro, protegiéndola con su fortaleza. Entonce el mundo dejó de dar vueltas y ella siguió el ritmo constante de la respiración de su compañero. A pesar del peso de su opinión, aquel hombre no inquietaba en absoluto a Nicolae, a quien su veredicto le importaba muy poco. Su mirada era dura y vigilante. Tras ellos y un poco a su derecha estaba Vikirnoff.

Destiny sintió la mirada fija de Vikirnoff, fría como la muerte, vigilando cada gesto de Gregori. Él apoyaría sin vacilar a su hermano, como siempre, a pesar de que la sangre de Nicolae estuviera contaminada. Entonces, de pronto pensó que Vikirnoff tenía que haber sentido el instante preciso en que Nicolae tomó su sangre y que sin embargo no se había unido a ella para intentar detenerle. Con aquella convicción le llegó la certeza de que Gregori había entrado en la pequeña cámara subterránea sin conocer realmente a ninguna de las partes implicadas. Estaba arriesgando su vida para prestarles ayuda.

Parecía grande, fuerte y capaz, una amenaza resplandeciente, pero tanto Vikirnoff como Nicolae eran antiguos, tan versados en el arte de la batalla como él. Destiny pensó que Gregori era un hombre muy valiente.

Nicolae se adelantó para saludarle a la manera de los guerreros, agarrando sus antebrazos, al tiempo que se interponía hábilmente entre ella y el extraño.

—Gregori, me alegro de que hayas venido tan pronto. Soy Nicolae, antaño a las órdenes de Vladimer Dubrinsky. Éste es mi hermano, Vikirnoff.

Señaló hacia el silencioso centinela de su derecha.

Vikirnoff se acercó. Sus ojos fríos e inermes se encontraron con la mirada argéntea y resplandeciente del sanador.

—Te agradezco que respondieras a la llamada. Es una suerte que estés aquí —dijo mientras agarraba formalmente los antebrazos de Gregori.

Destiny se dio cuenta de que aquel gesto dejaba expuestos a ambos cazadores. Estaban cara a cara y podían leer lo que el otro dejaba traslucir de su mente.

—Me alegra veros. Mikhail acaba de descubrir que siguen existiendo antiguos y ha hecho un llamamiento para que regresen y se reagrupen, si es posible. Le complacerá saber que hay dos más. El halcón vive aún.

Su mirada brillante se posó en Destiny, más allá de Nicolae.

Ella levantó la barbilla. Que la juzgara. Había vivido mucho tiempo sin familia ni amigos, y podía volver a hacerlo. Aunque, en el fondo, no estaba en absoluto segura de que fuera así. Había empezado a tener esperanzas y a soñar, a pesar de su determinación de no caer en esa trampa. Levantó la mirada hacia Nicolae. ¿Y si aquel hombre extraño y de mirada poderosa se llevaba a su compañero?

No puede. Nicolae no le envió ondas de afecto y consuelo. Sus palabras sonaron sencillas y tranquilas. Completamente seguras. El terrible vaivén del estómago de Destiny se detuvo.

—Mi compañera, Destiny.

Nicolae la cogió de la mano, la atrajo hacia sí y deslizó un brazo alrededor de su cintura con gesto posesivo.

Gregori hizo una reverencia, un elegante gesto cortesano que ella le había visto hacer a Nicolae.

—No has tenido las cosas fáciles. Es un privilegio y un honor para mí conocer a una mujer tan valiente. —Paseó la mirada por la estancia—. Mi compañera debería estar aquí. Esta mujer siempre llega tarde.

Si intentaba insuflar impaciencia a su bella voz, fracasó por completo. Parecía tan enamorado que Nicolae se sonrió y Vikirnoff levantó una ceja con arrogancia.

Se oyó una risa musical y una mujer baja y morena se materializó junto a Gregori. Nicolae comprendió enseguida que Gregori había insistido en mantenerla a salvo: no le había permitido aparecer hasta que estuvo seguro de que no había ningún peligro. Era exactamente lo que habría hecho él. Se alegró de que el sanador hubiera intentado tranquilizar a Destiny dando a entender que su compañera llegaba tarde.

Gregori tomó bajo el hombro a aquella mujer menuda.

—Mi compañera, Savannah, hija del príncipe Mikhail y de su compañera, Raven. Savannah, te presento a Destiny, a su compañero, Nicolae, y al hermano de éste, Vikirnoff.

Savannah arrugó la nariz.

—Por el amor de Dios, no creo que sea necesario mencionar mi pedigrí. —Frotó cariñosamente la recia mandíbula de Gregori con la palma de la mano—. Es un placer conoceros. Y una sorpresa maravillosa saber que estáis en el mundo, con nosotros. Nuestra raza nos necesita a todos.

—Gracias por venir hasta aquí —dijo Nicolae—. No sabemos si es posible eliminar la sangre contaminada que corre por sus venas, pero confiamos en que lo intentes.

La cara de Gregori era una máscara inexpresiva, pero su voz sonaba suave como la brisa.

—Confieso que nunca me había encontrado con un problema semejante. La compañera de Aidan, uno de nuestros cazadores, se vio obligada a beber la sangre de un vampiro. El no muerto no la convirtió del todo, y la cantidad de sangre era pequeña porque intentaba matarla de hambre para que ella bebiera voluntariamente su sangre. Aidan fue capaz de dejarla limpia. Si has podido luchar contra los efectos de la sangre todo este tiempo, creo que será posible eliminarla de tu organismo. Tu alma está intacta.

Destiny dejó escapar un largo suspiro de alivio. Se aferró a las palabras del sanador. Su alma estaba intacta. Levantó la cara hacia Nicolae y sonrió. *Te quiero.*

Él se quedó sin respiración. Su cuerpo se paralizó. *¿Ahora? ¿Vas a decírmelo ahora?*

Creo que es lo mejor.

Tenemos que mejorar tu sentido de la oportunidad. Su brazo se tensó posesivamente.

Destiny se rió sonoramente y el sonido de su risa rebasó su mente y su corazón para llenar de alegría la pequeña cueva. *Velda e Inez se llevarían una desilusión conmigo.*

Nicolae inclinó su cabeza morena hacia ella.

—Yo no —susurró contra sus labios.

Su beso fue cariñoso, tierno.

—Intentad no hacerles caso —aconsejó Vikirnoff—. No hay otra solución. Él ha perdido la cabeza y no se puede hacer nada por remediarlo.

—A mí me parece fantástico —declaró Savannah, abrazando a Gregori.

—Tenemos muchas cosas que contar —le siseó suavemente Vikirnoff a su hermano.

Nicolae dejó de besar a su compañera tranquilamente, sin preocuparse por su hermano. Levantó la cabeza de mala gana mientras deslizaba la mano entre el cabello de Destiny.

—Vikirnoff es hombre de pocas palabras. Tenemos noticias que es importante que nuestro príncipe sepa.

Gregori se sentó sobre una roca grande y plana y atrajo a Savannah a su lado.

—Estamos deseando oírlas, y a cambio tenemos información que daros.

—Un vampiro que se hace llamar Pater le tendió una trampa a Destiny. No sólo tenía a varios vampiros a sus órdenes, sino que estaban muy bien coordinados y se ayudaban entre sí. Pater incluso le ofreció su sangre a uno de ellos.

Destiny observaba atentamente la reacción de Gregori. El sanador era un hombre fuerte y peligroso, al igual que Nicolae. Su boca se endureció visiblemente.

—Un fenómeno poco corriente.

El sonido del agua que goteaba en la pared del fondo de la caverna retumbó en medio del silencio que se hizo a continuación.

—Quería que me uniera a ellos —dijo Destiny con cierta precipitación—. Sintió el hedor de la maldad en mi sangre, me llamó y me pidió que me uniera a su movimiento.

Savannah dejó escapar un leve gemido de angustia.

—Qué horror para ti, y qué miedo.

—Fue duro afrontar la verdad de lo que dijo. Mi sangre es como un faro que atrae a los vampiros. Cuando los cazo, siempre saben que estoy ahí.

Gregori levantó una mano imperiosamente. Sus ojos plateados se deslizaron entre Destiny y Nicolae.

—¿Esta mujer caza a los no muertos?

Destiny puso una mano sobre el pecho de Nicolae. De pronto le enfureció que él tuviera que defender sus actos. Sus ojos brillaron con minúsculas llamas rojas.

—No necesito que Nicolae responda por mí. Soy perfectamente capaz de hablar por mí misma.

Savannah tensó su boca suave y carraspeó delicadamente, tapándosela con la mano.

Gregori se removió; sus músculos se tensaron. Sus ojos volvieron a posarse en la cara furiosa de Destiny. Inclinó la cabeza ligeramente.

—Perdóname. En nuestra sociedad, las mujeres son guardadas cuidadosamente, como los tesoros que son. Las necesitamos a todas y cada una de ellas y no nos importa arriesgar nuestras vidas. No era mi intención ofenderte. —Había una clara reprimenda en sus palabras, sólo a medias conciliatorias.

Destiny se encontró con los ojos risueños de Savannah.

—Pobre de ti. ¿Siempre es así? Vikirnoff tiene la misma actitud.

—Una acaba por acostumbrarse. —Savannah ignoró el gesto de advertencia de Gregori—. Ladra, pero no muerte. Estoy intentando convencerle de que sería una gran cazadora, pero de momento no hay manera. ¿De verdad cazas vampiros? —Hablaba con admiración e interés sinceros.

La extraña mirada plateada de Gregori brilló amenazadoramente.

—Savannah… —Parecía muy severo. Cambió de postura con un movimiento amenazador.

Savannah se apoyó en él, pero no dio su brazo a torcer.

—¿Cómo empezaste? —le preguntó a Destiny.

La media sonrisa desafiante que Destiny se disponía a dirigir a Gregori se heló en su rostro. Casi sin darse cuenta buscó la mano de Nicolae. Él se acercó al instante y entrelazó sus dedos.

—Destiny fue secuestrada por un vampiro cuando era una niña. El vampiro la obligó a beber su sangre y la convirtió. Por suerte, tiene facultades extrasensoriales y la conversión no la destruyó. No tuvo más remedio que aprender a cazar. Era el único modo de conseguir la libertad —explicó con calma, despreocupadamente, como si no estuviera contando una historia de torturas y atrocidades espantosas.

Savannah se volvió hacia su compañero. Él acarició amorosamente su cara menuda. Se inclinó de nuevo hacia Destiny en un gesto de respeto.

—Pocas personas podrían sobrevivir a una cosa así. Es un honor para mí intentar sanar a una persona tan fuerte y valerosa. Tu supervivencia atestigua la belleza del espíritu femenino.

Destiny esperaba verse rechazada. Se había preparado para ello. Que la aceptaran resultaba perturbador. No sabía cómo responder al afecto y la aceptación. Miró boquiabierta a los recién llegados, como si de pronto tuvieran dos cabezas.

Nicolae… Parecía perdida. Una niña que buscaba seguridad. Las arenas se movían bajo sus pies. Todo cuanto había creído parecía incierto. Gregori era imponente, pero mucho menos de lo que podía serlo Nicolae. Y Savannah era amable y extrovertida.

—Gracias —logró balbucir en voz alta.

—Cuéntame más cosas sobre el vampiro, ese tal Pater y su coalición —le sugirió Gregori a Nicolae.

—He notado que los vampiros viajan juntos más a menudo últimamente, se reúnen en pequeños grupos. Lo han hecho a veces a lo largo de los siglos, pero nunca en un número tan grande. Ésta es la primera vez que me he encontrado con uno que intenta reclutar a otros. Pater habló del poder de la unión y de cómo podían derrotar a los cazadores si se ayudaban los unos a los otros. Se dirigía a los demás como el comandante de un ejército. Puso mucho empeño en matar a Destiny. Y es listo. Nunca antes había visto venenos tan sofisticados como los que utilizó. —Se pasó los dedos por el pelo y miró los ojos brillantes de Gregori—. Creo que la amenaza para nuestro pueblo, y en particular para nuestro príncipe, es grave.

Se hizo un breve silencio mientras Gregori sopesaba sus palabras.

—Muchos antiguos usan a vampiros inferiores o jóvenes como peones a los que sacrificar. Pero esto no es lo mismo. ¿De veras se están ayudando los unos a los otros y compartiendo sangre?

—Vi a Pater ofrecerle su sangre a un vampiro herido —dijo Destiny—. Estaba empeñado en reclutarme para que me pusiera de su lado. Y lo peor de todo es que lo que decía tenía sentido. Tienden emboscadas a sus enemigos y luego se largan a toda prisa para reducir al mínimo sus bajas.

Nicolae asintió con la cabeza.

—Están usando una estrategia de combate en lugar de golpear por sorpresa, instintivamente. Es muy raro en ellos.

Miró a su hermano.

Vikirnoff se encogió de hombros despreocupadamente.

—Están demasiado organizados. Hay alguien que los dirige. Alguien poderoso.

—Un antiguo muy poderoso. Inteligente, versado en el arte de la guerra y en el de la propaganda. Sabe refrenarse y los vampiros a los que elige y reúne en pequeñas bandas también parecen tener dominio sobre sí mismos —añadió Nicolae—. Yo diría que seguramente ha intentado esto antes, quizá muchas veces a lo largo de los siglos, y ha aprendido pacientemente de sus errores. Busca la muerte de todos los cazadores para, así, después, poder dominar el mundo.

—La paciencia no es una cualidad que tengan muchos vampiros —reflexionó Gregori en voz alta—. Es una noticia preocupante.

No se le ocurrió cuestionar las conclusiones de Nicolae. Él y Vikirnoff eran antiguos y estaban incluso más curtidos en la batalla que él.

—El veneno que usaron era multigeneracional —dijo Nicolae—. La segunda generación, que mutaba dentro del organismo, estaba programada para atacar a cualquier sanador. Conozco desde hace tiempo el uso de veneno como método para atrapar y derrotar a los cazadores. Sé que los humanos que nos persiguen han usado tales métodos, y creo que esta coalición de vampiros utiliza a esos humanos para experimentar métodos químicos con los que derrotarnos.

Gregori suspiró.

—Se trata de sustancias muy sofisticadas, al parecer. He visto a vampiros usar a cazadores humanos para promover su causa. No es difícil que alguno se haya infiltrado en sus filas.

—Pater habló de espías, carpatianos quizá, que trabajaban para él —dijo Destiny—. Al menos eso dio a entender.

—Ningún carpatiano haría tal cosa. —La idea pareció escandalizar a Savannah—. Tendrían que haberse convertido en vampiros.

—Bueno, a un vampiro, de hecho, se le huele a kilómetros de distancia —dijo Destiny.

—No necesariamente —contestó Gregori—. Muchos son capaces de ocultarse proyectando una imagen que engaña incluso a quienes los conocemos. Todos los carpatianos tienen poder en distinto grado. Lo que hace uno, quizás otro no pueda hacerlo. Con los vampiros ocurre lo mismo.

—Yo siempre puedo oler a un vampiro —afirmó Destiny—. Y ellos siempre pueden olerme a mí. La sangre llama a la sangre. —Deslizó la mano por el brazo de Nicolae—. Sentí miedo cuando Nicolae tomó mi sangre y se infectó. Como cazador, ya no podrá sorprenderlos. Sabrán que anda tras ellos.

Los ojos grises de Gregori adquirieron una expresión pensativa.

—¿Estás diciendo que, sean cuales sean las circunstancias, por muy poderoso que sea un vampiro, siempre notas cuándo hay uno cerca? ¿No necesitas la súbita oleada de energía ni el vacío que a menudo dejan a su paso para detectar su presencia?

Destiny pensó en su forma de cazar a los vampiros.

—Utilizo como guía el aumento del nivel de energía y también las lagunas. Utilizo todos los medios a mi alcance para encontrarlos, y de vez en cuando encuentro a un vampiro que se me escapa, pero casi siempre los reconozco simplemente por el hedor de su sangre.

—¿Ese vampiro que se te escapa es más poderoso que los demás?

Destiny negó con la cabeza.

—No necesariamente. A veces es un aprendiz y otras un maestro. Es raro que mi sangre no reconozca la suya.

Por encima de su cabeza, Nicolae y Gregori cambiaron una mirada larga y pensativa.

—No —dijo Vikirnoff en voz baja, pero explosiva—. Lo que estáis pensando es una abominación de todo en lo que creemos. Nuestras mujeres deben estar protegidas en todo momento. Los dos tenéis compañeras. Habéis visto lo que hace la sangre contaminada. Destiny ha pasado por un infierno, ha padecido un dolor inmenso, tanto física como psicológicamente. Necesitamos a todas nuestras mujeres para un propósito más elevado que la guerra. Deben traer hijos al mundo.

Savannah agarró a Gregori del brazo.

—No te atreverás. Ni siquiera por la vida de mi padre te permitiría tal cosa.

—No podemos arriesgar a una mujer, desde luego, y no, Nicolae, sé lo que estás pensando, pero Vikirnoff tiene razón: tampoco podemos arriesgar a una pareja. Hay que informar a Mikhail de esto. Debo regresar a nuestra patria en cuanto estéis curados.

—Hay algo más. —Nicolae sacó la fotografía de la mujer misteriosa—. Un vampiro entró en la oficina de una amiga nuestra, Mary Ann Delaney, una humana que ayuda a mujeres maltratadas. Estaba buscando a la mujer de la fotografía. Implantó en la mente de Mary Ann la orden de llamarle si la veía. Hay un par de datos interesantes. Mary Ann tiene facultades extrasensoriales. Podría convertirse si tuviera un compañero entre nosotros, pero ese vampiro no intentó apoderarse de ella. Siempre he creído que los vampiros buscaban mujeres con facultades psíquicas con la esperanza de encontrar una pareja que les devolviera el alma. Pero, evidentemente, en este caso no es así. Deben de estar buscando algo que aún no hemos descubierto, si no ¿por qué ignoran a las mujeres con facultades extrasensoriales que hay en esta zona? Con la única excepción de ésta.

Gregori siguió estudiando las facciones morenas de Nicolae antes de coger la fotografía. Su mirada incansable reparó en la fijeza con que Vikirnoff observaba la fotografía.

—Nunca he visto a esta mujer. Y ¿tú, Savannah?

Ella observó cuidadosamente la cara.

—No, pero tiene una mirada atormentada. Tenemos que encontrarla, Gregori. No podemos dejarla a merced de los vampiros.

—Vikirnoff ha aceptado buscarla —les aseguró Nicolae—. Ésta es la tarjeta de visita y el número que el vampiro le dio a Mary Ann. —Le pasó a Gregori la pequeña tarjeta—. Mary Ann no guarda recuerdo de su presencia, así que no sé si conozco a ese vampiro o no.

—No era Pater —dijo Destiny—. Olía a vampiro, pero no a él.

—Centro Morrison de Investigación Psíquica —leyó Gregori en voz alta.

—Y sin embargo no se interesó por las facultades de Mary Ann. Y hay otra mujer en el barrio, una señora mayor, que también tiene facultades. No he detectado ningún interés de los vampiros por ellas.

—He oído el nombre de Morrison en más de una ocasión —dijo Gregori lentamente—. La primera vez fue en el norte de California. Dio la casualidad de que fue también entonces cuando me inyectaron un veneno desarrollado para derrotarnos. En aquella época descubrí que ese tal Morrison estaba mezclado con los humanos, que era un experto recaudando fondos y que se movía en círculos científicos. Estuve a punto de volver a encontrármelo en Nueva Orleáns.

Savannah se giró para mirar a su compañero.

—Eso no me lo habías dicho.

—No era necesario. Su nombre estaba vinculado a un laboratorio en el que los cazadores humanos intentaban interrogar a una mujer inocente. Fue allí donde conocí a Gary, Savannah. El nombre de Morrison salió de nuevo a relucir hace poco tiempo. La compañera de Dayan estuvo casada con un joven con facultades parapsicológicas que acudió a esa institución, el Centro Morrison de Investigación Psíquica, para hacerse unas pruebas. Fue asesinado, y alguien intentó apoderarse de la compañera de Dayan, que estaba muy enferma. Acabamos de atenderla. Ha dado a luz a una niña de extraordinarias capacidades.

—Quizá debamos avisar para que vigilen especialmente a la niña —dijo Savannah con el ceño fruncido—. A Destiny se la llevaron de pequeña. Es posible que ese vampiro esté pensando en secuestrar a niños.

—Vigilar a la niña es buena idea, aunque creo que a ese tal Morrison le interesa una facultad en particular. Esta mujer no es una niña —dijo Nicolae, agitando en el aire la fotografía—. Es una mujer adulta y fuerte que sabe que la persiguen.

Vikirnoff alargó el brazo, le quitó la fotografía y se la guardó en la camisa casi con gesto protector.

Nicolae no le prestó atención.

—Hay tres mujeres con facultades parapsicológicas en esta zona. Y también un sacerdote que ha oído hablar de nuestro pueblo.

Gregori siseó entre dientes.

—Háblame de ese hombre.

—Hace unos años, un sacerdote de Rumanía…

—El padre Hummer —dijo Gregori secamente, y sus dientes fuertes y blancos sobresalieron como si se dispusiera a morder—. Un amigo de Mikhail. Fue capturado por vampiros y posteriormente asesinado por uno de ellos. Pero el objetivo era Mikhail.

—Mantenía correspondencia con un cardenal al que consultaba cuestiones teológicas, buscando ayuda para sus investigaciones. El cardenal quemó todas sus cartas, excepto una. El padre Mulligan encontró la carta tras la muerte del cardenal. Después la quemó, consciente del peligro que corría nuestra especie, pero recuerda su contenido.

Gregori se frotó las cejas oscuras.

—Temo que se avecinan problemas para nuestra gente. Debemos volver a nuestra patria. —Miró directamente a Vikirnoff como si le calibrara—. Si esta mujer es lo bastante importante como para que un vampiro se arriesgue a revelar su presencia, es vital que la encontremos. Haré que se corra la voz, pero le diré a nuestro príncipe que este asunto queda en tus manos.

Vikirnoff se inclinó ligeramente.

—La encontraré. Te doy mi palabra de honor de que no elegiré el alba hasta que ella esté a salvo.

—Podrían pasar años.

—Tengo a Nicolae y a Destiny para guiarme en los tiempos oscuros. Comparten sus risas conmigo, y su esperanza. Sobreviviré.

Gregori inclinó la cabeza.

—Así sea. Tenemos que pensar en tu sangre contaminada, Destiny. Dices que habrías reconocido el hedor de la sangre de Pater. ¿Puedes detectar diferencias en la sangre de cada vampiro?

Destiny asintió con la cabeza.

—Sí. Si los he visto antes, siempre les reconozco y sé que ellos me reconocen a mí. Eso dificulta las cosas si fallo la primera vez que intento cazarlos. Pero me da cierta ventaja si no saben que soy una cazadora, porque creen que soy uno de ellos.

—Eso podría ser una herramienta muy útil —reflexionó Gregori en voz alta—, pero peligrosa para cualquiera que no tenga asideros. Y muy peligrosa para alguien que tenga un compañero.

—Todavía no sabes si puedes eliminar la infección de nuestra sangre —señaló Nicolae—. Quizá sepas más cuando hayas echado un vistazo. Se parece mucho a un ácido y contamina todo lo que toca. En un individuo completamente depravado no parece surtir efectos dañinos, pero en uno que pertenezca al mundo de la luz es doloroso y entraña peligro.

Destiny le miró rápidamente, con nerviosismo.

—Estás empezando a sentir sus efectos, ¿verdad? Por favor, cúrale primero a él si puedes, Gregori. Yo estoy acostumbrada a esa sensación y ya no me molesta. Nicolae no debería haber hecho una cosa así.

—Yo habría hecho exactamente lo mismo —dijo Gregori.

Destiny observó su rostro.

—No, no lo habrías hecho.

Savannah se rió suavemente.

—Oh, sí, desde luego que sí.

—Si Savannah estuviera infectada, yo no vacilaría. Estamos unidos, somos dos mitades de un todo. No me lo pensaría dos veces —dijo Gregori con firmeza—. ¿Estás sintiendo los efectos, Nicolae?

Él asintió con la cabeza.

—He examinado mis órganos internos y las lesiones ya han empezado a formarse en gran número. Las toxinas se están multiplicando a mayor velocidad que en el organismo de Destiny. Yo porto la semilla de la oscuridad incluso teniendo a Destiny como asidero, y las toxinas lo perciben y se alimentan en una especie de frenesí.

Destiny se volvió hacia él con expresión ferozmente protectora.

—En ti no hay oscuridad. Eres tonto, Nicolae. No te conoces en absoluto. Yo he visto la oscuridad, he visto monstruos. Tú no tienes ni un ápice de esa maldad.

Él la rodeó de inmediato con los brazos y estrechó su cuerpo trémulo.

—No todos estamos hechos de una pieza, pequeña —dijo suavemente—. Sé que es duro pensar que podría tener más de una cara, pero la oscuridad puede adoptar múltiples formas, incluida la de la fortaleza. No hay que usarla para hacer el mal. Uno puede usar sus defectos para hacer el bien.

—Esto es muy interesante. La compañera de Aidan, Alexandra, sufrió una conversión particularmente dolorosa, pero no informó de la existencia de lesiones, ni de esas cosas de las que hablas. Será mejor que empecemos —decidió Gregori—. Quiero saber a qué nos enfrentamos. Supongo que esto nos llevará mucho tiempo y energías, así que curaré primero a Nicolae.

—Rotundamente no —contestó Nicolae con determinación.

—Escúchame —dijo Gregori con calma—, tu instinto te empuja a asegurar primero la salud de Destiny, pero no es la decisión más sensata. Ella ha portado durante mucho tiempo la sangre del vampiro, incluso fue esa sangre la que la convirtió. Su curación será mucho más complicada. Voy a necesitar mucha sangre para lograr tal hazaña. Sólo tengo a Vikirnoff y Savannah para ayudarme a reponerme cuando flaqueen mis fuerzas. Voy a necesitarte. El aumento de energía desvelará nuestra posición exacta a todos los vampiros que haya en esta zona. Sólo está Vikirnoff para mantenerlos a raya. No va a ser una lucha fácil, y voy a necesitar tu fuerza.

Destiny entrelazó sus dedos con los de Nicolae y se llevó su mano a la boca. Rozó nerviosamente sus nudillos con los dientes. Había pasado tan poco tiempo con otras personas... Su instinto le decía que Gregori era poderoso. Había una leve posibilidad de que pudiera curarles. En el fondo, donde contaba, donde podía reconocer cosas que no era capaz de afrontar, sabía que Nicolae no se equivocaba respecto a la oscuridad que alojaba en su interior. Ella la reconocía. Era muy fuerte en Vikirnoff, e intensa en Gregori. Había aprendido, por su experiencia con Nicolae, a distinguir entre los cazadores que llevaban consigo la oscuridad y la mácula de la sangre del vampiro.

Pero la oscuridad estaba allí, presente. Estaba rodeada de ella, y le crispaba los nervios. Aquella oscuridad llamaba a la que habitaba en su sangre. Se sentía acalorada e inquieta y tenía que esforzarse por controlar la temperatura de su cuerpo. Sólo su amor por Nicolae la mantenía entre las estrechas paredes de la cueva. Si seguía adelante, se expondría por completo. Nicolae estaría bajo el dominio de un extraño.

Soy un antiguo, Destiny. Vikirnoff velará por nuestra seguridad, a pesar de que siente el impulso de empezar su búsqueda. Hay poco que puedan hacer para lastimarme sin que yo lo sepa. Podré alejar-

me de Gregori si fuera necesario. Pero tú decides. Si no quieres hacerlo, no lo haremos.

Ella percibió la completa sinceridad de su voz. Para él era así de sencillo. Si ella se sentía incómoda y decidía no permitir que el sanador interviniera, él aceptaría tranquilamente su decisión.

—Estás loco, ¿lo sabías?

Soltó un suspiro exagerado y empujó a Nicolae hacia Gregori. Su corazón latía enloquecidamente, pero no pensaba permitir que su compañero sufriera porque ella fuera una cobarde.

—Por si os preguntáis qué ha significado eso —les explicó Nicolae a los demás—, Destiny me estaba demostrando su cariño y devoción totales.

—Eso me suena —rió Savannah—. No te preocupes, Destiny, está en buenas manos. Gregori va por ahí haciéndose el ogro porque en nuestro país, antiguamente, las madres asustaban a sus niños contándoles historias de «el oscuro». A él le gustó esa imagen y la cultiva.

Gregori encogió sus anchos hombros y los músculos de su cuerpo se tensaron espectacularmente. Su expresión no cambió.

—Siempre ayuda cuando quiero intimidar al padre de Savannah.

—¿Al príncipe? —preguntó Destiny.

—¿Por qué le haces caso? —dijo Savannah—. Como si mi padre se dejara intimidar por él. Son muy buenos amigos, Destiny. Te está tomando el pelo.

Destiny parecía escéptica. Gregori no la intimidaba tanto como Vikirnoff, pero ello se debía únicamente a Savannah. Su forma de mirar a aquella mujer menuda y delicada desmentía cualquier vestigio de ferocidad que hubiera en sus ojos. Vikirnoff, en cambio, carecía de emociones, se limitaba a observarlos a todos con una mirada fría y rotunda. Sólo su intensa lealtad hacia Nicolae le mantenía allí y le permitía tomarla a ella bajo su protección.

Antes de encontrarte, yo no era muy distinto a Vikirnoff. Mi hermano debe aguantar hasta que encuentre a su compañera.

Date prisa, Nicolae, hazlo ya, antes de que descubras que no soy tan valiente como piensas.

Él tomó su cara entre las manos, ignorando a los otros.

—Quédate aquí mientras Gregori se ocupa de mí.

Ella miró sus ojos oscuros e intensos.

—No querría estar en ninguna otra parte. Alguien tiene que vigilarte.

Él se acercó y, apoderándose de su boca, se abrió paso directamente hasta su corazón. Ella le besó con ansia y desesperación, asustada por él. Nicolae la abrazó con fuerza. El corazón de Destiny latía frenéticamente contra el suyo.

—Aprisa, Nicolae, antes de que cambie de idea —le suplicó con un suave susurro.

Gregori abrió la tierra y buscó un lecho en las capas profundas del suelo. Nicolae se sentó en medio de la tierra rica y densa, atrajo a Destiny a su lado y la cogió con firmeza de la mano. Ella se descubrió aferrándose a su fortaleza. Su mente seguía firmemente fundida con la de él. Su cuerpo temblaba. Había tanto en juego: todo su futuro.

No, no es cierto, Destiny. Nuestro futuro juntos está asegurado, aunque Gregori no lo consiga. La diferencia es si seremos capaces de traer niños al mundo.

¿Niños? Ya estás otra vez hablando de eso sin venir a cuento. Ni una sola vez, mientras hacíamos el amor, has hablado de tener hijos.

Me pareció mejor no hacerlo.

Su Nicolae. Él la comprendía. Le seguía la corriente porque sabía que bromeaba cuando tenía miedo.

Y entonces Destiny lo sintió. Un poder como ningún otro que hubiera experimentado. Gregori. El oscuro. Sanador del pueblo de los carpatianos. Su espíritu era inmensamente fuerte, una luz blanca y ardiente que atravesó a Nicolae sin preámbulos. Ella sintió que las entrañas de él ardían sin dolor. El sanador le examinó minuciosamente. Destiny sabía que, pese a sentir su presencia, Gregori estaba totalmente concentrado en el cuerpo de Nicolae.

Entonces perdió la noción del tiempo. Ella también estaba estudiando los efectos de la sangre del vampiro sobre Nicolae. Su cuerpo poseía la sangre de los antiguos y luchaba valerosamente, pero podía ver los daños que ya había sufrido. Aun así, no cometió el error de gemir físicamente, aunque las lesiones la horrorizaron.

Nicolae había soportado estoicamente el dolor. Y pensaba seguir soportándolo si Gregori no lograba librarle de aquellas horrendas toxinas. El amor y el respeto que sentía por él crecieron hasta alcanzar nuevas proporciones. Ella emergió al mismo tiempo que el sanador se retiraba.

Gregori exhaló lentamente.

—Feo asunto, la sangre del vampiro.

Savannah le frotó el cuello con ademán tranquilizador.

—Huía de ti.

—Sí, creo que percibe que he venido a eliminarla. El miedo es bueno. Si tiene miedo y se aparta de mi presencia, podré encontrar un modo de eliminarla del organismo de Nicolae.

—¿Puedes ayudarle? —preguntó Destiny con nerviosismo.

Nicolae notó enseguida que no había dicho «ayudarnos». Le apretó los dedos.

—No puedo convertirme en vampiro, Destiny —le aseguró en voz baja—. Te tengo a ti para anclarme.

Gregori negó con la cabeza.

—Es asombroso que una cantidad mínima de sangre de vampiro pueda causar una infección tan rápida. Tienes lesiones por todas partes; se están extendiendo a todos los órganos. Alexandria no tenía nada parecido o Aidan me lo habría dicho. Me describió con detalle cómo la había curado, y no había nada de esto.

—Destiny tiene colonias enteras de esas toxinas —dijo Nicolae.

Gregori arrugó el ceño.

—Savannah, vamos a necesitar velas y la bolsa que hemos traído de Nueva Orleáns. No nos hizo falta para la compañera de Dayan, pero me temo que aquí vamos a necesitarla entera.

Savannah asintió con la cabeza.

—Es una suerte que no la usáramos.

Hizo aparecer un saquito y se lo arrojó a su compañero.

Nicolae se acercó el saquito e inhaló profundamente. Vikirnoff fue el siguiente. Su reacción sorprendió a Destiny. Olfateó, indecisa. Olía a tierra. A tierra limpia y fresca. Pero el olor no se parecía a ninguno que ella conociera. Miró a Nicolae. Había algo parecido al éxtasis en su expresión.

—¿Qué es? —preguntó con curiosidad.

—Tierra de nuestra patria —contestó Nicolae, maravillado—. ¿Cómo es que tenéis semejante regalo? —le preguntó a Savannah.

—Julian Savage, uno de los nuestros, la llevó hace muchos años a Nueva Orleáns. La guardó en una cámara escondida y nos la regaló cuando nos convertimos en compañeros —explicó ella—. Fue una sorpresa impactante, pero muy agradable.

Destiny sintió que Nicolae estaba ansioso por usar el tesoro que el sanador había llevado consigo.

—Nos llevamos un poco de tierra, pensando que tal vez la necesitáramos para ayudar a Dayan y a su compañera cuando ella estaba tan enferma, pero no hizo falta. La guardamos para casos de emergencia como éste. —Gregori le sonrió a su compañera—. Fue Savannah quien sugirió que la trajéramos.

Destiny echó un vistazo al interior de la bolsa oscura, vio la tierra rica y densa y sintió un hormigueo de deseo en las palmas de las manos. Nicolae hundió las manos en ella y cerró los ojos.

Vikirnoff, tienes que sentir esto. La noto hasta los huesos. Hacía siglos que no me sentía tan a gusto. Nuestra patria está en esta bolsita.

Vikirnoff metió lentamente las manos en la bolsa y las hundió en la tierra densa. *Estoy compartiendo tu mente, Nicolae. Esto me sostendrá como ninguna otra cosa podría hacerlo. Por primera vez desde hacía mucho tiempo me siento en paz. Gracias por brindarme esta experiencia.*

Destiny compartía aquella vivencia con los dos hermanos. Percibió la intensidad de los sentimientos de Nicolae hacia su hermano y comprendió que Vikirnoff sólo podía sentir ese afecto a través de las emociones de Nicolae.

Emociones que tú le devolviste, le recordó Vikirnoff.

Que nos devolvió, dijo Nicolae.

Capítulo 19

En la cueva reinaba el silencio. Destiny veía a su alrededor las velas que ardían en todos los rincones. Cientos de ellas, minúsculas agujas de luz que desprendían un tranquilizador aroma a especias: los olores de la sanación. Aceites esenciales se calentaban en pequeños pebeteros casi planos, alimentados por las llamas. El pueblo carpatiano fabricaba aquellas velas artesanalmente, con esmero, para usarlas en los casos de curación difíciles.

Gregori estaba aún más impresionante, si cabía, sentado junto a Nicolae. Su pelo oscuro relucía a la luz parpadeante de las velas y sus ojos parecían plata líquida. Nicolae yacía en la depresión poco profunda abierta en la tierra, junto a él, con la cabeza apoyada en el regazo de Destiny. Ella acariciaba suavemente su larga melena sedosa, apartándosela de la cara. Su mirada oscura permanecía firmemente clavada en ella.

Respira, pequeña. Pareces muy asustada. No voy a tener más remedio que besar esa mirada. Gregori es un gran hombre. No nos ha sentenciado, como tú temías. Su compañera y él te han dado la bienvenida, nos la han dado a ambos, y han aceptado ayudarnos a sanar. Debes confiar en él.

Destiny respiró hondo y sus pulmones se inundaron de olores curativos. *Sólo confío en ti, Nicolae, en nadie más. Casi desearía que nos hubieran condenado. Esta mujer es la hija del príncipe, pero me recibe con los brazos abiertos. Ignora lo que llevo dentro de mí. Me siento culpable cada vez que la miro, como si estuviera ocultando algún terrible secreto.*

Lo que sabe Gregori también lo sabe su compañera. Savannah es carpatiana y una mujer como otras de nuestro pueblo. Nadie te condenaría. Todos te darán la bienvenida y procurarán ayudarte. No tengas miedo a encontrar tu lugar en el mundo, Destiny.

Ella metió los dedos entre su pelo y cerró los puños como si quisiera retenerle a su lado. Se humedeció los labios, que de pronto notaba secos, y levantó la barbilla para mirar los ojos raros y brillantes del sanador. Sostuvo su mirada implacable sin inmutarse, intentando comunicarle lo que sentía. No se atrevía a decirlo en voz alta, estando Nicolae tan seguro de que aquel hombre iba a ayudarles. Confiaba en que el sanador entendiera que no temía a la muerte. No temía nada de lo que Gregori pudiera hacerle. Pero si le hacía algún daño a Nicolae, le arrancaría el corazón de cuajo y lo quemaría antes de dar la bienvenida a la muerte.

Gregori levantó las cejas como si le estuviera leyendo el pensamiento y miró un instante a su compañera. *Creo que mi considerable encanto no ha dado resultado con ella.*

Savannah le miró amorosamente y deslizó los dedos entre su pelo.

—Sé que puedes hacerlo, Gregori.

Había hablado en voz alta para animar a Destiny. Gregori no necesitaba su aliento. *Has olvidado sonreír,* le dijo a su compañero. *Te he dicho más de una vez que sonreír es importante en las relaciones públicas. Creo que nunca conseguiré metértelo en la cabeza.*

Las cejas morenas de Gregori se alzaron aún más, si ello era posible, y sus ojos grises se llenaron de amor y de suave regocijo. Luego se volvió hacia Nicolae, completamente serio.

Destiny le vio desprenderse de su cuerpo y alejarse de ellos. Gregori se convirtió en luz, la forma más pura de energía, la más generosa. Entró en el cuerpo de Nicolae y comenzó a librar la batalla más difícil que había tenido que afrontar. La sangre contaminada se separó de la sangre antigua y, huyendo de él, corrió derecha hacia el corazón de Nicolae como si se revolviera contra su anfitrión.

Destiny, profundamente fundida con su compañero, vio horrorizada cómo aquel líquido repugnante fluía veloz hacia su corazón. *¡Duerme!* Sin previo aviso, usando su poderoso vínculo sanguíneo, cerró el corazón de Nicolae y sus pulmones, atrapando la sangre en sus venas para impedir que el fango alcanzara su objetivo. Allí suspendida, vio cómo la luz casi cegadora atravesaba el cuerpo de Nicolae, y fue consciente de su intenso calor. No sintió que el sanador la censurara, ni que vacilara o se dejara distraer por su intervención.

La sangre iba coagulándose en una masa densa y palpitante. Destiny veía puntos de hemorragia y masas de lesiones. Los órganos internos estaban ligeramente deformados, y había colonias de toxinas dispersas por todo el organismo de Nicolae. Destiny comprendió que la sangre contaminada estaba dispuesta a luchar por la posesión del cuerpo que la acogía.

Impasible, el sanador se movía infaliblemente hacia los espesos coágulos de infestación. Entonces vio con horror que algo fino y negro se movía dentro de aquella masa palpitante. Minúsculas criaturas, parásitos vivos. Quiso gritar y gritar. El deseo era tan fuerte que se tapó la boca con la mano para no distraer al sanador de su tarea. Sabía que aquellas criaturas odiosas vivían dentro de ella, y que ella había infectado a Nicolae. La idea le resultaba odiosa. Repulsiva. Había vivido con aquellos seres durante años sin comprender del todo lo anormales que eran hasta que los vio infectar el cuerpo de su compañero.

Nicolae se removió. Su corazón latió una, dos veces. Aquellas criaturas horrendas se retorcieron y se agolparon como si esperaran con ansia el flujo de la sangre.

Tu angustia le está perturbando. Cálmate. Gregori se comunicó con ella a través de la fusión entre las mentes de Destiny y Nicolae. *No tiene más remedio que acudir a ti si le necesitas. Eres carpatiana, mujer, no vampira. No permitas que Nicolae se debilite.*

Aquella voz, más que cualquier otra cosa, consiguió calmarla. Se obligó a respirar, ahuyentó de sí la desesperación y el horror y tranquilizó a Nicolae para que volviera a dormir con el sueño de los carpatianos. Cerró los puños entre su pelo, la única amarra que la unía a la cordura. No podía pensar en lo que vivía y se agitaba dentro de ella. En lo que le había transmitido a él. Sucia. Estaba sucia.

¡Concéntrate! La voz era firme. *Necesito tu ayuda.*

Destiny haría cualquier cosa por librar a Nicolae de la sangre contaminada. Alejó de sí el asco y las emociones y se concentró en la luz brillante. Gregori avanzaba decidido hacia los densos coágulos. En sus masas repulsivas bullían y se agitaban minúsculos parásito negros, semejantes a gusanos. Varios atacaron, lanzándose sobre la luz como si pudieran devorarla. Pero aquellas cosas repugnantes chocaron contra una barrera invisible y desaparecieron al instante.

Entonces estalló el caos. La luz explotó: un destello de láser, blanco y brillante, que aniquilaba todo cuanto se interponía en su camino. Fue pasando el tiempo mientras el sanador cazaba meticulosamente a los parásitos y los destruía, empujándolos irremediablemente hacia la sangre antigua que yacía, latente, en las venas de Nicolae. A medida que les daba caza, Gregori iba eliminando colonia tras colonia.

Destiny apenas podía creer que Gregori trabajara tanto tiempo seguido, examinando a Nicolae centímetro a centímetro para eliminar la infección. El sanador tuvo que inspeccionar cada arteria, cada vena, cada red de vasos sanguíneos.

Fue entonces cuando ella comenzó a oír un cántico cuyas palabras le resultaban conocidas. Savannah y Vikirnoff habían alzado sus voces, entonando el antiguo ritual de sanación. La luz empezó a disiparse, se emborronó por los bordes y se volvió casi transparente.

El espíritu de Gregori emergió del cuerpo de Nicolae. El sanador se tambaleaba de cansancio, tan pálido que estaba casi gris. Destiny se mordió el labio al ver que Vikirnoff le ofrecía su muñeca. Sabía que el hermano de Nicolae le estaba ofreciendo su vida. No tenía compañera que le anclara al mundo. Darle su sangre a Gregori crearía un vínculo entre ellos, ya que éste podría encontrar su rastro si era necesario. Era un acto de generosidad, un acto que de pronto la conmovió.

Guardó silencio, meciéndose hacia adelante y hacia atrás mientras acariciaba el pelo de Nicolae. No quería mirar a Gregori ni a su compañera. Hasta entonces había ignorado la horrenda verdad acerca de su sangre. Nicolae sólo llevaba infectado un par de días. Ella, muchos años. Nunca había sido consciente de que aquellos parásitos se los había contagiado el vampiro que la secuestró de niña. Ignoraba lo que era normal y lo que no.

El sanador no había acabado con Nicolae y, sin embargo, ya se tambaleaba de cansancio. Su inmensa fortaleza se estaba agotando. Parecía imposible que pudiera sanarla a ella después de tantos años de infección.

Gregori tomó gran cantidad de sangre, dejando débil a Vikirnoff. Destiny vio que el guerrero se tambaleaba al darse la vuelta.

—Debes alimentarte bien. Nicolae va a necesitar tu sangre —le aconsejó Gregori.

—Iré enseguida, pero quizá deberías esperar a que regrese para volver a entrar —sugirió Vikirnoff—. No quiero dejaros expuestos a un ataque.

—No creo que convenga esperar si quiero acabar con esto. Hay que limpiar su cerebro y cada uno de sus órganos. —Gregori esparció la rica tierra de los Cárpatos sobre Nicolae, abrió las palmas y le puso un poco de tierra en las manos—. Vuelve tan pronto como puedas —dijo, apremiante.

—¿Puede hacerse? —preguntó Destiny—. ¿Sabías que esas cosas estaban ahí? ¿Las había visto alguna vez? —No quería ser la única contaminada—. Si el organismo de Nicolae está tan infectado, ¿cómo estará el mío?

Los peculiares ojos de Gregori recorrieron su cara, dejando tras de sí una calma extraña y reconfortante.

—No, no tenía ni idea de que estaban ahí. Alexandria no tenía esas criaturas en la sangre cuando Aidan efectuó el ritual de sanación. Esto es muy distinto, pero no sé por qué. Curaré a Nicolae, Destiny, y también te curaré a ti. El vampiro no cantará victoria. —Hablaba con completa confianza, pero ella no sabía si creerle o no; aun así, sus palabras le ofrecían un atisbo de esperanza.

Sin vacilar un solo instante más, Gregori volvió a despojarse de su cuerpo físico para convertirse en la luz curativa propia de su especie.

Destiny notó vagamente que Vikirnoff salía de la cámara, pero se concentró en observar el meticuloso ataque que llevaba a cabo Gregori contra la sangre del vampiro. Los órganos albergaban parásitos que, pese a ser diminutos e inmaduros, parecían capaces de causar tremendos daños, perforando los órganos y abrasándolos a su paso.

El sanador los destruía allí donde los encontraba; limpiaba los órganos y les devolvía cuidadosamente su forma. Destiny le observaba maravillada. Su respeto por aquel hombre crecía a medida que él trabajaba. Era consciente de la dificultad de la tarea, de la fuerza que hacía falta para permanecer fuera del propio cuerpo. Empezaba a comprender que la forma de energía que estaba utilizando Gregori era casi imposible de mantener durante cierto tiempo. Estaba presenciando un milagro.

Se hallaba tan absorta en lo que éste hacía que casi no notó la súbita agitación de las criaturas que aún permanecían en la sangre de Nicolae. De pronto saltaron, casi con excitación, retorciéndose como larvas enfebrecidas. Una sombra oscura cruzó su alma.

Los vampiros están aquí, con nosotros, le dijo a Gregori. No podía comunicarse con Vikirnoff sin la mediación de Nicolae. Su compañero yacía inmóvil, como muerto, y aunque ella le despertara estaría agotado, indefenso. Gregori se hallaba dentro de su cerebro; continuaba con el proceso de curación, lenta y meticulosamente.

No me atrevo a parar. Nicolae no sobreviviría.

Yo puedo mantener a los vampiros a raya. Destiny hablaba con completa confianza. *Tú mantén a salvo a mi compañero, y yo haré lo mismo con la tuya.* Era al mismo tiempo una amenaza y una promesa. Si Gregori salía antes de acabar, Nicolae moriría de un derrame cerebral.

Aunque el instinto de Gregori le empujaba a salvar a su compañera de los vampiros en primer lugar, le daría a Destiny una oportunidad de protegerlos a todos. Había estado inmerso en la mente de Nicolae, conocía sus muchas batallas, sus estrategias brillantes, y sabía que había transmitido sus habilidades a esa mujer. Con la misma facilidad podía vislumbrar las batallas que había librado ella. Quería darle la oportunidad de salvar a su compañero manteniendo a Savannah indemne. Ahora bien, si él viera que Savannah se hallaba en un peligro inminente, no tendría más remedio que intervenir. Pero, por ahora, estaba dispuesto a permitir que Destiny hiciera lo que mejor se le daba: destruir vampiros.

Destiny comprendió aquel razonamiento y lo aceptó, del mismo modo que Gregori había aceptado su determinación de salvar a Nicolae.

Savannah ya se había movido para interponer su cuerpecillo entre el peligro, su compañero y Nicolae.

Pero en ese momento, Destiny se abalanzó sobre ella, rodeó con un brazo su garganta y, sacando las uñas, se las clavó con fuerza en su piel delicada.

—Confía en mí —le susurró junto al cuello, rezando por que el sanador comprendiera que sólo pretendía ganar tiempo.

Vikirnoff estaría ya en la ciudad, tomando la sangre que tanto necesitaba. Volvería a toda prisa.

—¡Hermanos! —gritó—. ¡Venid a mí, aprisa! Os ofrezco a la hija del príncipe como regalo para entrar en la alianza. Daos prisa, antes de que el otro cazador regrese y éste recupere sus fuerzas. Está atrapado en el cuerpo del otro. Nuestra sangre es fuerte y lo retiene allí.

Savannah forcejeaba, fingiéndose tan indefensa como podía. Destiny le retorció el brazo hacia la espalda y le puso un puñal en la mano. El arma quedó oculta entre sus cuerpos.

El primer intruso surgió del suelo, levantando una nube de polvo oscuro. Otro trepó por la pared de la caverna como un lagarto humano, asiéndose a la roca por encima de sus cabezas. Ella los observaba, mientras su mente evaluaba velozmente el peligro y decidía cuál de los dos tenía más experiencia y era más peligroso.

—Llévatela —dijo, empujando a Savannah hacia el vampiro menos poderoso—. Yo mataré al sanador.

De pronto dio una voltereta hacia atrás y subió corriendo por la pared, hacia el vampiro que colgaba del techo, confiando en que Savannah lograra matar al otro.

Savannah nunca había cazado a los no muertos. Gregori insistía en que jamás pusiera su vida en peligro, pero ella había visitado tantas veces su mente que sabía qué debía hacer. Reaccionó de inmediato, sin vacilar, precipitándose hacia delante como si no pudiera controlar su impulso. El aliento fétido del vampiro abrasó su cara. Sintió sus manos en los hombros, alargándose para atraerla hacia sí. Y ella se dejó llevar, con el puñal escondido a lo largo de la muñeca. En el último segundo hundió el instrumento, afilado como una cuchilla, en el pecho del vampiro, directo al corazón.

La sangre ennegrecida salpicó su mano. Quemaba horriblemente. El vampiro chilló, cayó hacia atrás y agarró el puñal. Savannah se alejó de él de un salto, con cuidado de mantenerse entre su compañero y el no muerto.

Destiny se precipitó hacia el otro vampiro, que se había detenido a contemplar la captura de la hija del príncipe, una presa tan valiosa. La vio demasiado tarde para moverse o cambiar de forma, y decidió atacar. Sus cuerpos chocaron en un asalto furioso.

Cayeron al suelo de la caverna, a pocos centímetros del vampiro herido, y se apresuraron a ponerse en pie. Entonces ella se arrojó hacia él ejecutando una llave de tijera: entrelazó sus piernas con las del vampiro y ambos perdieron de nuevo el equilibrio. Éste cayó al suelo y Destiny le retuvo allí. Hundió el puño a toda velocidad. Necesitaba una victoria rápida. Veía cómo el vampiro herido se extraía el puñal del pecho. Y lo que era peor: sentía la presencia de otro, de un vampiro antiguo. Pater había llegado.

—Sal de aquí, Savannah —le ordenó Destiny ásperamente.

Savannah saltó sobre el vampiro que se retorcía en el suelo, intentando esquivar la sangre que manaba aún, y le dio una fuerte patada en la cabeza. El vampiro se desplomó hacia atrás como una piedra. Aquella táctica le dio a Destiny el tiempo que necesitaba para extraer el corazón del no muerto al que sujetaba. Arrojó el órgano marchito lejos de sí, saltó de inmediato sobre el vampiro herido y le sujetó para arrancarle el corazón.

Savannah creó la energía necesaria para incinerar el corazón del primer vampiro, completando así su muerte. Al volverse, vio que una sombra negra se cernía sobre Destiny con una mano hacia atrás, empuñando el puñal ensangrentado que ella había arrojado al suelo.

—¡Cuidado!

Arrojó hacia aquella sombra la bolsa de fuego anaranjado que había estado a punto de dirigir contra el cuerpo del vampiro.

Destiny, que había conseguido cerrar la mano sobre el corazón del vampiro herido, tiró con fuerza mientras él se retorcía, forcejeaba y la golpeaba, luchando por su vida con uñas y dientes. Al oír la advertencia de Savannah, se movió hacia un lado, tirando todavía del corazón. Era consciente del peligro, pero tenía que eliminar al vampiro antes de que pudiera regenerarse o escapar.

Pater bajó el puñal en el instante en que Destiny cambiaba de forma, y la bola de energía, que brillaba roja e incandescente, le golpeó en el hombro y arruinó su puntería. La hoja no tocó la espalda de Destiny, pero desgarró su brazo. El corazón cayó de sus dedos repentinamente inermes y rodó por el suelo, casi hasta los pies del antiguo no muerto.

Pater se quedó mirando el órgano repulsivo. Luego, sus ojos se clavaron en la cara pálida de Destiny, siseó una mortífera promesa de venganza y al instante desapareció.

Ella se llevó la mano a la herida abierta y miró a Savannah.

—Destruye el corazón y al vampiro. Yo voy tras él. Vikirnoff llegará en cualquier momento; de lo contrario, Pater seguramente no se habría marchado. Asegúrate de limpiarte bien las manos, o te saldrán ampollas y quemaduras. No conviene arriesgarse a que esa sangre penetre en tu organismo.

Antes de que Savannah pudiera responder, Destiny había cambiado de forma y atravesaba volando el laberinto de cuevas en pos de Pater. Sabía adónde se dirigía el vampiro. Adivinaba lo que se proponía. Nada podía detenerla, ni siquiera el grito de protesta de Nicolae, que retumbó en su mente. Tenía debilidades de las que el vampiro podía aprovecharse, y todas ellas estaban en la ciudad. Pater iría tras las personas con las que había trabado amistad.

Ella no se esforzó por ocultar que le seguía, confiando en que Pater volviera sobre sus pasos e intentara tenderle una emboscada. Al menos así mantendría a salvo a sus amigos. Eran las tres de la mañana y la mayoría de la gente estaría en la cama, creyéndose a salvo.

Destiny, vuelve conmigo enseguida.

Nicolae estaba extremadamente débil. Gregori no podría ofrecerle alimento, y ella ignoraba si había podido completar el ritual de sanación. Pero, en cualquier caso, no podía dejar a humanos indefensos a expensas de un vampiro.

Nicolae lo sabía y suspiró. *Vikirnoff nos está alimentando. Muy pronto tendrás ayuda. Ten cuidado.*

Antes de que pudiera responder, Destiny oyó la llamada. Una orden. El poder de aquella voz era asombroso. Pater era un vampiro antiguo y poderoso, y su voz se extendió sobre el vecindario, llamando dulcemente a los amigos de Destiny. La compulsión que entrañaba le recorrió la espina dorsal como un escalofrío de temor.

Destiny se obligó a calmarse. ¿De dónde procedía el eco de su llamada, su olor? Escudriñó el cielo en busca de una mancha negra, intentando señalar su posición exacta. Frustrada por la habilidad de Pater, por su capacidad para esconderse, fue primero a casa de Mary Ann. La puerta estaba abierta y la vio caminando por la acera, vestida con su bata. Cuando pasó junto a la rectoría, el padre Mulligan salió de ella ataviado con un chándal y sin las gafas sobre la nariz.

Se precipitó hacia ellos y al tocar la acera cobró forma humana. Cogiendo a cada uno por un brazo, los arrastró a la iglesia. Tuvo que esforzarse, ya que ambos intentaban en vano acudir a la llamada de la voz dorada. Cuando abrió las puertas de la iglesia, Mary Ann se le escapó y tuvo que ir de nuevo en su busca. Aun así, los empujó con firmeza hacia el interior de la iglesia, que debía servirles de cobijo.

Un instante después, la voz melodiosa del vampiro se transformó en un gruñido malvado y desdeñoso. El padre Mulligan parpadeó y, al mirar a su alrededor, pareció perplejo por hallarse en la iglesia.

—Estaba soñando.

Mary Ann se sentó en el banco más cercano y miró a Destiny con enojo.

—Otra vez no. Estoy en albornoz, por el amor de Dios.

—Quedaos aquí. No os atreváis a salir de esta iglesia —les ordenó Destiny.

Sin detenerse a darles explicaciones, cerró las puertas a su espalda.

Corrió calle abajo y tomó la calle donde se encontraba La Taberna. El sacerdote y Mary Ann llevaban aquella dirección. Vio con espanto que Tim y Martin bajaban arrastrando los pies por la escalera de incendios trasera, hacia la calle. Corrió hacia ellos, calle arriba, hacia la casa de Inez y Velda. Ellas no habían salido aún, pero estaba segura de que aparecerían en cualquier momento.

Tim se dejó caer desde la escalera a la acera, casi frente a ella. Sin mirarla ni mirar a Martin, echó a andar calle abajo. Martin saltó a la acera y se apresuró tras su amigo, que ya se alejaba.

En el cielo se agolpaban rápidamente negros y turbulentos nubarrones. Relámpagos como venas saltaban de nube en nube. Destiny miró hacia arriba con recelo. El viento corrió por la calle y tiró a Tim y a Martin al suelo, liberándoles de su hechizo. Golpeó a Destiny de lleno, como un puñetazo, levantándola del suelo y lanzándola hacia atrás. Aterrizó a cierta distancia de los dos humanos.

Concéntrate en la batalla. ¡No podrás ayudarles si estás muerta! La voz de Nicolae sonó serena, pero ella le conocía muy bien. Iba de camino y estaba enfadado. Había en la tormenta que se iba formando en el cielo una furia controlada que Destiny reconoció al instante.

Entonces rodó por el suelo, se disolvió en vapor, sintió el roce de unas garras en el hombro herido. Gotas rojas salpicaron el suelo, delatando su posición en medio de la niebla cada vez más espesa. Cambió de dirección para alejar al vampiro de los humanos y dio varios saltos para aumentar la distancia antes de aterrizar agazapada, preparándose para el ataque que sabía inminente.

El vampiro se levantó ante ella: una figura horrenda, con dientes aserrados y ojos llameantes. Su aliento era pútrido, apestaba a muerte y descomposición. Ella sólo tuvo un instante para reconocerle. Aquél no era Pater. De nuevo, el astuto anciano había enviado a un vampiro inferior para distraerla mientras él se cobraba venganza.

En ese momento oyó que Tim gritaba de miedo como desde muy lejos. La densa niebla amortiguaba el sonido. Martin permanecía extrañamente en silencio. No tuvo tiempo de acercarse a ellos. Sintió el golpe del vampiro, que desgarró músculo y tejidos. Miraba fijamente aquellos ojos inyectados en sangre. Había hundido el puño hasta el fondo. Se miraron el uno al otro. Ella vio contraerse su cara, sintió la energía que la atravesaba y comprendió que Nicolae la estaba usando para destruir a su enemigo. El vampiro comenzó a boquear, buscando aire. La garra que desgarraba el cuerpo de Destiny se debilitó y por fin se apartó de ella.

Ella se tambaleó, pero aun así logró transmitirle fuerza a su brazo, hundido en el pecho del no muerto. Extrajo el corazón y consiguió arrojarlo lejos de sí. Dando tumbos, puso en marcha sus elásticas piernas y partió en busca de los dos hombres.

Una mano salió de la niebla, la agarró por la pechera de la camisa y la arrojó por el aire. No vio al vampiro, sólo vio salir su mano entre el vaho, rápida como una centella. Chocó contra la pared de la casa de Velda e Inez, se deslizó hasta la acera y el aire abandonó bruscamente sus pulmones. El vampiro tenía una fuerza alarmante.

Ahora sería un buen momento para que me rescataras. Destiny no lograba que las piernas la sostuvieran. Sólo podía quedarse apoyada contra la pared.

Él salió de la niebla. Pater. Su cara era una máscara de odio. De fría rabia.

Concéntrate en él. Nicolae estaba aún más cerca que antes.

Destiny no podía mirarlo fijamente. Su imagen se emborronaba constantemente, de modo que a Nicolae le resultaba imposible hacer presa en él a través de ella.

Muévete, Destiny. Apártate de él. La voz de Nicolae sonaba acerada.

Ella no podía moverse. Sólo podía mirar a la criatura que crecía en poder y estatura mientras avanzaba hacia ella. Su cuerpo se emborronaba, se replicaba a sí mismo una y otra vez a medida que se acercaba. Siseaba lleno de odio, con un sonido a medio camino entre el gruñido de un depredador y el silbido frío y bisbiseante de una víbora. Destiny sintió que la fuerza de su odio la golpeaba con fuerza aun antes de que llegara a su lado.

—Lo has echado todo a perder, y al final vas a morir como debiste morir hace mucho tiempo, cuando traicionaste a tu raza —bramó él al alcanzarla.

Extendió una mano de uñas largas y afiladas como cuchillas, derecha a su garganta.

Destiny se limitó a contemplar cómo las uñas se alargaban anormalmente, y esperó a que la aplastara. Pero antes de que Pater pudiera tocarla, un cuerpo se interpuso entre el vampiro y su presa. Era una mujer menuda, con las puntas del pelo teñidas de rosa y zapatillas de tenis a juego. Parecía frágil, pero se erguía firme y resuelta.

—No vas a tocarla.

A Destiny casi se le paró el corazón. No podía quedarse mirando mientras aquella mujer valiente, de más de setenta años, moría por concederle a ella unos minutos más de vida.

—Velda… —protestó con un susurro ahogado.

Velda miraba al vampiro sin inmutarse.

—No vas a tocarla —repitió.

Se las ingeniaba para parecer digna y majestuosa, incluso autoritaria, vestida con unos pantalones de chándal amplios y una sudadera decorada con corazones brillantes, a juego con sus zapatillas rosa neón.

Destiny reprimió las lágrimas de admiración y luchó por ponerse en pie, desesperada por salvar a Velda de su valeroso arranque de locura.

Pero vio con asombro que Pater se quedaba paralizado y que, sorprendido, se envaraba tensando todos sus músculos. Su rostro palideció visiblemente y por un momento una emoción pareció agitarse en la espantosa máscara de su cara. Algo se coló en su expresión: mala conciencia, arrepentimiento, dolor. Destiny no supo identificarlo.

El viento azotaba la calle. En el cielo refulgían los relámpagos. Los truenos estallaban encima de ellas, con un estruendo tan fuerte que sacudía las casas. Los rayos iluminaban la cara del vampiro, antaño bella y sensual, ahora destrozada por la maldad. Una parodia demacrada y enflaquecida de un hombre con los dientes manchados de sangre y el corazón marchito y ennegrecido. Su expresión cambió, pasando de la melancolía fugaz a la astucia más hábil.

Profirió un largo y lento siseo de furia.

—No intentes engañarme, vieja. Márchate de aquí o te mataré.

—Ésta es mi casa y tú ya no perteneces a este lugar. Vete y deja a la chica —respondió Velda con firmeza, y siguió mirando sin inmutarse los ojos ardientes de Pater.

La voz hipnótica del vampiro no parecía surtir efecto sobre ella. Su compulsión no daba resultados.

Pater se acercó a la anciana e inclinó la cabeza hacia su cuello. Sus incisivos sobresalían. Pero en lugar de retroceder, como cabía esperar, Velda se movió hacia el vampiro alto y delgado como si se dispusiera a abrazarle. Posó una mano arrugada sobre su pecho y él se detuvo con la boca apoyada en su piel.

—Te esperé. No ha habido otro en mi vida. No podía haber otro. Lloraré por ti y confiaré en que Dios se apiade de tu alma.

De pronto sacó la otra mano, que había mantenido oculta entre los pliegues de sus pantalones holgados, e intentó clavarle en el pecho la estaca que empuñaba.

Él echó la cabeza hacia atrás, soltó un bramido y su mano se cerró sobre la frágil muñeca de Velda como una enredadera. Utilizando las fuerzas que le quedaban, Destiny recurrió a Nicolae en busca de ayuda. Se levantó de un salto, empujó con fuerza el brazo de Velda y hundió la estaca profundamente en el corazón de Pater. Luego arrastró a Velda hacia atrás, lejos del vampiro, que se retorcía y agitaba los brazos. Pater gritaba maldiciones y escupía furiosas amenazas contra las dos mujeres.

El cuerpecillo de Velda temblaba. Se llevó la mano a la boca y dio un paso hacia el vampiro con la mano extendida. Era evidente que quería reconfortarle.

—Lo siento, lo siento muchísimo. No me has dejado elección.

—Lo único que se puede hacer por ayudarle es darle muerte —dijo Destiny, intentando consolarla mientras la protegía colocándose delante de ella.

Pater se apartó de ellas y al darse la vuelta descubrió a Gregori tras él. Se giró de nuevo hacia las mujeres y vio que Nicolae le cortaba el paso. Vikirnoff estaba a su derecha.

Destiny rodeó a Velda con el brazo.

—Tenemos que irnos, enseguida. —Tropezó mientras intentaba que Velda regresara a la seguridad relativa de su casa—. Es mejor que no veas esto.

Velda se apoyó en Destiny y se volvió para echar un último vistazo. La mirada de Pater se clavó en la suya. Los labios de Velda temblaron. Destiny tiró de ella, llamando de nuevo su atención.

—Por favor, Velda, deja que hagan su trabajo.

La anciana rompió a llorar con un sollozo bajo y lleno de dolor cuando cerró la puerta con firmeza, dejando fuera el viento, la niebla y la muerte.

—Le sentía cerca. Estaba hecho para mí. De veras, Destiny. Todos estos años he estado sola, esperando a que viniera. Y es malvado.

Destiny se dejó caer en una silla. Las piernas ya no la sostenían.

—Lo siento, Velda, lo siento mucho. No siempre fue malvado. Hubo un tiempo en que fue un gran hombre. Estoy segura de ello.

Velda agachó la cabeza.

—¿Por qué no me encontró?

—No lo sé. No puedo darte una respuesta.

—He visto maldad en él, como si se hubiera podrido por dentro. Abrazó la maldad. Busqué su alma y no estaba. —Velda se llevó una mano temblorosa a la boca—. Todos estos años sola, y era por él. Por un momento lo he visto en sus ojos, he visto que se daba cuenta de lo que podía haber habido entre nosotros, y que lo rechazaba. Le he visto rechazarlo.

—Lo siento mucho, Velda. —Destiny no sabía cómo reconfortarla—. Pero gracias por haber tenido el valor de salvarme la vida.

—Le habría salvado a él, si me hubiera dejado.

Velda se tapó la cara con las manos y sollozó como si tuviera roto el corazón.

—Era demasiado tarde —dijo Destiny en voz baja—. Se rindió hace mucho tiempo.

Inez salió de su dormitorio con el ceño fruncido, quitándose las bolitas de algodón que llevaba en los oídos.

—¿Se puede saber qué pasa? Velda, queridísima hermana, deja de llorar así. Te vas a poner enferma. —Deslizó un brazo alrededor de los hombros de Velda y fijó su atención en Destiny—. Necesitas una ambulancia. Estás llena de sangre.

Nicolae entró sin llamar a la puerta. La mirada ansiosa de Destiny voló hacia su cara. Nicolae. Su cordura. Su caballero andante. La tristeza que sentía por Velda brotó y la inundó por completo. *No podemos dejarla así.*

Yo la ayudaré. Tú estás sin fuerzas y gravemente herida.

Ella miró la sangre que empapaba su camisa y se estremeció de repulsión. Se estaba pudriendo por dentro, como Velda había dicho de Pater.

No, tú no eres como Pater. Tú has luchado palmo a palmo del camino por tu honor y tu integridad y por el bienestar de los demás. La sangre no determina quiénes somos, Destiny.

No puedo soportar que haya sangre de vampiro corriendo por mis venas. Entonces agachó la cabeza, avergonzada por pensar en su propio malestar mientras oía el llanto suave de Velda y el murmullo de Inez, que intentaba consolarla. Velda lo había perdido todo, y ella aún tenía a Nicolae. Siempre le tendría. *Por favor, ayúdala, Nicolae.*

Él movió la mano hacia la anciana con el semblante lleno de admiración y respeto.

—Te doy las gracias por salvar a mi compañera a tan alto precio para ti. Te concedo el único don que puedo darte, la lejanía del único al que podías pertenecer.

Hizo una profunda reverencia, un saludo cortesano de homenaje. Su encantamiento no borraría el terrible dolor y, aunque Velda lloraría a su compañero, la emoción quedaría lo suficientemente atenuada como para hacerse soportable.

Nicolae estrechó a Destiny entre sus brazos. *Se acabó. Hasta herido era un enemigo poderoso. Ver a Velda cara a cara le conmocionó. Espero que ella encuentre un poco de paz con el hechizo que he obrado.*

—Llévala a la cama, Inez —dijo en voz alta—. Velda, vas a dormir y a recuperarte.

Sacó a Destiny fuera, al aire fresco de la noche. La brisa se había llevado hacia el mar el hedor del vampiro. El aire límpido y fresco parecía cargado de promesas. Nicolae se elevó hacia el cielo oscurecido y llevó a Destiny a la cueva. La ira ardía en la boca de su estómago, mezclada con miedo y alegría.

—Has corrido un riesgo terrible, Destiny.

Ocultó la cara entre su pelo.

—¿Gregori ha podido curarte por completo? ¿Está seguro?

—Sí, y le ha costado un enorme esfuerzo. Está ansioso por empezar contigo.

Ella le acarició la cara con la mano, deteniéndose un momento en la juntura de sus labios apretados en una mueca de enojo.

—No cree que a mí pueda curarme, ¿verdad?

Le temblaba la voz alarmantemente.

—Te curará. Llevará su tiempo. Puede que haga falta más de una sesión, pero lo conseguirá.

Nicolae apartó con ternura, delicadamente, el pelo de su cara mientras entraban en la caverna a oscuras. Con un ademán encendió las velas.

—Pobre Velda. Se ha dado cuenta de que Pater era su verdadero compañero. Qué tragedia tan terrible. Qué pérdida para los dos. Y él la reconoció por un instante. Lo vi en sus ojos. Sintió algo. Cuando ella le estaba hablando, cuando le miraba, sintió algo.

Nicolae le limpió las lágrimas de la cara con los dedos.

—Velda ha demostrado un tremendo coraje. Pater te habría matado. —Se llevó las manos de Destiny a su cálida boca y besó sus nudillos amorosamente—. Cuando un macho carpatiano se convierte, lo trágico es que puede que haya una mujer esperándole en alguna parte, o en otro tiempo. Pater debería haberse aferrado a su honor. Velda es una mujer extraordinaria. Al final, hizo lo mejor para liberarle.

—Él la habría matado —dijo Destiny con tristeza.

—No habría tenido elección. Los no muertos no pueden verse a sí mismos: la verdad que reflejan los espejos es excesiva para ellos; y los ojos de una compañera revelan una realidad insoportable.

Gregori y Savannah se unieron a ellos.

—Vuestros amigos están a salvo en sus casas y no guardan recuerdo de lo ocurrido. La compañera del vampiro lo sabrá, desde luego, y no he borrado los recuerdos del sacerdote ni de Mary Ann Delaney. Mary Ann tiene facultades extrasensoriales. Habría que persuadirla para que visitara los montes Cárpatos como invitada de nuestro príncipe. Confío en que la invitéis cuando sea conveniente.

Destiny sabía que a Gregori le preocupaba que hubiera algún macho carpatiano que pudiera salvarse. Destiny se aferró a Nicolae sin sentir vergüenza alguna. Estaba cansada y temblorosa y se sentía terriblemente vulnerable. Le repugnaba pensar en su sangre contaminada.

—¿Puedes eliminar la sangre del vampiro?

—Estoy seguro de que sí, pero te ruego que primero nos permitas extraerte sangre para analizarla. Podría sernos útil. La infección parece producida por esas colonias. ¿Quién sabe qué podremos hacer cuando comprendamos su funcionamiento?

—Por supuesto, sácame cuanta quieras —contestó Destiny—. Estoy cansada y quiero dormir. —Era la única cosa segura que podía hacer. La idea de que aquellas odiosas criaturas vivieran dentro de ella la asqueaba como ninguna otra cosa. Se sentía sucia, y nada que Nicolae y Gregori pudieran decir cambiaría eso—. Si no puedes curarme, Gregori, no me dejes vivir. No creo que pudiera soportarlo, sabiendo lo que hay dentro de mí.

—Un carpatiano siempre resiste —dijo Gregori con suavidad—. Como ha resistido tu compañero todos estos siglos de oscuridad. Aguantarás.

Destiny alargó los brazos hacia Nicolae y tomó su cara entre las manos.

—Me has dado esperanza y sueños y todo lo bueno que he conocido. Gracias.

Nicolae la besó con tanta ternura que hizo aflorar lágrimas a sus ojos. Aquellas lágrimas brillaban aún en sus pestañas cuando la hizo dormir.

Capítulo *20*

Al despertar, supo que estaba limpia y completa y que su sangre se había librado del vampiro, a pesar de que las cicatrices permanecían aún en su corazón y su mente. Al despertar, se descubrió profundamente enamorada y en paz. No había dolor en su vigilia. No había angustia, sino sólo una sensación de esperanza y el deseo de seguir viviendo. Se quedó muy quieta y dejó que los sonidos y olores del mundo la colmaran de alegría.

Destiny sabía exactamente dónde estaba. En casa. Y su hogar yacía a su lado, envolviéndola con su cuerpo como si quisiera protegerla. Sus nalgas encajaban en el hueco que formaban las caderas de él, y ella podía sentirle, ya despierto, siempre alerta, con el cuerpo rígido y vehemente, a pesar de que yacía inmóvil. Nicolae cubría su pecho con la mano, con aire posesivo, pero permanecía quieto, saboreando el despertar y su abrazo. Nicolae. Su vida entera.

Él se movió entonces. Con la boca posada sobre su hombro, comenzó a besarle suavemente la piel. *Creía que no te despertarías nunca.*

La voz de un ángel. Su ángel. Nicolae. Destiny sonrió cuando el pelo sedoso de su compañero rozó su brazo desnudo y se extendió sobre su pecho. *Deberías haberme despertado.* Utilizaba a propósito su capacidad telepática. Le encantaba hablar con él de mente a mente. Le encantaba sentir sus manos sobre el cuerpo. Urgida por él, se tumbó de espaldas. Allá arriba las estrellas se extendían por el techo de la cueva, brillando como piedras preciosas.

Destiny se rió suavemente. Primero rosas y ahora estrellas. Sabiendo que adoraba el cielo nocturno y despejado, Nicolae le había regalado un manto de estrellas a pesar de que se hallaban en lo hondo de la tierra.

—Me encanta el sonido de tu risa.

Las manos de Nicolae se deslizaron ávidamente sobre su cuerpo, acariciando cada rincón. Su boca las siguió. Cubrió su piel de besos delicados, excitó sus pezones y la lamió apasionada y eróticamente.

Le hizo el amor lenta y minuciosamente, con intención de que alcanzara el clímax una y otra vez. Le hizo el amor como si tuvieran todo el tiempo del mundo. Se aseguró de explorar cada rincón secreto que pudiera hacerla gozar.

Destiny le devolvió el favor, extraviándose en la belleza de su cuerpo masculino. Sus manos y su boca vagaron por todas partes, diciéndole sin necesidad de palabras lo que significaba para ella. Cuando Nicolae la penetró, ella lloró, y él se inclinó para descubrir a qué sabían las lágrimas de alegría.

Por primera vez Destiny no tuvo miedo de intercambiar su sangre y fue ella quien inició el ritual, empujando a Nicolae a un ardiente frenesí de deseo. Acabaron explotando, implosionando, elevándose muy alto para descender luego en caída libre. Después se quedaron tumbados mucho tiempo, juntos, con el corazón acelerado, luchando por recobrar el aliento, saciados y felices.

Destiny se pasó una mano temblorosa por el pelo.

—Puedes volver a hacerlo cuando quieras, Nicolae. Se te da muy bien.

Él se apoyó en un hombro y se incorporó.

—Te agradezco mucho que digas eso.

—No intentes que te halague porque no vas a conseguirlo. ¿Cuánto tiempo he estado dormida? Sé que han pasado horas. No siento la presencia de los demás.

—Gregori quería regresar a nuestra patria lo antes posible. Le parecía importante informar al príncipe de que los vampiros están formando una especie de organización. Y creía que la sangre era un hallazgo importante. Nadie ha analizado nunca la sangre de vampiro. Todos sabíamos que era tóxica, pero nadie imaginaba que fuera capaz de crear un medio que genera una forma de vida separada. Naturalmente, todavía no estamos seguros. El vampiro que te secuestró de niña podía estar infectado por alguna otra cosa. O puede que la infección fuera resultado del veneno que te inyectaron. Gregori piensa que es importante averiguarlo. En todo caso, tenemos la seguridad de que es completamente distinto a lo que se encontró en el cuerpo de Alexandria. Gregori contactó con Aidan, y él le confirmó que no había lesiones parecidas. Ahora quiere descubrir a qué obedece esa diferencia.

Ella agachó la cabeza. Todavía le repugnaba pensar en la sangre contaminada.

—Me alegro de que todo esto haya acabado. Espero que se deshicieran de esa sangre. Me pone enferma pensar que estaba dentro de mí… dentro de ti. Veía las lesiones y sentía su dolor, pero nunca sospeché que se tratara de algo vivo. —Se estremeció—. Me recordaban a larvas.

—La mayoría eran microscópicas.

Nicolae no le habló del estado en que el sanador había encontrado su cuerpo, y le pareció significativo que ella no buscara entre sus recuerdos. De hecho, Gregori había tardado dos días en eliminar todo rastro de aquella sangre tenaz y en restaurar los órganos y los tejidos. Habían estado a punto de perderla en dos ocasiones.

Si había salvado la vida, había sido por la tenacidad de Gregori y por la fuerza de voluntad de él. El sanador había obrado un milagro, y por eso le estaría eternamente agradecido. Savannah había prestado su considerable fortaleza y su sangre, junto con Vikirnoff y él mismo. Habían rodeado a Destiny de tierra carpatiana y la habían dejado reposar en ella casi una semana, con la esperanza de que recuperara sus fuerzas y su vitalidad. Al final, su capacidad para vivir y seguir funcionando con el cuerpo en tales condiciones había dejado asombrados a Gregori y Nicolae.

—¿Dónde está Vikirnoff?

Destiny no quería volver a pensar en la sangre del vampiro. Tenía la impresión de que se le había concedido un milagro. Y con eso le bastaba.

—Creímos conveniente que empezara a buscar a esa pobre mujer a la que persigue la organización de los vampiros. Yo tardé años en encontrarte. Confiamos en que la encuentre antes que los no muertos.

Destiny suspiró.

—Le deseo toda la suerte del mundo. ¿Estás preocupado por él? —Metió los dedos entre su pelo abundante y lustroso—. Es muy capaz de valerse por sí mismo.

Nicolae volvió la cabeza para besarle los dedos.

—Lo sé. A menudo, cuando un cazador está próximo a convertirse, se le encomienda una tarea como ésta. Eso le da un respiro. No tiene que matar, y el reclamo de la oscuridad no es tan intenso. —Se levantó y se vistió—. Vamos, el cielo está precioso esta noche.

Destiny le siguió, feliz por poder volar. Era su pasatiempo favorito. Se rió en voz alta. Había sido su pasatiempo favorito.

Nicolae captó aquel pensamiento y allí, en el aire, mientras salían de la cueva, la atrajo hacia sí y la besó hasta que el mundo comenzó a girar como un torbellino y tuvieron que separarse. El viento azotaba sus caras y esparcía las estrellas mientras volaban hacia el barrio que tanto amaba ella.

Se detuvieron juntos delante de la iglesia. Destiny estuvo largo rato mirando el edificio. Había sido un refugio para ella; ahora era un viejo amigo.

—Me encanta este lugar, Nicolae. Y su gente. Sé que tú querrías volver a tu patria, e iré contigo… sí, iré… pero éste será siempre mi lugar preferido para vivir. Y siempre llevaré a su gente en el corazón.

—No tenemos por qué vivir en mi patria, Destiny. A decir verdad, hace muchos siglos que no camino por sus montañas. Con una visita me bastará. Quizá, cuando estés lista, podamos ir a pasar unas cortas vacaciones.

El rostro de Destiny se iluminó.

—Entonces, ¿no te importaría que ésta fuera nuestra residencia principal?

Había temido dejar a la gente a la que tanto había llegado a querer.

—Le he tomado mucho cariño al barrio, y en particular a cierta cámara llena de estanques. Tendremos que encontrar una casa y vivir como una familia para pasar desapercibidos.

—Eso sería perfecto, Nicolae. Y yo iré a los montes Cárpatos contigo. Gregori y Savannah se portaron de maravilla y fueron muy comprensivos conmigo. No puedo ser una cobarde y negarme a visitar al príncipe. Los dos se lo debemos.

—A ti nadie te llamaría cobarde, Destiny —dijo él con decisión.

Ella se estiró y levantó los brazos hacia la luna y las estrellas brillantes.

—Creo que deberíamos ir a ver a Velda. Y estaría bien saber cómo ha afectado la muerte del doctor a nuestros amigos después de todos los problemas que les causó.

Le gustaba la palabra «amigos». Nunca había creído tenerlos, y los adoraba a todos y cada uno de ellos.

Con el pelo moreno volando al viento y envolviendo su cuerpo como una capa de seda viva, Nicolae pensó que parecía una maga misteriosa y etérea que rendía culto a la naturaleza. Ella volvió la cabeza para mirarle, y él zozobró de inmediato en sus ojos verdeazulados.

—Te adoro —dijo Destiny en voz baja—. No debería, y no quiero que se te suba a la cabeza, pero en este preciso instante te adoro.

Una sonrisa curvó lentamente los labios esculpidos de Nicolae.

—No creo que haya riesgo de que se me suba nada a la cabeza.

Le tendió la mano.

Destiny sacudió la suya.

—Estaba absolutamente convencida de que el culpable tenía que ser un vampiro. Durante mucho tiempo he creído que me había convertido en un monstruo y que los humanos eran buenos, a no ser que algo maligno, como las drogas, se apoderara de ellos.

Él posó la mano sobre su nuca y empezó a hacerle un lento masaje con los dedos.

—Hay monstruos de todas clases, tamaños y especies. No todos los carpatianos se convierten en vampiros. Sólo son personas que intentan sobrevivir. Del mismo modo que los humanos son personas que luchan por vivir lo mejor que pueden. A ti te robaron tu infancia, Destiny, pero eres una superviviente y lograste labrarte una vida propia.

Destiny se apoyó en él.

—Tú siempre estabas a mi lado, Nicolae. Siempre te tuve a ti.

Levantó la cara, invitándole impúdicamente a besarla.

Él inclinó la cabeza morena y se apoderó de su boca. Bajo sus pies, el suelo tembló. La rodeó fuertemente con los brazos y la apretó contra su cuerpo duro y rígido.

—Me temo que aquí no podéis hacer esas cosas —dijo el padre Mulligan, que había salido de la iglesia y los miraba con un brillo en los ojos.

—¿Es que nunca se va a la cama? —le preguntó Destiny cuando Nicolae dejó de besarla de mala gana—. ¿No hay un toque de queda para los sacerdotes o algo así?

El padre Mulligan levantó tanto las cejas que casi tocaron su cuero cabelludo.

—Mi querida muchacha, un sacerdote es como un ángel sin alas, un ángel al que se puede recurrir en cualquier momento del día o de la noche.

Destiny rompió a reír. Nicolae sintió que el corazón le daba un vuelco. No había sonido más bello que su risa.

—Es usted terrible, padre. ¿Le apetece venir con nosotros a casa de Velda? Queremos asegurarnos de que está bien.

—Claro que sí. He ido a verla todos los días. Está metida en la cama y nadie parece capaz de ayudarla.

—Quizá yo pueda —dijo Destiny.

Le siguieron en silencio manzana abajo, hasta tomar la calle de Velda.

—Pareces mucho más feliz, querida mía —dijo el padre Mulligan—. Da gusto verte.

Destiny le dio la mano a Nicolae. No hacía mucho que había acudido a aquella iglesia avergonzada de lo que era, creyéndose un monstruo, y el sacerdote le había abierto sus puertas.

—Es bueno sentirse feliz.

Y en paz. Nunca se libraría del trauma que había sufrido, pero podía asimilar aquellos recuerdos como un pequeño precio que tenía que pagar. Tenía una vida. Tenía un hogar y amigos. Y tenía a Nicolae.

Inez les abrió la puerta con una sonrisilla falsamente alegre.

—Velda sigue sin querer ver a nadie —dijo—. Venid a la cocina a sentaros. Veré si consigo que salga de su habitación.

—Déjame entrar —dijo Destiny—. Creo que puedo ayudarla.

Inez vaciló, pero después asintió con un gesto y la condujo a través de la casa pequeña, pero limpia. Velda estaba sentada en un sillón, con los ojos fijos en la ventana y la mirada perdida. No levantó la vista cuando ella entró y cerró la puerta a su espalda.

—Velda, por favor, mírame. —Se arrodilló delante del sillón y le cogió sus manos arrugadas—. No estás sola. Nunca estarás sola. Tienes a Inez y a Nicolae. Y me tienes a mí. Casi no recuerdo a mi madre. Mi infancia fue un infierno. Casi siempre fue violenta y aterradora. No tengo facilidad para relacionarme con la gente. Ni confianza. No sé cómo expresar mis sentimientos hacia los demás. Tú me aceptaste y me diste esperanzas cuando no me aceptaba a mí misma. No me abandones tan pronto. Te necesito aquí, conmigo, a mi lado —afirmó sinceramente—. De veras, Velda. Te necesito.

La anciana parpadeó, reprimiendo las lágrimas, y apartó la mirada del futuro vacío que se extendía ante ella. Contempló el rostro de Destiny.

—Niña, tú eres un prodigio para mí. Miro tu aura y sólo veo luz y belleza. Tú no necesitas a una vieja vacía y agotada. Tienes toda la vida por delante, y yo la mía a mis espaldas.

—Eres una mujer valiente y compasiva y, sobre todo, sabia. Me haces mucha falta, y también a la gente del barrio. Por favor, Velda. Deja que Nicolae te ayude a olvidar. El dolor no desaparecerá, pero disminuirá hasta hacerse soportable. Quédate conmigo ahora, cuando tanto te necesito.

Velda estuvo un rato estudiando su cara; luego suspiró suavemente y le dio unas palmaditas en la mejilla.

—Llévame ante ese hombre capaz de hacer milagros, tesoro. Si debo sobrevivir, tendrá que obrar algún encantamiento. Me siento vacía y perdida.

¿Nicolae? ¿Estás escuchando? Ayúdala ahora, mientras todavía quiere. Sabe que la estoy manipulando, pero no puede soportar el dolor.

Se hizo un breve silencio. *Ya está. Se acordará, pero el dolor disminuirá más aún. El cariño que te tiene basta para sostenerla.*

Destiny sintió que su amor por Nicolae era tan fuerte que no podía contenerlo. Rebosó de su mente e inundó la de él, de modo que, sentado en la cocina, se estremeció al sentir su fuerza. Deseaba a Destiny, ansiaba estar a solas con ella. Quería pasar algún tiempo a su lado.

Le tendió la mano cuando ella entró en la cocina acompañada por Velda, y se levantó por respeto a la anciana. Besó a Velda en la mejilla.

—Qué maravilla verte, Velda. Espero que estés mejor.

Ella asintió con la cabeza y logró sonreír.

—Gracias. Te agradezco tu ayuda.

El padre Mulligan también se había puesto en pie.

—He llamado a Mary Ann —le dijo a Destiny, indicando que su amiga había llegado—. Nicolae dijo que no te importaría.

Mary Ann abrazó a Velda y a Destiny.

—Me dijo que era una reunión de vecinos.

Se sentaron alrededor de la mesa y estuvieron hablando hasta muy tarde. Nicolae y Destiny escucharon en silencio la historia de la inesperada confesión del médico y su suicidio. Blythe ya estaba en casa, con Harry, aunque parecía encerrada en sí misma y se negaba a recibir ayuda. Mary Ann confiaba en que con el tiempo acudiera a ella. Helena y John Paul estaban juntos otra vez y parecían felices. Tim y Martin hablaban poco de lo ocurrido, pero el padre Mulligan les vigilaba de cerca.

Destiny paseó la mirada alrededor de la cómoda mesita de la cocina, escuchó el murmullo de las voces, inhaló el aroma del té mientras Inez servía a los demás. Contempló las facciones morenas y sensuales de Nicolae. *¿Te he dicho últimamente que te quiero? Porque te quiero muchísimo.*

Su corazón estaba tan rebosante que temía que estallara. Nunca se había atrevido a soñar que pudiera tener un hogar y una familia.

Nunca había concebido la idea de tener amigos. Su vida nunca sería perfecta, pero tenía a Nicolae y él siempre comprendería esos momentos terribles en los que los recuerdos se colaban por las puertas de su mente. Y estaría allí para abrazarla y prestarle su ayuda. *Eres toda mi vida, Nicolae.*

¿Te he dicho que, aunque me encanta toda esta gente maravillosa, ya estoy harto de visitas y quiero irme a casa y pasar el resto de la noche haciéndote el amor?

Una idea excelente. Destiny estaba completamente de acuerdo. *Está eso que haces tan bien...*

Se levantaron como por acuerdo tácito, cogidos de la mano, murmuraron un adiós precipitado y salieron a toda prisa. Cuando el padre Mulligan se asomó a la ventana, sólo vio un cometa que cruzaba a poca altura el cielo oscurecido.

www.titania.org

Visite nuestro sitio web y descubra cómo ganar
premios leyendo fabulosas historias.

Además, sin salir de su casa, podrá conocer
las últimas novedades de
Susan King, Jo Beverley o Mary Jo Putney,
entre otras excelentes escritoras.

Escoja, sin compromiso y con tranquilidad,
la historia que más le seduzca
leyendo el primer capítulo de cualquier libro
de Titania.

Vote por su libro preferido y envíe su opinión
para informar a otros lectores.

Y mucho más...